跟踪狂

【瑞典】拉尔斯·克卜勒（Lars Kepler）/著
傅力/译

Stalker

中国出版集团 现代出版社

图书在版编目(CIP)数据

跟踪狂 /(瑞典)拉尔斯·克卜勒(Lars Kepler)著;傅力译. -- 北京:现代出版社,2020.3
ISBN 978-7-5143-8394-2

Ⅰ. ①跟… Ⅱ. ①拉… ②傅… Ⅲ. ①长篇小说—瑞典—现代 Ⅳ. ① I532.45

中国版本图书馆 CIP 数据核字(2020)第 033759 号

版权登记号　01-2018-8328

跟踪狂

作　　者:[瑞典]拉尔斯·克卜勒(Lars Kepler) 著
译　　者:傅　力
选题策划:杨　静
责任编辑:杨　静　王　羽
出版发行:现代出版社
通信地址:北京市安定门外安华里 504 号
邮政编码:100011
电　　话:010-64267325　64245264(传真)
网　　址:www.1980xd.com
电子邮箱:xiandai@vip.sina.com
印　　刷:三河市宏盛印务有限公司

开　　本:880mm×1230mm　1/32
印　　张:18.375　　字　　数:380 千字
版　　次:2020 年 3 月第 1 版　　印　　次:2020 年 3 月第 1 次印刷
书　　号:ISBN 978-7-5143-8394-2
定　　价:58.00 元

目录

跟踪狂

序 1

在第一具尸体被发现之前，没有人认真地对待过这个视频。一条YouTube[①] 上的视频链接发送到了国家刑事调查局的公共电子邮箱。电子邮件中没有其他内容，连发送者也无法追踪。调查局的行政秘书履行了她的职责——看完这个视频。她认为这只是一个无聊者的恶作剧，但仍然把它写进了记录中。

两天后，三名经验丰富的警官聚集在斯德哥尔摩国家犯罪调查总部八楼的一个小房间里。年纪最大的那人坐在一张嘎吱作响的办公椅上，另外两人则站在他身后。

他们在电脑屏幕前看着这个只有五十二秒长的视频。

从摇摇晃晃的镜头可以看出，是用手持摄像机从卧室窗户外进行的秘密拍摄，镜头里一个三十多岁的女人穿着一条黑色紧身裤。

三名国家刑事调查局的警官在尴尬的沉默中注视着这个女人的古怪动作。

为了让紧身裤舒服一些，她大步跨过想象中的障碍物，两腿分开，

---

① YouTube 是一个视频网站，类似于优酷等。

做了几次蹲起。

周一早上，这个女人在斯德哥尔摩郊外利丁岛的一栋房子的厨房里被发现。她坐在地板上，嘴巴被诡异地撕裂了，鲜血溅在窗户和一盆摆在窗台的白兰花上。她只穿了一条紧身裤，戴着胸罩。

那个星期的晚些时候，法医验尸得出结论，她的死因是由于撕裂伤和刺伤导致的失血过多，这些伤口集中在她的喉咙和脸部周围，犯罪分子手段非常残忍。

序 2

“跟踪狂”这个词自 17 世纪初就存在了，在那时，它意味着追踪者或偷猎者。

1921 年，法国精神病专家德·克雷宏波发表了一篇关于患有情爱妄想症的病人研究。这篇文章被广泛认为是对于跟踪狂的第一次科学分析。如今，“跟踪狂”一词是指患有强迫性人格障碍的人，这是一种痴迷于监视他人活动的不健康行为。

近百分之十的人会在一生中遭受到某种形式的跟踪。

在最常见的形式中，跟踪狂曾经与受害者有过某种关系。但在相当多的情况下，这种偏执的痴迷对象会是陌生人，巧合成分里的关键因素。

尽管绝大多数涉及跟踪狂的案件不需要进行实际干预，但警察还是会认真对待这种现象，因为跟踪狂病态的执着使得他具有潜在的危险性。就像暴风雨天气中高、低气压区域之间的滚云，有可能会突然形成龙卷风。跟踪狂在崇拜和仇恨之间的情感摇摆也会突然变得极端激烈。

1

8 月 22 日，星期五，下午四点到九点。在经历了美丽的日落和盛夏的夜幕之后，黑暗以惊人的速度蔓延，国家刑事调查局中庭的玻璃幕墙外已经一片漆黑。

玛戈特·西尔弗曼走出电梯，朝门厅的安全门走去。她穿着一件黑色开襟羊毛衫，白色紧身衬衫，一条黑色长裤，高腰包顶在她鼓鼓的肚子上。

她用不急不缓的脚步走向玻璃墙的旋转门。守卫坐在木制柜台的后面，眼睛盯着屏幕，从屏幕上可以看见监控摄像机正拍摄着一台大型时钟。

玛戈特的头发呈现出一种打磨后的淡淡桦木色，被扎成一根粗粗的辫子垂在背后。她今年三十六岁，这是第三次怀孕。她脸上神采奕奕，眼睛有些潮湿，面颊红润。此时，她在工作了整整一个星期后正要回家。这段时间她每天都在加班，为此还收到了两次警告，说她太努力了。

她是国家刑事调查局针对连环杀手、纵欲杀手和跟踪狂方面的新近专家。玛利亚·卡尔松的遇害是她被任命为警官以来接手的第一个案子。

没有证人，也没有嫌疑犯。受害者是单身，没有孩子，在宜家公司做产品顾问。在父亲去世和母亲入住养老院后，她继承了父母已经还清房贷的排屋。

玛利亚通常和一位同事一起去上班。而那天她没有在凯尔克夫根等待同事，于是她的同事开车去了她家，按了门铃，从窗户向里看了看，然后绕过后门，看到她坐在地板上，脸上满是刀伤，脖子几乎被割断，头歪向了一边，嘴巴怪异地张着。

根据法医验尸的初步报告，有证据表明她怪异张开着嘴的模样可能是死后特地摆放而成，不过理论上也有可能是由她自己做出的动作。

人体死后的僵化会从心脏和膈肌开始，在两个小时后才会传达至颈部和下颚。

星期五傍晚时分，刑事调查局的大厅里几乎空无一人，除了两名身穿深蓝色毛衣的警官站着谈话，还有一位疲惫不堪的检察官从专供监管谈判的房间里走出来。

当玛戈特被任命为初步调查负责人时，她意识到自己不能过分地热血。她知道自己有过于渴望把事件进行放大思考的倾向，如果一开始就告诉同事她绝对相信他们是在和一个连环杀手打交道，那同事一定会嘲笑她。

在这个星期里，玛戈特·西尔弗曼看了玛利亚·卡尔松穿紧身衣的视频二百多次。所有证据都表明，在视频被上传到YouTube之后不久她就被谋杀了。

玛戈特试图解释这个视频，但看不出有什么特别之处。人们对紧身裤的着迷并不罕见，但是谋杀中没有任何迹象表明凶手有这种执着的倾向。这个视频只是一个普通女性生活的简单摘录。

她单身，有一份不错的工作，并且即将完成夜校的漫画课程。

没法知道凶手为什么在她的花园里，不管是出于纯粹的偶然还是精心的策划，但是在谋杀前几分钟，他把她拍进了视频里，这必定有原因。

考虑到他把链接发送给了警方，他一定是要向他们表达某种东西。

凶手想要强调这个特定女人的一些事情，或者强调某种类型的女人。这也许是在暗示所有的女性，或者整个社会。

但在玛戈特看来，这个女人的行为或外表没有什么特别之处。她只是皱起眉头，噘起嘴唇，集中精力把她的紧身裤穿好。

玛戈特已经两度去查看受害者位于布雷达比克萨斯根的房子，不过她的大部分时间还是放在了检查犯罪现场被破坏前的法医录像上。凶手的视频看起来像是一件精心制作的艺术品。相反，法医小组对野蛮袭击证据的详细记录显得非常无情，这个死去的女人被照相机从不同角度进行拍摄。她坐着，腿伸到地上，被黑暗的血液包围着。她的胸罩被撕成了碎片，从一个肩膀上垂下来，一只乳房垂向肚子。她的脸上被划得面目全非，只剩张开的嘴巴带着红色的血肉。

玛戈特在沙发边摆着水果碗的桌子旁停下了脚步，她看了看守卫，他正在打电话。她转过身背对他，看着她在玻璃墙上的倒影，然后从碗里取出六个苹果放进了包中。

她知道六个是有点儿多，但她不能阻止自己把它们全部拿走。她突然想到珍妮在晚上可能会想做个苹果派，用很多黄油、肉桂粉和糖使得苹果变得焦香可口。

电话响起，她脑袋里的想法戛然而止。她看着手机屏，是亚当·约瑟夫的脸，他是调查组的一员。

“你还在大楼里吗？”亚当问，“一定要告诉我你还在，因为我们……”

“我正在开车回家。”玛戈特撒谎说，“你想告诉我什么？”

“他又上传了一个新视频。”

她感到肚子一阵绞痛，于是把一只手放在鼓鼓的肚腩之下。

“一个新视频。”她重复说。

“你能赶回来吗？”

“我这就掉头回来。”她说着转过头来要往回走，“确保我们拿到一份最完整的拷贝。”

玛戈特本可以从门口出去，回家，把案件交给亚当，然后只需一个电话就可以得到一年的带薪产假。如果她能预料到自己的第一个案子将会接触何等的暴力事件，她一定会这么做。

未来还在阴影中，但行星已经开始排列成危险的序列。现在她的命运就像一片剃刀增添在静止的水面上。

电梯里的灯使她的脸看起来有点苍老，当她把头向后仰时，她理解了为什么同事们说她长得像她父亲。她的父亲是前地区长官欧内斯特·西尔弗曼。

电梯停在第八层，她以自己的肚子所能承受的速度沿着空荡荡的走廊疾走。她和亚当在局里给乔纳·林纳举办追悼会的同一周搬进了他曾经的办公室。玛戈特从不认识乔纳本人，所以搬进他的办公室对她来说没有顾虑。

“你的车够快的呀。”亚当说着走了过来，然后微笑着露出尖尖的牙齿。

“是很快。”玛戈特回答。

亚当·约瑟夫今年二十八岁，但他的脸看起来却像一个十几岁的少年。他的头发很长，短袖衬衫盖在裤子外面。他来自一个亚述教派的家庭，生长于南泰利耶[①]，曾在北部第一区踢足球。

“这段视频上传到 YouTube 多久了？”她问。

“三分钟。”亚当说，“他现在就在那儿，正站在窗外……”

“我们并不清楚，但是……”

“我想他是的。”他打断道，“我认为他是，他一定会这样做。”

玛戈特把沉重的包放在地板上，然后坐在椅子上打电话给鉴定科。

“嗨，我是玛戈特，你已经下载视频了吗？”她问道，语气听起来有点儿紧张，“听我说，我需要一个定位或一个名字，试着找出那个地点或那个女人。你可以调用所有的资源，你有五分钟的时间做任何你觉得能做的事，只要给我点儿线索我就能保证让你下班，这样你就可以享受美妙的周五夜晚了。”

她放下电话，打开亚当桌上的比萨饼盒。

“你吃饱了吗？”她问。

这时一封电子邮件的收达信息传来，玛戈特迅速地把一块比萨塞进

① 瑞典东南斯德哥尔摩的一个郊区城镇。

嘴里，额头上冒出了一条略显担心的皱纹。她打开视频文件，最大化，把辫子推到肩膀上，点击播放，然后把椅子向后靠，这样亚当也能看到。

第一个镜头是被照亮的窗户在黑暗中摇曳。

摄像机慢慢地移动，镜头随之移动。

玛戈特觉得胳膊上的汗毛竖了起来。

一间光线充足的房间里，一个女人站在电视机前，从一个小桶里用勺子舀着冰激凌吃，她用一只脚平衡着身体，然后拽着她慢跑时穿的裤子，想要从另一只脚上脱下来。她瞥了一眼电视机，笑了笑，然后舔了一下勺子。

警察总部房间里唯一的声音来自电脑中的风扇。

玛戈特注视着那个女人的脸，她的眼睛、脸颊和脑袋的曲线，一边想着只要给自己一个有用的细节就行了。她的身体似乎正冒着余热，应该刚跑完步，内衣的弹性因为被洗过多次有些松弛，胸罩透过汗水浸湿的汗衫清晰可见。

玛戈特靠近屏幕，肚子紧贴大腿，沉重的辫子向前搭在肩上。

“还有一分钟。”亚当说。

女人把冰激凌桶放在咖啡桌上，离开房间，她的慢跑裤仍然在一只脚上晃来晃去。

摄影机跟着她，侧身经过一扇狭窄的露台门，到达卧室的窗户。灯亮着，女人再次进入视野。她把慢跑裤脱下，踢向一个有着红色靠枕的扶手椅。裤子从空中飞过，甩到了椅子后面的墙，掉落在地上。

2

摄影机慢慢地穿过黑暗的花园，停在窗外。镜头微微晃动，仿佛它漂浮在水面之上。

“只要她抬起头，一定能看见他。”玛戈特低声说，感觉心跳在胸膛里加速。

房间里的光线延伸到玫瑰花丛的叶子上，在镜头顶部投射出轻微的亮斑。

亚当用手捂着嘴坐着。

这位女士脱下背心，把它扔到椅子上，然后穿着褪了色的内衣和染色的胸罩站了一会儿，看着床头柜水杯旁边正在充电的手机。她的大腿在跑步后因充血而显得绷紧，运动裤在她的肚子上留下了一圈红印。

她身上没有文身和任何可见的疤痕，只有怀孕后留下的浅浅的白色妊娠纹。

这个房间看起来就像任何其他的普通房间，没有什么特殊之处，没有任何值得研究的细节。

摄像机在颤抖，然后镜头向后拉去。

女人从床头柜上拿起水杯开始喝水，然后视频戛然而止。

“该死的，该死的！”玛戈特生气地重复道，“见鬼，什么东西都没有。”

“让我们再看一遍。”亚当快速说道。

“这玩意儿我们能看一千遍。”玛戈特说着把椅子往后一推，“继续，该死的，继续，但这破玩意儿一点儿线索都不会给我们。”

“我能看到很多东西，我能看到……”

“你可以看到一栋二十世纪造的独立式房子，一些果树、玫瑰、三层玻璃的窗户、四十二英寸的电视、本·杰瑞牌的冰激凌。”她指着电脑说。

原来我们彼此竟可以如此相似。通过一个窗户可以展现出瑞典人遵循着相同模式的日常，简直可以达到互换的程度。从旁观者来看，我们每个人的生活方式竟然完全一样，我们看起来一样，做着同样的事情，拥有着同样的东西。

“这简直不可理喻。”亚当生气地说，“他为什么要上传这些视频？他到底想要干吗？”

玛戈特从小窗户向外瞥了一眼，克伦诺伯格公园的黑色树梢映衬着城市的朦胧光芒。

“毫无疑问，这是一个连环杀手。”她说道，“我们所能做的就是拼出一个初步的罪犯侧写，这样我们就可以……”

“这对她有什么用？”亚当打断她的话，一只手插入头发，“他现在就站在那人窗外，你却在这里说什么罪犯侧写！”

“这对下一个受害者会有帮助。”

“你说什么？”亚当说，“我们必须……”

“给我闭嘴一分钟。”玛戈特打断他的话，拿起电话。

“你才给我闭嘴。”亚当提高嗓门说，“我有权利说出我的想法，不是吗？我想我们应该让网站马上上传这个女人的照片。”

“亚当，听着……尽管我们很想知道她是谁，但我们没有任何线索可以追踪。”玛戈特说，“我会和鉴定科确认，但我怀疑他们不会发现比上次更多的线索。”

“但是如果我们把她的照片传到……”

“我现在没时间听你胡说八道。”她怒气冲冲地说，“给我用脑子想一想，这一切都表明他直接从她的花园里上传了视频，所以我们只有从理论上才有可能救她。”

“所以我才这么说！”

“但是已经过了五分钟，对于站在窗外的那个人来说这已经是一段很长的时间。”

亚当倾身向前凝视着她，他疲惫的眼睛充着血，头发也竖了起来。

“那么，我们就这样放弃？”

“这是一个紧急事件，但我们必须思考清楚。”她回答说。

“好好好。”他回答，但语气听起来仍然很生气。

“凶手满怀信心，他知道他会赶在我们前面。”玛戈特一边拿起最后一块比萨一边快速解释道，“但若是我们能更了解他……”

“去了解他？很好，但这并不是我现在思考的事情。”亚当说着擦去了鼻子下方的汗，“我们无法追查到前一个视频的来源，我们没有在现场找到任何线索，我们一定也没法追查到这个视频。”

“我们不太可能得到任何法庭证据，但我们可以通过分析视频和他作案手法的残暴行为来试图确定他的身份。”玛戈特回答说，同时感觉到婴儿正在她体内蠕动，“到目前为止，我们看到了什么，他向我们展示了什么，他看到了什么。”

“一个刚跑完步的女人，现在正在吃冰激凌、看电视。”亚当试探性地回答道。

“那凶手告诉了我们什么？”

“他喜欢吃冰激凌的女人……我不知道。”亚当叹了口气，用手捂住了脸。

“再给我想想。”

“对不起，但是……”

“我在想一个事实，凶手上传了一个视频，展示了谋杀案发生的时间。”玛戈特说，“他故意花时间享受了当下的过程……他想给我们看那些活着的女人，想在视频里保存她们的生命，或者是这种特殊的生存方式才是他的兴趣所在。”

“他是个偷窥狂？”亚当问道，手臂传来了一阵刺痛感。

“一个跟踪狂。”她低声说。

“告诉我如何筛选出那些从监狱或精神病院里释放出来的家伙。”亚当说着登录了内网，“强奸犯、暴力犯、强迫症患者。”

他快速地打字，然后点击鼠标，又输入了一些关键词。

“结果太多了。”他说，“时间不够了。”

“试试加入第一个受害者的名字。”

“没有结果。”他叹息着，扯着头发。

“一个连环强奸犯，可能已经被化学阉割。”玛戈特大声地说。

“我们需要交叉对比数据库才行，但这会花很长的时间。”他说着从椅子上站起来，“这行不通，我们到底还能做什么？”

“她死定了。”玛戈特叹了口气，然后身体向后仰，“她可能还有几分钟的时间，但是……”

“我不知道能不能承受这一切。”亚当说，“可以看到她，我们可以看到她的脸，她的家……天哪，我们可以看到她活生生的生命，但无法知道她是谁，只有等到她死了，等到有人找到她的尸体。”

3

当苏珊娜·科恩把满是汗水的裤子拉下来并踢到椅子上时，可以感觉到她的大腿肌肉因跑步而传来的刺痛。

从三十岁起，她每周三次夜跑，每次五公里。在周五跑步之后，她通常会吃冰激凌、看电视，因为比约恩要到十点才会回家。

当比约恩在伦敦找到工作时，她以为自己会感到孤独，但是很快她开始体会到自己独处也能享受美好时光。

自从她开始在卡罗林斯卡学院学习一门要求很高的神经学课程以来，她比以往任何时候都更需要时间休息。

她解开了被汗浸透的运动胸罩，打算星期日再穿一次后再去洗它。

她记得以前的夏天没有那么热。

一个刮擦声使她转头看向窗户。

后花园太暗了，她只能看到卧室的倒影。倒影看起来像一个剧院，或者说是一个电视演播间。她自己则如同刚刚走入其中，站在聚光灯下。

就差我没穿衣服了，她自嘲似的想道。

她站了一会儿，看着自己赤裸的身体。灯光带着一种戏剧效果，使她看起来比实际要瘦。刮擦声不断重复着，好像有人在窗台上钉钉子。天太黑了，看不清是不是有鸟在窗外。

苏珊娜凝视着窗户，小心翼翼向它走去，试图透过玻璃的反光看清楚。她抓起深蓝色的床罩裹在自己身上。

她颤抖着。

她克服了本能的不情愿，走到窗前，把脸靠向玻璃。花园变得清晰可见，像一个深灰色的世界，就像古斯塔夫·多雷雕刻的阴间。

黑色的草，高大的灌木，儿子摩根的秋千在风中摇动，还有在儿童游戏房后面堆着的玻璃板。这些玻璃板原本是打算做花园房的，但至今还未动工。

当她挺直身子拉窗帘时，哈气呼在了玻璃上。厚厚的床罩掉到地板上，她赤身裸体地朝门口走去。一阵颤抖沿着她的脊椎传下来，她又转身朝窗户走去。黑色的玻璃在深粉色窗帘间的缝隙中闪着光。

她从床头柜上拿起电话，打给比约恩，当她听到电话接通时，双眼紧盯着窗外。

“你好，亲爱的。”他应道，声音很大。

“你在机场吗？”

“什么？”

“你是在……”

“我在机场，我刚在奥利里斯吃了个汉堡，然后……”

他的声音消失了，突然响起一群男性的欢呼声。

“利物浦队又得分了。”他解释道。

“万岁。”她回应道，但言语间毫无热情。

“妈妈打电话来问你生日想要什么。”

“她想得真周到。”她回答。

“我说你想要穿透明内衣。”他开玩笑说。

“好极了。”

当电话中传来细碎的噼啪声时，她正盯着窗帘之间闪闪发光的玻璃。

“家里一切都好吗？”比约恩的声音在她耳边响着。

“我就是觉得有点儿怕黑。”

“本不在吗？”

“在电视机里。”她回答。

“那么杰瑞呢？”

“他们两个都在等我。”她笑着说。

“我想你。”他说。

“一定不要错过飞机。”她低声说。

他们又聊了几句，互相在电话里亲吻道别，挂断电话后。她意识到自己开始想前一天晚上被带进来的病人。一名年轻男子在没戴头盔的情况下骑摩托车出了事故，导致头部严重受伤。他的父亲从夜班中直接赶到医院，身上仍穿着脏兮兮的工装裤，脖子上挂着一个呼吸面具。

她把粉红色的睡衣放在面前，走回客厅，拉上了沉重的窗帘。

房间突然变得很暗，陷入了一片寂静。窗帘在窗前晃动，她转身离开时身体一阵发抖。

她又吃起了冰激凌，现在已经软多了，口感刚刚好，浓浓的巧克力味充满了嘴巴。

苏珊娜把冰激凌桶放下，走进浴室，锁上门，打开淋浴器，松开马尾辫，把发绳放在水池边上。

她叹了口气，热水冲刷着她的头和脖子，包裹着全身。当她的肩膀放松，肌肉软化时，耳朵开始嗡嗡作响。她把肥皂泡涂在腿上，发现自从上次脱毛后，汗毛又开始长长了。

苏珊娜用手擦去玻璃门上的蒸汽，这样她就能看到浴室门的把手和锁。

她突然想起刚才自己把床罩裹在身上时从窗户里看到的情景。

她否定了自己，认为这是她的想象，这样让自己感到害怕是愚蠢的。她把焦虑放在一边，告诉自己不可能透过玻璃看见什么。

房间里太亮了，而花园太暗了。

但在深色床罩的映照下，她看到了一张脸正盯着她，但在下一刻他就消失了。她意识到这一定是她弄错了，但是现在她忍不住回想那可能是真的。

那不是一个小孩，不过有可能是一个邻居在寻找他的猫，然后正好停下来看到了她。

苏珊娜把水关了，心脏怦怦直跳。她突然意识到通往花园的厨房门此时正开着，这让她的心脏差点儿从胸口跳了出来。她怎么会忘了这一点呢？她整个夏天都开着那扇门，好让夜晚凉爽的空气进来，但她通常会在淋浴前把它锁好。

她擦了擦玻璃门上的雾气，又看了看浴室门上的锁，并没有什么异样。她伸手去拿毛巾，心里想要给比约恩打电话，并保持通话，让他陪着她确认一遍房子。

4

苏珊娜离开浴室时能听到电视上的掌声。和服薄薄的丝绸沾在她湿漉漉的皮肤上。

从地面吹来一股冷风。

磨损的镶花瓷砖上留下她潮湿的脚印。

餐厅的窗户边上有一道黑暗的微光，玻璃在长有蕨类的吊篮后面泛着光亮。苏珊娜觉得自己在被监视，但她强迫自己不要向外看，以免更害怕。

她绕过了地下室锁着的门，然后向厨房走去。

她湿漉漉的头发浸透了和服的背面。水滴从衣服里面滴了下去，滑落在臀部之间。

她越靠近厨房，地面传来的温度就越冷。她的心脏剧烈地跳动着。

她突然想起了那个头部严重受伤的年轻人，他在使用了氯胺酮[①]后终于镇静了下来。他的整个脸都被轧扁了，朝太阳穴的方向挤在一起。他的父亲不断重复着说他的儿子没有什么病。苏珊娜原本可以给他找一个专业的人进行交流安抚，但她那时没有时间这么做。

现在她想象着那个身材魁梧的父亲找到了她，穿着脏兮兮的工作服站在厨房门外想要责备她。

电视里传来了一首不同的歌曲。

有一阵微风直吹过厨房。通向花园的门是敞开的，塑料的薄门帘飘进房间里侧。她慢慢地向前走，在舞动的门帘后面很难看清任何东西。

可能有人站在外面。

她抬起手，把旋转的门帘推到一边，钻过去，把手伸向门把手。

地面传来了从屋外流入厨房的空气所带来的寒意。

她的和服突然散开。

她感到这个阴郁的花园似乎被废弃了，灌木丛在风中摇曳，秋千也微微摆动着。

---

① 氯胺酮是一种麻醉剂，用于各种小手术或诊断操作，可以令使用者肌肉松弛。

她赶紧关上门，顾不上夹住了一部分的门帘，然后赶紧把门锁上，拔出钥匙往后退。

她把钥匙放在零钱碗里，然后调整和服。

至少现在门锁好了，她心想。但这时她听到了从背后传来嘎吱嘎吱的声音。

她转过身，试图用微笑化解自己的紧张，原来声音的来源是客厅的窗户被风吹得在铰链上移动。

电视里传来观众对裁判决定不满的叫嚣声。

苏珊娜想把电话从卧室里拿来，然后给比约恩打过去。他现在应该已经在登机口等待了，她想听着他的声音巡视一遍整个房子，然后在电视机前坐下来。她现在精神紧张，没法放松。唯一的问题是地下室根本没有信号，也许她可以打开电话免提，然后放在楼梯上半部分。

她告诉自己其实没必要巡视一遍屋子，但依旧无法控制自己的脚步。

她走过通往地下室关着的门，从眼角瞥见了餐厅里漆黑的窗户，然后继续朝起居室走去。

她记得自己锁了前门，但还是想去检查一下。

这时，从客厅敞开的窗户传来一声口哨般的声响，窗帘被狭窄的窗缝吸了过去。

她开始朝餐厅走去，发现橡木桌上插着野花的花瓶里水干了，然后她突然停下脚步。

她的全身仿佛被一层薄冰所覆盖。

一瞬间，肾上腺素从血液中汹涌而出。

餐厅的三扇窗户就像一面大镜子，桌子和八把椅子被天花板上的灯照亮，后面有一个人影！

苏珊娜凝视着房间的倒影，心跳声几乎把耳朵震聋。

在大厅的门口，有人手里拿着菜刀站着。

他在里面！他在屋里！苏珊娜心中惊呼。

她关上厨房的门锁时本应该逃到花园中。

她慢慢向后移动。

闯入者直直地站着，背对着餐厅，凝视着通往厨房的走廊。

那把大刀从他的右手垂下，不耐烦地抖动着。苏珊娜退后，眼睛盯着大厅里的身影。她的右脚滑过地板，地板随着她的用力而嘎吱作响。

她必须逃出去，但是如果她试图逃到厨房，整个过道都将使她暴露。也许她有时间从碗里拿钥匙，但这无法保证。

她继续小心翼翼后退，现在她能从最后一扇窗上看到闯入者的影子。

地板在她的左脚下面发出嘎吱声，她停下来，看着那个影子转身面对着餐厅，然后抬起头，通过黑暗的窗户看到了她。

苏珊娜又慢慢地迈了一步。闯入者开始向她走来，她吓得呜咽起来，转身跑进客厅。

她滑倒在地毯上，失去了平衡，膝盖撞在地板上。她伸出手来撑住自己以防摔倒，疼痛让她喘不过气来。

椅子撞击餐桌的声音传来。

她站起身的时候打翻了落地灯，灯撞在了墙上，又倒在了地板上。

她能听到身后的脚步声。

她没有环顾四周，径直冲进了浴室，把门关上。里面的空气仍然温暖而潮湿。

这一切不可能发生，她惊慌失措地想。

她快速走过了洗手盆和厕所，拉开小窗户的窗帘，当她试图解开其中一个抓钩时，看见自己的手忍不住在颤抖。窗户卡住了，她一边用力拉一边试图强迫自己冷静下来。她侧着身子拽着，当她听到浴室门上的锁发出刮擦声时，她设法打开了第一个钩子。她冲回来，在门锁开始转动的时候抓住了它。她双手紧紧地抓着，心脏因恐惧而狂跳不已。

5

闯入者把一个螺丝刀，也有可能是刀背插进了门外侧的锁眼里。苏珊娜紧紧抓住门锁的把手，但把手晃得很厉害，她很怕自己无法握住。

“天哪！这不可能发生！”她自言自语，“这不是真的……这不是真的……”

她迅速向窗子瞥了一眼。现在敞开的口子对她来说太小了，根本没法钻出去。逃跑的唯一希望就是跑到窗前，解开第二个钩子，推开它，然后才能爬出去，但是她现在不敢松开手中的锁。

她一生中从未如此害怕过。这是一种无尽而致命的恐惧，完全超出了她的控制范围。

门锁又热又滑的触感从她颤抖的手指上传来，隔着门板，另一边的金属不停地发出着刮擦声。

“是谁？”她朝着门问道。

闯入者试图快速扭转门锁把门打开，苏珊娜准备好与这股力量进行抵抗。

“你想要干吗？”她鼓起勇气发出声音，“你要钱吗？我懂你的意思，钱的话不是问题。”

她没有等到回答，只听到金属间的摩擦声，以及从门锁传来的震动。

“你可以随便去翻，但房子里没有什么特别值钱的东西……电视是新的，但是……”

她没继续出声，因为声音颤抖得太厉害，已经很难听清自己在说什么。她低声对自己说，必须保持冷静。她紧紧地抓住锁，思考自己流露出恐惧是一件危险的事情，这可能会让闯入者起歹念。

“我的包挂在门厅里。”她开口道，然后重重地咽了一口唾沫，“一个黑色的包，里面有钱包，有现金和一张信用卡。信用卡我刚刚还清，你想要的话我可以告诉你密码。”

闯入者停止了转动门锁的动作。

“听着，密码是3945。”她对着门口说，“我还没见过你的脸，你可以拿走钱，我会等到明天再去给卡挂失。”

苏珊娜仍然紧紧地握着锁，把耳朵贴在门上，想象着能在电视广告声淹没耳朵之前听到脚步声穿过地板离去。

她不知道给他真实的密码是否很愚蠢，但她只想结束这一切。

苏珊娜在门后等着，一直告诉自己这还没结束，一刻也不能掉以轻心。

她小心地把手放在锁上，没有松开，右手拇指和食指已经麻木。她甩了甩手，把耳朵贴在门上，心想她把信用卡的密码告诉他已经过去了半个多小时。

可能是一个瘾君子看见一扇敞开的厨房门，就进来寻找值钱的东西。

电视节目的最后一部分也放完了，广告过后是新闻时间。她又换了下手，继续等待着。

又过了十分钟，她趴在地上，从门下面的缝隙张望。没有人站在外面。

她可以看到沙发底下的大片拼花地砖，以及清漆上反射着电视机发出的光。

一切都很安静。

窃贼不会寻求暴力，他们只是想方便和快捷地搞到钱。

她颤抖着站起来，又握住锁，然后静静地站在门口，听电视机传来的新闻和天气预报。她从地上抓起刮水刀当作武器，绷紧身体，小心地打开门。

门悄无声息地打开。

她几乎能透过通道看到整个客厅，没有闯入者的迹象，就好像他从未来过似的。

她走出浴室，两腿因为害怕而瑟瑟发抖。当她走近客厅时，身体的每一种感官都变得极为灵敏。

她听到远处有狗吠声。

她小心翼翼地向前走去，看到电视机的亮光洒在关着的窗帘、家具，以及放着冰激凌桶的玻璃咖啡桌上。

她打算进卧室拿起电话，然后把自己锁进厕所里报警。

在她的左边，一个玻璃橱柜里面摆着比约恩继承所得的德勒斯登陶瓷。她的心跳开始加快，她几乎就要走到了过道的尽头，到了那里她才能看清整个大厅。

她一脚迈入客厅，立即环顾四周，注意到餐厅里空无一人。然而，她随后就意识到闯入者就在她旁边，离她只有一步之遥，一个瘦小的身影就站在那儿，在走廊尽头的墙旁等着她。

刀子刺来的速度太快了，她没有时间做出反应。

锋利的刀刃直直地刺入了她的胸膛。

她用手按住伤口，感觉温暖的血液在她的手指间渗出。刮水刀掉到了地上发出了声响，她转过身来，头部感到异常沉重。她可以看到自己的血飞溅般洒在闯入者光亮的雨衣上。灯光似乎在闪烁，她试图说些什么，这肯定是某种误会，但她没能发出声音。

苏珊娜转过身，朝厨房走去，感觉到背部传来一阵快速的戳刺，她知道自己被反复扎了几刀。

她蹒跚地侧过身子，摸索着寻找支撑，人撞到了陈列柜和墙上，丁零当啷的声音传来，所有的瓷器都被打翻了。

她的血浸满了整件和服，心跳加速，胸部疼得厉害。

她的视野缩小成一条窄窄的隧道。

耳鸣传来，她意识到闯入者正在兴奋地叫喊着，但是难以理解他在叫什么。

当她的头发被抓住时，下巴被扯得抬了起来。她试图抓住一把扶手椅，但失败了。

她的腿一软，摔倒在了地上。

刀刃再次进入她的颈部和胸部，她的嘴唇和面颊充满了温暖的痛楚。

苏珊娜意识到她已经无能为力了，冰冷的痛苦像裂痕一样张开，她不再为自己的生命而战。

6

精神病医生埃里克·玛利亚·巴克靠在他浅灰色的羊皮扶手椅上。他家中有一个很大的书房，地上铺就着漆黑的橡木地板，还有一个嵌入式书架。这座黑砖所造的别墅是加姆拉安斯基德地区最古老的建筑，位于斯德哥尔摩的南部。

正当中午，但是他昨晚一直值班待命，所以现在可以睡上几个小时。

他闭上眼睛，思考本杰明小的时候喜欢听妈妈和爸爸遇见的情景。埃里克会坐在床边，解释给他听爱神丘比特的存在。

“他生活在云层中，看起来像个胖乎乎的小男孩，手里拿着弓和箭。”

“一个夏天的晚上，丘比特凝视着瑞典，然后看见了我。”埃里克对儿子解释说，“我在一个大学聚会上，在屋顶露台上挤过人群时，丘比特爬到云边，朝地球射了一箭。”

“我在聚会上闲逛，和朋友聊天，吃花生，和学院的主管随便聊几句。”

“那个留着金色鬈发的女生手里拿着香槟酒杯出现的时候，丘比特的箭射中了我的心。”

结婚二十年后，埃里克和西蒙妮协议分手，但她可能是他这辈子最中意的人。

当埃里克向前探身关掉他的阅读灯时，他在书架旁的窄镜里瞥见了自己疲惫的脸。他额头和脸颊上的皱纹比以前更深了，灰发渐渐侵占了他原本深棕色的头发。几根头发垂下来挡在了他眼前，他猛地甩了一下头，他应该去理个发。

当西蒙妮告诉他她遇见了约翰时，埃里克意识到这一切结束了。本杰明倒是对整件事显得很轻松，常常说笑他有两个爸爸会很酷。

本杰明现在十八岁，跟西蒙妮和她的新男友，还有他的继兄弟姐妹和狗狗们一起住在位于斯德哥尔摩的一幢大房子里。

埃里克的桌子上放着最新一期的《美国精神病学杂志》和奥维德的《变形记》，以及当作书签用的一板已经半空的药片。

在加了铅条的玻璃窗外，雨水打湿了花园里的植被。

埃里克把药片从书上拿下来，拿出一片安眠药放在手心，试图算出他的身体需要多长时间才能吸收这种活性物质。他没能算清楚，只好重新开始计算，然后又放弃了。为了以防万一，他沿着小凹槽把药片掰成两半，吹掉散开的粉末防止吞服时尝到苦味，然后吞下一半。

当约翰·克特兰的《亲爱的老斯德哥尔摩》从音响里流淌出来时，雨水正顺着窗户向下滴落。

药片所带来的反应在肌肉中蔓延开来，他闭上眼睛欣赏音乐。

埃里克·玛利亚·巴克是一名受过训练的医生、精神病学家和精神治疗师，专门从事灾难后心理创伤的咨询，并在乌干达红十字会工作过五年。

他花了四年时间领导了一个开创性的研究项目，在卡罗林斯卡研究所进行深度催眠的团体治疗。他是欧洲催眠学会的成员，被认为临床催眠治疗的国际权威。

目前，埃里克是一个专门治疗急性创伤患者的小团队中的一员，他们经常被召集来帮助警察和检察官与犯罪受害者进行复杂的交谈。

他经常用催眠来帮助目击者放松精神，以便他们能够复述造成创伤情况时的记忆。

三个小时后他要去卡罗林斯卡医院开会，他希望能用剩余的大部分时间来睡个觉。

但他办不到。

他被拽进了梦乡，开始梦见他带着一个留着胡子的老人穿过一幢很小的房子。这时电话响了，埃里克跳了起来，在桌子上摸索着。他突然感到一阵焦虑不安，心脏怦怦直跳。

“西蒙妮？”他迟疑地应道。

“嗨，西蒙妮……我不确定，但也许你应该试着放弃那些法国香烟？”内莉用她简洁的方式开玩笑，“很抱歉我不得不这么说，但你听起来像个男人。”

“应该差不多。”埃里克露出笑意，感觉着安眠药使他的脑袋变得沉重。

内莉用铃铛般的声音大笑道。

内莉·勃兰特是一位心理学家，是埃里克在卡罗林斯卡医院的专家团队中最亲密的同事。她非常能干，工作很努力，但也有着一种乡土朴实气息的滑稽。

“警察来了，他们很焦虑。”她说道。

现在他才听出她的声音中带着紧张。他揉了揉眼睛，试图集中注意力。内莉告诉他，警察带着一个受了严重创伤的病人冲了进来。

埃里克朝对着街道的窗户眯起眼睛，水从窗玻璃上流下来。

“我们正在检查他的身体状况并进行常规检查。”她说，“血液和尿液……肝脏、肾脏和甲状腺功能……"

"很好。"

"埃里克，局长特别要求你……这是我的错，我碰巧说了你是最厉害的。"

"恭维对我不起作用。"他说着，脚步有些不稳。他用手搓着脸，然后扶着家具朝桌子走去。

"你站起来了。"她的声音听起来很开心。

"是的，但是我……"

"那我就告诉警察你已经在路上了。"

桌子下面有一双黑色的袜子，底面沾满了灰尘，还有一张出租车收据和一个手机充电器。当他弯腰去抓袜子时，地板仿佛冲上来要迎接他，如果他没有伸出手来阻止自己，整个人差点儿就摔倒了。

书桌上的物品在视野中融合并展开，一根银色的笔反射着刺目的光芒。

他伸手拿过来仅剩半杯水的水，抿了一小口，告诉自己需要行动起来。

7

卡罗林斯卡大学医院是欧洲最大的医院之一，拥有超过一万五千名员工。从远处看，这座建筑就像一艘来自古代墓地的海盗船，但是你走过公园时，它看起来和其他建筑并没什么区别。建筑正面的墙面因常年被雨水冲刷呈现着尼古丁烟迹般的黄色，锈色的水从排水管中流出。

当埃里克驶进停车场时，汽车轮胎因转弯摩擦而发出嘎吱嘎吱的声音。

内莉正站在台阶上，手里拿着两杯咖啡等着他。当埃里克看到她快乐的笑容和眼神里那种特地表现出来的毫无兴趣时，禁不住笑了起来。

内莉相当高，且瘦，她漂白的头发很完美，妆容雅致。

埃里克经常在社交场合见到她和她的丈夫马丁。内莉并不是必须要工作，因为她的丈夫是北欧数据矩阵公司的主要股东。

当她看着埃里克的宝马车开进停车场时，她走到车跟前，对着其中一个杯口吹了吹，小心翼翼地啜了一口，然后把它放在车顶，打开后门。

“我不知道这是怎么回事，来了一个看起来很紧张的警官。”她说着把一杯咖啡递了过去。

“谢谢。”

“我解释，我们总是把病人的最大利益放在心中。”内莉边说边走进车里，关上了车门，“可恶！对不起……你有纸巾吗？我把咖啡洒到座位上了。”

“别担心。”

“你生气了吗？你生气了。”她说。

咖啡的味道弥漫在汽车里，埃里克闭了一小会儿眼睛。

“内莉，告诉我他们说了些什么。”

“我跟那个浑蛋……我的意思是可爱的女警察相处得不太好。”

“在进去之前有什么我应该知道的吗？”他打开车门问道。

“我告诉她可以在你的办公室盯着抽屉等你。”

“谢谢你的……两杯咖啡。”他说道，毕竟她留了一杯咖啡在他车上。

埃里克锁了车，把钥匙放进口袋，用一只手捋过头发，向诊所走去。

“我并没有说让她盯抽屉那些话。”她在他身后喊道。埃里克走上台阶，向右拐，把通行证在读卡器上扫过，轻敲密码，然后沿着一旁的走廊继续走到他的办公室。他仍然觉得昏昏沉沉，意识到自己真的需要尽快不再依赖这些药片。它们让他睡得太深了，简直就像溺水一样，那些梦开始让他感到患上了幽闭恐惧症。昨天他梦见两只狗长成了一只，上周他在诊所睡着了，还梦见了内莉。他记不清具体，但她跪在他面前递给了他一个冰冷的玻璃球。

当他看到警官坐在办公椅上，双脚搁在废纸箱的边缘时，这些思绪都消失了。她用一只手捧着她的大肚子，另一只手拿着一罐可乐。她的眉头皱了起来，下巴张开，用半张开的嘴巴呼吸着。

她的证件放在桌子上，进行自我介绍时，疲倦地朝着它打了个手势。

“玛戈特·西尔弗曼……国家刑事调查局。”

“埃里克·玛利亚·巴克。”他握了握她的手。

“谢谢你这么快赶过来。”她说着舔了下嘴唇，“我们有一个受创伤的证人……每个人都告诉我，应该把你请到询问室里，我们已经尝试询问他四次了……”

“我必须指出，我们这个专业部门有五个人，而且我从来不亲自参加对犯罪者或犯罪嫌疑人的问询。”

天花板上的灯光反射出她黯淡的眼神，她卷曲的头发似乎试图从浓密的辫子中挣脱出来。

“好吧，但是比约恩·科恩并不是嫌疑犯。他在伦敦工作，正坐飞机回家，这时有人杀了他的妻子。”她回复道，然后捏了捏可乐罐，把薄薄的金属弄得咔咔作响。

“好吧，然后呢？”埃里克说。

“他从阿兰达打了一辆出租车回家，发现她已经死了。”警官继续说道，“我们不知道他在那之后做了什么，但他确实忙活了一阵。我们不确定她死的时候躺在哪里，我们发现她时她蜷缩在卧室的床上。他还把犯罪现场清洗干净了，把血都擦了……他说什么都不记得。但是家具被移动过，浸过血的地毯也被丢进了洗衣机……他在离家一公里远的地方被发现，一个邻居差点儿把他撞倒在路上。他仍然穿着浸满血的衣服，赤着脚。”

“我会去见他。”埃里克说，“但我必须事先声明，试图从他那里强行获取信息是错误的。”

“他必须开口。”她固执地说，捏紧了可乐罐。

“我理解你的挫折感，但如果你过于强势，他可能会变成精神病……给他点儿时间，他会告诉你你所需要的。”

“你以前帮助过警察，是吗？”

“很多次。”

“但是这次……这是第二桩谋杀案，看起来像是连环谋杀案。”她说道。

“连环谋杀。”埃里克重复说。

玛戈特的脸色变得苍白，眼睛周围的细小皱纹在灯光下特别明显。

“我们在追捕一个连环杀手。”

“好吧，我明白了，但是病人需要……”

“这个杀人犯已经进入了一个活跃的阶段，不会自行停止。”她说道，“从我的观点来看，比约恩·科恩是个麻烦。首先，他在警察到达之前收拾了犯罪现场……而现在我们还没办法让他告诉我们他到达时所看到的样子。”

她把脚放到了地上，自言自语地说他们需要让事情有进展，然后挺着背坐在那里，喘着气。

“如果我们现在给他施加压力，他可能会永远保持沉默。”埃里克说着打开桦木箱子，取出装有摄像机的人造皮革制的盒子。

她站起来，把罐子放在桌子上，拿起她的证件，迈着沉重的脚步朝门口走去。

“我明白鉴于所发生的一切，这对他来说非常可怕，但是他必须振作起来。”

“是的，但这远不只是可怕，现在他也许不能回忆起来，因为你所描述的听起来像是一种针对压力的应激反应，并且……”

“你说的那些是废话。”她打断他，脸颊泛红。

“精神创伤后会出现急性阻塞……”

“为什么？我不相信。”她说。

“或许你知道，我们的空间和时间记忆是由海马体所提供的……然后这些信息被传递到前额皮质。”埃里克耐心地指着自己的额头回答，“但这一切都会在极度兴奋和震惊的时候发生变化……当杏仁核识别出威胁时，自主神经系统和皮质层都会被激活，并且……”

“好吧，该死的，我明白了，脑子里有很多东西。”

“重要的是，这种程度的压力意味着记忆无法像平常那样进行储存，而是在有效的距离中……它们被冷冻起来，就像冰块一样……被关闭了。”

“我明白了，你是说他做到了他所能做到的。”玛戈特说着，把手放在她的肚子上，“但是比约恩可能看到了一些可以帮助我们阻止这个连环杀手的东西，你得让他冷静下来，然后让他开始说话。”

“我会的，但是我无法告诉你那要花多长时间。”他回答，“我曾在乌干达工作过，饱受战争创伤的人们……那些已经彻底崩溃的人，你必须用睡眠、谈话、锻炼、药物等方式慢慢地……”

“不用催眠？”她不由得微笑着问道。

“当然用，只要没有人夸大对结果的期望……有时，温柔的催眠可以帮助患者重构他们的记忆，使那些记忆能够真正被访问。”

“现在我希望让一匹马去踢他的脑袋，如果那会有帮助的话。”

“好吧，但那不是我的专长。”埃里克冷冷地说。

“对不起，我怀孕的时候有点儿不耐烦。”她说道。他能听到她想让自己听起来变得讲道理一些。“但我必须找出与第一次谋杀案有何相似之处，如果要我追查这个杀人犯，我需要一个模式，现在我什么线索都没有。”

他们走到了病人的房间，两名身穿制服的警官站在门外。

“我知道这对你很重要。”埃里克说，“但要记住，他刚刚发现妻子被谋杀了。”

8

埃里克跟着玛戈特走进了房间，房间里有两把扶手椅、一张沙发、一张低矮的白色桌子、一个装有塑料杯的饮水机和一个废纸箱。

在窗台下面的地上有一个破罐子，地板的油毡上撒满了泥土。

空气中满溢着压力和汗意，那个人站在远处的角落里，好像尽可能地想远离他们。

当他看到埃里克和玛戈特时，他背对着墙走到沙发边。他脸色苍白，充满血丝的眼睛里露出一种像被捕杀的无奈神情。他淡蓝色衬衫的腋下有汗渍，下摆挂在裤子外面。

“你好，比约恩。”玛戈特说，“这是埃里克，他是这儿的医生。”

那人焦虑地看着埃里克，然后又回到角落里。

“你好。”埃里克说。

“我没病。”

“你是没生病，但是你经历过的一切意味着你有权利接受治疗。”埃里克回答说。

“你不知道我经历了什么。”那人说完后对自己小声嘀咕了些什么。

“我知道你没有被注射镇静剂。”埃里克平静地说，“但我想让你知道，你拥有这个选择，如果……”

“我为什么要一大堆药片？”他插嘴道，“药片会有帮助吗？会把一切都摆平吗？”

“不，但是……”

“药片会让我再见到苏珊娜吗？”他大声喊道，“这不可能，对吧？”

“没有什么能改变已经发生的事情。”埃里克严肃地说，“但是不管发生了什么事，你和所发生的事情都会发生变化。”

“我听不懂你在说什么。”

“我只是想找一个好的方法来解释你现在的感受是过程的一部分，如果你愿意，你可以接受我在这个过程中所能提供的帮助。”

比约恩简短地瞥了他一眼，然后沿着墙又往前滑了一步。

玛戈特把她的小录音装置放在桌子上，并说了下日期和时间，以及房间里那些人的名字。

“这是对比约恩·科恩的第五次谈话。”她总结道，然后转过身来。他正站在沙发的靠背旁。“比约恩，你能用你自己的话告诉我……”

“说什么？”他快速地问道，“说什么？”

“说你到家时候的事情。”玛戈特回答。

“为什么？”他低声说。

“因为我想知道发生了什么，你看到了什么。”她简短地回答。

“什么意思？我就是回个家，不允许吗？”

他把手放在耳朵上，站在那里喘气。埃里克注意到他双手的关节都在流血。

“你看到了什么？”玛戈特疲倦地问道。

“你为什么问我这个？我不知道你为什么要问我，该死的……”比约恩揉着他的嘴和眼睛。

“我希望你在这个房间里能感觉安全。”埃里克说，“你认为自己没法放松，你认为这是不可能的，但事实并非如此。”

比约恩用指甲剥着墙纸的边缘，然后撕下了一小块。

“这就是我想的。”他开口，但没有看着他们，“我想从头来一次，但这次一定会没问题……我回家，从门进去，然后一切都好了。”

“你是什么意思，一切都没问题？”埃里克问道，设法吸引住他的目光。

“我知道这听起来很荒唐，但如果这是真的呢？你又不知道能不能实现。”他说道，然后做了一个绝望的手势让他们安静下来，“我走进去，穿过门，叫苏珊娜的名字……她知道我有东西要给她，我一直会带一些免税的东西回来……我脱下鞋子进去……”

他看上去心烦意乱。

“地上有泥土。”他低声说。

“地上有土吗？”玛戈特问。

“闭嘴！”比约恩吼道，他的声音在颤抖。

他走到沾有泥土的地板上，捡起一盆植物，把它扔到墙上。塑料罐碎了，土在沙发后面散落一地。

“该死的！”他喘息着。

他两手靠在墙上，脑袋向下垂耷着，一些口水滴落在了地上。

“比约恩？”

“他妈的，真是让人绝望。”他的声音哽咽。

“比约恩。”埃里克用缓缓的声音说道，“玛戈特来这里是为了了解更多的情况，那是她的工作。而我的工作是帮助你，我是为了你而来的……我经常跟那些遭遇了麻烦的人打交道，那些经历过损失和可怕事情的人……没有人该经历这些事情，但不幸的是，这些事情却是一些人生活中的一部分。”

他没有反应，只是静静地啜泣。他的眼睛黯淡无光，呆滞着，充满了血丝。

“你想站在那边吗？”埃里克温柔地问，“不愿意坐在扶手椅上吗？”

“我不在乎。”

“我也不……”

“好的。”比约恩喃喃自语，转向他。

“我已经提到了，我知道你说了什么，但是我的工作是提供你所需要的帮助……我可以给你用镇定剂，它不会消除已经发生的可怕事情，但它将有助于平息你内心的恐慌。”

“你能帮我吗？”比约恩停顿后低声耳语问道。

“我可以帮你迈出第一步……去克服最坏的情况。”埃里克平静地解释道。

“当我想到家里的前门时，我就开始发抖……因为我一定是走进了另一扇门，走错了门。”

“我能理解你为什么会这么想。”

比约恩小心地动了下嘴唇，好像嘴唇会伤害他一般。“你要我坐下吗？”他问道，谨慎地瞥了埃里克一眼。

“如果那能让你感觉更舒服的话。”埃里克回答。

比约恩第一次坐了下来，埃里克注意到玛戈特看着他，但他没有回头看。

“当你走错门时发生了什么？”

“我不想去想这个问题。”他回答。

“但是你记得，是吗？”

“你能吗……你能给我消除这个恐慌吗？”比约恩低声对埃里克说。

“这由你自己决定。”埃里克说，“但是我很高兴坐在这里跟你和玛戈特谈谈……或者你和我也可以单独谈谈……我们也可以尝试下催眠，这可能会帮助你度过最糟糕的时期。”

“催眠？”

“有些人觉得它很有用。”埃里克简单地回答。

“不要。”比约恩微笑了一下。

“催眠只是放松和集中的一种结合。”

比约恩用手捂着嘴默默地笑着，然后站起来沿着墙走，一直走到拐角处，转过身去看埃里克。

“我想也许你提到的药物可能是个好主意。”

“好的。”埃里克点点头，“我可以给你地西泮[①]，你之前听说过吗？它会让你感到温暖和疲劳，但也会更平静。”

比约恩用一只手掌拍了几下墙壁，然后走到饮水机前。

“我会让护士给你带来药片。”埃里克说。

他离开了房间，确信比约恩很快就会要求进行催眠。

9

里尔简斯4号楼的建筑构造与周围不同，这里有黑暗的外墙，哥特式的设计，装饰性的砖瓦、圆顶、柱子和拱门。

拖到地板上的窗帘严严实实地关着，不然的话就可以透过窗户看到房子的内部。

埃里克看着写在一张纸上的地址，犹豫了一下，然后走进大门口。他没有告诉任何人这件事。

他进门的时候感觉到内心一紧，从楼梯间传来轻柔的钢琴音乐。他

① 地西泮是一种治疗焦虑症及各种功能性神经症的药物。

看了看时间，意识到自己稍微来早了一点儿，于是又回到前门等候。

在春天的时候，他在信箱里发现了一张钢琴课的广告传单，他很草率地为儿子本杰明预订了一门进阶课程。本杰明今年夏初将满十八岁。

他认为学习乐器永远不会太迟。他一直梦想着弹钢琴，能独自坐下来演奏一曲肖邦忧郁的《夜曲》。

但就在本杰明生日的前一天，内莉指出即使一个非心理学家都能看出他把自己的梦想投射到了儿子身上。

埃里克很快就换订了驾校的课程，本杰明对此非常高兴，西蒙妮也认为这是一件非常慷慨的礼物。

他确信自己取消了钢琴课，但那天早上他收到一封电子邮件提醒他不要缺席第一堂课。

埃里克虽然觉得有些尴尬，但还是决定亲自去上一下这堂课。

当他回到门口抬起手指按响门铃时，突然有一种想要往回走的冲动，然后发短信说自己已经取消了课程。

钢琴声没有停止，但他听到有人轻轻地跑过地板。

一个大约七岁的女孩打开了门，她有着大大的灰白色眼睛，以及一头蓬乱的头发。她穿着一件圆点裙，手里拿着一只玩具刺猬。

“妈妈现在有一个学生。”她低声说，优美的音乐在屋中流淌。

“我约了七点……这里的钢琴课。”他解释道。

“妈妈说你从小时候就得开始练习。”女孩说。

“如果你想变得很厉害就需要那样，但我没有那个打算。”他笑着说，“只要钢琴不对着我堵住耳朵或呕吐，我就会很高兴了。”

女孩忍不住笑了。

“需要我帮你拿外套吗？”她突然想起般问道，“还是你打算自己拿着？”

他把厚重的外套放在她瘦削的胳膊上，看着她消失在大厅里高高的橱柜后面。

一个三十多岁的女人沿着走廊向他走来。她似乎陷入了沉思，也许她还沉浸在音乐中。她的头发是黑色的，剪成了短发且孩子气的风格，她的眼睛隐藏在小而圆的太阳镜后面，嘴唇淡粉色，脸上完全没有化妆，但看起来像极了一个法国电影明星。

他意识到她一定是钢琴教师杰基·费德勒。

她穿着黑色宽松的毛衣和绒面裙，脚上蹬着一双扁平的芭蕾舞鞋。

“本杰明？”她问道。

“我叫埃里克·玛利亚·巴克，我给我儿子本杰明订了这门课作为生日礼物，但我从未告诉过他……我过来，是因为想学的人其实是我。”

“你想学弹钢琴？”

“除非我已经太老了。”他急忙说。

“进来，我刚好要结束一节课。”女人说。

他跟着她穿过走廊，看见她走路时一只手的手指一直划着墙壁。

“我给本杰明买了另一件礼物。”埃里克向她解释说。

她打开门，音乐声变响了。

“请坐。”女人开口，然后坐在了沙发边上。阳光从高的窗户洒了进来，外面是一个茂盛的庭院。

一个十六岁左右的小女孩正坐在一架黑色钢琴旁演奏着一首复杂的曲子。她的身体轻轻摇摆，翻了一页乐谱，然后手指在琴键上飞舞，脚灵巧地踩在踏板上。

“稳住。”杰基开口道，她的下巴抖动着。

女孩脸红了，继续弹奏。音乐听起来很不错，但埃里克可以看出杰基并不高兴。

他想知道她是否曾经是个明星，或者是一个他知道的著名乐团的钢琴家，或者是一个戴着墨镜的女歌手。

这一乐章结束，音符留在空气中，慢慢退去。当女孩把脚从右踏板上放下来时，音符几乎完全消失了。

“不错，今天听起来好多了。”杰基说道。

“谢谢。”女孩说，然后拿起她的乐谱，急忙跑了出去。

房间里变得鸦雀无声，庭院里的大树在苍白的木地板上投射着摇曳的绿色阴影。

“这么说你想学弹钢琴。”杰基说着从沙发上站了起来。

“我一直梦想着学，但从来没想过真去学……当然，我完全没有天赋。”埃里克快速解释道，“完完全全没有音乐天赋。”

“真遗憾。”她平静地说。

“是的。”

“嗯，我们不妨试一试。”她把手伸到墙上。

“妈妈，我做了一些混合果汁。”小女孩说着拿着一个盛果汁的盘子走进了房间。

“问我们客人渴不渴。”

“你渴了吗？”

“谢谢，你真贴心。”埃里克说着拿过抿了一口，“你也弹钢琴吗？”

“我比妈咪在我这个年龄时弹得好。”女孩回答，仿佛这是她经常听到的一句话。

杰基微笑着，轻轻地在女儿的头发和脖子上敲了一下，然后转身朝他走来。

“你付了二十节课的钱。”她说道。

“我觉得我能搞定。”埃里克承认道。

“那么，你想从这门课中得到什么？”

“如果要我诚实地说，我幻想着到时候能弹奏鸣曲……肖邦的《夜曲》之一。”埃里克说着，觉得自己的脸正在泛红，“但是我知道必须从最基础开始学起。”

“我们可以试试肖邦，但是得从练习曲开始。”

“最好有一首短的可以开始。”

“玛德琳，你能帮我拿下肖邦吗？……二十五号作品，第一首练习曲。”女孩在杰基旁边的书架上搜索，拿出了一个文件夹，抽出乐谱。当她把它放在母亲的手里时，埃里克才意识到老师是个盲人。

10

埃里克情不自禁地笑了笑，他坐在一架锃亮的黑色钢琴前，钢琴的名字叫作 C. 贝希施泰因 · 柏林，烫金的字母向外凸出着。

“他需要把凳子放矮一些。”女孩说。

埃里克站起身来，旋转了几下座椅。

“先从你的右手开始，但是也需要你的左手来翻谱子。”

他看着她可爱的脸，笔直的鼻子和半张着的嘴。

“别看我，看乐谱和键盘。”她说着用手伸过他的肩膀，轻轻地把小手指放在其中一个黑键上，一个音符在钢琴内部回响。

“这是降 E 调……我们先从第一乐章开始，它由六个音符组成。”她说着弹了一遍。

“好吧。”埃里克喃喃道，“我从哪里开始呢？”

他按下琴键，发出一个难听的音符。

“用你的小指。”

“你怎么知道……”

“这显而易见，现在，开始弹。”她说道。

他费劲地学习着课程，专心听她的讲解，努力学习了六个音符中的第一个，但是当他不得不用左手再加几个音符时，脑筋就转不过来了。她的手数次放在他的手上，让他放松手指。

“好吧，你很累了，让我们停一会儿吧。”杰基用一种不带褒贬的语气说，“弹得还行。”

她给了他下一节课的谱子，然后让女孩把他带到门口。他们路过了一扇关着的门，上面写着“禁止进入”。这几个写在牌子上的字很潦草，透着一股孩子气。

“那是你的房间吗？”埃里克问。

“只有妈妈才能进去。”女孩说，“小时候我甚至不让妈妈进我的房间。”

“真的吗？”

“我画了一个大骷髅，挂在门上，不过我想她还是走进去过，有时候床上换了干净的床单。”

他走出屋子，傍晚的空气很清新，他觉得自己在上课时几乎无法呼吸，他的背部很紧张，很痛。到现在，他仍然觉得有着一种怪异的难为情。

回家后，他洗了一个很久的热水澡，然后打电话给钢琴老师。

“你好，我是杰基。”

“嗨，我是埃里克·玛利亚·巴克，你那个新学生，那个……”

“你好。”她的语气中透着好奇。

“我打电话来……道歉，不好意思浪费了你整个晚上……我觉得我这样的技术已经没得救了，对我来说这个已经太晚……”

“你弹得还不错，就像我之前说的。”杰基回答，“好好练习，我们很快就会再见面。”

他不知道再说什么好。

“晚安。”她说着结束了通话。

上床睡觉前，他放上肖邦二十五号的音乐，听着自己未来的目标。当他听到钢琴家毛里奇奥·波利尼弹出的音符时，忍不住笑了起来。

11

太阳高高地挂在树的上方，蓝色和白色的塑料带在微风中飘扬，阴影投在停机坪上仿佛在跳舞。

驻守在警戒线边上的警官让一辆黑色的林肯车通过，它慢慢地沿着斯坦哈迈尔根行驶，穿过绿色花园，仿佛一幅黑色调的夜晚森林油画。

玛戈特·西尔弗曼把车停到路边，平稳地停到了指挥车的后面。她把手放在手刹上，坐了一会儿。

她想着他们多么努力地去开导比约恩·科恩，一个小时过去后，他们意识到暂时不会有进展，但不管怎么说，他们仍然在坚持想办法。

玛戈特和亚当下楼去看他们疲惫不堪的电脑专家，刚刚他们接到电话，没有办法追踪到视频的来源。

刚过凌晨两点，法医小组就到了现场，布罗玛基尔科夫和里昂斯加丹之间的整片地区都被封锁了起来。

整整一天时间，他们都在调查犯罪现场，以及在精神科医生埃里克·玛利亚·巴克的帮助下尝试进一步询问受害者的丈夫。

警方开始逐一上门询问邻居，检查附近交通监控中的录像。玛戈特和亚当还约了和法医专家埃里克森见面。

她深吸了一口气，拿起麦当劳纸袋，从车里出来。

在斯坦哈迈尔根警戒线挡住的区域外放着一丛丛的鲜花，以及正在燃烧的三支蜡烛。一些震惊的邻居聚集在教区大厅，但大多数人仍坚持着自己原本的周末计划。

他们没能找到嫌疑犯。

苏珊娜的前夫和他们的儿子被警察找到时正在克里斯蒂娜贝里体育俱乐部踢足球，他们知道苏珊娜的前夫在谋杀发生时有不在场证明，但还是把他带到一边告诉了他发生的事情。

玛戈特被告知苏珊娜的前夫知情后回到了球门前，扑下了一个男孩罚的点球。

今天早上玛戈特在没有任何证人和证据的情况下制订了一个初始的调查计划。

计划包含特别关注那些被定罪的性犯罪者中最近被释放或假释的人，追踪那些在过去几年中被强行或被要求去参加诊所治疗的强迫症病患，他们同时将和犯罪侧写小组进行密切合作。

玛戈特一边用手把纸袋捏成一团，嘴里一边还咀嚼着，然后把纸袋递给身旁穿制服的工作人员。

“我肚子里有孩子才这么能吃。”她说。

她疲倦地把犯罪现场的录音带举过头顶，然后迈着重重的脚步朝门口等候的亚当走去。

“你知道了吧，说是没有连环杀手。”她闷闷不乐地说。

“我听说了。”他回答道，让她走在前面穿过大门。

“那些老大，”她叹息道，“他们到底在想什么？不管我们怎么说，晚间的小报一定会去胡乱推测，警察对于他们来说就是瓮中之鱼，但我们必须遵守规则。”

“瓮中之鳖。”亚当纠正她说。

“我们不知道媒体的反应可能对凶手产生什么影响。”她继续说道，“他可能会感到已经暴露，变得更加谨慎，停止一段时间……或者，这些注意力会满足他的虚荣心，使他过于自信。”

明亮的泛光灯透过房子的窗户闪闪发光，仿佛这里是一部电影或者时装秀的拍摄场地。

法医专家埃里克森打开了一罐可乐，咕噜咕噜快速地喝了下去，好像那些气泡会带来神奇的力量。他的脸上满是汗，口罩挂在下巴下面，白色的防护服紧紧地包着他的大肚子，接缝处扯出了紧绷感。

“我找埃里克森。”玛戈特说。

埃里克森伸出手应了一声。当玛戈特和亚当穿上薄薄的防护服时，埃里克森说他从外面的台阶上找到了两个四十三号的橡胶底靴子的鞋印，但是由于受害者的丈夫清理过，屋子里所有的证据全没了。

“所有的过程都要花费大概五倍的时间。”他说着，用白手帕擦了擦脸上的汗，“我们没办法像往常那样重构犯罪现场，但我有一些想法，可以谈谈。”

“尸体呢？有线索吗？”

“苏珊娜的尸体被移动了……你懂的。”

“被放到了床上。”玛戈特说。

埃里克森帮她拉上防护服的拉链，亚当卷起袖子。他们在犯罪现场的记录表上签上名字，然后跟着埃里克森走向前门。

“准备好了吗？”埃里克森突然严肃地问道，“一个平凡的家，一个平凡的女人，原本岁月静好，直到一个地狱游客来到这里。”

他们走了进去，脚下用于防护的塑料膜沙沙作响，门在他们身后关上，铰链像被困住的野兔一样发出了一声尖叫。白昼消失，突然从夏末的阳光走进这个阴暗的走廊让他们的眼睛陷入了目盲。

他们站了一会儿让眼睛适应环境。

空气很温暖，门框、锁和把手周围都有血迹斑斑的手印，透露着可怖的气息。

没有了吸嘴的真空吸尘器立在盖着塑料膜的地上，软管上沾着已经发黑的血。

亚当掩在口罩下的嘴快速地动着，额头上冒出了汗珠。

他们跟着埃里克森穿过地上的保护膜朝厨房走去。油毡上带有血迹的脚印，其中一侧的水槽被湿漉漉的厨房卷纸塞住了，阴暗的积水中可以看见浴室的刮水器。“我们倒是找到了比约恩的鞋印。”埃里克森说，“他先是穿着浸透了血的袜子，然后又光着脚……我们在厨房的垃圾桶里找到了他的袜子。”

说完，他不再吭声，继续走进连接厨房、餐厅和客厅的通道。

犯罪现场会随着时间的推移而变化，随着调查的进行，现场会逐渐被破坏。为了不遗漏任何证据，法医人员首先要严密控制该区域的垃圾箱和停放着的车辆，并记录特定的气味和其他临时因素。

除此之外，他们还要从外部对犯罪现场进行一般性的检查，并谨慎地接近尸体和实际的谋杀现场。

客厅沐浴在明亮的灯光下，血液难闻的气味铺天盖地涌来。因为家具已经被擦干净并放回到了原位，一切都呈现出一种无法描述的奇异混乱感。

而昨天晚上，当玛戈特看到苏珊娜的视频时，她还站在这个房间里，用勺子直接从桶里挖冰激凌吃。

一架飞机在布姆曼机场着陆，空气里传来雷鸣般的轰鸣，使得玻璃门的柜子发出嘎嘎的声响。玛戈特注意到柜子里躺着一些陶瓷，好像睡着了一样。

苍蝇嗡嗡地围着一根留在沙发后面血淋淋的拖把。桶里的水是深红色的，地上还有拖纹，家具上也留下了擦拭时的潮湿痕迹。

“首先，他试图把血迹都擦干净。”埃里克森说，“我不敢特别确定，但他似乎是先拖了一遍，然后用抹布和厨房卷纸再擦了地。”

“他什么都记不起来。”玛戈特说。

埃里克森指着墙纸上一条浅浅的飞溅血迹说：“几乎所有原始的血迹都被破坏了，但他还是漏了一些。”

他用了老方法，通过墙上的血迹拉了八根线，找到了它们汇聚的地方，即血液溅射的初始点。

“这是非常精确的一刀……刀子从上面以这个角度扎进去，扎得非常深。”埃里克森的声音有些气喘吁吁，“可以肯定，这是第一击。”

“因为她站起来了。”玛戈特平静地说。

“因为她还能站起来。”他证实。

玛戈特看了看橱柜，里面摆着陶瓷，苏珊娜在逃跑的时候一定是被绊倒了，撞了上去。

“这堵墙已被打扫干净。”埃里克森指着墙让他们看了下，“所以我现在不得不猜测一下，她可能是背靠着墙，然后滑倒……她可能在地上翻了一次身，可能蹬了腿……不管怎么说，她肯定在这里躺了一会儿，她的肺被刺破了。”

玛戈特弯下腰，看到在沙发后面有她吐出来的血，可能是当时咳嗽时喷出的。

“但血一直延伸到了那儿，不是吗？看起来像是那样。”她指着某处说道，“苏珊娜像野兽一样挣扎着……”

“我们甚至不知道比约恩是在哪里找到了她。”亚当说。

“但是我们知道那里流了最多的血。”埃里克森说。

“还有那里。”玛戈特边说边朝窗子示意。

“是的，但她是被拖到那里去的……她死后出现在了不同的地方，她躺过沙发……去过浴室，还有……”

“所以现在她在卧室里。”玛戈特说。

12

壁灯的白光充盈着卧室，在窗户玻璃中形成了炫目的耀光，空气中的每一缕尘埃都被照亮着。一缕血迹穿过灰色的地毯，延伸到床上，像一串小小的黑珍珠。

玛戈特在门内侧停下脚步，听着其他人的脚步声继续朝着床走去，然后他们身上防护服发出的沙沙声停止了。

“天哪！”亚当低声惊呼。

玛戈特又一次想起了那段视频，苏珊娜一边踢着裤子，把裤子从一只脚上扯下来，一边走来走去。

她低下头，看到她的衣服现在被整齐地叠在椅子上。

“玛戈特？你还好吗？”

她迎上亚当的目光，看见他的眼睛睁得巨大，苍蝇的嗡嗡声从耳中传来，她强迫自己把目光投向受害者。

盖在她身上的白布现在拉到了下巴的位置。

她的脸只变成了一团深红色、变了形的肉团，除此以外什么也辨识不出。他在她的脸上又刺又砍，把五官全部搅烂了。

埃里克森把白布继续向后折。干燥的血液与已经僵硬的皮肤和白布的纤维粘在了一起，血液随着白布的扯动发出微弱的咔咔声，血雾一般的碎屑随之落下。

亚当把一只手举到嘴边。

这个死去的女人赤身裸体，身上沾满了血迹。残忍的行凶部位集中在她的脸、脖子和胸部，其他部位也有刺伤以及皮下出血。

埃里克森用相机拍摄着尸体，玛戈特指着她右腹部一块已经泛绿的皮肤。

“这很正常。”埃里克森说。

埃里克森拍了差不多几百张尸体的照片，从枕头上的头部开始，一直到脚趾的顶端。

“我现在就得碰你了，苏珊娜。”他低声说着抬起了她的左臂。

他把她转过身，看着那些防御性的伤口，表明她曾试图抵御凶手的攻击。

他用熟练的手法在她的指甲下面刮擦，这是最常见能发现凶手DNA 的地方。他每收集一个指甲的嵌入物都用了一个新的采样管，然后放在床头柜上贴上标签并在电脑上做了记录。

她的手指软弱无力，尸僵已经开始缓解。

当做完一只手的指甲采样后，他小心地把一个塑料袋拉到她的手上，用胶带固定住，为了保证能后续验尸。

“我每周都去拜访活人的家。”埃里克森平静地说，“无论谁家里都有碎玻璃碴，翻倒的家具，地板上也留着血迹。”

他围着床走到另一侧，开始处理另一只手的指甲。正要把她的手拿起来时，他停了下来。

“她手里有东西。”他说着伸手去拿照相机，“你看到了吗？“

玛戈特倾身向前望去，她能在死去女人的手指间看到一个黑色的物体。之前她一定是因为尸僵而紧紧握着它没能显露出来，但现在她的肌肉放松了一些。

埃里克森拿起女人的手，小心地拿出那个物体。仿佛她还想坚持紧握着，但实在太累了，不得已松了手。

他庞大的身躯挡住了玛戈特的视线，但她看到了受害者手里攥着的东西。

一只小小的，破碎的陶瓷鹿头。

鹿头锃亮，栗色至褐色，底部破碎的表面为白色，如同白糖一般。

是凶手或她的丈夫把它放进她手里的吗？

玛戈特想到了玻璃柜子，在她印象中所有的瓷器都完好无损，只有一些翻倒了。

她后退一步，了解着卧室的概况。在死去的女人身边，埃里克森站着，驼着背，在给那个鹿头拍照片。亚当坐在衣橱前，趴在呕吐袋的上方，看起来还在努力控制自己的呕吐。

玛戈特又走到玻璃橱柜前，在倒翻的陶瓷前站了一会儿。它们躺着，好像死了一般，但没有一个破损的，没有哪个的脑袋消失了。

为什么受害者手里握着一只小鹿的头？

她朝卧室里明亮的灯光望去，认为她应该在尸体被移到索尔纳的病理科之前再去看一眼。

13

现在是早上，埃里克·玛利亚·巴克正站在心理诊所自助餐厅的门口，他买了一杯咖啡，当他掏出钱包付钱的时候，感受到了钢琴课给肩膀带来的疼痛。

“已经付了。”收营员说道。

“已经付了？”

“你有个朋友把你到圣诞节前的所有咖啡钱都付了。”

“那他说他叫什么名字了吗？”

“内斯特。”她回答。

埃里克微笑着点了点头，认为他必须和内斯特谈谈他过分热情的态度。帮助他人是埃里克的本职工作，内斯特不欠他任何东西。

当他还在思考这位态度友善的前病患时，一串沉重的脚步声在他身后响起，然后转到他面前。凑到跟前来的人是那个怀孕的警官，她向他挥舞着一个被紧紧包裹着的三明治。

“比约恩先生睡着了，似乎感觉好了点儿。”她气喘吁吁地说，“他说想帮我们，愿意尝试催眠。”

“我现在刚好有一个小时，现在就可以开始。”埃里克一边说一边快速地喝着咖啡。

“你认为这会对他起作用吗？”当他们朝治疗室的方向走去时她问道。

“催眠只是让大脑放松的一种方式，这样他就可以避免混乱的干扰，去整理记忆。”

“但检察官不大可能采用催眠状态下的陈述。”她说。

“是的。”埃里克笑着说，“但这意味着比约恩将有可能在以后以清醒的状态来做证……这肯定有助于推动调查工作向前发展。”

当他们进入房间时，比约恩正站在一把扶手椅后面，用双手紧紧地抓着椅背。他的目光呆滞，好像眼珠子是塑料做的。

“我只是在电视上看过催眠。”他用一种脆弱的声音说，“我的意思是，我不确定是否真的相信它……”

“把催眠当作一种能帮你恢复的方法。”

“但我不想让她在这里。”他看向玛戈特说道。

“当然可以。”埃里克说。

玛戈特仍然坐在沙发上，脸上的表情没有变化。

“你得去外面等。”埃里克平静地对她说。

“我有关节病，我需要坐着。”

“你知道自助餐厅在哪里。”他回答说。

她叹了一口气，站起来，拿出手机，向门口走去，打开门，然后转身又朝埃里克走过来。

“你介意出来一下吗？”她用和蔼的语气说。

“好吧。”他说着跟她走到了走廊。

“我们没有时间来帮助他。”她低声说。

“我理解你的感受，但我是医生，我的工作就是帮助他。”

“我也有工作。”玛戈特用恼怒的声音说，“这份工作包括阻止杀人犯。这很重要，比约恩所知道的事情……”

“这不是审问。”他打断道，“我们已经谈论过这点，你应该明白。”

他看着警官抵抗着她内心的不耐烦，然后点点头，总算是接受了他的话。

“只要不伤害到他。”她说，“从我的角度来说……每一个细微的细节都可能对调查至关重要。”

14

埃里克关上身后的门，打开支架，把相机装好。比约恩看着他，用一只手不停地擦着前额。

“你一定要拍下来吗？”他问道。

“这只是用来记录我所做的事情。”埃里克回答，“我可不愿意一直记笔记。”

“好吧。”但比约恩似乎并没有认真听埃里克的回答。

“你可以躺在沙发上。”埃里克边说边走到窗前拉上窗帘。

房间里随即充满了一种让人略带愉悦的昏暗环境。比约恩躺了下来，拖着脚向后调整了下姿势，然后闭上眼睛。埃里克在椅子上坐下，向前探向他，观察他的紧张状态。他的身体因为脑中纷杂的思绪而显出紧绷状态。

“用鼻子开始慢慢呼吸。”埃里克开口道，“放松你的嘴巴、下巴、还有脸颊……感觉你的后脑勺正躺在枕头上，所有的重量都在枕头上，你的脖子感觉很放松……你现在不需要抬起头……你的下巴肌肉开始松弛，前额的皮肤舒展开来，你的眼睑感到越来越重……”

埃里克慢慢地开始描述比约恩的全身，从头部一直到脚趾，然后又重新形容他疲惫的眼睑以及头部的重量。

埃里克用催眠的语调和低沉的声音，引导着他集中精力，面对即将到来的回忆。

比约恩的身体逐渐从僵硬变得放松。精神创伤可增加对催眠的接受性，仿佛大脑渴望着新的命令来摆脱原本已经难以为继的状态。

“你唯一能听到的就是我的声音……如果你听到任何其他的东西，它只会让你感觉更放松，更专注于我说的话……我即将开始倒数计时，每当你听到一个数字，都会更放松一点儿。”

埃里克想着接下来会发生的事情，房子里发生的一切正等待着他。比约恩走进门所看到的东西，将把他的整个人生都彻彻底底改变。

“九百一十二。”他平静地数道，“九百一十一……”

每次呼气时，埃里克都说一个数字，语调缓慢而单调。过了一会儿，他打破了逻辑顺序，但仍然是倒计时。比约恩的思绪已经沉得相当深，从他眉毛所舒展的角度可以看出他已经放松了，嘴唇看起来也变得很柔软。埃里克继续数数，感到自己的内心传来一阵奇怪的颤抖，和催眠产生着共鸣。

“现在你已经非常放松了……你休息得很好，很平静。”埃里克慢慢地说道，“很快你就要重温星期五晚上的回忆……当我倒数到零时，你会站在家门外，但你整个人非常冷静，没有任何危险……四、三、二、一……现在你已经站在家外面的街上，出租车开走了，轮胎在沥青路面上发出嘎吱声……”

比约恩睁开眼睛，眼中有着光芒，不过这种光芒聚焦在他的内心，凝视着他的记忆，然后他沉重的眼睑再次闭上。

“你现在看见房子了吗？”

比约恩正站在屋前凉爽的夜晚中，一阵奇怪的光辉随着他的心跳节奏缓慢地照亮了天空。房子看起来开始向前倾斜，光线开始膨胀，阴影向后撤退。

“它在移动。”他用几乎听不见的声音说。

“现在你走到门口。”埃里克说道，“夜晚的空气很温和，没有什么不愉快的事情……”

比约恩开始迈开脚步，一些寒鸦从树上飞了起来，它们可以从天空的背景中被辨识出来，影子在草地上移动，然后消失得无影无踪。

15

在恍惚中，比约恩慢慢地走近门口。他走在石子路上，但窗户上泛出的黑色微光引起了他的注意。

“你已经到了门口，把钥匙拿出来插进锁里。”埃里克说。

比约恩小心地推开把手，但门被卡住了。他用多一点儿劲，最终门被打开时发出了一种黏糊糊的声音。

埃里克看到比约恩的额头在流汗，于是用一种安慰的声音重复说没有什么可害怕的。

比约恩喃喃自语，试图睁开眼睛。埃里克俯身向前，感觉到他的呼吸传到了耳朵上。

“门槛……有些奇怪……”

“是的，这个门槛一直都有些奇怪。”埃里克平静地回复他，“但是一旦你跨过它，一切都会像星期五一样。”

埃里克注意到比约恩的下巴开始颤抖，整个脸都覆盖着汗水。

“不，不。”他低声说，摇着头。

埃里克意识到如果要让他走进这所房子，他需要让他进入更深层次的催眠状态。

“你现在要做的就是倾听我的声音。”埃里克说，“因为很快你就会变得更加放松，没有什么可担心的……你正在越陷越深。听我数数，四……你在下沉，三……你变得更平静，二……一……现在你完全放松了，门槛不再是任何障碍……”

比约恩的脸开始松弛下来，嘴巴微微张开，一侧的嘴角被唾液所润湿，他已经处于比埃里克预想更深的催眠状态。

“如果感觉准备好了，你现在可以……跨过门槛。”

比约恩并不情愿，他心中想着不要进去，但仍然迈开腿走了进去。

他沿着走廊朝厨房走去。一切都和往常一样，门垫上贴着包豪斯的广告，鞋架上堆了很多鞋子，总是掉在地上的雨伞也躺在那里，他把钥匙放在柜子上，发出一阵叮当的响声。

“一切都跟往常一样。”他低声说，“和往常一……”他陷入了沉默，埃里克注意到他的眼角奇怪地翻滚了一下。他不敢转身朝那个方向看，直盯着前方，有东西在他视野的边缘移动。

“有些奇怪的东西……在一边……我……”

“你说什么？”埃里克问。

“它在移动，向一边移动……”

“好的，不要去管它。”埃里克回答，“一直向前看，继续往前走。”比约恩穿过大厅，但他的眼睛一直盯着门廊里挂着的衣服。衣服在黑暗中缓缓地移动，好像有一阵风正吹进了房子。苏珊娜大衣的袖子在风中扬起，然后落回。“看着你前方。”埃里克说。

遭受精神创伤的人往往会经历混乱的记忆，这些记忆从四面八方涌入他们的脑海，没有连贯性，有的先后消逝了，有的闯入视线，一切会呈现出一种混乱的状态。

埃里克所能做的就是带领比约恩穿过房间，让他意识到自己无法阻止妻子的死亡这一基本事实。

“我在厨房里。”他低声说。

“继续前进。”埃里克说。

在通往地窖门口的通道上有着一摞打算回收的废报纸。比约恩小心翼翼地向前迈了一步，直视前方，但他仍然看到厨房的抽屉向外滑开了，抽屉停下来时发出了嘎嘎的响声。

“一个抽屉是开着的。”他喃喃自语。

“哪一个？”

比约恩知道那是装着刀的抽屉，他知道他是打开抽屉的那个人，几个小时前他洗了其中一把刀。

“哦，天哪……我不能……我……”

“没什么可害怕的，你是安全的，我会和你在一起。”

“我正走到地窖的门前，朝起居室走去……苏珊娜一定已经上床睡觉了……”

很安静，电视关着，但是有什么不一样，家具好像放错了位置，好像一个巨人把房子抬了起来轻轻摇晃了一下。

“苏珊娜？”比约恩低声喊道。

他把手伸向电灯开关。房间没有被点亮，但从窗户依旧可以看见外面的花园。他觉得自己正在被监视着，有一种想要关上窗帘的冲动。

“上帝啊，上帝啊，上帝啊。”他突然呜咽起来，脸颤抖着。

埃里克意识到比约恩现在就在那里，陷入了记忆里的创伤事件中，但他什么都没有描述出来，自己默默承受着。

比约恩越走越近，看到了窗外在风中移动的灌木，以及自己的倒影。

尽管他处于深度催眠状态，身体还是因为紧张而拱起了背部，整个人开始快速地喘气。

“发生了什么？”埃里克问。

当他看到一张灰白面庞的人回头看着他时，他停了下来。就在玻璃旁边，他退了一步，感到胸膛里的心脏剧烈地跳动。玫瑰花丛的一根树枝刮擦着窗台，他意识到那张灰白的脸并不在外面。是有人坐在窗前的地板上，他看到了倒影。

一个平静的声音重复说着“没有什么可害怕的”。

他走到一边，意识到这是苏珊娜，她坐在窗前的地板上。

“苏珊娜？”他平静地开口，以免吓她一跳。

他能看见她的肩膀和一些头发，她靠在扶手椅上，正向外望去。他小心翼翼走近，感觉脚下的地板湿了。

“她正坐着。”他喃喃自语。

“她坐着？”

比约恩向窗前的扶手椅又靠近了一些，然后天花板上的灯光亮起，房间沐浴在光亮中。他知道是自己打开了开关，但当明亮的光线充满房间时，他感到了一阵恐惧。

到处都是血。

他踏在血河之中，血溅在电视和沙发上，墙上也有，滴落在地板上，流进地板的接缝处。

坐在地板上深红色的血泊中是一个穿着苏珊娜和服的死尸，她周围的血迹上满是灰尘。

埃里克看到比约恩脸上的表情很紧张，他的嘴唇和鼻尖都变白了。

当比约恩意识到死去的女人正是他的妻子时，埃里克正计划把他从催眠状态中解救出来。

“你能看见谁？”他问道。

“不……不……”他低声喃喃。

“你知道那是谁。”埃里克说。

“苏珊娜。”他慢慢地说，然后睁开眼睛。

“你现在可以回去了。”埃里克说，“我一会儿就叫醒你，然后……”

“血太多了，上帝，我不想……她的脸，已经被搅烂了，她坐着一动也不动。”

“比约恩，听我的声音，我要开始数数……”

“她坐在那里，用手捂住耳朵，血从她的肘部滴下来。”他喘着气说。

埃里克感到一阵冰冷的寒战，仿佛在几秒内肾上腺素被注射到了静脉之中，手臂和脖子后面的汗毛都竖立起来。他的心脏怦怦直跳，朝着诊室紧闭的门望了一眼，听到一辆手推车咔啦咔啦的声音正远去。

“看看你自己的手。”他说，试图保持声音的稳定，“你看着自己的手，缓缓呼吸，每一次呼吸你都感到非常平静。”

“我不想……”比约恩喃喃低语。

埃里克可以感觉到自己在逼迫他，但他必须知道当他找到妻子时自己的身份。

“在我叫醒你之前，我们需要沉得更深一点儿。”他猛地吞咽了一口口水，“你所住的房子下面有着另一座房子，与这座完全一样……但只有在那里你才能清楚地看到苏珊娜。三、二、一，现在你在那里……她坐在地板上的血泊中，你可以看着她而不感到害怕。”

“她的脸几乎全毁了，只剩下了血肉而已。”比约恩说，“她的手紧贴在耳朵上……”

“继续。”埃里克说，又瞥了一眼门。

“她的手被缠住了……被她的和服缠住了。”

“比约恩，我现在要把你带回来……你唯一知道的就是苏珊娜已经死了，而你已经无能为力……当我叫醒你的时候，这是你唯一要带走的东西，你会把其他一切都抛在脑后。”

16

埃里克关上办公室的门，走到办公桌前，他坐下来时觉得整个人已被汗水浸透。

“没事没事。”他焦急地低声对自己说。

他移动鼠标唤醒电脑，登录账号，颤抖着用手打开顶部抽屉，将一片硝基安定[①]从包装中挤出，没喝水就吞了下去。

他快速地登录了病人的数据库，在等待系统加载搜索选项时，他注意到自己的手指异常冰冷。

---

① 硝基安定是一种镇静类药品，有安定、镇静及显著催眠作用。

当警官玛戈特·西尔弗曼没敲门就进来时，他差点儿跳了起来。她走进来，站在他面前，双手紧紧地搂住肚子。

“比约恩·科恩说他记不起你跟他说了什么。”

“这很正常。”埃里克回答说，把窗口最小化。

“那么你是如何进行催眠的呢？”她一边问道，一边用手抚摸着埃里克从马来西亚带来的一尊木象。

“他绝对能……”

“所以你真的催眠了他？”她笑了起来。

“恐怕我忘了启动摄影机。”埃里克撒谎说，“不然我可以给你看记录，他几乎立刻就陷入了恍惚。”

“你忘了启动摄影机？”

“你知道这不是正式的审问。”他不耐烦地说，“这是我们称为情感稳定的第一步，所以……”

“我一点儿也不在乎。”她打断了他的话。

“这样才能让你得到一个拥有正常能力的证人。”

“还需要多少时间？他今天晚些时候会说吗？”

“我认为他会很快意识到发生了什么，但是谈论这件事是另一回事。”

“那么发生了什么事？他说了什么？他一定是说了什么吧？”

“是的，但是……”

“没有该死的保密协议。”她打断说，“我必须知道，否则就有人会死。”

埃里克走到窗前，靠在窗台上。远处有一个病人正站着吸烟，病号服下透露着他单薄而弯曲的背部。“我把他带回去了。”埃里克慢慢地说，“走进房子……这个过程相当复杂，因为这段记忆离现在太近，充满了可怕的片段。”

“但他看到了一切……他能看到所有事情吗？”

“这只不过是为了让他明白他救不了她。”

“但是他看到了谋杀现场，还有他的妻子，是吗？”

“是的，他看到了。”埃里克回答。

“那么他说了什么？”

“不多……他谈到了血……还有她脸上的伤口。”

“她是否被摆在什么特殊的位置？有没有带有性暗示的姿势？”

“他没有说。”

“她是坐着还是躺着？她的嘴怎么样？手在哪里？赤身裸体吗？有被侵犯吗？”

“他说得很少。”埃里克回答，“要达到那些细节需要很长的时间……”

“我发誓，如果他还不说话，我就把他关起来。”她大声说，“我会把他拖到总部，然后像鹰一样盯着他，直到……”

“玛戈特。”埃里克友好地打断了她的话。

她用压抑的表情看着他，点点头，用嘴呼吸，然后拿出一张名片，放在他的桌上。

“我们不知道下一个受害者是谁，有可能就是你的妻子，请你仔细想想。”她说完就离开了房间。

埃里克觉得脸上的肌肉放松了下来，他慢慢地走回到办公桌前，脚下传来的地板触觉开始变得柔软。当他坐在电脑前时，有人敲门。

“请进。”

“那个迷人的警官离开了大楼。”内莉边说边从门缝里向内窥视。

“她只是在做她的工作。”

“我知道，她看起来并不太坏，但是……”

“闭嘴。”他说道，但忍不住笑了。

“不，但是她很滑稽。”内莉笑着说。

埃里克把头靠在手上。她严肃地走了进来，关上身后的门，看着他。

“怎么？”她问，“发生了什么？”

“没什么。”他回答。

“告诉我。”她用坚持的语气说，在桌子的一个角落坐了下来。

她穿的红羊毛裙在她双腿交叉时和尼龙裤袜发出了静电。

“我不知道。”埃里克叹息道。

“你怎么了？”她笑着说。

埃里克站起来，深吸一口气，看着她。

“内莉。”他说。她能听到他的声音中有多么空洞，“我需要问你一个病人的情况……你在这里工作之前，妮娜·布卢姆为一个复杂的研究项目组建了一个团队。”

“继续说。”她用好奇的目光看着他。

“我知道我向你概述了我所有的病例，但他可能不包括在内，我是说……”

“病人叫什么名字？”她平静地问。

“洛基·吉尔伦德，你还记得他吗？”

“是的，等等……”她有点儿不确定。

“他是个牧师。”

“没错，我记得，你谈论过他很多事情。”她一边想一边说，“你从犯罪现场看到了一张照片，然后……”

“你还记得他最后去了哪里吗？”他打断道。

“那是好几年前的事了。”她回答说。

“他还关在里面吗？”

“我们最好希望如此。”她答道，“他毕竟杀了人，不是吗？”

“一个女人。”埃里克点点头。

“没错，现在我记得了，她的整个脸都被毁了。”

17

内莉站在埃里克的身后，他通过电脑访问着病人的数据库。他输入了洛基·吉尔伦德的名字，点击搜索，发现他被送到了卡苏登医院。

“卡苏登。”他平静地说。

她捋了一下脸颊上的一缕金发，看着他，眯起眼睛。

“你能告诉我为什么我们谈论这个病人吗？”

“洛基·吉尔伦德的受害者曾经被摆成了特定的造型。你可能不记得了，但她躺在地板上，脸被可怕地毁容了，双手环抱着脖子……我刚刚催眠了科恩……他描述了一些非常详细的细节，能让人联想到曾经那起谋杀案。”

“那个牧师承认了自己犯下的罪行？”

“我不知道，但比约恩·科恩说他妻子的脸完全被捣毁了……她坐在那里，用手捂住耳朵。”

“那警察怎么说？”

“我不知道。”埃里克喃喃道。

“我是说，你应该把这些告诉那个……可爱的孕妇吧？”

“我没有告诉她任何事。”埃里克说。

“你没有？”她问道，嘴角上露出怀疑的微笑。

“因为这是在催眠状态下表达出来的，而且……”

“但是他告诉了你，不是吗？”

“我可能听错了。”埃里克说。

“听错了？”她笑着问。

“可能是他病得太厉害了，我没法搞清楚。”

“埃里克，这可能并不重要，但你必须告诉警察，这正是他们在这里的原因。”内莉用温和的口气说。

他走到窗前，之前有病人站着吸烟的地方现在没了人影，但他仍然可以看到烟头和糖纸被扔在了地上，以及一个被塞进烟灰缸里的蓝色鞋套。

“这是很久以前的事，但是对我来说……你知道那些日子是什么样的吗？我不想洛基被释放。”埃里克慢慢地说，“那些恐怖而残忍的事情……突出的眼珠……扭曲的手……”

“我知道，我看过所有资料。”内莉说，“我不记得你说的细节，但我知道你认为他极度危险，有严重的再犯风险。”

“如果他被释放了怎么办？我要打电话给卡苏登。”埃里克说着拿起了他的手机，然后查看电脑，拨通了西蒙·卡西利亚斯的电话号码，他是洛基的高级主治医生。

内莉坐在沙发上，看着他跟电话那头的医生谈话，当他把目光看向她时，她报以微笑。电话在一阵寒暄后结束，结束前埃里克还恭维了主治医生在瑞典精神病学杂志上发表的论文。

太阳穿到了云层的后面，黑暗笼罩着房间。

“洛基仍然在 D 区 4 号病房。”埃里克说，“而且他从来没有被假释。”

“这样让你感觉好些了吗？”

“不。”他低声说。

“你脑子坏了吗？”她严肃地问道，这种严肃让他忍不住笑了起来。

他叹了口气，把手放在脸上，然后慢慢放下，感觉着指尖轻轻压在眼皮上，顺着他的脸颊向下滑动，然后他再次把目光看向内莉。

她小心地看着他，挺直后背，纤细的眉毛间出现了一条小小的皱纹。

“好吧，听着。”埃里克说，“我知道这完全没道理，但在最后一次和洛基的谈话中，他声称他犯罪当晚有不在场证明，但我不想让他被释放，因为他一定是给自己买了一个证人。”

“你想说什么？”她平静地问。

“我从来没有把这些信息说出去。”

“不可能。”她说。

“他本来可以被释放。”

“该死的，你不能那样做！”她打断了他的话。

“我知道，但他是有罪的，会再次杀人。”

“这不是我们的事，我们是心理学家，我们不是侦探，我们也不是法官……”

她站起来走了几步，然后停下来摇摇头。“该死的。”她喘着气说，“你疯了，你完完全全……”

“我能理解你的气愤。”

“是的，我很气愤。我的意思是，你知道如果这样的话，你就会失去这份工作。”

“我知道我做错了，这件事一直折磨我至今，但我一直坚信自己阻止了凶手。”

“狗屎！”她喃喃自语。

他拿起办公桌上的名片，开始拨号。

“你在干什么？”她问。

“我需要告诉她洛基的不在场证明，以及其他的全部事情，还有……”

“去吧！”她打断道，“但是如果你是对的，如果他的不在场证明是假的呢？所有的相似之处都是巧合。”

“我不在乎。”

“然后问问你自己，你将在余生的时间里做什么。你得放弃当医生，你会失去收入，你甚至可能面临指控，报纸上会登满你的丑闻和流言蜚语。”

“这是我自己酿下的错。”

“先查明不在场证明是否成立，如果是真的，那我会亲自举报你。”

“谢谢。”他笑着说。

“我是认真的。”她说。

18

埃里克把车停在车库前，匆匆走上通往他房子的小路，打开门走了进去。他打开大厅的灯，没有脱外套就沿着陡峭的楼梯走进了地下室，里面储藏着他所有的资料。

锁着的铁柜里保存着他在乌干达和卡罗林斯卡研究所的主要研究项目以及心理诊所中病人的所有文件。其中书面材料包括治疗日志、个人日记和笔记，他的治疗记录则保存在八个外接硬盘中。

埃里克打开其中一个橱柜，回想起与洛基·吉尔伦德相遇的那一年，心脏不由得怦怦直跳。

他把文件从黑色的匣子里拿出来，匆匆上楼走进书房，打开灯，瞥了一眼黑色的窗户，取下缠绕文件的带子，将文件摊开在桌上。

那是九年前，他的生活与现在完全不同。那时候本杰明还在念小学，西蒙妮正在写她的艺术史论文，他自己也刚刚开始在危机和创伤中心与斯特恩·W. 雅各布森教授一起工作。

他已经记不清自己是如何接触并受邀参加了一个法医心理学项目的团队。事实上，他当时已经决定不再参加任何类似的活动，但是出于特别原因，他的同事妮娜·布卢姆请求他的帮助时，他改变了主意。

埃里克记得他花费了一晚上的时间在他的新办公室里阅读检察官送来的材料。资料中被评估的人叫作洛基·吉尔伦德，他是塞勒姆教区的牧师，因涉嫌谋杀丽贝卡·汉森而被拘留。丽贝卡·汉森是一名四十三岁的妇女，她在周日被杀害前参加了弥撒，然后留下来与牧师进行了私人交谈。

杀人凶手极其残忍，充满了憎恨。受害者被发现躺在浴室的亚麻色地板上，右手缠绕着脖子，脸和手臂都被毁坏了。

当时有很多证据：洛基给她发过很多条威胁性的短信；在她家里发现了他的指纹和头发；他的鞋子上还发现了丽贝卡的血迹。

逮捕令签发七个月后，他最终在布伦比的高速公路上的一起严重的交通事故中被捕。他偷了一辆车，正要前往机场。

在这次事故中，洛基·吉尔伦德受了严重的脑损伤，直接导致由大脑额叶和颞叶损伤所引起的癫痫发作。

他一生将忍受反复发作的自动症和记忆减退。

当埃里克遇到洛基·吉尔伦德时，他的脸上布满了事故中留下的红色疤痕，胳膊上绑着石膏。经过几次手术，他的头发已经开始长出来。他是个声音洪亮的大个子，身高近两米，肩膀宽，手很大，脖子也很粗。

有时他会突然晕倒，从椅子上摔下来，撞在桌子上，把杯子和水壶都撞翻，然后肩膀再撞到地面。但有时他的癫痫发作几乎难以察觉，只会显得有些压抑，有一种疏远感，然后会记不起之前说话的内容。

埃里克和洛基相处得相当好，牧师有着不可否认的魅力，他在不知不觉中就能设法给人留下一种直言不讳的印象。

埃里克翻阅私人日记，里面是谈话内容的笔记，内容十分零散，只有隐藏的线索把它们串在一起。

洛基既不承认也不否认这起谋杀案，他说完全不记得丽贝卡·汉森，也不能解释为什么在她家发现了他的指纹，也无法解释她的血是如何流到了他的鞋子上。

在他们情况最好的交谈中，洛基会把记忆中分散的小岛围起来，试图更清晰地把它们分辨出来。

有一次，他说他和丽贝卡·汉森在圣器室里进行过媾和，,但整个过程被打断了。他能记得细节，比如他们躺在粗糙的地毯上。这是来自教区青年女士的一份古老礼物，他说那时她开始来月经了，留下了一小摊血，就像处女一样。

在接下来的谈话中，他无法记起更多事情。

结论是，在严重心理困扰的影响下，犯罪最终发生。研究小组相信洛基·吉尔伦德患有一种浮夸自恋的人格障碍，加上偏执型人格。

埃里克翻到了一张被画了圈圈的字条，是对于学术期刊的记录，上面写着“有偿性行为＋药物成瘾”，以及一些关于药物的想法。

当然，他本不应该对犯罪问题发表意见，但是随着时间的推移，埃里克开始确信洛基是有罪的，他的精神错乱构成了进一步犯罪的严重风险。

在他们最后一次见面时，洛基正在一个装饰着春天绿叶的教堂里谈论庆祝学年结束的仪式，突然他抬起头看着埃里克，说他没有谋杀丽贝卡·汉森。

“我现在什么都记得了，整个晚上我都有不在场证明。”他说道。

他写下了奥利维亚的名字和地址，然后把那张纸递给了埃里克。他们继续谈话，洛基开始用碎片般的语言说话，然后陷入了沉默，只是看着埃里克，他又一次遭受了严重的癫痫发作。后来，洛基什么都不记得了，他甚至不认识埃里克，只是不停地低声说想要海洛因，说他只要注射三十克的医用二乙酰吗啡，就能杀死一个孩子。埃里克从未认真地对待过洛基的不在场证明，他认为这充其量只是一个谎言，在最坏的情况下，洛基可以贿赂或威胁某人来给他做不在场证明。

埃里克扔掉了那张纸，洛基·吉尔伦德被判有罪，并被判处获得精神治疗，对假释申请有严格的限制。

九年后，一名妇女被谋杀，这让他想起了丽贝卡·汉森的谋杀案。埃里克一边想，一边合上了带有洛基名字的文件。

一方面，对面部、颈部和胸部的直接暴力行为显得非常残忍；但是，另一方面，这类谋杀并不完全罕见。这种行为可能会被很多事情所触发，比如前夫的嫉妒，服用洛喜普诺[①]和合成类固醇所引导的侵犯行为，也就是所谓的荣誉杀戮，或者是皮条客对妓女们的一次杀鸡儆猴。

留在谋杀现场的苏珊娜·科恩用手捂着耳朵，就像丽贝卡·汉森被发现在地板上时一样，她的手搂着自己的脖子，这是两者之间唯一的具体联系。

也许苏珊娜·科恩只是在挣扎中把手缠在了和服的腰带上。

这些相似之处并不明确，但它们确实存在，它们迫使着埃里克做出他早就应该做的事情。

他把文件放进书桌抽屉，又查了卡苏登医院主治医生西蒙·卡西利亚斯的号码。

"卡西利亚斯。"他用干涩如柴的声音开口。

"卡罗林斯卡的埃里克·玛利亚·巴克。"

"嗨，又是你。"

"我查过日记了，我真的想去拜访一下。"

① 洛喜普诺是一种带有催情效果的安眠药。

“一次探视？”

壁球场的声音从背景中传来，一颗球击在墙上，鞋子发出摩擦的吱吱声。

“我正在参加该研究所奥舍中心的一个研究项目，该项目涉及我们对老年患者的全程随访……这就意味着我要采访洛基·吉尔伦德。”

在他们结束谈话之前，埃里克听到自己喋喋不休地谈论着虚构的研究项目、医疗服务基金、税务申报、在线认知行为疗法，还有一个叫斯廷克尔的医生。

他慢慢地把电话放在桌子上，看着屏幕变成黑色进入休眠状态。房间很安静。他的皮座椅像一条系泊的小船一般发出嘎嘎声，透过开着的窗户他可以听到有人晚间淋浴的水声穿过了花园。

他弯下腰，把胳膊肘搁在桌上，头靠在自己的手上，问自己究竟在干什么。我刚才到底编了什么？他想，斯廷克尔到底是谁？

这可能是个疯狂的想法，他心里明白，但他也知道自己别无选择。如果洛基的不在场证明是真的，那么他必须被释放，即使这意味着媒体的狂热批判。埃里克读着日志，没有关于不在场证明的注释，但最后一页被撕了。他翻着页，然后停下来。在最后一次与洛基的对话中，有着一段埃里克不曾记得的用铅笔写下的笔记。在书页的中间，写着“一个穿着脏衣服的传教士”的字句，书页的剩下部分全是空白。

他站起来，走进厨房去找点儿吃的。当他走过书房时，他重复着对自己说，他必须找出洛基的不在场证明是否属实。

如果这是真的，埃里克将不得不承认这个新的谋杀案可能与旧的谋杀案有关。

19

萨迦·鲍尔正缓慢地驶过卡罗林斯卡医学院广阔的校园，将车转入废弃的停车场，停在空荡荡的建筑物前。

尽管她很疲倦，没有化妆，没有洗头，穿着宽松的衣服，但大多数人还是会说她是他们见过的最漂亮的人。她明亮的蓝色眼睛使她白色的皮肤看起来光彩夺目。

在乘客座位前面有着一个绿色的手提行李袋，里面装有内衣、防弹背心和五盒 0.45 英寸柯尔特自动手枪的中空子弹。

萨迦·鲍尔已经在安全警察局的职位上请了一年多的病假，并且一直没有再去拳击俱乐部。在这期间，她的唯一一次工作是在美国总统访问斯德哥尔摩期间，她远远地站在那里，看着总统的随行人员。出于职业习惯，她不断关注四周可能出现的威胁。她记得当时发现了一个无人看守的窗户，那是一个潜在可利用的地点，可以发射火箭推进榴弹。她浑身紧张，但危险过去了，什么也没发生。

法医部关着门，红砖大楼里的灯好像全熄灭了，但是一辆前保险杠破损的白色美洲虎停在入口前的小路上。

萨迦侧身向前，打开仪表盘下的储物箱，取出玻璃瓶从车里走了出来。空气温暖，散发着刚割下的青草气息。她感觉到她的格洛克手枪在她的左臂下摆动着，走路时能听到玻璃瓶发出微弱的晃动声。

萨迦爬上花坛，穿过尼尔斯·阿伦的车。野玫瑰的棘刺擦过她的身体发出松软的声音，树枝摇晃着，几朵玫瑰花瓣飘落到地上。

前门被锁着，一张卷起的传单插入其中。

她来过这里很多次，当她顺着走廊向回转门走去时，地面传来沙砾摩擦的声音。

她看着玻璃瓶里混浊的液体，禁不住笑了。

记忆从她脑海中闪过，她空着的那只手不由得摸到了他留在她脸上的一个伤疤，就是她眉毛下面那个深深的伤口。

有时她认为他一定在她身上看到了一些特别的东西，那就是他为什么饶了她的性命。有时她认为他只是觉得死亡太容易了，他想让她生活在他让她相信的谎言中，一个为她创造的地狱般的生活中。

她永远不会知道。

唯一确定的是他选择不杀她，而她选择杀了他。

当她沿着法医部空荡荡的走廊走去时，她想到了那夜的雪。

"我打中了他。"她自言自语。

她舔了下自己的嘴巴，在脑海中，她看到自己开枪击中了他的脖子、手臂和胸膛。

"三枪命中胸部……"

她换了弹夹，当他掉进急流中后又开枪打中了他。她举起照明棒，看见血雾在他周围蔓延。她沿着河岸跑着，向那黑色的影子射击，尽管尸体被水流冲走了，她还是继续射击。

我知道我杀了他，她心想。

但他们从未找到他的尸体。警察派潜水员在冰下寻找，还用嗅探犬检查了两侧的河岸。

办公室门外有一个整洁的金属牌子，上面写着一个名字和头衔：

法医教授尼尔斯·阿伦。

门是开着的，一个瘦小的身影坐在整洁的桌子旁看报纸，手上戴着一双乳胶手套。他穿着白色马球衬衫和白色外套，抬头时飞行员的太阳镜泛着光。

“你看起来很疲惫，萨迦。”他和蔼可亲地说。

“是有一点儿。”

“不过还是很漂亮。”

“已经不漂亮了。”

他放下报纸，摘下手套，注意到她眼睛里那古怪的神情。

“为了不让油墨沾到手上。”他用一种显而易见的语气解释。萨迦没有回答，只是把玻璃瓶放在他面前。切碎的手指在酒精中缓慢移动，穿过一层粒子状的物质。

里面有一根已经肿胀和半腐烂的食指。

“所以你觉得这根手指是属于……”

“杰里科·沃尔特。”萨迦简短地说。

“你是怎么弄到的？”尼尔斯·阿伦问道。

他拿起玻璃瓶，把它举到灯下。手指落在玻璃瓶的内侧，好像正在指着他。

“我花了一年多的时间去寻找……”

萨迦·鲍尔首先借了嗅探犬，在河的两岸来回寻找，从柏加斯根一路到波罗的海沿岸的海辛斯维克。她沿着海岸线，挨个梳理所有的海滩，从诺弗家登一直到瓦斯特弗拉登。她去了每一个岛屿，和这个地区钓鱼的人聊天寻找线索。

“继续说下去。”阿伦说。

她抬起头来，看见他在镜片后面轻松的视线。他的乳胶手套放在面前的桌子上，里面有鼓起两个小包，其中一个正在轻微地抖动，里面可能留有水分，也有可能是因为橡胶在收缩。

“今天早上我在霍格玛索海滩，”她解释道，“我之前去过那里，但我又去了一次……北面的地形相当复杂，山顶悬崖上有很多树。”

她想起老人从另一个方向向她走来，手里抱着一堆银灰色的浮木。

“你又不说话了。”

“对不起……我遇见了一个退休的教堂看守……他说上次我在那儿时见过我，问我在找什么。”

萨迦和他一起去了岛上有人居住的地方。不到四十人住在那里，看守的房子在白色教堂和独立的钟楼后面。

“他说四月底在岸上发现了一具尸体……”

“整具尸体？”阿伦低声问道。

“不，只有躯干和一只胳膊。”

“没有脑袋？”

“没有躯干，任何人都活不下去。”她可以听到自己的声音多么激动。

“确实不能。”阿伦平静地回答。

“看守说整个冬天尸体一定都在水里，因为它胀得很厉害，非常重。”

“那一定看起来糟透了。”阿伦说。

他用手推车把尸体带到森林里，放在教堂后面工具棚的地上……但是气味使他的狗发了疯，所以他不得不把它带到旧火葬场。

“它被火化了吗？”

她点点头。火葬场被遗弃了几十年，但是在杂草丛生的地基中间有一个带有烟囱的烟熏砖炉。看守过去常常在炉子里烧垃圾，所以他知道这还能工作。

“他为什么不叫警察呢？”阿伦问。

萨迦想到教堂看守的房子里有油炸食物和旧衣服的味道，他的脖子上沾满了灰尘，冰箱里的自制啤酒瓶上有他手指上的污迹。

“我不知道，但他确实用手机拍了几张照片，以防警察到时候出现向他提问……他还把手指储藏在冰箱的底部。”

“你拿到那些照片了吗？”

“是的。”她说着拿出手机，“一定是他……看这枪伤。”

阿伦看了第一张照片。在工具棚裸露的水泥地面上，有一只肿胀的胳膊和一段躯干。胸部的皮肤裂开了，耷拉了下来，尸体上有四处枪伤。水在浅灰色的地板上留下了黑色的痕迹，那是地上排水沟变窄的阴影。

“看起来不错，非常好。”尼尔斯·阿伦说道，把手机还给她。

他站起来，从桌子上拿起玻璃瓶，眼睛里有一种紧张的神情。他看着她，好像要说点儿别的什么，但最终没有开口走出了房间。

20

萨迦跟着尼尔斯·阿伦穿过一条黑暗的走廊，地上有着窄窄的车道，走进最近的病理学实验室。天花板上冷冷的荧光灯闪烁了几次才安顿下来，照亮了白色的瓦墙。在一张金属桌旁还有一张桌子，上面放着一台电脑和一大瓶特拉卡德罗。

房间里有消毒水和下水管道的气味。水龙头上有一根亮黄色的软管，涓涓的流水从软管的末端流向地上的排水沟。

阿伦径直走到覆盖着塑料布的尸检长桌前，桌上有两个水槽和排水沟。

他拉了一把椅子过来给萨迦，然后把玻璃瓶放在板坯上。她看着他穿上防护衣和面具，戴上乳胶手套，然后静静地站在瓶子前，就像一个老人消失在了记忆之中。当阿伦深呼吸的时候，萨迦正打算说什么。

“在咸水中发现尸体的右手指，在八十度的烈性酒精中保存四个月。”他自言自语道。

他从各个角度拍摄了瓶子，然后拧开盖子，上面写着鲍勃覆盆子果酱。

他用一把钢镊把手指夹起来，让它滴了一会儿酒精，然后把它放在有塑料布覆盖的验尸桌上。指甲已经脱落，一股令人作呕的腐烂肉味在房间里蔓延开来。

“这个手指确实是在尸体死后很久才切下来的，毫无疑问。”他对萨迦说道，“应该是用一把刀，或者一把钳子或剪刀……”

阿伦屏住呼吸，小心地把手指翻过来，这样他可以从各个角度去拍摄。

“我们可以从中得到一个完整的指纹。”他严肃地说。

萨迦向后退了退，一只手捂着自己的嘴，看着阿伦拿起尸体的手指，把它放到打印扫描机上。

打印机扫描时，机器发出哔哔声。

虽然组织已经肿胀，但显示在小屏幕上的指纹仍然很清晰。

指纹实际上是细胞与汗孔之间的脊线，这些汗孔在胚胎还在子宫的时候就在表皮形成。

萨迦凝视着椭圆形的旋涡，房间里充满了压抑的期待。

阿伦再次脱下防护服，登录电脑，连接扫描仪并点击再现扫描的图标。

“我有一个私人的自动指纹识别系统。”他同时点击另一个图标，输入一个新的密码。

萨迦看到他在搜索“沃尔特”，然后单击以显示杰里科被捕时身份证表格中的数字图像，双手拇指和其他手指的指纹均清晰地用墨水显现了出来。

萨迦试图控制她的呼吸。汗水从她的腋下流了下来。

阿伦自言自语，将在线扫描中的最佳图像拖到自动指纹识别系统的搜索框中，然后单击分析比对按钮，随即得到了结果。

“怎么样？”萨迦边问边吞下了一口口水。

荧光灯反射在他的眼镜上，当他指着屏幕时，她看到他的手在颤抖。

“初始水平的细节相当模糊……大部分只是模式识别。”阿伦解释道，并迅速清了清喉咙，“第二层是所谓的高尔顿细节……你可以看到乳头线的长度和它们相互联系的方式，这些差异只是组织破裂的结果……第三个层次，主要与孔洞的布局有关，在那里，匹配是完美的。”

“你是说我们找到了杰里科？”她低声说。

“我会把DNA送到位于林科平的国家法医实验室，但纯粹是作为一种正规手续。”他带着紧张的笑容回答道，“你找到他了，毫无疑问是他，现在终于结束了。”

“太好了。”她的眼里充满了热泪。

这种释然感是一种冲动和空虚的矛盾体。

她的心脏还在沉重地撞击着胸膛。

“你一直都肯定自己杀了杰里科，为什么找到他的尸体还这么重要呢？”阿伦问道。

“在我找到尸体之前，我没办法去寻找乔纳。”她回答道，用手搓着脸颊擦去眼泪。

“乔纳已经死了。”阿伦说。

“是的。”她微笑着说。

乔纳的夹克和钱包是在斯德哥尔摩议会大楼附近一个无家可归的人手里找到的。萨迦多次观看采访录像，这个无家可归的人认定自己是康斯坦丁一世，通常会在一条渔船的暖气通风系统外面睡觉。

他坐在面试室里，留着大胡子，手指脏兮兮的，嘴唇裂开，眼睛里带着警惕的表情。他用颤抖的声音告诉他们，那个大个子的芬兰人告诉他需要跟他保持距离，然后脱掉了夹克，跳到水里。他看着他游向大桥，但到达急流处时就消失了。

“你不相信他死了吗？”阿伦平静地问。

“几年前他打电话给我……他想让我秘密去找一个生活在赫尔辛基的女人的信息。”萨迦说道，“当时我还以为这个女人跟伯吉塔格的案子有关系。”

“那个女的怎么了？”

“她病得很重，在医院接受手术……她叫劳拉·桑丁。”萨迦说道，迎上了阿伦的目光，“但她应该……应该是苏玛·林纳，他的妻子，不是吗？”

“是的。”他点点头。

“我试图抓着劳拉的手告诉她乔纳已经死了。”萨迦解释说，“劳拉在癌症收容所接受姑息治疗，但乔纳自杀两天后，她要出院在家度过自己的最后岁月……但是，无论劳拉和她的女儿都没有出现在伊丽莎白斯加坦的住址。”

“真的吗？”阿伦说，他薄薄的鼻翼开始变得苍白。

“哪里都没有找到她。”萨迦说道，并向他迈出了一步。

“这真是太好了。”

“我想是乔纳安排了自己的自杀，然后他可以去接他的妻子和女儿，和他们一起躲起来。”

尼尔斯·阿伦的眼睛已经变红，说话时，他的嘴巴在微微抽搐。

“乔纳是唯一相信杰里科的触手超出了隔离区的人，像往常一样，他是对的……如果我们没有杀死杰里科，那杰里科就会杀了苏玛和卢米，就像他杀死迪莎一样。”

“尼尔斯，我需要找到乔纳，我得告诉他杰里科·沃尔特已经死了。”萨迦说，“他需要知道尸体已经被找到了。”

她把手放在他的胳膊上，当他抬起头来时，他的肩膀感到了一阵不适。

“我不知道他们在哪里。”他最后开口说，“但是如果苏玛要死了，就像你说的那样……我知道你可以试着去……”

“哪里？”

“去北欧博物馆。”他粗声粗气地说，好像担心要改变主意似的，

“有一个小小的新娘皇冠，一个由树根编制而成的斯密弥撒皇冠，你去仔细看看。”

“谢谢。”

“祝你好运。”阿伦严肃地说，然后有些犹豫不决，“没有人想拥抱一个病理学家，但是……”

萨迦紧紧地拥抱了他，然后离开房间，沿着走廊急匆匆离开。

21

萨迦把车停在了通往北欧博物馆的大台阶前，从杯子里喝了一小口冷咖啡，然后看着周围的人。他们都穿着盛夏的衣服，她感觉已经很久没有注意过自己周围的环境。大人和小孩，在阳光下，从悠长的野餐中感到一丝疲倦，在去游乐园或餐馆的路上兴奋和期待着。

她几乎没有注意到夏天就快过去了。自从乔纳失踪后，她就退出了这个世界，一门心思寻找杰里科的遗体。

现在到了结束这一切的时候。

萨迦下车，走上台阶，最后一节台阶上有着一个破了的注射器。

她穿过一个造型雄伟的大门，买了票，拿起一份博物馆的简介走进了入口。一座彩色的古斯塔夫·瓦萨雕像坐落在一座巨大的木制宝座上，凝视着被安置在博物馆里的战后房屋的复制品。

走向楼梯时，她瞥见了一篇关于人民家园的文章，以及社会民主党关于现代化与支持和平瑞典愿景。在这个瑞典中，所有家庭都有权拥有有热水、有厨房和浴室的家。

她慢吞吞地爬上石阶，走到展示着萨米手工艺品的那一侧。一些游客正沿展品的玻璃橱柜前行，里面展出着珠宝、驯鹿角柄的刀具、文化艺术品和服装。

她停在一个以新娘皇冠为特色的展柜前。这一定是阿伦说的那个，这是一件美丽的作品，由桦木根编制而成，看起来像两只手的手指交织在一起。

萨迦看了看箱子上的小锁，看起来很容易就能拿走。但是展柜被监控着，在她有时间仔细查看皇冠之前，警卫可能提前赶到。

一位老妇人停在她旁边，用意大利语对一个推着婴儿车的男人说了一句话。

那个男人向警卫说了几句话，然后在警卫的帮助下走向电梯，旁边一个长直发的女孩正在看萨米的仪式服装。

这是一个可乘之机，萨迦从她左腋下的护套中拿出搏斗时用的小匕首，小心地在玻璃门的锁边滑动，插入尖端，然后猛地一拉。当警报响起时，门被震碎，碎片摔在了地板上。

女孩惊讶地看着萨迦平静地放下匕首，打开门，摘下新娘的皇冠。

箱子比在外面看起来更小一些，重量很轻，里面几乎什么也没有。

阿伦告诉她，苏玛的母亲为自己的婚礼编制了一顶皇冠，苏玛在婚礼时也戴了它，然后把它捐赠给了吕勒奥的工艺品博物馆。

萨迦看到警卫赶了回来，她小心地把皇冠转到背面，看向内侧，有人在里面写下了“纳塔瓦拉-1968”。她把皇冠放回箱子里，关上了已经碎裂的玻璃橱门。

她知道纳塔瓦拉和乔纳的家族有着某种联系，那里应该就是乔纳现在的所在地。

萨迦一想到能告诉乔纳·林纳一切都结束了，就感觉心潮涌动。

警卫涨红着脸颊，停在五米远的地方，用无线电对讲机指着她，但一句话也没能憋出来。

22

火车从斯德哥尔摩中环火车站开出，摇晃着驶过肮脏的旁轨。在左边，白色的大船在卡尔伯格森河上滑行，而右边是一堵混凝土墙，上面满是涂鸦。

铺位都订满了，萨迦不得不坐硬座。她向售票员出示车票，然后眼睛盯着窗外吃三明治。当火车驶过乌普萨拉时，她脱掉军用靴子，用夹克包裹好手枪，并用它作为枕头。

去纳塔瓦拉的火车需要行使一千公里，花将近十二个小时。

车轮在夜里隆隆作响，远处的灯光像微小的星星一样，随着越往北开，数量越来越少。温暖的空气从灼热的散热器传到了她座位旁边的面板。

最后，窗外剩下了一片漆黑。

她闭上眼睛，想着尼尔斯·阿伦跟她的对话。许多年前，当乔纳和他的搭档塞缪尔·孟德尔抓到杰里科·沃尔特时，杰里科宣布了他的复仇计划，之后他被隔离在洛文斯特伦斯卡医院的监禁室内。塞缪尔认为这是一个虚张声势的威胁，但杰里科却设法从牢房里伸出手去抓走了塞缪尔的妻子和两个儿子。

乔纳意识到威胁的严重性，在尼尔斯的帮助下，他安排了妻子和女儿死于车祸。苏玛和卢米被赋予了新身份，与乔纳不再有接触。只要杰里科还活着，他的威胁就有可能付诸实施。也正是因为如此，乔纳牺牲了和她们在一起生活，从而挽救了她们的生命。

但现在可以让乔纳放心了。她找到了杰里科·沃尔特，他已经死了，他的遗骸已经被发现并经过了鉴定。

一想到这个，她全身就一阵颤抖。她靠在座位上闭上眼睛睡着了。

这是她这几年来第一次睡得如此之香。

当她醒来时，火车静静地停着，早晨寒冷的空气涌进车厢。她坐起来，发现已经地处博登，她睡了将近十个小时。

去纳塔瓦拉的最后一段旅程需要换车。她伸展了下身子，穿上靴子，把枪插进枪套里，拿起夹克，下了火车。她在车站买了一大杯咖啡，然后返回站台，看着一群穿着军装戴着绿色贝雷帽的年轻人上了另一个方向的火车。

有人在车站大钟的玻璃上涂了脏兮兮的咀嚼烟草。

一辆红色底盘的黑色机车以一声尖叫逼近，垃圾从枕木处飞了过来。火车在荒凉的站台上停下来喘着气，萨迦是唯一一个坐火车去纳塔瓦拉的人，整个车厢只剩下了她。

去纳塔瓦拉的路程应该还要花上不到一个小时。萨迦喝了咖啡，上了厕所，洗了脸，然后坐在椅子上，看着风景从车窗掠过，偶尔还会看到红色的小屋和广阔的森林。

她的计划是去村里的商店或教区礼堂，问问最近有没有新搬来的人，这种地方一般不可能有太多新来人口。

当萨迦·鲍尔踏上月台的时候，已经快十一点了。车站是一个屋顶带着标志的棚屋，屋前长满了杂草，前面还有一个刷了油漆但仍然能看见铁锈的带扶手长凳。

萨迦走路穿过仿佛在低语的深绿色森林，这里没有任何人的迹象，偶尔能听到狗吠声。

路面因霜寒冻裂而坑坑洼洼。

她继续往前走，越过一座横跨山谷的桥，然后听到身后有引擎声传来。一辆旧大众皮卡正朝她驶来，她挥动手臂拦下了它。

一个七十多岁的黝黑男子穿着灰色毛衣，摇下车窗，点头致意。在他旁边坐着一个和他差不多年纪的女人，穿着一件绿色紧身皮大衣，戴着粉色框的眼镜。

“你好。”萨迦说，“你住在纳塔瓦拉吗？”

“我们只是路过。”他回答。

“我们来自萨维斯法拉……另一个大都市。”女人开口道。

“那你们知道杂货店在哪里吗？”

“去年就倒闭了。”老人说道，手抓着方向盘，“但是现在开了一家新商店。”

“那太好了。”萨迦微笑着说。

“那不是商店。”老妇人说。

“我把它叫作商店。”他轻声说。

“但这是不对的。”她说，“那是一个服务站点。”

“那我最好别在那儿买东西了。”他叹息道。

“服务站在哪里呢？”萨迦问。

“就是原来的老商店。”女人眨了眨眼回答，“跳到后面来吧。”

“她不是跳高运动员。”男子反驳道。

萨迦踩着轮子爬了上去，抓住小货车的边缘，摇摆着身子，然后坐下。

开车的时候，她听到这对老夫妇继续争吵，直到皮卡车差点儿开进沟里。保险杠发出砰砰声，沙砾在车的下部飞扬，包围着一团尘土。

他们开车进了村子，停在了一个门前有着大大的冰激凌标志的红色建筑前，通过标记可以明白这个商店同时作为邮局、国家彩票以及酒精饮料专卖店的代理。

萨迦从皮卡上爬了下来，谢过这对夫妇，走上台阶。她走进门的时候一个小铃铛响了一下。

她找了一袋莳萝味的薯片，然后递给柜台上的年轻人。

“我正在寻找一位一年前搬到这里的朋友。”她没有进一步阐述细节。

“在这儿？”他问道，然后看了她一会儿，垂下眼睛。

“一个高个子男人……和他的妻子和女儿在一起。”

“哦，哦。”他脸红了。

“他们还住在这儿吗？”

“只要沿着罗姆博罗法拉路一直走。”他边说边指着那个方向，“直到西姆马加路口转弯……”

萨迦离开商店，朝他指示的方向走去。拖拉机轮胎在地面上留下了深深的印子，草地上有一个啤酒罐，掠过树梢的风听起来如同遥远的大海。

她边走边吃薯片，把剩下的放进包里，在裤子上擦了擦手。

萨迦走了差不多六公里，看到了道路的转弯处有一座锈迹斑斑的房子。没有汽车停着，但烟囱里冒着烟，房子周围的花园由高高的草甸组成。

她停下来，听到沟渠里有昆虫在鸣叫。

一个男人从房里出来，她看着他的身影穿过树林。

是乔纳·林纳。

是他，但他瘦了，拄着一根拐杖。他有卷曲的金色胡子，一缕头发从黑色的羊毛帽中钻了出来。

萨迦向他走去，靴子下面的沙砾咔咔作响。

她看到乔纳停在树林旁边，把棍子靠在墙上，拿起一把斧头，劈开一段大圆木，然后拿起另一段又劈开，休息片刻后捡起碎木继续劈砍。

她没有叫他，因为她知道他早就已经察觉到了她。

他穿着粗糙皮革制成的飞行员外套，里面是一件苔藓绿色的羊毛衫，褶皱裂开了，领子的羊皮衬里已经泛黄。

她走过去停在离他五米远的地方。他伸了个懒腰，转过身来，看着她，灰色的眼睛像苍白的火光。

“你不该来的。”他平静地说。

“杰里科死了。”她说话的时候有些难以平复呼吸。

“是的。”他回答道，然后继续砍木头。

他拿起一段新的圆木，把它放在砧板上。

“我找到了他的尸体。”萨迦说。

23

乔纳领着她穿过一个黑黝黝的大厅入口，他什么也没说，只是把门打开，把她带到一个墙上挂着铜炖锅的小厨房。

窗台下挂着一支有伸缩瞄准镜的猎麋步枪，地上至少有三十箱弹药。

阳光透过拉开的窗帘闪着光，桌子上有一个咖啡壶和两个杯子。

“苏玛在春天的时候去世了。”他解释说。

“我很抱歉。”她平静地说。

他把木篮放在地板上，慢慢挺直背。厨房里有一股淡淡的烟味，她能听见松木在铁炉的封闭舱后面噼啪作响。

“那么你找到尸体了？”他看着她说。

“不然我不会来。”她严肃地回答，“如果你想确认，可以打电话给阿伦。”

“我相信你。”他说。

“不管怎样你都得打电话给他。”

他把身体靠在滴水板上摇了摇头，什么也没说，然后向另一扇门走去，轻轻推开门，用芬兰语悄悄说了些什么。

“这是我的女儿，卢米。”一个女孩走进了厨房。

“你好。”萨迦说。

卢米有着棕色的头发，脸上带着友好而好奇的微笑，但灰暗的眼睛像冰一样。她又高又瘦，穿着一件简单的蓝色棉衬衫和一条褪色的牛仔裤。

“你饿了吗？”乔纳问。

“是的。”萨迦回答。

“那随便坐吧。”

她在椅子上坐下，乔纳拿出面包、黄油和奶酪，然后开始切西红柿、橄榄和胡椒。卢米开始烧水，然后手动研磨咖啡豆。萨迦看着他们身后昏暗的房间，有一张沙发和一摞书。滴水板上悬挂着一个夜视镜，可以装到步枪上为夜间狩猎所用。

“在哪儿找到他的？”乔纳问。

“他漂到了霍格玛索的海岸上。”萨迦回答。

“谁？”卢米问道，瞥了一眼安装在香料架后侧墙上的运动探测器的显示屏。

“杰里科·沃尔特。”乔纳说着把十二个鸡蛋都磕开丢进煎锅。

“我找到了他的尸体。”萨迦说。

“那么说他死了？”她轻轻地问。

“卢米，你能过来煎一下吗？”乔纳说着离开了厨房。

他沉重的脚步声在大厅里回响，前门被关上了。

卢米拿了一些干罗勒，放在手掌之间揉搓着。

“爸爸说他必须离开我和妈妈。”卢米试图保持声音的平稳，“他说如果我们和他有任何联系，杰里科·沃尔特就会杀了我们。”

“他做了正确的选择，这样才能拯救你们的生命，别无他法。”

卢米点点头，朝炉子走去，几滴眼泪滴到她面前的黑色金属板上。

卢米擦了擦她的脸，降低了炉子的温度，然后小心地用抹刀把煎蛋卷起来。

通过拉上的窗帘可以看到乔纳正站在路上，手机压在他的耳朵上。她知道他在和尼尔斯·阿伦通话，他皱着眉头，下巴的肌肉紧绷着。

卢米关掉炉子，撑着桌子俯身，一脸好奇地看着萨迦。

“我知道你跟爸爸没有男女之间的关系。”女孩过了一会儿说道，“他告诉我关于迪莎的事了。”

“我们过去常常一起工作。”萨迦微笑着说。

“你看起来不像警察。”女孩说。

“我是秘密警察。”萨迦简短地说。

“也不像。”她笑着在萨迦面前坐了下来，“但是如果你说你是秘密警察，那么你一定是萨迦·鲍尔。”

“我是。”

“快吃吧。”卢米说，“会凉的。”

萨迦谢过了她，吃了一些煎蛋、面包和奶酪，然后给两人都倒了咖啡。

“乔纳怎么样？”她问。

“若是昨天的话我可能会说不怎么样。”卢米说，“他大部分时间都高度紧张，几乎不睡觉，他为了保护我一直让自己保持清醒……我不知道他是怎么办到的。”

“他很固执。”萨迦说。

“他是吗？”

两人同时笑了起来。

“你知道的，我很长一段时间没有父亲。”女孩说的时候眼睛湿润了，“我几乎忘了他，我的意思是没有任何东西可以弥补这一切……我们花了一年多的时间坐着聊天……每天几个小时……我告诉他我和妈妈做了什么……他则谈自己……我想一般没有人会和父亲说那么多话。”

“至少我不会，这点是肯定的。”萨迦说。

当运动传感器对乔纳做出反应时，卢米站起来，把警报关掉，然后听到前门被打开，紧接着大厅里响起脚步声。

乔纳走进厨房，放下拐杖，靠在桌子上，然后在椅子上坐下。

“阿伦很肯定。”他边说边吃了一些食物。

“我们可以结束了。”萨迦看着他的眼睛说，“我不在乎你怎么想，但我们确实结束了……我杀了他，找到了尸体。”

“你从来没有亏欠过我任何东西。”

乔纳微微前倾身体，用胳膊抱着身体，吃了一小口食物。卢米把厚厚的毯子搭在他肩上，然后坐下来。

“卢米要去巴黎念书。”乔纳笑着对女儿说。

“我们还不确定。”她快速地说。

她苍白的脸上掠过一丝微笑，萨迦看见乔纳拿起杯子喝咖啡时双手在颤抖。

“今晚我要做鹿肉片。”他说。

“我的火车两个小时后就要发车了。”萨迦说。

他补充道：“还有香肠和奶油。”

她微笑了一下：“我得走了。”

24

埃里克站在里尔简斯 4 号楼街道对面的人行道上，他早就到了他上钢琴课的地方。房子一层的窗帘敞开着，他可以直接看到杰基·费德勒在公寓里。她在厨房里，手沿着墙壁向前，拿出一个玻璃杯，然后把手指放在水龙头下面。他能看到她穿着一条黑色的裙子和一件没扣扣子的上衣。他穿过街道，走近窗户，想看得更清楚些。现在可以看到她湿漉漉的头发从丝绸上衣的后面滴水下来。她喝了水，用手擦嘴，然后转过身来。

埃里克伸了伸懒腰，瞥了一眼她上衣下面的小腹。一个推着手推车的女人停在人行道上盯着他，他突然意识到自己一定看起来很可疑。他急急忙忙地走回到人行道上，从入口处走了进去。他又一次站在她公寓门外的黑暗中，把手伸向门铃。

从催眠的时候开始，他就一直在想洛基的不在场证明很可能是真的。为了能入睡，他不得不把每晚服用思诺思[①]的剂量增加一倍。明天一早他就打算去卡苏登医院。

当杰基打开门时，她的上衣扣好了。她平静地对他微笑，楼梯间的光线反射在她的墨镜上。

“我有点儿来早了。”他说。

“埃里克。”她微笑着说，“欢迎。”

他们走了进去，他看到她的女儿在禁止进入的标识上钉了一幅骷髅画。

他跟着杰基沿着走道向前，看着她用右手摸着墙。他突然觉得她毫无戒备，从她的后背可以看到上衣支在了黑色裙子的外面。

她把手伸向门框，打开灯，穿过客厅的地板，走到地毯前，停下来朝他转过身。

“让我来听听你学得怎么样。”杰基说着向钢琴做了一个手势。

---

① 思诺思是一种用于治疗严重睡眠障碍的药物。

他坐下来，打开乐谱，用手指捋了下刘海，然后把右手拇指放在右边的琴键上，张开五指。

“第二十五号。”他严肃地说。

他开始弹奏杰基给他布置的家庭作业。即使她让他不要看，他还是忍不住看着自己弹琴的手。

“你一定觉得这很糟糕。”他说，“我的意思是，你习惯了优美的音乐。”

“我觉得你弹得挺不错。”她回答。

“你能用布莱叶盲文来读乐谱吗？你一定会吧？”他问道。

“路易斯·布莱叶是个音乐家，所以这确实不难……但是最后我必须记住所有的乐谱，因为在弹奏的时候没有多余的手去摸盲文。”她解释道。

他把手指放在琴键上，深吸一口气。这时门铃响了。

“对不起，我去一下。”杰基说着站了起来。

埃里克看着她走进大厅，打开门。外面站着她的女儿，旁边是一个身穿体操服的高个子女子。

“比赛怎么样？”杰基问。

“一比一。”女孩回答，“安娜进的球。”

“但那是因为你的传球。”那个女子亲切地说。

“谢谢你把玛德琳送回家。”杰基说。

“不用谢……在路上我们聊到没有必要成为世界上最优秀的人，但那样的想法会让人有进取心。”

埃里克没有听到杰基的回答，门关上了，杰基在她女儿面前蹲下来，轻轻地抚摸她的头发和脸。

“所以你更得有进取心。”她温柔地说。

她转身面对埃里克，为中断教学而道歉，然后坐下来解释下一步该练什么。

埃里克努力让自己的双手独立工作，学的时候感觉自己的背部都出了汗。

过了一会儿，小女孩走进房间。她换上一件便服，坐在地板上聆听。

埃里克试着演奏一个乐章，但是把第四小节弹错了，只好重新开始，但又犯了同样的错误，他为自己的错误笑了起来。

“有什么好笑的？”杰基平静地问。

“我觉得我弹起来就像一个坏了的机器人。”埃里克回答。

“我的刺猬也会犯错。”玛德琳安慰他，然后举起了她的玩具。

“我的左手很差劲。”埃里克说，“好像我的手指拿不到正确的那块饼干。”

玛德琳眨巴眼睛，然后摆出了一副严肃的面孔。

“我的意思是饼干就是琴键。”埃里克快速地解释。

女孩低头露齿一笑。杰基从椅子上站起来。

“你需要休息。”她说，“我们在结束这堂课前要将这一段都过一遍。”

“我去开洗碗机。”女孩说。

“你知道很快就该睡觉了，你得按时上床。”

他们坐在桌旁。埃里克拿起水壶，倒了两杯水。当她解释G谱号、F谱号和不同的泛音时，他忍不住不时偷偷瞥一眼杰基。她的衬衫在腰部皱出了褶子，她的脸看起来很平易体贴。他能辨认出她普通款式的胸罩和下面的乳房。

他能在她完全不知情的情况下看着她，这让他感到一种紧张的诱惑。

他小心翼翼地移动位置，这样就可以看到她的大腿之间，瞥见那朴素的白色内裤。

她的腿微微分开，他的心跳加快。他有一种感觉，她知道自己正盯着她看。

她咽了一口口水。

她的眼睛被遮挡在墨镜的后面。

他又瞥了眼她的大腿，靠得更近了些，但下一个瞬间她把腿交叉了起来，放下了杯子。

杰基微笑着说她想象他是大学的讲师，或者是个牧师。埃里克回答说真相介于两者之间，并告诉她自己在心理诊所工作，以及他对催眠的研究。

她把资料和音乐理论书归拢到一起，整理齐后放在他面前。

“我能问你一件事吗？”埃里克问。

“问吧。”她简单地回答。

“当你说话的时候，你向我转过脸，这是自然而然的，还是你学来的？”

“这是对视力正常者的一种让步。”她诚实地回答。

“我就是这么想的。”埃里克说。

“就像进入房间时打开灯，提醒有视力的人，我就在那里……”

她陷入了沉默，纤细的手指摸着玻璃杯的杯口。

“对不起，我非常粗鲁和尴尬，问这样的事情……”

“大多数人不愿谈论视力受损，这是我能理解的。”杰基说，“我们都希望被当作独立的个体，而不是一群……但我认为聊聊这个并没有什么不好的。”

“很好。”

他看着她涂着的粉色唇膏，颧骨的曲线，孩子气的发型，脖子上青绿色的筋脉。

“能催眠别人，了解他们的秘密和私秘的想法，这难道不奇怪吗？”她问。

“我不是在监视他们。”

“不是吗？”

25

明亮的天空映衬在埃里克座位旁边纸箱表面的玻璃纸上，里面装有十包香烟。埃里克正慢慢地开车驶入公园地区，经过一个牌子，上面写着“禁止进入”！所有来访者都必须事先联系。

卡苏登地区医院是瑞典最大的安全精神病院，有一百三十名因精神病被判处治疗而不是监禁的罪犯。

他的内心很焦躁，很快他会见到洛基·吉尔伦德，问他关于他的不在场证明。

如果是真的，那么最新的谋杀案很可能与旧的谋杀案有关，埃里克将不得不告诉警方一切。

如果洛基是无辜的，那么旧谋杀和新谋杀之间就有相似之处，苏珊娜·科恩被发现时手被捆在耳边，这不会是巧合。

他告诉自己可能并不会因此失去工作，这将取决于警方是否决定将此案移交给检察官。

在行政大楼的入口前有一个摄像头加上横线的标志，表明里面区域被监控着。埃里克心想这个地方一定布满了摄像头。

他拿起香烟，朝白色的大楼走去。

一条蜗牛爬过的痕迹在接待区前面的小路上闪着微光。

强烈的阳光射入了门内，清晰可见的灰尘飘向破旧的家具和磨损的地板。

埃里克出示了身份证，拿过一个带有姓名的徽章。他还没走到等待区旁边的杂志架旁，一个满头金发的男人就走了进来。

“埃里克·巴克？”

“是我。”埃里克回答。

那人伸展着嘴角，露出一副微笑的样子，介绍自己叫奥托。这个男人的脸上带着疲惫，有一种难以隐藏的悲伤。

“卡西利亚斯本来想亲自来这里的，但是……”

“我明白，不用担心。”埃里克说，想到他虚构的斯廷克尔医生和研究项目，不由得脸红。

他们一起向前走，他向埃里克解释说自己是一名护理助理，已经在卡苏登工作了很多年。

“我们需要走很长一段路……没有人喜欢这些隧道。”奥托低头咕哝着。

“你认识洛基·吉尔伦德吗？”埃里克问。

“在我刚来的时候，他就已经在这里了。”奥托说着向远方有着高高围栏的棕色建筑示意。

“你对他有什么看法？”

他回答说：“很多人都有点儿害怕吉尔伦德。”

他们从入口D走了进去，来到一个更衣室，埃里克把随身的财物都拿了出来。

“我可以带香烟吗？”埃里克问，“可能会有用。”

奥托点头，他依次把埃里克的钥匙、笔、手机和钱包放在一个塑料袋里，密封起来，递给他一张收据。

他打开一扇沉重的门，远处有另一扇带有密码锁的门。他们穿过灰色的油毡地板以及一扇安全门，通向有着病床的小房间。

空气中充满了消毒剂味和陈旧的烟味。

一个房间里传来了色情影片的声音。门开着，埃里克看见一个胖子向前靠在一张塑料椅子上，向地上吐唾沫。

他们穿过另一个气闸，来到一个阴暗的操场上。六米高的围栏连接着两座砖房，形成了一个有着泛黄的草地以及周围煤渣跑道环绕的笼子。

一个二十多岁瘦骨嶙峋的男人坐在长凳上，脸色紧张。两个看守在砖墙边聊天。远处，一个矮胖的男人正站在围栏旁。

“要我跟你一起去吗？”奥托问。

“不需要。”

这位前牧师面对着高高的围栏站着抽烟。他的眼神扫过草地，看向茂密的树林。他的脚边有一杯速溶咖啡。

埃里克走在小路上，到处都是烟蒂和吐掉的咀嚼烟草。

他想道，我正要去见因为我的决断而被判有罪的牧师，如果洛基·吉尔伦德有不在场证明，我将向警方坦白我的所作所为，并承担后果。

小路上的灰尘绕着他的腿旋转着，他知道洛基能听见他走近。

“洛基？”他开口道。

“谁？”

“我叫埃里克·玛利亚·巴克。”

洛基放开围栏，转过身。他个子很高，一米九多，肩膀比埃里克记得的还要宽阔。他留着浓密的胡须，其中有灰色的斑点，梳着向后的头发。他的眼睛是绿色的，脸上散发着冷酷的自豪感。他穿着一件绿色毛衣，肘部已经磨损，粗壮的胳膊挂在身边，一根香烟夹在他的手指间。

“主治医生说你喜欢骆驼牌。”埃里克一边说一边试图给他香烟。

洛基向外伸出下巴，低头看着他。他没有回答，也没有要接受礼物的迹象。

“我不知道你是否还记得我。”埃里克说，“九年前我参与了你的审判，对你进行了心理评估。”

“你得出了什么结论？”洛基用一种深沉的声音说。

“你需要精神治疗。”埃里克平静地回答。

洛基把烟蒂向埃里克身上丢去，烟蒂击中了他的胸部，落在地上，并飞溅出一些火花。

“安静地走吧。”洛基平静地说，然后噘起嘴。

埃里克踩灭了香烟，看到两个看守穿过草地走来，手里拿着一个警报器。

“发生了什么？”其中一人停下来问。

“只是个意外。”埃里克回答。

那两个人待了一会儿，埃里克和洛基都不言语，最后看守走了，回去开始喝咖啡。

“你骗了他们。”洛基说。

“有时候我会这么做。”埃里克回答。

洛基的脸仍然冷漠，但是眼睛里闪烁着一丝兴趣。

“你接受过精神治疗吗？”埃里克问，“这是你的权利。我是医生，你想让我看看你的病历和康复计划吗？”

洛基慢慢地摇摇头。

“你在这里已经很久了，但是从来没有申请过假释。”

“我为什么要这么做？”

“你不想出去吗？”

“我接受对我的惩罚。”洛基用深沉的声音说。

“你之前对回忆有些困难，现在还这样吗？”埃里克问。

“是的。”

“但我记得我们的谈话，有时听起来好像你认为自己是无辜的。”

“当然……我用谎言包围自己，企图逃脱，它们像一群蜜蜂一样在我身上爬来爬去，我试图通过责备别人来逃避责任。”

“谁？”

“那不重要……我是有罪的，我让谎言在我身上爬行。”

埃里克弯腰把香烟放在洛基的脚边，后退一步。

“想谈谈你想责备的人吗？”他问道。

“我不记得了，但我知道我认为他是一个传教士，一个不洁的传教士……”

洛基陷入了沉默，转身走向围栏。埃里克走到他旁边，望着那些树。

“他叫什么名字？”

“我再也记不起名字，也不记得他的脸，那些记忆像灰烬一样散落……”

“你叫他传教士，他是你的同事？”

洛基用手指抓住栏杆，他的胸部随着呼吸而起伏。

“我只记得我很害怕，这可能是我为什么要责怪他。”

“你怕他？”埃里克问，“他做了什么？为什么是你……”

“洛基？洛基！”一个病人走到了他们后面，“看看我给你带来了什么！”

他们转过身，看见一个瘦骨嶙峋的男人拿着餐巾纸，里面裹着果酱饼干。

“你自己吃吧。”洛基说。

“我不想。”那个病人急切地说，“我是罪人，上帝和他的天使憎恨我，而且……”

“闭嘴！”洛基咆哮道。

“我做了什么？你为什么……”

洛基抓住那个男人的下巴，看着他的眼睛，然后把口水吐到他脸上。当洛基放开手时，那个人失去了平衡，饼干掉在了地上。

看守再次走过草地。

“如果有人给你做了不在场证明怎么办？”埃里克语速飞快地问。

洛基绿色的眼睛直勾勾地盯着他，一眨不眨："那么他们就是在撒谎。"

"你肯定吗？你不记得任何……"

"我不记得有不在场证明，因为根本没有。"洛基打断道。

"但你确实记得你的同事——如果他是谋杀丽贝卡的人呢？"

"我谋杀了丽贝卡·汉森。"洛基说。

"你记得这个吗？"

"是的。"

"你认识一个叫奥利维亚的人吗？"

洛基摇摇头，望向走近的看守，抬起了下巴。

"在你来到这里之前呢？"

"没有。"

看守把洛基推到围栏上，在他的膝盖后面踹了一下，逼他跪在地上，把手铐铐上。

"当心他！"另一个病人哭了起来。

年龄较大的守卫把膝盖放在洛基的背上，另一个则把警棍抵住他的喉咙。

"当心他……"另一个病人继续啜泣着。

当埃里克跟随看守离开D病区时，他开始对自己微笑。没有不在场证明，洛基杀死了丽贝卡·汉森，这两起谋杀案之间没有任何联系。

回到停车场，他停下来深呼吸了几次，当他抬头看着明亮的天空和公园里的树木时，一种解放的感觉在他身上蔓延，他终于放心了。

26

法医教授尼尔斯·阿伦把他的白色美洲虎超线停在了两个停车位上。

国家刑事调查局希望他去查看两起杀人案的尸体。

这两具尸体都经过了尸检，阿伦看过报告，毫无问题，检查非常严谨。即便如此，初步调查的负责人还是要求他再看一看这两具尸体，因为他们仍在黑暗中摸索，希望他能找出任何微妙的相似性、记号或是其他有价值的信息。

玛戈特·西尔弗曼相信她正在对付一个自恋的连环杀手，并认为凶手正在试图沟通。

阿伦走出他的汽车，在早晨的空气中呼吸。今天几乎没有风，太阳照耀着，所有的窗户都拉着蓝色的百叶窗。

入口处有什么东西。起初，尼尔斯·阿伦认为有人把垃圾倒在了混凝土台阶的栏杆后面，但后来他看出那是个人，一个留着胡子的男人背靠着砖墙的水泥地基，坐在柏油路上睡着了。他裹在毯子里，额头靠在弯起的膝盖上。

这是一个温暖的早晨，阿伦希望这个人在安保人员阻止他之前能好好睡一觉。他调整了一下墨镜，朝门口走去，但是当他注意到那人干净的手和右指关节上的白色伤疤时，他停了下来。

“乔纳？”他轻声问。

乔纳·林纳抬起头，看着他，好像他根本没有睡着，正等着被人叫醒。

阿伦凝视着他的老朋友，差点儿没能认出来。乔纳瘦了很多，长着浓密的胡须，脸色苍白，眼睛下面有浓重的黑眼圈，头发又长又乱。

“我想看看手指。”他说。

“我猜到了。”阿伦笑了。

“你怎么样？看起来挺不错。”乔纳握住栏杆，用力把自己拉起来，然后拿起提包和拐杖。他知道自己现在看起来的样子，但无能为力，他还陷在悲伤之中。

“你是坐飞机还是开车来的？”阿伦问。

乔纳盯着门上方的灯，灯泡下面的玻璃底部有一小堆死了的昆虫。

在萨迦来访之后，乔纳和他的女儿卢米一起去了苏玛的墓地，然后他们一路走到奥迪奥奇湾的沙滩，谈论着未来。

他不需要她开口就知道她想做什么. 为了不让卢米失去在巴黎艺术学院的位子，她必须在两天内到那里去报到。乔纳安排了她和他的朋友科琳·梅尔罗斯的妹妹一起住在第八大道。他们没有时间做太多其他安排，但他给了卢米足够的钱，以及一整套近战和使用枪械的技巧。

他开车送她去机场，强忍着内心的不舍。她拥抱了他，低声说爱他。

“或者你是坐火车来的？”阿伦耐心地问。

他回到了纳塔瓦拉的家，拆除了警报系统，把武器锁进地窖，装了一个背包的随身物品。他关了水，锁了房子，走到火车站，赶上了去格利瓦的火车，然后去机场，飞往阿兰达，再赶上了去斯德哥尔摩的公共汽车。最后他步行了五公里来到卡罗林斯卡医学院的校园。

“我走过来的。”他回答道，没注意到阿伦脸上露出的惊讶神色。

乔纳等着，一只手放在黑铁栏杆上，等着阿伦打开蓝色的门。他们沿着走廊走着，地面是哑光的破旧地板。

乔纳拄着拐杖走不快，时不时停下来咳嗽几声。

他们走过通向厕所的门，走近一个窗户，上面摆着一棵硕大的盆栽植物。蒲公英的种子在满是阳光的空气里飘动。有什么东西突然动了一下，乔纳本能地蹲下来拔出了枪。他强迫自己走到窗前，是一个老妇人站在人行道上，等待着一只在蒲公英之间来回奔跑的狗。

“你还好吗？”阿伦问。

“我不知道。”

乔纳的身体在颤抖，他走进洗手间，靠在水盆上，从水龙头里直接喝水，然后挺起身子，用纸巾擦干脸，回到走廊。

“乔纳，我把手指放在病理实验室锁着的柜子里……我半小时后要见玛戈特·西尔弗曼……如果你觉得不舒服，可以在办公室等我。”

“没关系。”乔纳回答道。

27

尼尔斯·阿伦打开了病理实验室的旋转门，为乔纳敞开。他们一起走进明亮的房间，白色的瓷砖闪闪发光。乔纳把背包放在门墙边，把毯子披到肩上。

尽管通风系统一直开着，腐臭味依旧萦绕在房间里。尸体解剖台上躺着两具尸体，近处的一具被布盖着，血液正慢慢地滴到不锈钢水槽中。

他们向放着电脑的桌子走去，乔纳静静地等待着。

阿伦从盒子里拿出一个文件夹，打开，把国家法医实验室的检测结果、旧的身份证、指纹分析和来自萨迦手机的放大图像放在乔纳面前。

乔纳坐下来凝视着玻璃瓶。几秒钟后，他拿了起来，把它举到灯上仔细检查，然后点点头。

“我把所有的东西都放在这里，因为我有一种预感你会出现的。”阿伦说，“但是，就像我在电话里说的，你会发现一切都结束了。发现尸体的老人砍下了手指，正如你从切割角度可以看到的那样……这件事发生在他死后很久，就像他向萨迦解释的那样。”

乔纳仔细地读着实验室出具的报告。他们建立了一个基于三十个STR区域的DNA图谱，匹配率为百分之百，证实了指纹分析的结果。

即使是同卵双胞胎也没有相同的指纹。

乔纳把面前的尸体照片拿了起来，检查上面已是紫罗兰色的伤口。

他向后倾斜，闭上了灼热的眼睑。

一切都结束了。

枪击的角度就像萨迦描述的一样，身体的大小和结构、手的大小、

DNA、指纹……

“就是他。”阿伦平静地说。

“是的。”乔纳低声回答。

“你现在打算做什么？”阿伦问。

“没什么。”

“你已经被宣布死亡了。”阿伦说，“有人见证了你的自杀，一个无家可归的人。”

“是的，是的。”乔纳打断了他的话，“我会解决这个问题。”

“当你的财产被没收的时候，你的公寓被卖掉了。”阿伦解释道，“他们得到了将近七百万，这笔钱捐给了慈善机构。”

“很好。”乔纳坦率地说。

“卢米怎么样？”

乔纳看着窗子上倾斜的光线和玻璃上灰尘的影子。

“卢米？她去了巴黎。”他回答。

“我的意思是，她怎么适应你这么多年后突然回来，如何接受失去她的母亲，还有……”

乔纳不再听阿伦在说什么，他的记忆在体内四散开来。一年多前，他秘密地前往芬兰。到达赫尔辛基阴郁的癌症放疗诊所去看苏玛的那个下午，那时她还可以用推车行走，他可以清楚地记得光线是如何从门厅落下，反射到地板、窗户、苍白的木制品和一排轮椅。他们慢慢地走过没有工作人员的衣帽间和糖果机，来到冬天新鲜的空气中。

阿伦的手机嗡嗡作响，他把太阳镜推到鼻子上，拿起来读消息。

“玛戈特来了，我得去让她进来。”他说着向门口走去。

苏玛选择在她位于伊丽莎白斯加丹的公寓里接受姑息治疗，但是乔纳带她和卢米去了祖母在纳塔瓦拉的家，他们在那里度过了快乐的六个月。经过多年的化疗、放疗和输血，最后只剩下了止痛。她用持续三天的吗啡贴片，每天还服用八十毫克奥诺美。

苏玛和家人终于在一起了，她喜欢房子和乡村包围着她。

她越来越瘦，失去食欲，失去身上所有的毛发，皮肤变得像婴儿一样柔软。

到最后，她几乎没了重量，全身都疼，但她仍然喜欢乔纳抱着她转过身来，让她坐在他的大腿上，这样他们就可以亲吻了。

28

乔纳一动不动地坐着，凝视着装有手指的玻璃罐，液体中的颗粒已经沉入了底部。

他真的死了。

乔纳微笑着，一边重复着脑海里的句子。杰里科·沃尔特死了。

当玛戈特·西尔弗曼和尼尔斯·阿伦走进病理实验室时，他仍然坐在那里，肩上披着毯子，正在回忆给自己安排的自杀。

“乔纳·林纳，每个人都说你死了。”玛戈特笑着说，“我能问一下到底发生了什么事吗？”

乔纳遇到她的目光，想着自己是被迫去做了这一切，他被迫采取过去十四年中做的每一步。

玛戈特静静地站着，凝视着乔纳灰色的眼睛，她听到阿伦从他消毒过的工具上取下保护罩的声音。

“我回来了。”乔纳用他的芬兰口音回答道。

“太晚了。”玛戈特说，“我已经抢了你的工作和你的办公室。”

“你是个不错的警探。”他回答。

“按照阿伦的话说，还不够好。”她轻快地说。

“我刚才说你应该让乔纳看看这个案子。”阿伦喃喃地说，然后把乳胶手套放在上面。

当阿伦开始给玛利亚·卡尔松的尸体进行外部检查时，玛戈特试图向乔纳解释这个案件。她详述了视频里的所有细节，但没有得到她一直期待的回答或后续提问。过了一会儿，她开始担心他可能甚至没有在听。

“根据受害者的日历，她正要去上画画课。”玛戈特说着瞥了乔纳一眼，“但是在日历的底部有一个我们不理解的小小的‘h’。”

传说中的警察已经老了。他一脸浓密的金色胡须，乱蓬蓬的头发垂在耳朵上，蜷缩进脖子，盖在衬衫的领子上。

“视频暗示着自恋，这很显然。”她坐在一个不锈钢凳子上，两腿叉开。

乔纳正在考虑凶手透过窗户看那个女人，他可以尽可能地靠近，但他们之间仍然有一块玻璃。这很亲密，但他仍然被关在外面。

“他想进行一些交流。”玛戈特说，“他想提出一个观点……或者一场竞争，把他的力量和警察进行对比，因为他觉得自己很强壮、很聪明，而警察却远远落后于他……这种不可战胜的感觉会导致更多的谋杀。”

乔纳看了看第一个受害者，他被她苍白的手抓住了视线。她的手搁在臀部旁，呈现出一种像小碗和贝壳的形状。

他在拐杖的帮助下站起来，想着玛丽亚·卡尔松身上有什么东西可以吸引凶手，使他越过了观察者的身份边界。

“这就是为什么。”玛戈特继续说，“这种强烈的优越感是为什么我认为会有某种属于他的标志，但我们还没有意识到……”

当乔纳从她身边走开，疲倦地走到验尸台前时她不再说话。他在尸体前停了下来，拄着拐杖。他那沉重的皮革外套打开着，可以看见里面的羊皮衬里。当他俯身的时候，他的柯尔特手枪映入了玛戈特的视线。

她站起来，感到肚子里的孩子醒了。每次她四处走动时孩子就睡着，但如果她坐下或躺下他就会醒过来。她走向乔纳，一只手捧着肚子。他仔细地看着受害者被搅烂了的脸，就好像他不相信她已经死了似的，仿佛他想感受她从嘴里呼出的潮湿气息。

“你在想什么？”玛戈特问。

“有时我觉得我们对正义的观念还处于萌芽阶段。”乔纳回答的时候没有把目光从死去的女人身上移开。

“好吧。”她说。

“那么我们该如何去制定法律呢？”乔纳问道。

“我可以给你一个答案，但我猜你的想法一定和答案不一样。”

乔纳挺直了腰，想着法律追逐正义和卢米在小时候追逐反射的光斑如出一辙。

阿伦遵循着之前验尸的步骤，自己又检查了一遍。外部检查的通常目的是描述可见的损伤，比如肿胀、变色、皮肤擦伤、出血和划伤。但是这次他是在寻找一些在之前观察中可能被忽略的东西，一些不明显的信息。

“大部分刺伤并不致命，目的也不是为了致命。”阿伦对玛戈特和乔纳说，“如果是这样，他就不会瞄准她的脸了。”

“仇恨比杀人欲望更强烈呀。”玛戈特说。

“他想毁掉她的脸。”阿伦点头。

“或者想改变它。”玛戈特说。

“为什么她的嘴像那样张开着？”乔纳平静地问。

“她的下巴断了。”阿伦回答，“她的手指上有自己的唾液。”

“她嘴里或喉咙里有什么东西吗？”乔纳问。

“没有。”

乔纳正在考虑当她穿上紧身衣的时候站在外面拍摄她的凶手。在这一点上，他是一个观察者，他需要接受由窗户的薄玻璃所制造的边界。

但一定有东西诱惑他越过那个界线，他对自己重复道。他问阿伦借过了手电筒，把它照进死去女人的嘴里。唾液已经干涸，喉咙发白。她喉咙里什么都没有，舌头回缩，脸颊内侧已经变黑。

在她舌头中间的最厚部分有一个小洞，几乎成为舌头自然褶皱的一部分，但乔纳确信她的舌头进行过穿刺。

他走过去看第一份报告，读了对于口腔和胃部的描述。

“你在找什么？”阿伦问。

在第二十二点和二十三点的注释中只写了嘴唇、牙齿和牙龈的损伤，在第六十二点中写了舌头和舌骨没有受损。

哪里都没有提到这个洞。

乔纳继续阅读，胃部或肠胃中没有提到任何珠宝。

“我想看那个视频。”他说。

“它已经被检查过数万次了。”玛戈特说。

乔纳重重地倚在拐杖上，抬起脸来，他灰色的眼睛此时像雷云一样黑暗。

29

玛戈特在国家刑事调查局的接待处签下了乔纳的名字，作为客人，在进入安全门前，他必须戴上访问者的徽章。

“肯定有很多人想见你。”当他们向电梯走去时玛戈特说道。

“我没有时间。”他拿起徽章，扔进了废纸箱。

“你最好还是准备一下，估计得跟几个人握手，你能应付吗？”

乔纳想到他在纳塔瓦拉房子后面布置的地雷。他用硝酸铵和硝基甲烷制造了ANNM，这是一种稳定的次生爆炸物。在这之前他已经做了两个雷管，里面装有三克季戊四醇四硝酸酯。当他正要回去做第三根雷管时，一袋季戊四醇四硝酸酯爆炸了，一扇沉重的门被爆炸的气流吹飞，砸在了他的右腿上。

疼痛就像一群沉重的寒鸦落在他的身上，他整个人倒在了地上。但疼痛感在卢米跑到他身边握住他的手时却如同一阵风一般被吹得无影无踪。

“至少我还有手。”他经过了一组沙发和扶手椅。

玛戈特把电梯门打开，等他走过来。

“我不知道你会在视频上找到什么。”她说。

“我也不知道。”他跟着她走进电梯。

“我是说，你看起来非常奇怪。”她笑着说，“但我挺喜欢的。”

当他们从电梯里出来时，走廊里已经挤满了他们的同事。每个人都走出办公室，在中间留下一条通道。

乔纳不看任何人的眼睛，不向任何人微笑，也不回答任何人的问话。他知道自己现在的模样，他的胡须很长，头发蓬乱，跛行，拄着拐杖，身体站不直。

似乎没有人知道如何处理他的回归，他们想见他，但似乎也相当害羞。

有人拿着一捆文件，另一个人拿着一杯咖啡，这些人在多年前他每天都会见到。他走过本尼·鲁宾身边时他正站着吃香蕉，脸上带着一种没有表情的表情。

“我看完那个视频就会离开。”乔纳一边说一边走到他曾经的办公室门口。

“我们在 822 号房间工作。”玛戈特指着走廊说。

乔纳停下来喘了口气。他受伤的腿开始疼痛，他把拐杖支在地上让身体休息。

“他给你指点了什么废话？”彼得·恩斯伦德咧嘴笑着说。

“白痴。”玛戈特说。

国家刑事调查局局长卡洛斯·埃利亚松向乔纳走来，他的眼镜用一根链子挂在脖子上。

“乔纳。”他热情地打招呼。

“是我。”乔纳回答。

他们握手，走廊里响起零星的掌声。

“当他们说你在大楼里时，我不相信。”卡洛斯说的时候无法抑制他的笑容，“我是说……我真的不敢相信。”

“我只是想看一些东西。”乔纳说完，打算往前走。

“看完后来找我吧，我们来谈谈未来。”

“那有什么可谈的。”乔纳说完就走开了。

他觉得他曾经的工作远比他的童年更遥远。

我没有什么理由再回来了，他想道。

如果第一个受害者的手没有在臀部旁握成一个小碗的形状，他根本就不会在这里。

这使他心中冒出了一点儿小火花。

她纤细的手指可以是卢米的手指。一种根深蒂固的好奇心在他的内心被唤醒，他突然觉得不得不靠近尸体。

“我们需要你。”玛格达琳娜·罗南德一边握手一边说。

这已经不是他的工作了，但是当他面对受害者时，感到自己希望能够控制这件事。也许他能在早期阶段给玛戈特一点帮助，直到她能看到一条路。

乔纳由于腿疼绊了一下，肩膀撞到了墙上，他能听见皮夹克在粗糙的墙纸上刮擦的声音。

“我在内网上放了一条信息，说你会过来。”他们在 822 号房间外停下来时玛戈特说道。

安雅·拉尔森，他曾经多年的助手此时正站在房间的门口。她的脸绯红，下巴颤抖，眼泪正在打转。

“我很想念你，安雅。”他说道。

“你有吗？”

乔纳点点头，看着她的眼睛。他苍白的眼睛发出微弱的光，好像发烧似的。

“每个人都说你死了，说你……但我不相信……我不想相信，我……我一直以为你这么顽固的家伙一定不会死的。”她笑着，眼泪顺着脸颊流下来。

“还没有到我死的时间。”他回答。

当每个人都回到自己的房间时，走廊变得空空荡荡，他们已经看到了一个足够落魄的英雄。

“你怎么变成这样了？”安雅说着把她的鼻子在衬衫的袖子上擦了擦。

“我知道。”他简单地回答。

她拍了拍他的脸颊说道：“你最好快点儿进去，乔纳，他们在等你。”

30

乔纳走进操作室，关上身后的门。墙上有一幅巨大的斯德哥尔摩地图，上面标识出了犯罪现场。地图旁边挂着犯罪现场拍摄的照片，包括脚印、尸体和血溅图案，还有一张很大的照片，是一个瓷器的鹿头，有着红棕色釉质毛皮和黑色玛瑙眼睛。乔纳看了玛利亚·卡尔松的备忘记事本，在她被谋杀的那天，她写了“19.00 教室——方纸、铅笔、墨水”，并在下面潦草地写了一个“h”。

在另一面墙上，他们试图去建立受害者的档案。他们已经开始寻找她们家庭之间的联系，她们的工作场所、朋友、超市、健身房、班级、公共汽车、咖啡馆，这些都被用别针一一标出。

亚当·约瑟夫从电脑前站起来，走到乔纳跟前握了握手，然后把一把厨房刀的图片钉在墙上。

“刚刚证实这把刀就是凶器，比约恩·科恩把它洗干净，放回了抽屉里……但是受害者胸骨上有很多刺伤，所以我们想要重建刀片的模型相当容易……结果发现它上面还留有微量的血迹。”

约瑟夫喘着气，几次挠了他的头，然后走过去放大了鹿头。

“瓷器是迈森牌的。”他一边说一边用手指在鹿头发亮的黑眼睛上滑动，“但鹿的其余部分不在犯罪现场……比约恩·科恩还没有给出任何连贯的陈述，所以我们不知道他是否把鹿头塞进了她的手……”

乔纳停下脚步，看着玛利亚·卡尔松的尸体照片，那个死去的女人坐在窗户下方，支撑在一个散热器上，穿着一条紧身裤。

他从犯罪现场的检查中没有读到她家里有一个舌环或类似的珠宝。

亚当对乔纳背后的玛戈特投以质疑的目光。

“他想看玛利亚·卡尔松的视频。”她说。

“好的，为了什么呢？”

她微笑着：“我们漏掉了什么东西。”

“大概吧。”他笑着，挠了挠脖子。

“你可以用我的电脑。”玛戈特用和蔼的语气说。

乔纳谢过她，坐在她的椅子上，调整媒体播放器到全屏，开始播放。正如玛戈特所描述的，这个视频是从卧室的窗户外侧偷偷拍摄的，展示了一位三十岁的女子穿黑色紧身裤的过程。

他看着她的脸，她完全没有察觉，低垂的眼睛，平静的嘴巴，然后变成了接近慵懒的状态。她的头发挂在脸上，看起来好像刚刚洗过。她戴着黑色的胸罩，想让紧身裤穿得更为贴身。

窗户里有一盏白色灯罩和雪花石膏底座的灯，她的影子穿过带抽屉的柜子和花纹壁纸。她把手放在大腿之间，试图把细尼龙材料拉向胯部。视频结束时，他可以看到她通过嘴在呼吸。

“你看到你在找的东西了吗？”亚当靠在乔纳的肩膀上问道。

乔纳仍然坐在屏幕前，然后再次播放视频，看着她挣扎着穿紧身裤，然后在三十五秒后将视频暂停，并点击以逐帧推进。

“我们也这么做。”亚当抑制住了一个差点儿打出来的嗝。

乔纳凑近屏幕，看着玛利亚·卡尔松慢慢移动，张开嘴巴呼吸。她的眼睛眨了眨，长长的睫毛在她的脸颊上投射下阴影。她的右手在大腿和胯部之间下探。

“这没用。”亚当对玛戈特说，“我们得想别的突破口。”

“给他一个机会。”她回答。

玛利亚·卡尔松猛地转过身来对着镜头，灰色的阴影掠过她的脸庞，仿佛她刚从装满铅水的浴缸里被抬出来一般。窗户里灯光刚好照在她脸上，使她的眼睛放着光，嘴里有什么东西微微一闪，视频就结束了。

在乔纳身后，亚当和玛戈特开始谈论对于玛利亚参加的绘画课上的人员调查。他们试图弄清楚他们的名字是否有以“h”开头的人，但至今还没有结果。

乔纳移动光标并再次播放最后五秒，光线穿过她的头发、耳朵和脸颊，使她的眼睛发出光芒，然后她的嘴里有一阵闪光。

他尽可能地在不失去太多像素的情况下放大图像，然后移动放大区域，使其覆盖她的嘴，并再次查看了最后的几帧。她张开的嘴唇填满了屏幕，在光线下可以看见她的粉红色舌尖。他一帧一帧地点击来推进图像，她的舌头开始弯曲，变得明亮，在下一个镜头，仿佛一个白色的太阳充满了整张嘴。白光收缩，在倒数第二帧中，缩小成了一个白点。

“他拿走了舌钉。”乔纳平静地说。

两个警探安静下来，转过身看着他和电脑屏幕。他们需要一些时间来理解放大的图像，粉红色的舌头和模糊的舌钉。

“好吧，我们错过了她的舌头被刺穿这一事实。”亚当用刺耳的声音说。

玛戈特两腿分开站着，双手抱着肚子，看着乔纳靠着桌子从椅子上站起来。

“你看到她舌头上有个洞，所以想看视频，看看舌钉是否在那儿。”她拿起电话说道。

“我只是觉得她的嘴很重要。”乔纳回她，“她的下巴碎了，手上还有她自己的唾液。”

“太厉害了。”玛戈特说，“我马上要求取证。”

乔纳站在那里，凝视着墙上的照片和地图，玛戈特则对着电话说话。

“我们和德国联邦调查局合作。”玛戈特挂断电话解释说，“德国人在这类事情上比较有办法，在各种形式的图像识别和增强上都很先进……你见过斯蒂芬·奥特吗？一个帅哥，鬈发，他开发了自己的程序，用 J-Lab……”

“好的，所以我们在视频上找到了一个舌钉。”亚当大声把自己的思考说出来，语气非常恶劣，满含着敌意……也可能是嫉妒。

玛戈特的收件箱发出哔哔声，她打开电子邮件并点击图像，使其充满整个屏幕。

为了提高舌钉本身的对比度，图像增强软件改变了所有的颜色。玛利亚·卡尔松的舌头和脸颊变成了蓝色，几乎像玻璃一样，但同时舌钉变得清晰可见。

“土星。”玛戈特低声说。

在穿刺的末端，玛利亚的舌头上有一颗银球，它的赤道位置附近有着一个环，就像土星一样。

“这不是一个‘h’。”乔纳说。

他们转过身，看到他正在看玛利亚备忘录的照片，上面写着“19.00教室——方纸、铅笔、墨水”，然后在字母“h”下面画了横线。

“这是土星的象征。”他说，“它实际上代表了镰刀，这就是为什么它稍微弯曲，有时它在顶部还会交叉。”

“土星……行星，是农神节。”玛戈特说道。

31

乔纳和玛戈特脱下鞋，站在那儿看着一块玻璃，房间里温暖而潮湿。

“我进行了过敏源测试，结果证明我对精神饱满过敏。”她开玩笑说道。

在印度音乐中，大约三十名汗津津的女性在瑜伽垫上机械地做着对称运动。

玛戈特又找了五名技术人员检查了玛利亚·卡尔松的互联网足迹：她的电子邮件、脸书和Instagram账号。她的舌钉只在少数几张照片中可以看见，而且仅有她在Facebook上的一个好友提及过此事，然后她们就没有再次互动。

“我也想在舌头上打洞。”发消息的女人叫琳达·伯格曼，是斯德哥尔摩市中心的一名比克兰瑜伽教练。她们正常交谈了六个月，然后突然取关了玛利亚。

琳达·伯格曼穿着工作服、牛仔裤和灰色毛衣，皮肤晒成了古铜色。她很快地洗了个澡，然后化了妆。

“琳达？我是玛戈特·西尔弗曼。”玛戈特说着握着她的手摇了摇。

“你们没有说这是来干吗，我也猜不到你们的来意。”她说道。

他们沿着人行道向诺拉班托雷特的方向走去，玛戈特试图通过询问比克兰瑜伽课来让琳达放松。

“这是哈他瑜伽的一种形式，但是要在一个高湿度的房间里练习，温度要达到四十度。”琳达解释说。

他们走进了曾经诺拉拉丁学校的操场。球形喷泉泛着银白色的光，风中不断散布着细小的雾滴。

“创始人的名字是比克拉姆·乔杜里……他创造了一系列二十六个动作，这是我所试过最好的瑜伽形式。”她继续说。

“我们坐下来吧。”玛戈特说着，拍了拍她的肚子。

他们在栏杆旁边一个空的公园长椅上坐了下来。

“你曾经在脸书网上是玛利亚·卡尔松的好友。”乔纳开口道，然后用拐杖在地上画了一条深深的垂直线，扬起一些尘土。

“发生了什么事？”她小心翼翼地问。

“你为什么取关了她？”

“因为我们不再有任何关系。”

“但你们似乎接触了好几个月。”玛戈特说。

“她来了几节课，我们开始聊天，然后……”琳达有些畏缩，目光急切地从玛戈特飘到乔纳身上。

“你们聊了些什么？”玛戈特问。

“我能问一下你们是不是怀疑我做过什么？”

“我们没有怀疑你。”乔纳回答。

“你知道玛利亚的舌头上有舌钉，对吗？”玛戈特接着问。

“是的。”琳达说，脸上露出一丝尴尬的微笑。

“她有几种不同的舌钉吗？”

“不，不。”

“你还记得她舌钉的样子吗？”

“记得。”

琳达盯了一会儿老校舍和树下的影子，然后回答：“舌钉的顶部有一个土星的微小模型。”

“土星的一个微小模型。”玛戈特重复道，声音非常温和，“这有什么特殊意义呢？”

“我不知道。”琳达茫然地说。

“这和占星术有关吗？”

琳达又看了看那些树，然后用她的运动鞋踢着地面。

“你知道她的舌钉是哪儿弄来的吗？好像没地方出售，普通的网店上也没有卖。”

琳达说：“我不明白这是怎么回事，我一会儿要去上另一节课了。”

“玛利亚·卡尔松死了。”玛戈特严肃地打断了她的话，“她上星期被谋杀了。”

“被谋杀了？她被谋杀了？”

“是的，她被发现在……”

“你为什么要告诉我？”琳达打断她并站起来。

“请坐下。”玛戈特说。

“玛利亚死了？”

琳达坐下来，眼睛向喷泉边望去，开始哭了起来。

“但是我……我……”

她摇摇头，双手捂住脸。

“是你给了她舌钉吗？”乔纳问。

“你为什么一直唠叨那个舌钉？”她谩骂般说道，“应该去找到杀手，这实在太恶心了！”

“是你给了她舌钉吗？”乔纳重复道，然后用拐杖在之前地面的第一条线上画了一条短线。

“不，我没有。”她擦去了面颊上的泪水，“她是从一个家伙那儿弄来的。”

“你知道那个人的名字吗？”玛戈特问。

“我不想卷入其中。”她低声说。

“我们尊重这一点。”玛戈特点头说。

琳达用充血的眼睛看着她，噘起嘴唇：“他的名字叫菲利普·克朗斯提。”她平静地说。

“你知道他住在哪里吗？”

“不知道。”

“玛利亚和他在约会？”

琳达没有回答，只是盯着地上，眼泪又落了下来。乔纳用拐杖把最后一条曲线加在符号上。

“为什么她的舌头上要戴一个土星的舌钉？”玛戈特小心翼翼地问，“这有什么用意？”

“我不知道，大概因为它看起来好看。”她的声音有些虚弱。

“在玛利亚的日记中，有一个符号写在十个不同的地方，它是土星曾经的代表符号。”玛戈特一边说一边指着地面。

32

琳达看着乔纳脚前沙石上的符号，脸颊通红。长柄镰刀的图案已经开始被风抹平。她什么也没说，但额头上渗出了汗珠。

“对不起，我去打一个电话。”乔纳边说边在拐杖的帮助下站了起来。

玛戈特看着他蹒跚着走向诺拉拉丁学校的台阶，掏出手机。她理解他是让她们单独待着，让她有机会和琳达·伯格曼之间营造一种更亲密的气氛。

“琳达。”她开口道，“我迟早会弄明白这一切是怎么回事，但我希望你来告诉我。”

当她慢慢地从她脸上拂去头发的时候，她看见这个年轻女人的腋下有着深灰色的汗迹。

“这有点儿私密。”她说着舔了舔嘴唇。

“我很感谢你能说出来。”

“他们称之为农神节。”琳达又低头看着地面。

“这是一种角色扮演吗？”玛戈特温柔地问。

“不，那是一场狂欢。”琳达尽可能用平稳的语气回答。

“群交？”

“是的，虽然群交听起来像……我不知道，但这不是那种令人作呕的俱乐部。”她带着尴尬的微笑说道。

“你似乎对此挺清楚。”玛戈特继续说。

“我和玛利亚一起去了几次。”她回答，然后不自觉地摇了摇头，“我是单身，这没什么好耻笑的，而且也不必因为你在那里就要和每个人都上床。”

“但这不就是重点吗？”

“我对尝试它没有任何遗憾……但这也不是什么引以为豪的事情。”

“告诉我关于土星的事吧。”玛戈特平静地说。

“我不知道该说什么。”琳达说着交叉了她的双腿，“我被玛利亚带着……我不知道……完全开放的性态度。嗯，我以为我是……”

“你爱上她了吗？”

“我是为自己做的。”琳达没有回答这个问题，“尝试新的东西，没有义务，没有桎梏，让这件事情只意味着性。”

“我能理解。”玛戈特温柔地笑了笑。

“第一次。”琳达继续说，脸色沉了下来，“你的整个身体都在颤抖……你认为，我不能这么做，和几个男人同时……而且还有大量的毒品，你还要和其他女孩发生性关系，持续几个小时……真是疯了。”

她朝乔纳看过去，用食指擦了一下上嘴唇的汗水。

“但是你没再去。”玛戈特说。

“我不像玛利亚，我想和她在一起，我试着用她的方式去做……不过之后我感到了区别……在第三次后，我开始思考一些其他的事，我并不后悔……更像是觉得：好吧，为什么我要这么做？我不必感到羞愧，我可以做这件事……但是为什么呢？”

“这是个好问题。”

“这是我的决定，但这不符合我的性格……尽管如此，但我觉得我还是有点儿被利用了。”

“这就是你不再去的原因吗？”

琳达揉着鼻子，轻声说：“当有人拍摄了一个农神节的视频后，我就觉得已经受够了。你不应该这样做，参与者不能拿手机……玛利亚打电话告诉我，她真的很生气，但这让我很担心，我觉得受不了……那个视频被放到了色情网站上。视频的内容摇摇晃晃，漆黑一片，但我仍然能看到自己，我可以告诉你，那种感觉一点儿都不好。”

几滴水从喷泉处溅了过来，琳达把身体转离喷泉，摇摇头。

“我简直不敢相信她死了。”她低声说。

“这个活动是怎么召集的？”

“这是来自斯特尔马尔姆的两个家伙组织的，一个叫菲利普，另一个叫尤金……可能一开始这是可卡因和摇头丸的派对……然后慢慢就有了催情粉和其他的东西……现在它至少持续了两到三年……大概每月有两次活动……只有受到邀请才能加入。”

“每次都是在星期六吗？”

“你知道星期六的英语单词来自哪里吗？”琳达回答，看着她的眼睛。

玛戈特点了点头，琳达又踢了一下地面。

“我只想说我从未服用过任何药物。”她说。

“那些东西没好处。”玛戈特用中立的语气说。

“我喝了很多香槟。”她微笑着说。

“地点在哪里？”

“我参与的时候他们在伯杰尔酒店的套房……我记得那个房间很诡异，布置得很迷幻。”

“那跟我说说玛利亚的舌头吧。”

“菲利普和尤金给所有属于内圈的女孩提供了舌钉。”

“玛丽亚也想离开这个圈子吗？”

“我不这么认为……嗯……我……”

她陷入了沉默，把头发梳开披在肩上。

“你要说什么？”

“菲利普爱上了她，他不想让她和其他男人睡在一起。她只是笑了笑……玛利亚就是这样的人。”

玛戈特拿出一张苏珊娜·科恩的照片。

“你认识这个女人吗？好好看看。”

琳达看着苏珊娜·科恩的笑脸，她温暖、淡褐色的眼睛和光滑的头发，然后摇摇头。

“不认识。”她回答。

“她有没有参加农神节？”

“我认不出她。”琳达站起身说。

玛戈特仍然坐在长凳上，他们还没有找到受害者之间的联系。他们在和一个连环杀手打交道，他跟踪受害者，但他们不知道他在哪里找到她们，或者他是如何选择了她们。

33

玛德琳·费德勒和她母亲沿着一条小路走着。放学后，她们一起去圣雅各伯教堂玩。杰基有一份风琴师的外快，这样她们就可以支付平日的开销。

现在玛德琳正走在她母亲旁边，一边说话，一边看着小路，尽管她知道妈妈并不需要帮助。

她妈妈走路时一只脚轻轻地推着草地的边缘，这样就可以感觉到植物靠在她的腿上，同时听着导盲棍轻敲小路的声音。

一台压路机在皇家图书馆外轰隆隆地运转，强大的金属钻头撞击着沥青开始挖掘。噪声使她的母亲失去了方向感，玛德琳抓住了她的胳膊。

她们穿过她小时候喜欢玩耍的有着螺旋滑梯的运动场，空气中的味道很好闻，是加热的塑料和温暖的沙子的味道。当她们到达街道时，母亲跟她说了声谢谢，然后两人继续穿过人行道向前走。

玛德琳可以听到导盲棍在石头路面上敲击的声音比之前柏油路面的声音更硬，但是她无法判断当她们经过路缘石时声音会如何变化。

“那需要寻找汽车噪声中的短暂间隙。”她妈妈解释道，然后停了下来。

像往常一样，她把导盲棍的尖端放在人行道的边缘，当汽车停车以及交通信号灯的嘀嗒声加速后就准备迈步。

她们穿过马路，沿着一幢黄色的大房子向前走。这时她的母亲转向一个敞开的车库门，用舌头发出喀喀的声音。许多有视觉障碍的人这样做是为了听回声并识别潜在的危险。

一旦她们回到家里，杰基就锁上门，扣上安全链。玛德琳挂上她的外套，看着妈妈走进客厅，她没有开灯就把乐谱放在了桌上。

玛德琳走进她的房间，向她的刺猬霍奇打招呼。她花了点儿时间换上了居家服，然后就听到母亲在叫她。

“玛德琳？”她在卧室中喊她。

当玛德琳走进明亮的房间时，看到母亲只穿着内衣裤站着，正试图关窗帘。就在窗外，一个粉红色的儿童自行车躺在草地上。窗帘被衣橱的门夹住了，她的母亲把手指伸到衣物上，在她转身之前设法把它拉开。

“你把灯打开了吗？”她问。

“没有。”

“我是说今天上午。”

“我应该没有。”她回答说。

“你要确保我们外出时关着灯。”

“对不起。”她道歉道，虽然她真的不认为自己开了灯。

她妈妈伸手去拿床上的蓝色睡衣，双手摸索着，把它放在枕头附近。

“也许霍奇害怕黑暗，进来打开了灯。”

“也许吧。”她说。

她妈妈把薄薄的睡衣翻过来，穿上，然后蹲下来，用双手捧起玛德琳的脸。

“你是世界上最漂亮的女孩吗？你是，我知道你是。”

“你今天没有学生来吗，妈妈？”

“只有埃里克。”

“你不穿上衣服吗？”

“谢谢你的建议。”她说着把丝绸的睡衣裹在身上。

“把银色的裙子穿上，那条很好看。”

“你得帮我找点儿东西。”

她的妈妈有一个读色仪，但总是问玛德琳她的穿着颜色是否匹配，是否得体。

“需要我去拿邮件吗？”

“带到厨房里来吧。”

玛德琳穿过大厅，从门前的地上捡起邮件时能闻到潮湿的泥土和荨麻的味道。当她进来时，妈妈已经坐在厨房的桌子旁。

她走到她身边停下脚步。

“有情书吗？”杰基像往常一样打趣问道。

“有……房地产经纪人的广告。”

“直接丢掉，把所有的广告都丢掉。还有别的吗？”

“有一封电话账单。”

“很好。”

“还有……我学校的一封信。”

“他们有什么要说的？”杰基问。

玛德琳打开信封，读了这封信。信是学校寄给所有学生的家长。有人在走廊的墙壁和厕所里写了粗鲁的话，校长要求家长和监护人跟孩子们谈谈这件事，告诉他们清洁要花许多钱，这减少了整修操场的费用。

“你知道是谁干的吗？”她母亲问。

“不，但我看过涂鸦，真愚蠢，真孩子气。”

她妈妈站起来，从冰箱里拿出樱桃番茄、樱桃酱和芦笋。

“我喜欢埃里克。”玛德琳说。

“即使他把琴键称为饼干？”她妈妈一边问一边往一个大炖锅里装上水和意大利面。

“他说他弹起来像一个坏了的机器人。”玛德琳说，“他说得真对……”

玛德琳忍不住笑了，也看到妈妈在打开电炉时露出了微笑。

“一个帅气的小机器人。”玛德琳继续说，“我不能留下他吗？成为我自己的小机器人……他可以睡在洋娃娃的床上。”

“他真的很帅吗？”

“我不知道。”她回答说，想着他那和善的面孔，“我想是这样，他看起来有点儿像每个人都在谈论的演员。”

她妈妈摇摇头，但看起来很高兴，然后给水里加了一些盐。

34

埃里克对自己能用右手一直弹到第十八节感到十分满意，即使他的左手只能弹六节。杰基对他微笑了几秒钟，但是决定不表扬他，而是问他是否按照她告诉他的方式好好练习。

“我经常练习。”他向她保证。

“弹来让我听听？”

“我一直在练习，但听上去不对。”

“有错误很正常。”杰基指出。

“但是如果我弹得太差，你就不想让我当你的学生了。”

“埃里克，不会……”

“我真的很喜欢这里。”他继续说。

“很高兴听到这个消息……但是，如果你要学习如何弹，你必须这样做……”杰基拖了一下句子的尾音。她一阵脸红，然后又抬起下巴。“你在跟我调情吗？”她带着怀疑的微笑问道。

“我有吗？”他笑着说。

“好吧。”她严肃地说。

“如果你答应不笑，我会试着演奏我练习的那首曲子。”

“如果我笑了会发生什么？”她问。

“那只会证明你有幽默感。”

玛德琳走了进来，穿着睡衣，趿着一双拖鞋。

“晚安，埃里克。”她说。

他微笑着回复：“晚安，玛德琳。”

杰基站起来跟着女儿来到她的卧室。埃里克看着她们离去，当他把手放到琴键上时，看到了玛德琳把刺猬忘在了扶手椅上。

他把它拿起来，跟在后面，向右拐进了走廊。

女孩房间的门开着，灯亮着。他能看见玛德琳的后背，杰基正在给她铺被子。

“玛德琳。”他说着打开门，“你忘了……”

他没法再往前走，门砰的一声关上，他被弹了回来。玛德琳歇斯底里地尖叫着，又猛地关了一下门。埃里克倒退到了走廊的墙上，手捂在鼻子上，血开始流出来。

玛德琳还在房间里尖叫，他听见有东西掉到地上摔碎了。

他走进浴室，把刺猬放下，捏紧鼻子，听到女孩冷静了下来。过了一会儿，杰基走进大厅，轻轻地敲门。

“你没事吧？我不明白怎么……”

“告诉她我很抱歉。”埃里克打断道，“我忘了那个牌子，我只想把刺猬还给她。”

“她问它在哪儿。”

“它在橱柜里。”埃里克说着打开门，“我不想让它沾上血。”

“你流血了吗？”

“没关系，只是轻微流鼻血。”

杰基拿起刺猬，回到女儿身边。埃里克冲洗着他的脸。杰基又出来时，他回到了钢琴旁。

“对不起。”她双手握着他说道，“我不明白她是怎么回事。”

“她很棒。”埃里克说。

杰基点点头：“是的，她确实很棒。”

“我儿子十八岁了，但从来不会用洗碗机……但现在他和母亲住在一起，她比我厉害点儿……”

两人陷入了沉默。杰基站在房间的中间，她能闻到埃里克的气味，他身上有干净的衣服和须后水发出的温暖气味。她的脸色有些阴沉，把自己的针织羊毛衫紧紧裹在身上，仿佛很冷的样子。

“你想要喝杯酒吗？”她问道。

35

埃里克和杰基正对着厨房的桌子坐着。她拿出葡萄酒、玻璃杯和面包。

“你总是戴墨镜吗？”他问道。

“我的眼睛是光敏性的，虽然什么也看不见，但是光会伤害到我。”她说。

“这里几乎完全黑暗。”他说，“只有窗帘后面的小灯亮着。”

“你想看我的眼睛吗？”

“是的。”他坦白地说。

她吃了一小口面包，慢慢咀嚼，好像在考虑。

“你一直都是失明吗？”他问道。

“我出生时患有色素性视网膜炎，头几年还可以看得很清楚，但五岁的时候就完全失明了。”

“没有治疗吗？”

“只有维生素A，但是……”

她沉默不语，然后摘下墨镜。她的眼睛和女儿一样是明亮的蓝色，有着一样的悲伤。

“你的眼睛很漂亮。”他平静地说。

即使他们互相看着对方，但也没有凝视的感觉，这让人觉得有些异样。她笑了笑，然后闭上眼睛。

“你失明时会害怕黑暗吗？”他问道。

“在黑暗中，盲人是国王。”她说道，仿佛是在背诵引文，“但会害怕伤害到自己，比如迷路……”

“我能理解这一点。”

“今天早些时候，我突然感觉有人从我卧室的窗户看我。”她笑着说。

“真的吗？”

“你知道，窗户对盲人来说很奇怪……窗户就像一堵墙，一道凉爽光滑的墙……我的意思是，我知道你可以直接看到一个窗户，就像它不在那里一样……所以我学会了关窗帘，但同时你并不总是知道……”

“我现在就在看你，我的意思是，有人看着你会感觉不舒服吗？”

“是的，多少有一点儿……”她露出一丝微笑。

“你不跟玛德琳的父亲住在一起吗？”

“玛德琳的父亲……不怎么好。”

“这个怎么说？”埃里克问。

“他受到了创伤，后来我发现他曾试图得到精神科的帮助，但被拒绝了。”

“那太遗憾了。”埃里克说，“我们为了……”

她摇摇头，呷了一口酒，擦了下嘴唇，把杯子放回桌上。

“成为盲人有不同的方式。”她继续说道，“他是我在音乐学院的教授，直到怀孕时我才意识到他有多不对劲。他开始说那不是他的孩子，对我有各种可怕的称呼，想强迫我流产，说他想把我推进地铁里……”

“你应该举报他。”

“是的，但我不敢。”

“然后发生了什么事？”

“有一天，我把玛德琳放在推车上，走到我在乌普萨拉的姐姐家。”

“你走到了那儿？”

“我很高兴一切都结束了。”杰基说，“但对玛德琳来说……显然，任何人都不可能知道孩子有多渴望和父亲一起生活，一个孩子能想出多少幻想和神奇的想法来解释为什么她从没看到过父亲……”

“所有这些缺席的父亲……”

“当玛德琳快四岁时，她能接听电话了，当他打来电话时她接了一次……她很高兴，说他答应给她过生日，会带一只小狗来……”

她的嘴唇开始颤抖，不再说话。埃里克又给他们倒了些酒，把她的手放在玻璃杯上，感受着她的温暖。

“但是你不是一个缺席的父亲，对吗？”她说。

“不，我不是……但本杰明还很小的时候，我在处方药上出过一些问题，事情变得非常糟糕。”他诚实地回答。

“他妈妈呢？”

“西蒙妮和我结婚了将近二十年。”

“你们为什么要分开？”

“她遇到了一位丹麦建筑师，我不怪她，其实我还挺喜欢约翰……我真的为她高兴。”

“我不相信。”她笑着说。

他笑了。

“有时候，你不得不假装长大了，做你应该做的事，说大人该说的话……”

他想起了西蒙妮，以及他们交换戒指的仪式，他们收回了誓言，然后在聚会上吃了离婚蛋糕，跳了最后一支舞。

“你约过其他人吗？”杰基平静地问。

“离婚后我有过一些关系，我在健身房遇到了一个女人……”

“你去健身房吗？”

“你应该感受一下我的肌肉。”他开玩笑说。

“她是谁？”

“玛利亚……什么也没发生，她对我来说可能有点儿太前卫了。”

“但你至少从来没有和你的教授睡过觉。”

“没有。”埃里克笑着说，“不过也差不多，我最后和一个同事上了床。”

“哎呀！”

“不不不，事实上没什么问题……我们喝醉了，我离婚了，被遗弃了……她也在和她的丈夫闹分手，这没什么大不了的……内莉很好，但我不想和她住在一起。”

“那病人呢？”

“有时候你会发现她们很吸引人。”埃里克坦率地说，“这是不可避免的，这是一个非常亲密的情况……但是吸引和诱惑仅仅是病人避免思考痛苦的一种方式。”

他想起桑德拉曾经在话说到一半的时候停下来，用指尖感受着自己那美丽的、聪明的脸庞，泪水从她那森林般的绿眼睛里涌出。她想让他抱住她。

他不知道这是否有预谋，但他仍然要求内莉代替她。桑德拉已经见过她，这似乎是最自然的解决办法。

“那么你现在在跟其他人约会吗？”杰基问。

埃里克看着她的微笑，她的脸在柔和的灯光下，短短的黑发和白色的脖子。洛基·吉尔伦德的事情突然间变得非常遥远，他无法理解自己为何之前会如此焦虑。

“我不知道到了什么程度，但是……嗯……我们只见过几次面。”他说，“但是每次和她在一起我都很开心……”

“那太好了。”杰基咕哝着，脸红了。她又拿起一块面包。

“当我和她在一起时，我从不想回家……我已经喜欢她的女儿了，我也在像一个机器人一样学弹钢琴。”他说着把手放在了她的手上。

“你的手很柔软。”她笑着说。

他抚摸着她的手掌、手腕和下臂，把手指按在她脸上，紧贴着她的皮肤。他向前倾，轻轻地吻了她几下。他看着她，沉重的眼睑、下巴，还有长长的脖子。

她微笑着等待再次被亲吻。他们亲吻，张开嘴，试探性地感觉到对方的舌头和颤抖的呼吸。

这时门铃突然响起。

他们停止了动作，保持着姿势，静静地呼吸。

门铃又响了。

杰基急忙站起来，埃里克也做了同样的事，但当她打开门时，那里一个人也没有，楼梯上一片漆黑。

“妈咪！”玛德琳从她的房间里叫她，“妈咪！”

杰基伸出手，抚摸着埃里克的脸。“你现在应该走了。”她低声说。

36

一个拿着用塑料袋裹着衣服的老妇人焦急地瞥了一眼乔纳·林纳，他在一队无家可归的人群中摇摇晃晃地站到了她的旁边。

他之前试图在地上画着的绿线上坐下休息一会儿，但是遇到了一个罗马人，他给了他一个位置睡觉。他躺进了位于哈丁奇外的一个大篷车里，裹在毯子里闭着眼睛等待睡意降临，但是他的脑子却不允许他就这样闲下来。

自从卢米离开后，他就没吃过饭也没睡过觉。他把所有的钱都给了她，只留下够用的钱去找尼尔斯·阿伦。

睡眠不足意味着他的偏头痛越来越频繁。疼痛就像一枚在眼睛后面燃烧着的针头，而且他臀部的伤也越来越厉害。

一位友善的伊朗人耐心地给饥饿的人们倒咖啡，给他们三明治。这里的大多数人可能都睡在中环火车站或附近的多层停车场。

乔纳没有感到饥饿，他的体重压着虚弱的病腿。当那人递给他咖啡和三明治时，他觉得自己快要晕倒了。他走到一边，打开三明治，咬一口就吞了下去，但是他的胃开始抽筋，试图拒绝食物。他把手放在嘴巴上，背对着其他人。眩晕迫使他跪了下来。他把咖啡洒在了地上，又咬了一口三明治，一阵咳嗽后吐了出来，额头上直冒虚汗。

“你还好吗？”伊朗人走过来看发生了什么。

“我有一段时间没吃东西了。”他回答。

“你是一个繁忙的人。”伊朗人温和地微笑。

“是的。”乔纳回答说，又咳嗽了一声。

“如果你需要帮助，请告诉我。”

“谢谢，不过我没问题。”乔纳喃喃自语，然后拿起他的拐杖，一瘸一拐地走了。

“一点，圣克拉拉教堂的汤姆厨房会开门。”那人在后面叫他，“来吧，你可以坐下来取暖。”

乔纳穿过大桥向市政厅走去，把三明治喂给了天鹅，然后迈着沉重的步伐走上长坡。他在学校外面停下来休息了一会儿，用手指摸了摸口袋里的小石头，然后继续朝位于克伦堡公园前方的消防站走去。树木的叶子遮挡着阳光，树下的草很阴凉，有着柔软的绿色苔藓。

乔纳拄着拐杖慢慢地走上山坡，松开栏杆内的铁丝，打开大门，走进古老的犹太墓地。

“我很抱歉现在这副模样。”他说着把石子放在了塞缪尔·孟德尔的家庭墓地上。

乔纳用他的拐杖推开一张包装纸，并告诉他以前的伙伴，杰里科·沃尔特终于死了。然后他静静地站在那里，听着树上的风，还有附近操场上孩子们的声音。

“我已经看到了证据。”他低声说，然后在他离开之前拍了拍墓碑。

玛戈特·西尔弗曼今天邀请乔纳参加非正式会议。她可能只是想对他友善一些，让他当一段时间的警探。

在乔纳走向弗雷明加坦的路上时，他想起了玛利亚·卡尔松参加的狂欢。

农神节、狂欢节、酒醉的狂欢，他们一直是人类生活的一部分。每一次呼吸都让我们离死亡更近，我们用工作来安慰自己，但是每隔一段时间，我们必须把受管制的生活颠倒过来，哪怕只是为了向自己证明我们是自由的。

玛利亚·卡尔松显然计划在她被谋杀的那天去参加农神节。很难说狂欢是否和受害者之间有联系。但是在苏珊娜·科恩的日历上，七月的一个周六也被画了一个圈，就像玛利亚·卡尔松也在同一日做了记号。

菲利普·克朗斯提和尤金·卡斯尔是儿时的朋友，现在是克罗卡通信有限公司的共同所有人，该公司去年的营业额达到九百五十万欧元。尽管他们都登记在国外生活，但很明显大部分时间都是在瑞典度过。

在过去的六个月里，他们俩都没去过办公室，而且已经很长时间没有参加董事会议。总经理与尤金一直保持着联系，最近一次是在上周，但自今年年初以来，他没有收到来自菲利普的消息。

琳达·伯格曼说，当菲利普突然从农神节中退出时，他仍然与玛利亚·卡尔松保持着联系。

狂欢活动继续进行，玛利亚和尤金都参加了。

似乎每次都有很多人参加，而只有少数的新人被邀请参与尝试。

据琳达介绍，酒店套房的价格是入场券的两倍之多。

调查小组对在酒店找到菲利普没有多少期待，但他们相对有信心尤金会出现在那里。

根据玛利亚·卡尔松的备忘录，下周六会有一次狂欢，另一次则在三个星期后。这两个日期可能是找到尤金和追踪菲利普仅有的希望。

37

亚当、玛戈特和乔纳坐在一家叫作“门”的酒吧中。电视上正在播放足球比赛。玛戈特一边吃一个大汉堡一边喝水。亚当和乔纳都在喝黑咖啡。

“菲利普似乎没有离开瑞典。”亚当说，在桌子上摆出了一些印刷资料，菲利普·克朗斯提的脸从桌子上抬起看着他们。“就是他，在这里，但是没有登记住址，而且似乎没有住在公司所有的房子里。”这归结起来是一个四十多岁的男子，背梳着金色头发，眉毛苍白。看起来像个友善而体面的银行家。他皱起的眉毛和脸颊，还有下巴的表情似乎暗示着艰苦的生活，这让他看起来更有同情心。

“我不知道他是否杀死了玛利亚·卡尔松。”亚当指着这张照片说，“这没有道理……我的意思是，他没有暴力史，没有犯罪记录，从来没有被怀疑做过任何事，社会服务记录中也没有提到过他。”

“他能请得起好律师。”玛戈特说。

“是的，但即便如此我觉得也不像。”亚当说。

“我们所知道的是，菲利普·克朗斯提开始嫉妒玛利亚。”玛戈特说，并把一些薯条放进嘴里，“他希望她不要再去农神节，但她坚持要去……现在她已经死了，她舌头上的舌钉也不见了……”

“是的，但是……”

“我在想，”她接着说，“我想他已经迷上了玛利亚·卡尔松，站在场边看着她狂欢……到此为止都没问题。但他是连环杀手吗？”

“或者说是一个狂暴杀手。”亚当说，“我们只有两起谋杀案，实际上还不够断定……”

“但是我们在找一个连环杀手。”她打断道。

“这没什么关系。”乔纳平静地说，“但是玛戈特是对的，因为……”

他闭上眼睛，偏头痛一阵阵袭来。他慢慢地把手放在头上，当疼痛消退时，他一动不动地坐着，试图回忆他要说的关于狂暴杀手的话。这个词指的是一个杀人犯至少在不同的地方杀死了两个人，两次之间几乎没有时间间隔。一个狂暴杀手并没有连环杀手对谋杀的戏剧化态度，而是把谋杀当作应对危机的直接反应。

“好吧。”亚当过了一会儿说道。

“现在对菲利普下论断还为时过早。”玛戈特说的时候嘴巴里塞得满满，“可能是他，我认为这是可能的，但是……”

“在这种情况下，狂欢是他对杀人幻想的一部分。”乔纳睁开眼睛说。

“我们只能顺藤摸瓜。”玛戈特说，“今晚尤金·卡斯尔会去那里，这是他们唯一的机会……如果有人能告诉我们菲利普在哪里，那就是卡斯尔。”

“我们不能无故闯入私人派对。”亚当咧嘴笑着说。

“我们只需要一个人进去就可以，找到尤金，和他好好谈谈。”玛戈特说，然后吃了一大口汉堡。

“你不能去现场工作，你怀孕了。”亚当说。

“这不是很明显吗？”她一边咀嚼一边问道。

“好吧，该死的，我去。”亚当说。

“这不是突袭。”玛戈特说，“没有明显的威胁……我们将称之为与匿名告密者的会面，我们不需要做事先的措施。”

亚当叹了一口气，向后仰起头。

“所以我现在要进去了……”

他不再说话，呆滞地凝视着空气，然后摇摇头。

“很显然，在这样的情况下，接近他是有点儿棘手的，但我们没别的办法。”玛戈特说。

“我不明白……什么样的人会去参加这种狂欢？”

“我不知道，我至少有十年没有组织过群交了。”玛戈特一边说一边拿起薯条蘸了些番茄酱。

亚当看着她一边咀嚼，一边脸上露出微笑。她在餐巾上擦拭手指，然后抬头看着他。“我是开玩笑的。”她咧嘴笑着说，“我是个不错的女孩，我保证，但是我在赫尔辛堡工作的时候参加了一个浪荡俱乐部……

我记得，大多数人都是六十多岁的大肚细腿男……”

“够了！”亚当说着瘫倒在了椅子上。

“我明天给你妻子打个电话，问你什么时候到的家。”

“好极了。”亚当叹了口气，然后咧嘴笑了。

“把它看成一份工作，没别的。”乔纳说，“其他人并不重要，你只要直接进去和尤金谈谈，让他告诉你菲利普在哪里，一旦你确信掌握了信息，就逮捕他。”

“逮捕他？”

“阻止他警告菲利普。”乔纳看着亚当的眼睛说。

“如果你发现任何关于菲利普的情况，”玛戈特说，“那么……”

“那么我就呼叫你们。”亚当抢着说完了话。

“不，我一定睡着了。”她说着把最后一口食物放进嘴里，“如果你发现任何情况，就交给快速反应小组来处理。”

玛戈特离开酒馆后，剩下的两个人仍坐在桌旁。几个老顾客从桌子上站起来，出去吸烟。

“你住在哪里？”亚当看着乔纳问。

“哈丁奇外面有个营地。”

“那个罗马营地？”

乔纳没有回答，喝了一口咖啡，向窗外望去。

“我会照顾你的。”亚当说，“我看到……在你受伤前一年，你在特种作战部队教授的近战术……对不起，现在看着你，很难相信你曾是个伞兵。”

乔纳看着自己的双手，觉得自己最喜欢的就是从高处跳下，坠入可怕的暴风雨中。

“你去过吕伐登吗？”他问亚当。

乔纳是唯一被派往荷兰接受非常规近战和游击战争训练的瑞典人。那是在吕伐登北部的一个基地，当潮水退去时，他常常在瓦登海的沙滩上长跑。

38

琳达·伯格曼描述的伯杰尔酒店的迷幻房间实际上被称为“复古房间”，可以像其他房间一样预订。

这家旅馆在千禧年时进行了彻底翻新，所有的房间都重新装潢，但是当工人们离开后却发现唯独漏了原来的 247 号房间。

自从旅馆在 1974 年建造以来，这个房间不知怎么的在每一次翻新过程中都被忽略了。

它完好无损，就像一个过去时代的时间胶囊。

2013 年，旅馆里发生了一起谋杀案，之后 247 号房间的沙发被换了。当然，每个人都声称这两个事件之间没有联系，但现在的工作人员拒绝对房间的布局做出任何调整。

汽车停在老旧电力站的前面，亚当在里面坐了五个小时，一直看着酒店的入口。乔纳一直站在外面，裹着毯子，手里拿着一个杯子，里面装着一些硬币。

那段时间有三十五位客人走了进去，但是没有尤金。

在街的另一边，一个头发灰白的侍者蹲在意大利餐馆外面抽烟。当教堂钟声缓缓敲响十一点时，乔纳跛行着上了车。

“你最好进去。”他对亚当说。

“你不跟我一起去吗？”

“我在这儿等着。”乔纳说。

亚当在方向盘上敲着拇指，“好吧。”说着揉了揉下巴。

“放轻松点儿。”乔纳说，“仅仅参与这些活动不会让他们成为罪犯。你可能会看到很多药物，但不要管。只有当你看到强迫性行为的迹象，或者如果有未成年人时，你才应该介入。”

亚当点点头，下车走进酒店时，他感觉自己的内心在颤动。

弯转的接待台里只有一个男人在打电话。

亚当走到前台，拿出身份证，拿过房卡，朝电梯走去。复古房间在走廊的尽头，门把手上有一个塑料标志，上面写着“请勿打扰”。亚当犹豫了一下，然后拉低了他黑色皮夹克的拉链。他的白色T恤下端塞在黑色牛仔裤里，西格绍尔手枪塞在左腋下的一个手枪套里。

他告诉自己，他所要做的就是进去，冷静地找到尤金，把他带到一边，问他该问的问题。

亚当清了清嗓子，把房卡从读卡器上拿开。门锁咔嗒一声，绿灯亮了。他打开门，走进黑暗的走廊，关上身后的门。

他能听到音乐和低沉的声音，还有床在吱吱作响。

光线很弱，但并不是完全黑暗，他环顾四周。

他在一个小厅里，来的人得在这里脱掉衣服。

一个金发碧眼的女人从浴室出来，在黑暗中对他眨眼。她只穿了一条薄薄的黑丝内裤。她很漂亮。亚当的心脏开始跳动得更快。

她嘴角有一道白色粉末沾在唇彩上。她看着亚当，黑色的瞳孔包围着一圈冰蓝色的窄环。她舔了下嘴唇，说了一些他听不见的话，然后走回卧室。

他跟着她，无法阻止自己盯着她裸露的背部。

昏暗的房间里有一种甜美的烟味。

亚当停下来，看着床，然后马上把视线移向别处。他侧着身子在墙边走动，一个裸体的男人手里拿着一杯香槟，停了下来。

没有人对他的出席做出反应。

一个女人被推了过去，她的眼睛盯着地板。波浪形的墙纸是粉色的，地毯上带有一个星爆的图案。没有灯，但外面城市的灯光照在窗帘周围，散布在天花板上。

整个房间里弥漫着令人兴奋的气味。除了音乐之外，几乎没有声音。做爱的人把注意力集中在自己或伴侣的快乐上，其他人则在休息，观看着狂欢。

亚当脉搏跳动的声音在耳边响起，他能感觉到自己脸红了。

他需要设法找到尤金。

亚当跟一个三十岁左右的漂亮女人擦肩而过。他情不自禁地看着她，她穿着蜡染上衣，闭着眼睛坐到了桌前。

这里没有一个人是他想象的那样带有绝望或肮脏的色彩，所有人有着一种内敛的自我意识。

亚当走到床边，想知道这是否仅仅是这些人时尚生活的一部分。

他同这里的大多数人差不多年纪，但他平时只是做他的工作，然后回家去找妻子。毫无疑问，他会永远记住今天看到的一切。他知道他不能和妻子谈论这件事，至少不能认真地谈论，他最后或许会开玩笑般地说起这件事，把这里说成一种恶心的经历。

他看着周围的人，以为能够说服自己他们是被宠坏了，为他们感到难过。但这不是真的。

他心中充满了嫉妒。

39

亚当穿过敞开的移动门继续向隔壁房间走去。这里的壁纸比较暗，有大块的图案，比如淡绿色的水晶。

这里音乐声更大，橱窗里有十杯装满香槟的玻璃杯，冷凝出来的水滴在大理石窗台上形成一个个小水坑。

亚当走进一个没有窗户的通道，里面有衣柜和手提箱架。浴室的门半开着，一个裸体女人坐在马桶的盖子上，她弯着身体，胳膊绷紧抱着自己。

“你没事吧？”亚当温柔地问。

她抬起头看着他，眼睛黝黑而湿润，他强烈地感觉到自己应该离开这酒店。

“帮帮我。”她低声说。

“你感觉怎么样？”

“我站不起来了。”她咕哝着。

“扶我起来。”气息从她的嘴中呼出。

亚当握住她的手，把她拉起来。他后退，她从洗手间里跌撞出来，设法从挂杆上拉下毛巾。

40

当亚当走进第三间房间时，他立刻看见了尤金·卡斯尔。他戴着黑色的顶帽，其他什么都没穿。五个人在大床上做爱，台灯的阴影随着床的运动而歪斜和晃动。

“这是一个私人聚会。”尤金带着失望的表情说。

“我们可以私下谈谈吗？”亚当说，出示了他的警察证件。

“留下你的名片，我会让律师星期一给你打电话。”尤金说着从床上爬起来。

尤金大约四十岁，可能是房间里最老的人。他裸露且无毛的身体处于良好的状态，尽管肚子有点儿凸出。在他的帽檐下面，一个金环在他的眉毛上闪着光，他的瞳孔在扩张。

“我需要找到菲利普·克朗斯提。”亚当说。

“祝你好运。”尤金说着微微抬起帽子，“他不在这里，但我可以给你一个线索：跟着小白兔。”

“听着。”亚当说，“我们可以平静地离开旅馆，如果必须的话，我也可以在这里给你戴上手铐，一路拖着你上车。”

一个白皮肤，红棕色头发扎成两条辫子的女人挺着胸走进房间，来到尤金身边。

“我可以点些食物吗？”她把一根手指贴在嘴唇上。

“还不满足吗？”他调情般问道。

她点头微笑，然后呼出一缕烟雾，向床边的电话走去。

“好吧，根据刑法第二十四章第七条，我将不得不逮捕你。”亚当说。

“你去了一所糟糕的学校，最终不得不加入警察，但这不是我的错。”尤金严厉地说，“世界不公平，而且……”

“你知道玛利亚·卡尔松，不是吗？”亚当插嘴道。

“我爱她。”他慢慢地回答。

“那你给她一个吻吧。”亚当说着拿出了一张犯罪现场的照片。

闪亮的灯光下展现着死去女人被蹂躏的脸庞，裂开的嘴巴和破碎的下颚。尤金呜咽着，摇摇晃晃地向后撞倒了台灯，棕色的陶瓷底座震碎了。

41

尤金·卡斯尔把衣服穿好，亚当叫了一辆巡逻车，他们一起沿着酒店走廊走了出来。

“我真的很抱歉……我很震惊，告诉我能做什么，我想提供帮助……但我得先和我的律师谈谈。”

尤金洗了他的脸，但脸颊依旧沾着白色粉末，闪着汗水的光亮。

“我需要找到菲利普。”亚当说。

“不是他干的。”尤金立刻说。

“我们没办法在菲利普常住的地方找到他，他在哪里？”

“我知道，他做得有点儿问题。”尤金说，用帽子挠了挠额头，“听着，我不会散布关于菲利普的胡言乱语，但是就现在的情况来看，我真的不想和他有任何关系。我试着让他寻求帮助，但是……”

“帮助什么？”亚当问。

电梯门打开，他们走到一边让一个穿橙色大衣的女人走进来。

“他吸得太多了。”尤金微笑着向太阳穴指了一下。

“他有毒瘾吗？”

“是的，但问题是吃了太多种类的药……这行不通，你只会变成一个偏执狂。你觉得特别嗨，但过后又会感觉很糟糕，很想去死。”

“那会让人变得很暴躁很激动吗？”当他们在一楼走出电梯时，亚当问道。

“我的意思是，你整个人的状态很害怕，但同时也会有极度的注意力。你的脑子会转得飞快，根本就不能睡觉……我上次见到菲利普时，他快疯了，说在谷歌上看了成千上万张卫星照片，一直说土星被迫吃自己的孩子……他根本站不起来，然后不停地咆哮，挥舞着一把小刀，还割伤了我的手，叫我应该感激他……然后他割伤了自己的胳膊，跑进地下室时浑身是血。”

他们经过大厅，走出大门。就在这时，一辆巡逻车停了下来。

“现在我只想知道在哪里能找到他。”亚当重复着，让尤金停下脚步。

“好吧，我觉得自己像个叛徒，但他说在仓库里的话他们找不到他。”

“仓库？”

“他在凡纳迪斯瓦根租了一大堆仓库，那是个自助仓库，我想他拥有那里一半以上的地方。”

两个穿制服的警察过来向亚当问好。其中一个人把尤金领到车后座，另一个人在亚当身前待命。

“带他去监护权谈判室。”亚当说，“确保他不打电话给任何人，给我们一点儿时间。一旦他的律师出现，我们就不能拘留他了。”

42

乔纳车开得飞快，他没管红灯，径直转向左边的奥登加坦。

一个无家可归的女人带着两辆超载的购物手推车在便利店的外面睡着了。

亚当告诉他，菲利普是如何在一段时间内过量服用几种不同种类的毒品，尤金认为他得了偏执性精神病。

在瑞典，这种药物已经造成很多人死亡，晚间小报上称它为“吃人毒品”，因为一旦一个人吸食它，它就会试图吃掉这个人。

亚当用紧张的声音说：“我们没有太多的时间，他们没法控制尤金，他很快就会想办法从警局出来，我想他可能会警告菲利普。”

乔纳开车超过了一辆出租车，变道到它前面，然后转到逆向车道，转弯向凡纳迪斯瓦根驶去。

保险杠“砰”的一声撞上人行道，乔纳把车停在了淡咖啡色的建筑前面。

在斯德哥尔摩市中心，自助储藏公司不得不使用现有的地下室，以免改变城市的外观。众多的带锁小屋散布在地面之下，就像教堂下面的墓穴。

乔纳和亚当从车里出来，走向停车场里的封闭办公室。透过阴暗的窗户他们可以看到一堆扁平的搬运箱、一个接待台，以及一个墙挂式的摄像头监视器。

“我想看下仓库的地图，我还要看下这些监视器。”乔纳说。

“已经关门了，我们必须请示检察官。”亚当回答。

乔纳点头，用拐杖敲击路面的边缘，感受着拐杖戳破泥土然后下沉的感觉。他在路边捡起一块沉重的石头，扔向窗户。一声巨响，玻璃碎了，接待台上的红灯开始闪烁。

“安保公司的警报也会响的。”亚当无奈地说。

乔纳用拐杖把窗框里一些松散的玻璃碎片推开，爬了进去。亚当环顾四周，跟着他也爬了进去。

墙上挂着一个平面图，显示着带网格的通道。

每一个仓库都按照排列进行了编号，仓库的员工代码清单被整齐地钉在旁边。

乔纳坐到电脑前，仓库之间的通道由安全摄像机监控着。屏幕上有二十五个小方格，所有的摄影机都在拍摄着黑暗。现在是晚上，所有的灯都熄灭了。

“看看你能否找到客户名单。”亚当说。

乔纳将监控程序最小化，试图打开其他程序，但什么都运行不了。除了监控之外所有程序都需要密码。

他重新打开监视器，放大第一个正方形，凝视着灰黑色的寂静，就像一块黑色的亚麻布。然后切换到下一个，除了黑暗，摄像机什么也没拍到。亚当紧张地在他身后拖着脚移动，看着墙上的平面图。

寂静无声，只有黑暗在下沉。

第三个摄像机指向一个紧急出口。门上方的绿色标志在满是斑纹的水泥地和波纹金属墙上投射出类似藻类的辉光。

一个仓库外面有一些垃圾，紧急出口的灯光照亮了一辆废弃的手推车。

乔纳瞥了一眼墙上的平面图，找到了紧急出口，然后分析了摄像头安装的位置。一切依旧安静，一种麻木如同波浪一般冲刷着他，强迫他闭上几秒钟眼睛。

电脑屏幕上的黑暗很单调，一些摄像机照到了密码锁，但也仅此而已。

“黑暗。”亚当说。

“是的。”乔纳说着最大化了第十四个小屏幕。

就当他要点关闭时，拐角处有一丝闪烁。

“等等。”他说。

亚当俯身看着黑暗的影像。什么也看不见，一切都静止着，但突然角落里的光又闪了一下。

“那是什么？”亚当低声说，更靠近了屏幕一些。

小灯再次闪烁。它很微弱，只能照亮很小的面积，照出了水泥地的纹路。

乔纳点击放大了下一个摄像机的屏幕，然后又下一个，等了一段时间，但它们只显示了黑暗。他看了同时二十五个摄像机的并列显示。第十四号屏幕再次闪烁了一下，但其他屏幕没有任何动静。

“光的来源应该在这里，或者在这里。”乔纳指着平面图说，“但是它没有被任何一个摄像机覆盖，这没用。”

“我们在哪儿？”亚当看着墙上的平面图问道。

“十四号摄像机一定在C走廊的最末端。”乔纳说。

他逐一放大图像，依旧全是黑暗。但他突然停了下来。

“你看到什么了？”亚当问。

他们都盯着静态的黑色图像。

“这就是我说的。”乔纳回答道，“那个绿灯在哪里？这个摄像机指着紧急出口。”

“试试那个。”亚当指着说，“这个应该能显示到门锁的光。”

乔纳迅速放大图像，但依旧是一片漆黑，根本看不见门锁。

摄相机坏了，而且是很多摄像机出了问题。

“有很大一个区域的摄像机坏了。”他看着亚当说道。

“哪个区域？”

“整个上部区域，沿着走廊C、D和E……可能有五十个仓库。”乔纳说着回头看着十四号摄像机的图像。

微弱的光线在不平的地面上继续闪烁着。

43

自动门在他们身后关上，走下坡路时臀部的疼痛使乔纳的背渗出了汗水。他那沉重的手枪硌在肋骨上，拐杖的声音在通往仓库的狭窄隧道里回荡。

“我们应该请求支援。”亚当拔出了他的西格绍尔手枪。

他拿出弹夹，检查它是否装满，然后把它推回去，给第一颗子弹上膛。

“没有时间了，我可以自己进去。”乔纳说。

“我正在考虑让你在外面等着，你不再是警察，我不能为你负责。”亚当解释说。

他们进入地下，金属门通往存储区，大型通风管穿过天花板。

“我能应付。”乔纳说着在门口停了下来。

他拔出了自己的大口径手枪。这是一把柯尔特，带着新的瞄准器和改进后的触发线圈。他紧紧握着红木的把手。

亚当走到键盘上的密码锁前，调出员工名单的代码。小屏幕在他的手上投射出一片蓝光，穿过了白色的混凝土墙。

“待在我后面。”他低声说，然后打开了门。

他们走进去，小心地把门关上，沿着一条黑暗的通道向内。单调的灰色金属墙和一系列仓库门伸入黑暗之中。

他们正要走进一个更宽的通道，根据平面图，通道贯穿整个地下室。

他们静静地穿过水泥地，唯一的声音来自亚当的呼吸，还有乔纳的拐杖微弱的敲击声。

亚当走在前面，当他到达主通道时放慢了速度。他的右肩蹭着金属墙，停下来，然后举着手枪迅速地转过拐角。

十米外天花板上的灯亮起时，发出了嗡嗡的声音，听起来像是一只大鹦鹉爬在笼子的栅栏上。亚当放下枪，只用鼻子慢慢呼吸。他的手枪枪管随着脉搏轻微移动着。

突如其来的光线使乔纳的偏头痛发作了一阵，虽然不是很严重，但他仍然不得不靠在墙上，才能跟上亚当。

主通道的光亮显然是被运动传感器所激活。

乔纳抬头看了一眼监控摄像机，黑暗的镜头闪耀着神秘的光芒。

除了穿过天花板的通风管道发出着嗡嗡声，地下室的其他区域没有丝毫声音。

他们到达了一个侧通道，听到了小爪子抓东西般的声音，主通道上的一段照明灯又亮了。

他们向左拐，走过一排密密麻麻的仓库，经过两个破旧的沙发，灯熄灭了。

“我们应该很快就会到达他的区域。”亚当低声说。

电子锁的光线向前照射着，使得仓库看起来似乎凸出在通道中。

亚当停下来倾听。

有一个沉闷的鼓声在某处响起，他们都听到了敲击金属的声音。

一切又安静下来。

他们等待几秒钟后继续走入黑暗。

一阵突如其来的刮擦声，然后远处传来一阵金属噪声。乔纳指着天花板上的一架摄像机，它的镜头被管道胶带封着。

亚当在到达下一个主通道前停下来，把手枪换到左手，在裤子上擦拭了下右手掌，握紧一下手，然后再紧紧地握住枪。他快速地瞥了一眼乔纳，然后集中精神飞快转过通道的拐角。

当照明灯迅速接通时，天花板沿着通道发出嗡嗡声。

墙壁、地面和天花板都沐浴在明亮的灯光下，但除了灯光，什么也没有。光亮的远处只有黑暗，即使他们在通道里已经走了五十米左右，但只有前十米是视线可以看见的范围。

“停下。”乔纳在亚当后面轻轻地说。

他们站在被照亮的通道里，一滴汗水从亚当鼻尖落下。乔纳倚在他的拐杖上，感到一种奇异的头晕。

敲击声在远处再次响起，带着高频的金属嗡嗡声。

突然，当传感器无法检测到任何运动时，主通道的灯熄灭了。两个人一动不动地站在那里，凝视着黑暗。前面有一道微弱的光从通道侧面的地上传来。

光消失，然后以同样的顺序循环：三次较长的闪光，接着是三次短的闪光。

奇怪的敲击声再次响起，接着有什么东西撞击着金属墙，离他们越来越近。

“我们该怎么办？”亚当低声问。

乔纳还没有回答，主通道尽头天花板上的灯就亮了。

一个年轻女子站在舷梯中间摇晃着，她穿了一套脏兮兮的运动服和一件棉袄，光着脚，头发看起来很乱。

她的腰间捆着粗铁丝，一侧连着旁边的通道。当她向前迈出一步时，铁丝在她身后的墙壁上发出金属的摩擦声。

她的右臂很奇怪，抽搐着向她的身体外侧移动，手腕上有一条黑带，看起来好像有人在拽她。

她朝他们走去。突然她的手臂下沉，身后出现了一个巨大的影子。一条长着血红色耳朵的巨犬出现在她身边，挂在她手上的黑色带子连接着身后巨犬的脖子。

那是一条大丹犬，高度到达她的胸部，体重有她的两倍之多。

狗紧张地移动着，焦急地抽动着头。

女人说了些什么，然后把皮带扔在地上。巨犬向前跳跃，在通道中立即加速奔跑，用无声的移动快速逼近了乔纳和亚当，随着光线的照射，它的肌肉在背部和腰部展现出纹波。

他们向后退并举起手枪，这时通道远端的灯突然熄灭了。

年轻女人消失不见。

动物爪子的声音和喘息声越来越大。

他们经过了主通道上闪烁着光的门锁，跌撞进一个侧通道，但是十五米远外的路被家具和箱子挡住了。

现在他们可以听到从另一侧传来的犬吠。

乔纳的眼睛后面一阵剧痛，好像一把热气腾腾的刀刺进了他的脑袋里，当它被拔出时，他陷入了几秒钟的失明。

偏头痛让他差点儿丢了手中的枪。

巨犬在水泥地上滑行，拐过拐角，看到了他们，又加快了速度。

乔纳举起手枪，使劲眨了眨眼，想要看清楚，但枪管前方的视线一阵颤抖。

太黑了，但他还是开了枪。子弹的声音从金属墙和混凝土中扩散开来，可以听出子弹在墙壁间弹跳。

那条巨犬正以强大的身躯逼近。

乔纳眨眼，勉强能从一堆闪烁的图像中辨认出它尖尖的耳朵，泛光的肌肉，还有强壮的大腿。他把肩膀靠在库门的金属上，拐杖撑着地，再次瞄准。

“乔纳！”亚当的哭喊传来。

当颤抖的视线中滑过野兽的脑袋时，他扣动了扳机。子弹正好击中了巨犬喉咙下面的胸膛。后坐力使乔纳向后蹒跚几步，他试图保持平衡，伸开自己的手臂，手枪的枪管撞击到了金属墙面。

狗的腿弯曲了，它沉重的身躯撞在了地上。动量带着它前进，滑过水泥地面，撞到了乔纳的腿。他一只膝盖下沉，喘了一口气，视线在闪烁，锯齿状的形状在眼前闪现。

狗的腿还在抽搐，乔纳站起来，拿起他的拐杖。

离他一段距离处，亚当正爬向旧家具的栅栏和箱子上方卷起的地毯。他被一辆自行车缠住了，摔倒在另一边，撞在一扇金属门上。

在乔纳的面前是一个支在墙上的床，他把它推开，然后透过成堆的椅子、成袋的衣架和架子上的老式吹风机，看见亚当站了起来，亚当身后有第二条巨犬，此时正向他扑去。

44

亚当痛苦地呼喊着。乔纳听到玻璃在压力下破裂的声音，主通道的灯熄灭了，但乔纳仍然能看到那只巨犬的下颚咬住了亚当的下臂。它一边用爪子在水泥地上乱抓乱刨，使劲向后拉，一边还咆哮着。

亚当急速地喘息，并试图击中那只动物。

乔纳不能在黑暗中开火，只能试图强行接近他们。一堆椅子上放着一盏灯罩破了的落地灯，刚好钩住了他的衣服。

巨犬不松开亚当的胳膊，他们一起撞到了金属墙上，亚当手臂上的血从巨犬紧咬着的嘴里流了出来。

它的爪子在光滑的水泥地上刨着，没能抓住任何东西。

巨犬又一次向后猛拉，试图把亚当拖倒在地，但他努力地稳住与之抗衡。

乔纳把灯推到一边，绳索拍到了他的脸颊。他把它甩到床的另一侧，打翻了几盒书。

巨犬猛然向下拉扯，亚当被拉得蹒跚前行，巨犬随即去咬他的脖子，它没能咬中，只咬住了他夹克领子的一部分。它撕开了皮料，试图再次咬他。亚当摔了一跤，在地上蹬腿。巨犬咬住了他的脚踝，把他拽向自己。

乔纳磕磕绊绊地翻过一盒平装书，然后带着手枪跑过去。这时巨犬突然松开了嘴巴，消失了。

“死狗！”乔纳喊道。

他拄着拐杖，看着亚当拿起手枪从地上爬起来。乔纳闭上了一会儿他那疲倦的眼睛，觉得自己可能要崩溃了。

他们继续向下一个主通道前进。前方的灯亮起，咔嗒声又响起。

“在那儿。”亚当说。

他们瞥见有人消失在其中一个通道里，传来铁丝摩擦金属墙的声音。

“你看到了吗？是同一个女人吗？”

“我不那么觉得。”乔纳回答，他注意到亚当脸色苍白，汗水湿透了全身，“你还撑得住吗？”

亚当没有回答，只是抖掉双手往下流的血。他的下臂受伤了，但是皮夹克保护了他，没让他的胳膊被撕得粉碎。

他们沿着通道的右边前行，以便能够看到左边的侧通道。铁丝持续在金属壁上刮擦并发出声音。

一个年轻女子站在走廊里摇晃着。她和刚才那人不一样，她穿着白色的牛仔裤和更脏的格子衬衫。

“他说你们会来的。”她用一种脆弱的声音喃喃地说。

“我们是警察。”亚当说。

她摇摇晃晃地摸索着脖子上拴着的一条绳子，上面有一个小狗的哨子。

“不要这样。”亚当说道，看见了第二条巨犬走近，蹲在地上，耳朵低垂。

她一直在哭，脸上的妆都花了，头发凌乱地挂在脸前。

她衬衫的腰部有血迹。

她把小狗的哨子放在手指间，然后放到嘴边。

亚当举起手枪，瞄准前额射杀了那条巨犬。

巨犬倒在地上，回声逐渐消失。

她咧开嘴向他们微笑，然后当有人拽着她腰上的金属丝时，她向后摇晃了一下。

“我们看到了求救信号。”亚当说。

“我很聪明，对吧？”她疲倦地说。

她开始沿着通道往回倒退，铁线拉着她，在墙壁和地上摩擦发出声响。

“你们这里有多少人？”亚当跟在她后面问。

他们跨过了巨犬，地上有一摊黑暗的血泊。

“你要去哪儿？”

她没有回答，他们跟着拐了好几个弯。沿着昏暗的通道，有微弱的光线。他们经过一个开放的仓库，在黑暗中可以看到地上的床垫、盒子、一些旧的滑雪板和堆叠的罐头食品。

有人使劲拽着铁丝，那个年轻女人一直踉踉跄跄地走着，她打开了一扇门，走进仓库。

光线照在对面的门上，她的影子在波纹状的金属和光滑的墙壁上摇摆。

垃圾的腐臭味越来越浓。

乔纳和亚当跟着她，手枪指向地面。光线来自天花板上挂着的手电筒，照亮了偌大仓库中的最近部分。在众多的板条箱和画框中，站着一个瘦弱的男人，穿着一件没有扣子的貂皮大衣。

是菲利普·克朗斯提。

乔纳和亚当举起了枪。

他脏兮兮的，嘴角有白泡沫，裸露的胸部覆盖着血迹。

他们看到了之前的第一个女人，穿着破旧的夹克衫，坐在他面前的一个盒子里，用手指从罐头里捞蘑菇吃。

菲利普还没看见他们，他小心地把收回来的铁丝绕在一根大纺锤上，然后挠脖子，拉开女人的方格衬衫但没往她身上瞅一眼。

"菲利普。"她低声说。

"索菲亚，我需要你的保护……我不想把你锁起来，但我以前告诉过你，门关上的时候只能打开灯。"

"菲利普·克朗斯提？"亚当大声开口道。

45

菲利普·克朗斯提抬起头来，用疲倦的眼睛瞪着亚当，瞪大了瞳孔。

"我是个做帽子的。"他平静地说。

汗水从乔纳的背上流下来，他已经没法再端住自己的枪了。

吊在天花板上的手电筒一阵摇摆，阴影在墙壁周围滑动，照出的光在一个硕大的落地镜上反射出来。

乔纳把身体挪到一边，眨了眨眼睛，看到镜子里的菲利普正准备从身前的盒子里拿出一把刀。

“我们需要和你谈谈。”亚当边说边小心翼翼地向前走。

“你每天看多少视频？”菲利普盯着地面问道，“这一切会发生什么，结局又会是怎样？”

“如果你放了女孩们，我们可以聊聊这个。”

“我不在乎斯诺登[①]，也不在乎视神经。”他慢慢地指着天花板说。

“放女孩们走，然后……”

“这不是棱镜，也不是数码黑衣人或者埃施朗。”他用更大的声音打断道，“这他妈的比他们厉害多了。”

乔纳把手枪放回枪套里，慢慢走向那个名字叫索菲亚的女人。他能感觉到自己的身体里只剩下了最后一丝体力，一切变得迟缓了起来，他即将失去意识。

菲利普的手越来越靠近盒子里的那把刀。索菲亚蹒跚着，铁丝发出轻轻的声音。

“萨图恩吃了他的孩子。”菲利普继续说，然后窃笑了一下，“我的

① 斯诺登曾是CIA（美国中央情报局）技术分析员，后供职于国防项目承包商博思艾伦咨询公司。2013年6月，斯诺登将美国国家安全局关于棱镜计划监听项目的秘密文档披露给了《卫报》和《华盛顿邮报》，随即遭美国政府通缉。

意思是他比国家安全局的规模都要大……我们是他们的孩子……"

乔纳看到他把手放在刀上，这时他的视线再次一阵闪烁，不得不把手靠住墙，以防止跌倒。

当乔纳开始松开索菲亚腰部的金属丝时他的眼前仍然飘浮着光斑，他不得不把额头放在她的肩膀上休息一会儿。他能听到她浅浅的呼吸。

他耐着性子把铁丝整整绕了二十圈才终于让她重获自由。

"还有别的人吗？"当他带她走出仓库时，他用低沉的声音问道。

"只有我和我妹妹。"她回答。

"我们会把你们救出去的，你妹妹叫什么名字？"

"卡罗拉。"

铁丝落在水泥地上发出了刮擦的声响。

菲利普拽着刀子，把箱子的侧面撑了起来。

"我们现在在这里，但谁最终会被关进关塔那摩[①]呢？你不知道，对吧？"他说话的时候眼睛没有看着他们。

"卡罗拉。"乔纳用一种正常的语调开口道，"你能走过来吗？"

索菲亚的妹妹盖上蘑菇罐头的盖子，摇摇头，没有抬头看。

"卡罗拉，到我这里来。"索菲亚说。

她坐在那儿拿起罐头，菲利普看着她，挠挠他的脖子。

"过来。"乔纳说话的时候感觉到自己的枪正抵着胸膛。

---

① 关塔那摩监狱是一座美国军方于 2002 年在古巴关塔那摩湾海军基地所设置的军事监狱。

“尤金和他们在一起，你们知道的，英国政府通信总部……美国国家安全局。这都一样……多年来我一直被他骗得够惨……每个人都裸体，每个人都玩得开心……但是如果你全身赤裸，如果每个人都能从他妈的背后给你拍照，你怎么能保护自己呢？”

手电筒旋转着，黑暗的阴影掠过他们的脸和肩膀。

“索菲亚要你过来。”乔纳说。

卡罗拉抬起头，微笑着看着她的姐姐。索菲亚擦去脸上的泪水，伸出手来。

“我们现在可以回家了吗？”卡罗拉低声问，终于站了起来。

菲利普突然抓住了她的头发，把她拉回来，从盒子里拔出刀子，把它抵在她的喉咙上。

“等一下，等一下，别紧张。”亚当喊道，“看，我把枪放下了。”

“见鬼去吧！”菲利普尖叫着，用刀划伤了自己的额头，然后再把它抵在卡罗拉的喉咙上。

“做点儿什么吧！”索菲亚呜咽着。

从菲利普额头上的伤口流淌出的血流过眉毛，滴在了脸颊上。

“我知道你只是想保护她。”乔纳平静地说。

“是的，那你呢？”

“听我说。”亚当打断道，呼吸急促，“你得先把刀放下。”

索菲亚用手捂着嘴抽泣，菲利普看了亚当一眼，咧嘴笑了。

“我知道你是从哪里来的。”他说着用力把刀压在了卡罗拉的脖子上。

“把刀子放下！”亚当喊道，侧过身子寻找一个没有障碍的射击角度。

菲利普看着亚当，紧张地舔着嘴唇。房间很暗，但可以清晰地看见血沿着刀片流了下来。

“菲利普，你伤害到她了。”乔纳试图克服袭来的眩晕感，“你不必这么做，我们对你没有威胁……”

“闭嘴！”

“我们来这里是……”

“闭嘴！”

“我们是来问玛利亚·卡尔松的。”乔纳说道。

“玛利亚？我的玛利亚？”他低声说，“为什么？”

乔纳点了点头，觉得自己可以从这里射中菲利普的肩膀，让他失去威胁。他等待得太久了，眼睛的后侧疼痛难忍，几乎看不清任何东西。“看，我把枪拿出来给你。”乔纳小心翼翼地拿出他的柯尔特手枪。

菲利普用带着血丝的眼睛盯着他。

“玛利亚说国家安全局的人已经爬进了她的花园。”他解释道，“我去过，亲眼看到一个身材瘦削、穿着黄色工作服的男人，就像我小时候罗弗敦群岛的渔民一样，正从窗口给她拍照……”

乔纳擦去从鼻子上流出的血，突然他的脑袋一阵剧痛，腿也软了，跌倒在地。索菲亚一声尖叫，他试图站起来，却又背着地摔倒。他躺在那里，眼皮颤抖着。

她走到他身前跪下。乔纳一只眼睛后面有一种鼓鼓的感觉使他难以呼吸，在晕过去之前，他感觉到她从他手中拔出了枪。

她站起来，挺直背，轻轻地吸了一口气，然后把手枪对准了菲利普。

“让我妹妹走！”她厉声地说，“让她走！”

“放下枪！”亚当用颤抖的声音说，然后移到他们之间，“我是警察，你要信任我。”

“让开！”她喊道，“菲利普不会让她走的！”

“别做傻事。”亚当伸出手说。

“别碰我，我要开枪了！”她用双手抓住枪，枪管晃动着。

“把枪给我，然后……”

枪响了，震耳欲聋的声音传来。子弹擦过亚当的身体，击中了菲利普的手臂。刀子掉到了地上，菲利普盯着索菲亚，他的手指流了血。

“滚开！”她又喊了一声。

亚当闪到一边，感觉到他的衣服下面有温暖的血液淌过。索菲亚再次开枪，击中了菲利普的胸部。血飞溅过他身后的盒子，落在镜子上。空子弹落在地上，发出叮当声。

卡罗拉仍然站在那儿，低着头，慢慢地把手伸到脖子上。索菲亚放下枪，茫然地盯着菲利普，菲利普瘫倒在地，靠在了一个箱子上。

他胸口的伤口向外冒着血，眼睛转动着，想要说些什么。

46

在去钢琴课的路上，埃里克在 ICA[1] 超市门口停了车。他知道玛德琳喜欢爆米花，所以打算买几袋。当他走进商店时，看到了他以前的病人内斯特正在乳制品货架跟前。他是个身材苗条的高个子男子，穿着紧身长裤和一件针织灰色毛衣，里面是一件白衬衫。他瘦削的脸庞上有着打理整洁的胡须，顶着一头白发，从侧面看起来和从前完全一样。

内斯特看见了他，惊讶地笑了笑，但是埃里克没有走过去和他说话，只是从远处挥了挥手。

他拿起一些爆米花，朝结账处走去，这时他看到了一台爆米花机正在特价出售。他知道自己有时候做事会比较过头，但爆米花机并不重，而且也不是特别昂贵。

当他带着爆米花和爆米花机来到停车场时又看见了内斯特，这个高个子正在十字路口等着，打算向地下方向去。它们太重了，他只能每抬几米就休息一下。

埃里克打开车的后备厢，把盒子放进去。他确信内斯特没有看见他，那个害羞的家伙一边拿起袋子一边嘟囔着，走了几米，然后又放了下来。

当埃里克走到内斯特面前时，他正站在那里对自己瘦削的手掌

① ICA 是瑞典一家大型零售企业集团，其总部设在斯堪的纳维亚半岛，该公司是北欧最大的零售公司。

哈气。

“看起来很重呀。”他说。

“埃里克？不，没关系。”内斯特笑了。

“你住在哪里？我送你一程。”

“我不想惹人讨厌。”他低声说。

“你没有。”埃里克说着拎起了那些袋子。

当内斯特上车坐在他旁边时，他重复说本来自己是可以办到的。埃里克回答说，他知道这一点，并从他的停车位上慢慢把车倒了出来。

“谢谢你的咖啡……但你不应该为我付账。”埃里克说。

“你救了我一命。”内斯特平静地回答。

埃里克回忆起在三年前内斯特重病的狗狗不得不安乐死时他几乎精神崩溃。

当内斯特被分配到埃里克这里时，埃里克已经读了他在之前精神病院里的病历。说自己经常和死去的人交谈：包括一位总是从头发上擦去头皮屑的灰夫人和一位双臂扭曲成不同角度的吝啬老人。在埃里克与内斯特谈话时，他知道自己的狗死了。他说注射器卡在了它的右前爪，以及液体如何被注射到它体内。当狗狗不能控制肌肉时，摇摇晃晃地在凳子上撒了尿。他觉得自己被兽医和兽医的妻子欺骗了。

内斯特对治疗反应良好，但是当他试图减少每天服用利培酮时，又开始听到奇怪的声音。

埃里克不确定是否真的催眠了内斯特，他可能是一个不善于接受治疗的病患，但是在光线昏暗的治疗室里，在那些放松的疗程中，他们至少有了一些成效。

内斯特和他的母亲、弟弟和一只黑色拉布拉多犬一起生活。当他七岁的时候，五岁的弟弟得了严重的肺部感染，加重了他本来就很严重的哮喘。母亲告诉内斯特，除非他们把狗弄死，否则他的弟弟会死。内斯特把狗带到了德比比恩，并把它淹死在一个装满石头的冰球箱子里。

但他的弟弟还是死了。

在内斯特的心中，这两件事交织在一起。他一直相信他把自己的弟弟淹死在了一个冰球箱子里，而对那条狗却毫无记忆。

一个月后，他终于放弃了自己有罪的想法，不再相信母亲有时可以从坟墓里控制他。

内斯特现在已经恢复正常，不需要服用任何药物，对埃里克非常感激。

他们路过了圣马可教堂，把车停在他家门前。

内斯特松开安全带，埃里克帮他把食物送到了一楼的门阶上。

“谢谢你所做的一切。”内斯特用颤抖的声音说，“我有冰激凌，现在……”

“我得走了。”埃里克说。

“但是我必须给你一些东西。”内斯特说着打开了门。

“内斯特，我有个约会。”

“在没有声音的情况下走过死亡，听到他们喃喃自语的回响。”

“我现在没有时间玩谜语。”埃里克说着走出了大楼的门。

“答应我！”内斯特在后面跟着他。

47

杰基和玛德琳一起坐在沙发上吃着爆米花，埃里克则试着弹奏他的乐曲。

每次当他弹错的时候，玛德琳都说他弹得很好。她有点儿累了，一阵一阵地打着哈欠。

杰基试图解释什么是八分休止符和节奏模式，她站起来，把右手放在他的手上面。

她让他从二十二小节开始用左手，然后她突然沉默下来，回到女儿身边。

“你能带她去睡觉吗？”她问，“我的胳膊肘不太舒服。”

埃里克站起来，把孩子抱起。杰基走在他们前面，推开女孩房间的门，打开灯。

埃里克小心翼翼地把玛德琳放在床上，抚平她脸上的头发。

杰基为女儿摆好位置，吻了吻她的脸颊，在她耳边低声说了些什么，打开了床头桌上的粉红色小夜灯。

直到现在，埃里克才看到孩子卧室的墙壁涂满了很多污言秽语和诅咒。

有些单词是用幼稚的粉笔写的，拼错了，而另一些则是更自信的笔迹。埃里克认为玛德琳一定这样做了好几年了，她母亲是唯一一个看不见她做了什么的人。

“怎么了？”杰基注意到了他的沉默。

“没什么。”他轻轻把门关上。

当他们穿过大厅时，埃里克想知道他是否应该告诉杰基他看到了什么，还是当作没看见。

“我应该走了吗？”埃里克问。

“我不知道。”杰基回答。

她伸出双手，抚摸他的脸颊和下巴。

“我要喝点儿水。”她嘶哑地说，然后走进厨房，打开碗柜。

他在她身边把杯子装满，递给她。她喝了水。他吻了她凉爽的嘴。

他们拥抱，彼此深深地亲吻，她踮起脚尖，两人的额头碰撞在一起。

埃里克的双手滑过她的背部和臀部。她裙子的布料有一种奇特的质感，像薄纸一样沙沙作响。

她轻轻地拉开两人的距离，把脸转过来，一只手放在胸前。

“我们不一定要做。”他对她说。

她摇摇头，又把手放在他的脖子后面，拉着他，亲吻他的脖子，摸索着他裤子的纽扣，然后停下来。

“窗帘关上了吗？”她低声问。

“是的。”

她走到门口，听着走廊里是否有声音，然后锁上门。

“也许我们不应该在这里做这件事。”

“好的。”他回答。

她的身体倚靠在排水板上，一只手放在柜台上，嘴巴半张着。

“你能看见我吗？”她问，把墨镜摘下来。

“是的。”埃里克回答。

她的衣服凌乱了，衬衫挂在裙子外面，短发乱乱的。

“对不起，我很难……”

“不用着急。”埃里克轻声说，走向她，握住她的肩膀，再次吻她。

“我们把衣服脱下来吧，好吗？”她低声说。

他们在厨房里脱去了衣物，杰基开始慢慢地谈论她听到的一个关于在迫害其他基督徒的电台报道。

“现在法国向所有人提供庇护。”她微笑着说。

他解开裤子，看着她把衣物放在椅子上，解开了胸罩。

埃里克赤身裸体地站在她身边，觉得自己很奇怪，他甚至不需要故意去收腹。

杰基的牙齿在暗淡的光线下发着光，她把内裤拉下来，扭动腿，让它掉下。

“我不是害羞的人。”她平静地说。

在她苍白的皮肤下，如同大理石纹的血管隐约可见。

埃里克牵着她伸出的手，吻她。她在椅子上坐下，他倾身向前，吻她的嘴唇，然后跪下来亲吻她的乳房和肚子。他小心地把她拉到椅子的边缘，把她的腿分开。她叠好的衣服掉在了地上。

“我不确定我擅长人际关系。”她说道，脑袋不舒服地靠在椅子上。

“我只是你的学生。”他低声说。

埃里克在黑暗中醒来，听到柔和的钢琴音乐。声音听起来很奇怪，犹如一台埋在地下的钢琴在弹奏。起初他以为自己在做梦，伸出手，却摸不着杰基。月光透过窗帘，在房间里投射出奇怪的长长影子。他哆嗦着从床上爬起来，走进客厅，杰基赤身裸体地坐在起居室的钢琴凳子上。她在钢琴上放了一条薄薄的毯子用来消音。

透过黑暗，他看到她的身体轻轻摆动，她的手似乎在水中滑行，赤裸的双脚在铜踏板上移动。她坐在凳子的边缘，可以看到她纤细的腰部和后背中心脊柱处微微的凹陷。

她喃喃自语着什么。

他认为她知道他在那里，但她仍然演奏到了最后的一节，然后转向他。

“邻居们都抱怨过。”她平静地说，“但我需要为明天的婚礼努力练习。”

“听起来棒极了。”

“回去睡觉吧。”她低声说。

他回到床上，正要睡着，却发现自己想起了苏珊娜。警察仍然不知道那个女人死去的时候双手捂着耳朵。当埃里克意识到他可能妨碍了警方调查时，一下子惊醒。

一个小时后，音乐安静下来，杰基回到卧室。当他再次睡着的时候，外面的天色已经很亮了。

早晨，床是空的。埃里克去浴室洗澡，然后穿好衣服。当他走出来时，可以在厨房里听到杰基和玛德琳的声音。

他走进去喝了一杯咖啡。玛德琳正在吃早餐，有麦片粥、牛奶和新鲜的树莓。

杰基解释说，她必须去阿道夫·弗雷德里克教堂进行婚礼的彩排。

她走出厨房开始换衣服，玛德琳放下勺子朝埃里克走去。

48

玛戈特看见亚当在警察总部地下车库里等着她，他的T恤衫因为胸前的绷带而鼓了起来。她朝他走去，但当婴儿开始在肚子里踢她时，她不得不停下来。塑料覆盖的搁板桌上摆满了从菲利普·克朗斯提的储藏室里拿来的物品，它们被排好序列并编上号，准备进行分析。

另一位同事从另一个方向走来，她听到他对亚当说了一些感激的话，然后继续向电梯走去。

亚当疲倦的脸上可以看见黑色胡楂，面色在灯光下显得很憔悴。

在他身后，她可以看到大量的证物检查工作正在进行中。在第一张桌子上放着一个镀金的床头板和一个木箱，里面塞满了折叠的亚麻布、破旧书籍和三双运动鞋。

“感觉怎么样？”玛戈特走到亚当跟前问道。

“没事没事。”他回答，把手放在肋骨上，“不过我的脑子还没缓过来，一直在想如果她把枪调向左边三毫米多一点儿，我就死了。”

“你不应该不叫支援就去那里。”

“我做出了我们必须进去的决定……但乔纳也有点儿过分，他竟然放下了枪，倒在了地上。”

“他甚至不应该去那儿。”

“这真是太糟糕了。”他点点头。

“这一定会开启内部调查……显而易见……毕竟你受了枪伤……我们得先聊一聊。”

玛戈特看着一张褪色的学校宣传海报，上面是女性的解剖图，眼睛部分染上了蓝色粉笔屑。

“如果没有乔纳，我们就永远抓不到菲利普。”她说道。

“是我抓住了菲利普，是我干的，乔纳躺在地上……”

荧光灯和冷光放大镜发出刺眼的光，反射在桌子上物体之间的塑料上。玛戈特在三个摄像机旁停了下来，一个宽敞的纸箱里装着已经碎了的镜片，外面包有防静电的包装。

“有人把菲利普相机里的内容和受害者的视频进行匹配吗？”她问。

“我想已经有人在做了。”

“但是你没有找到舌钉或者鹿？”

“给点儿时间。”亚当微笑着说，“这只是仓库里的东西。”

“我没有催你，重要的是，我们已经找到了他。”他们走过了一堆表面描了手绘的锡制士兵，玛戈特不禁想到其余的瓷器鹿和土星舌钉应该就在这里，因为菲利普在谋杀的时间段内生活在仓库中。

“我们怎么确定是他？”她问。

“菲利普在卡罗林斯卡的手术室里，只要他能说话，我们就会让他招供。”

“那儿有人守着吗？”她问。

“他胸部被击中，一侧肺被打烂了，我认为没这个必要。”

“必须要有人守着！”

在一个小塑料文件夹里，大约有二十张年轻女子的照片。

“如果那能让你平静下来，我一上楼就去处理。”亚当回答。

“我在医院里和乔纳说过话，他似乎认为菲利普没有罪，而且……”

“说什么屁话？”亚当带着恼怒的微笑打断了她的话，“我让乔纳和我一起去，因为我为他感到难过，我不会再重复错误，我们不能让他当警探。”

“我同意。”她快速地回答。

“他搞砸了，他再也不能参与这个调查。”

“我只是想说，这感觉太容易了。”玛戈特平静地说，沿着桌子继续前进。

“菲利普在被枪击的时候就认罪了，他说他一直在玛利亚·卡尔松的窗外。”亚当笑着转向她，“他在谋杀案的晚上没有不在场证明，他极端暴力，是个偏执狂，完全沉迷于照相和监视。”

“我知道，但是……”

“他把自己和两个女人关在一起，你应该到那儿去看看，他用铁丝把她们捆了起来。”

尽管他眼睛凹陷，睡眠不足，但亚当的眼睛里有着一股潜在的火焰，烧得他脸通红。

亚当停下来，屏住呼吸，用手关节支在一旁的桌子上闭了一会儿眼睛。

夜晚的压力和劳累像沉重的钟摆一样撞击着他。他想到了最后枪响后耳朵里响起的声音，血从他身上流下来，在流到牛仔裤之前，他设法卸除了那个女人手上的枪。

他想起了那条试图把他撕成碎片的巨犬，还有酒店里的狂欢。

当他想到自己的控制力是如何脆弱，对自己了解得又多么少的时候，泪水涌上了眼眶。他突然强烈地渴望回到妻子身边，蜷缩在床上卡特琳温暖的身后，闻着她手霜的味道，看着她丑陋的床袜和她背上的褐斑。

玛戈特走过一架老式留声机，停在一块硬纸板上的珠宝前面。她拿出一支笔，在镀银的戒指、胸针、破损的项链和十字架上戳来戳去。她用笔钩起一个心形的护身符，这时她的手机响了。

玛戈特把心形护身符放回纸板上，拿出手机。

她的声音使亚当转向了她。

玛戈特将永远记住这一刻，他们站在照射在菲利普财产的明亮的光线中，她的心跳在几秒钟内完全淹没了其他的一切声音。

“怎么了？”亚当说。

她盯着他，说不出话来，喉咙很干，意识到自己的下巴在颤抖。

“一个视频。”她嘶哑地说，“我们又收到了一个视频。”

“该死的！”亚当破口大骂，开始向电梯跑去。

“给医院打电话！”当他们匆忙走过桌子，朝电梯走去时，玛戈特喘着气说道，“看是不是菲利普逃走了。”

亚当按下电梯按钮，然后紧紧抓住他的手机贴到耳朵上。她赶上了他，机器轰隆隆地响着。她移动得太快，骨盆传来阵阵痛楚。

亚当把手机贴在耳朵上，朝她的方向摇头。

“他逃走了吗？”她喘息着。

“还没答案。”他焦虑地说。

电梯停了两层，玛戈特再次按了下按钮，低声咒骂自己。

终于有人接了电话。语速缓慢，告诉亚当菲利普被转到ICU了。

“我叫亚当·约瑟夫，是国家刑事调查局的警察，我需要知道你的病人菲利普·克朗斯提是否还在。”

“菲利普·克朗斯提。”电话另一端的人说。

“听着，你得听清楚。”亚当恳求道，意识到自己说话语无伦次，“我想让你去看一下他，看看他是否还在那儿。”

那人叹了口气，仿佛在纵容某种荒谬的念头，但是亚当听见他把电话放在桌子上走开了。

“他去查看了。”亚当告诉玛戈特。

“确保他们确认他的身份。”电梯门在他们身后关上。

他们像被关在笼子里的动物一样在房子里被吸走。亚当的肩膀挨着一张警察合唱团为一场音乐会做的广告海报。

“菲利普·克朗斯提打了镇静剂还没醒过来。”缓慢的声音告诉亚当。

“菲利普还没醒。”亚当重复说。

49

亚当在玛戈特前面跑下走廊。菲利普·克朗斯提被送进医院时就接受了紧急镇静治疗，从那时起，他就一直保持这种状态。

真正的连环杀手仍然逍遥法外。

玛戈特跟着亚当走进他们的办公室，透过小窗户可以看到克罗诺贝格公园里的树梢。

“我们有拿到拷贝了吗？”

“好像有。”他回答。

玛戈特喘着气在椅子上坐下来，脊椎底部传来刺痛。她向后倾斜身体，把衬衣从鼓胀的肚子上拉起，亚当点击了电脑上的视频文件。

“这个视频已经上线两分钟了。”他低声说，媒体播放器开始运行。

摄像机快速扫过一棵稠李树，树叶遮住了一会儿镜头，然后卧室的窗户出现在了屏幕上，窗户的底部挂着冰凌。

花园背阴，但是白色的天空反射在窗上。一个穿着内裤的女人走进房间时摄影机向后移动了些许。她把一条白色的毛巾挂在椅背上，然后停下脚步用一只手支撑着墙壁。

“还有一分钟。”亚当说。

房间里充满了从天花板上的灯照射出来的柔和光线。他们看到玻璃窗上有指纹，还有一张略微倾斜的海报，是关于现代博物馆的毕加索展览。

摄影机移动到一边，现在他们看到一个红棕色的瓷器鹿放在床头柜上。

“那只鹿。”玛戈特喘息着，探身到屏幕前，肩上的衣服被拉皱了。

苏珊娜·科恩手里紧紧抓住的那只鹿的头一定是来自一个和视频里完全一样的装饰品。

卧室里的女人一只手捂着嘴，慢慢走到床头柜前，打开抽屉，从里面拿出一些东西。她的脸在床头灯的辉光中更加显眼。她有着泛白的眉毛和笔直的鼻子，眼睛藏在暗框眼镜的反射后面，嘴巴很放松。她的胸罩是红色的，有些磨损，内裤是白色的，里面有卫生垫。她把什么东西在大腿上揉搓了一下，然后取出一根白色的小棍，把它压在肌肉上。

“她在干什么？”亚当问。

“注射胰岛素。”

女人在大腿上按住一个小棉团，把眼睛闭上了一会儿，然后再睁开。她倾身向前把注射器放回抽屉里，设法抓住那只小鹿，却把它打翻了。当鹿的头部突然掉落到地上时，锐利的碎片在灯光下飞了起来。

“这到底是什么？”亚当低声说。

女人脸上带着疲惫的表情，弯下腰捡起鹿头，放在床头柜上，然后绕着床走到带着雾气的窗前。有东西让她停了下来，凝视外面。

摄影机缓慢向后移动，一些树叶在镜头上刷过。

这个女人看起来很着急，伸出手，握住百叶窗的绳子把它拽到一侧，但窗帘歪在了一边。她再拉帘绳，依旧拉不上，只好放弃。透过坏了的窗帘可以看到她在视频突然结束前一边转身朝房间走去，一边挠着右臂。

“好吧，我有点儿累了。”亚当用一种虚弱的声音说，然后站起来，“但这太疯狂了，不是吗？”

“那么我们该怎么办呢？再看一遍视频？”

她的手机在书桌上嗡嗡响，玛戈特翻转过来，发现是取证小组打来的。

“发现了什么？”玛戈特快速地问。

“跟之前一样，没办法追溯到视频的来源。”

“所以我们在等着尸体出现。”玛戈特说完结束了通话。

“她身高大概有一米七，体重不到六十公斤。”亚当说，“她的头发在干的时候可能是暗金色的。”

玛戈特单调地补充道：“她得了I型糖尿病，去年秋天去看了毕加索展览，单身，定期染发。”

“还有坏了的百叶窗。”亚当说，打印出一幅巨大的彩色照片，整个女人的脸都被光线照亮了。

他走到墙上，把照片钉在高处。

一张孤独的照片，没有名字，没有位置。

“受害者三号。”他虚弱地说。

照片左边是前两个受害者的照片，是从 YouTube 视频中截取的照片。这两张照片的下面有着谋杀现场的受害人姓名和现场照片，以及对现场和死后尸体的法医分析报告。

玛利亚·卡尔松和苏珊娜·科恩。

重复性面部、颈部和胸部刺伤，主动脉、肺部和心脏切断。

50

桑德拉·朗格离开卧室，感到一阵颤抖从脊椎一直向下传来，好像有人从后面看着她。

她拉紧了睡衣的腰带，在之前的很长一段时间，腰带一直拖在地上。吃的药让她昏昏欲睡，她走进厨房，打开冰箱，取出剩下的巧克力蛋糕放在工作台上。

她调整了下眼镜，睡衣再次散了开来，露出了她的腹部和下垂的内衣。她颤抖着，从刀架上拔出一把宽刃刀，切下一小片蛋糕，放进嘴里，这样就不用费心去拿勺子了。

她最近换上了斯蒂芬给她买的条纹睡衣，尽管实际上她觉得这样有些悲伤，但她喜欢它的重量压在她的乳房和肩膀上。

在折叠桌旁的烛台上放着来自瑞典索德脱恩大学的信。她又看了一遍，尽管她已经读了三十遍了。她的名字在创意写作课的名单上，当时是她妈妈帮她填的申请表，那时她觉得自己不可能会被录取，但她妈妈知道被这门课录取对她有多重要。

春季时她曾被告知没被录取。那时她哭了，这可能是一种过度反应。其实并没有什么真正的改变，她只不过会去继续上职业咨询培训的第四个学期的课程。

她不知道这封信在这堆旧信件中间放了多久，她读了一遍，把信放在厨房的桌上。

她决定给妈妈打电话告诉她这个消息。

桑德拉瞥了一眼窗户，看见两个人在路的另一侧行走。她住在一楼，但还是不习惯人们有时会停下来从她的窗户往里看。

走廊里的木地板嘎吱作响，听起来像有一个人正试图悄悄爬进来。

桑德拉坐在厨房的一把椅子上拨通了号码。一拨通，她就把电话贴在耳朵上，手里捏着信的一角。

“嗨，妈妈，是我。”她说。

“嗨，亲爱的，我正要打电话给你……今天晚上你有没有时间？”

“什么？”

“过来吃顿饭吧。”

“哦，这个……我觉得估计去不了。”

“你总得吃饭吧，我可以开车去接你，吃完我再把你送回去。”

桑德拉突然听到有东西在沙沙作响，抬眼向黑暗走廊里的衣服和鞋子望去。

“来吃吧？亲爱的？”

“好吧。”她低声说，看着手中的信。

“你想要吃什么？”

“我不知道……”

“要我做牛肉吗？你不是很喜欢吗？你知道的，那种小块牛肉……”

“好的，妈妈。”她打断了她，然后走进浴室。

百忧解[①]的泡囊放在水盆的边缘，绿白相间的胶囊在塑料中反射着光。

桑德拉看着镜子里的自己。浴室的门在她身后开着，她可以直接看到大厅。看起来好像有人站在那里，虽然她知道那只是她的黑色雨衣，但她的心却咯噔跳了一下。

“三个火枪手今天出去吃午饭……”

桑德拉离开浴室，她的妈妈告诉她，她和她的姐妹们去了瓦克斯霍尔姆酒店，吃了炸波罗的海鲱鱼、土豆泥、灵莓果酱，熔化的黄油和美味的低酒精啤酒。

“玛琳怎么样？”桑德拉问。

“她太棒了。”妈妈回答，“我不知道她怎么能一直这么积极……她

① 百忧解是一种治疗抑郁症和其伴随的焦虑和暴食症的口服药。

做了最后一次放射治疗，感觉很好……还好是住在瑞典……她从来没有自己掏过治疗费用……”

“那她们现在还打算做什么？”

“卡洛莉娜认为我们都应该搬到牙买加，坐在那里抽大麻和吃好吃的食物，直到钱都花完。”

“我跟你们一起去。”桑德拉笑着说。

“我会告诉她的。”妈妈也笑道。

电话贴着的脸颊传来一种黏稠的温热，桑德拉把它移到另一只耳朵上，走到卧室。她突然停了下来，情不自禁地盯着窗子，那棵稠李树从坏了的百叶窗间移入视线。

“我看了你第四学期的文学课程列表。”她说，“都是有关就业市场的政策性课程。”

“是的。”桑德拉无力地说。

她不确定自己为什么不直接告诉妈妈她拿到了索德脱恩大学的录取通知书。

她慢慢地强迫自己向窗外看去，从玻璃窗里她看见了自己。她的睡衣又散开了，穿着内衣站着，白色的皮肤，圆润的乳房，光滑的肚子，右大腿上有长长的粉红色疤痕。

她和斯蒂芬在复活节假期时在奥雷租了一间小屋。她开着车，斯蒂芬在一旁睡着了。天很黑，车顶上的滑雪板发出很大的噪声。他们跟在一辆运木材的卡车后面穿过了几公里黑冷的杉林，摇晃的卡车用宽大的后轮在道路边缘溅射出大量的积雪。她向左边靠拢，但看到了一辆迎面开来的公共汽车，于是只好又回到了右侧。

公共汽车过去后又过了三辆车，然后再也没有车了。桑德拉再次把车开到左边然后加速。他们刚刚驶下了一个长长的下坡路，卡车开得飞快，她在巨大的卡车旁边双手紧握着方向盘，感觉到汽车在风中颠簸。

桑德拉加速得太快了，她的车轮陷入了路中间的积雪，她失去了对汽车的控制，最后卡进了木材卡车的下面。他们被拖着走，金属发出尖叫和颤抖。她眼睛里流了血，看到巨大的卡车车轮撞到了汽车的侧面。金属门从斯蒂芬的头部上方飞了出去，碎了的玻璃混进了风里，车被撞得变了形。卡车司机立即刹车，但车依旧尖叫着向前驶去。

她还活着，但斯蒂芬死了。她在晚间新闻中看到了事故的相关报道以及现场照片。

“你认真吃药了吗？”妈妈轻轻地问，桑德拉意识到她现在必须停止说话。

“别管了，妈妈，我现在不能说话。”她说。

“但是你今晚会来的吧？”她妈妈说得很快，无法掩饰她的忧虑。

“我不知道。”桑德拉回答说，坐到床上，紧紧地闭上眼睛。

“如果你愿意来的话最好了，我会来接你的；如果你改变主意，我随时都可以带你回去。”

“我们可以晚点儿再谈吗？”桑德拉说着结束了通话。

她把电话放在床头柜上，旁边是她的血糖检测器。

窗外的灌木丛中葱郁的树叶在摇曳。

桑德拉脱下睡衣，把它放在床上，穿上了牛仔裤，打开抽屉。那只坏了的鹿躺在一堆整齐的衣服旁边，有趣的是它的小脑袋不见了。她摘下眼镜，穿上一件干净的T恤衫。她又一次感到有人在监视她，瞥了一眼坏了的百叶窗，看着阴暗的花园，以及在风中飘动的树叶。

大厅里传来砰砰声，她跳了起来，尽管门上有标志写着不要投放垃圾广告，但仍然有可能是有人在投广告。她拿起电话给她妈妈回电话去道歉，试图解释她其实挺开心，但是同时也唤起了悲伤。

她又走进厨房，看了看桌上的信，打算走到工作台上给自己切一片蛋糕，但是刀没在那儿。

她觉得是药物让她有点儿晕，一定是把刀放在了浴室或卧室里。这时，一个穿黄色衣服的人从大厅大步走向了她。

桑德拉一动不动地站着，觉得这一切不可能发生。

她一句话也说不出来，只是举起左手保护自己。

刀子从上面扎了下来，扎在她的胸膛上。

她的腿一软，向后倒下重重落在地上，她的头撞在了桌上，打翻了烛台上的蜡烛，蜡烛滚到了边缘。

桑德拉感到血从她的肚子上流了下来，她的胸膛疼得很厉害，心在颤抖。

桑德拉只是坐在那里，无法移动，无法理解，然后感觉到有什么击中了她的头，剧烈的疼痛从她的脸颊传来。她向后跌倒，差点儿昏了过去，只能感受到一切都变得黑暗而温热。

51

警方把第三个视频看到第八遍时，紧急呼叫中心接到了一位妇女的电话，她用单调的声音说她的女儿被谋杀了。

当玛戈特把她的林肯车停在警戒线外的时候是五点差一刻。

之前进去查看受害者是否还能救治的警察此时正坐在邻居的门口，警察脸色死灰，眼睛里透出一种绝望的惊恐。当亚当和他谈话时，医护人员在他的肩膀上盖了一条毯子，正在检查他的血压。那个找到女儿的妇女和她姐姐此时在医院里。玛戈特暗暗提醒自己一旦镇静剂起作用后就要去和她谈谈。

玛戈特开车来的路上给在医院的乔纳打了电话，告诉了他第三起谋杀案。他的声音听起来很累，但听了她告诉他的一切，出于某种奇怪的原因，这一次案发让他感到非常平静。

玛戈特穿过警戒线进入公寓楼的走廊。灯光照亮着楼梯间，反射在覆盖了居民名单的玻璃上。

玛戈特穿上鞋套，悄声走到一个法医身边。

她在刺眼的照明灯中停下来。有金属因加热而发出咔咔的响声，温暖的血液和尿液传来刺激性的气味。一名法医正在按照既定的程序拍摄房间，油毡地板上坐着一个女人，脸上一塌糊涂，胸口被撕裂，眼镜掉在了桌子旁边的血泊里。她用手捂着左乳房，在毫无血色的手臂之下，柔软的皮肤有着珍珠般的白色。

她显然在死后才被安置在了这个位置，但姿势看起来并不是特别性感。

玛戈特站在那里待了一会儿，看着这灾难一般的场面，到处都是因刀刺而喷射的血。

他们对第二起谋杀案的前因后果知之甚少，但这起似乎和第一起案件的模式完全符合。残忍的程度难以想象，而且似乎在受害者死后凶手依旧继续残害了她好久。

在第一个案件中，受害者的手指被插入了她的嘴巴，这次受害人的手覆盖着她的乳房。

玛戈特走到一边，给一位在地上铺设木板的法医人员让路。

她把手放在凸起的肚子上，走进卧室，低头看着打开的抽屉里那只缺了脑袋的栗褐色瓷鹿。过了一会儿，她又回到了受害者身边。

她再次凝视着她胸前那只被精心安排了姿势的手，一个念头掠过她的头脑，但又很快消失。

她意识到了什么。

玛戈特站了一会儿，在离开公寓回到车上前思考了一番。她启动引擎，一只手放在方向盘上，另一只手放在肚子上，用指尖向下移动轻轻推搡一侧，以抵消婴儿在里面的蠕动。

她试着让自己舒服些，但是方向盘压在了肚子上。

我有点儿记不清了，她想。可能是五年前，在一个不同的警区，但我肯定读到过一些东西。

关于手，或者鹿。

她忍不住继续想，如果她不知道那是什么，今晚就别想睡着。

玛戈特转了一个弯，在一块岩壁前停了车。

她的电话响了，玛戈特在屏幕上看到了戴着牛仔帽的珍妮的脸。

“国家刑事调查局。”玛戈特应道。

珍妮说：“我需要报告一起犯罪。”

“如果有急事，你应该打 112。”她说着把车停得更正一些，“除此之外……”

“这是对公共礼仪的一种犯罪。”珍妮打断道。

“你能说得更具体些吗？”玛戈特问，打开了车门。

“如果你来这里，我可以给你看……”

玛戈特下车时必须把手机从耳旁拿开才能锁车。

“对不起，你说什么？”

“我只是打电话询问你要去哪里。”珍妮改变了语调。

“我在外面，我必须……”

“你没有时间做那些，你必须马上回家。”她插嘴说。

“发生了什么？”

“说真的，玛戈特……你简直没救了。看在上帝的分儿上，是你选了星期日，他们随时都会来的……”

“别跟我生气……我就是不能在这个案子……”

“你不来了？”珍妮打断了她的话，“你是这个意思吗？”

“我还以为是下个周末呢。”玛戈特回答说。

“你到底怎么想的？”

玛戈特完全忘记了和家人共进晚餐这回事。原本这个想法是她和珍妮为了答谢每个人在骄傲节[①]期间的支持，当时大家都举着“以父母和家庭为傲”的标语进行游行。

“你只需要解释一下，我会晚一点儿到。”她在离警察总部入口十米的地方停了下来。

“听着……这不是开玩笑。”珍妮说道，然后深吸一口气，“我真的感到很失望……你有了一个事业机会，我很高兴支持你，然后……”

“在我工作的时候照顾孩子们，现在我在工作，就像……”

“但是你全力以赴地工作，而且……”

“这是我们都同意的。”玛戈特打断道。

她朝门口走去，这时一个同事走出来，解开了摩托车后轮上的铁链。

“好吧……这是我们同意的。”珍妮平静地说。

“我现在得走了，但我马上就回家。”

珍妮挂断电话，她停了一下脚步，然后进入大厅，穿过安全门，向

① 欧洲骄傲节是泛欧洲致力于 LGBT 自豪的国际盛会活动，每年由不同的欧洲城市举办。活动一般长达两个星期，在主办城市各地会有无数的体育和艺术活动上演。

电梯走去。

玛利亚·卡尔松，第一个受害者，把手伸进了嘴里。玛戈特又想了想。

这对她来说还不够。但是当她看到桑德拉·朗格躺在那里，手盖在乳房上面时，她有了一种短暂的感觉。

看起来不自然，这是被安排的姿势。

她沿着空荡荡的走廊走到办公室，关上身后的门，坐在电脑前，寻找死后被摆了姿势的尸体记录。

她能听到警车的警报声从什么地方传来。

玛戈特在查找结果时踢掉了自己的鞋子。她在任何数据库里都找不到与谋杀案相似的信息。她感觉肚子勒得慌，于是解开了腰带。

她把搜索范围扩大到全国，当结果列表出现时，她知道自己找到了想要的东西。

一起在塞勒姆的谋杀案。

受害者的手绕在了自己的脖子上，是死后摆的姿势。

初步调查由南泰利耶警区承担。

当她阅读时，想到了更多的细节。当时并没有太多消息泄露给新闻界，因为谋杀手法极端残忍，主要集中在受害者的脸和上身。

那个死去的女人被发现在浴室里，手放在她自己的喉咙里。

受害者的名字是丽贝卡·汉森，她穿着睡衣和毛衣，根据验尸结果，没有任何强奸的迹象。

玛戈特找到了一位名叫洛基·吉尔伦德的牧师的信息，她的心脏因为紧张而加速了跳动。她读到，在他消失后警方签发了逮捕令，随后他因交通事故被捕，所有的法医证据都令人信服。洛基·吉尔伦德接受了法医精神病学的检查，并被送往卡苏登医院，对任何假释申请都有特别限制。

我发现了凶手，玛戈特心想，当她伸手拿起手机打电话给卡苏登医院时，她的手在颤抖。

当她被告知洛基·吉尔伦德一直在医院里，而且从未被释放时，立即要求与安全负责人会面。

不到两个小时后，玛戈特就坐在了安全负责人尼尔·林德格伦的办公室里，讨论洛基·吉尔伦德所在 D4 区病房的安全细节。

尼尔是一个身材魁梧的人，额头肉厚，手臂又粗又壮。他靠在椅子上解释了周边的安全栅栏、警报系统、气闸和通行卡系统。

“这一切听起来都很不错。”当尼尔读完后，玛戈特说道，“但问题是洛基·吉尔伦德到底能不能逃出去？”

“你可以自己去见见他，如果那样会让你感觉好一些。”他笑着说。

“你确定你会注意到吗？若是他逃走了，又当天就回来呢？”

“没有人能逃走。”尼尔说。

“但假设，”玛戈特继续说，“他要是在你八点钟巡视之后马上逃出去，他今天什么时候之前回来就不会被人注意到？”

尼尔的笑容渐渐消失，双手放到膝盖上。

"今天是星期日。"他慢慢地说，"他只需要在五点之前回来，但你知道……门都上了锁，整个区域也都被监控覆盖着。"

52

在一个大型监视屏上，三十个正方形屏幕显示着该设施内的安全摄像头正在拍摄的内容。

一位六十多岁的技术人员向玛戈特展示了闭路电视摄像机和运动激活摄像机的系统、它们的位置以及激光和红外屏障的工作方式。

监控摄像机最多存储三十天的记录。

"这是 D4 区。"他指着说道，"走廊、休息间、运动场、围栏、围栏外侧、建筑物外侧……这里是公园和车道。"

监视器在早上五点的时候开始显示医院的图像。灯光的静态辉光使公园看起来毫无生气，屏幕角落里的时钟持续走动着，但画面中一切都保持着静止。

当加速放映时，一些树显示了在风中的摇动轨迹。夜间保安走过走廊，消失在值班室里。

突然，技术人员停止了正在播放的录像，指向一片草地，那里有一摊灰色的水迹。玛戈特向前倾身，看到灌木和树上有着许多黑色的形状。

技术人员放大图像并播放录像，三只鹿出现在一盏灯的光辉中。它们走过草地，停了下来，站着，脖子伸直，然后继续前进。

他缩小了图像并再次快速前进。白天到来，随着太阳升起，透明的阴影变得越来越清晰。

汽车到达，工作人员进入室内，穿过走廊和隧道。

在夜班人员离开后，技术人员停止了播放。玛戈特观察各区上午的记录。因为是星期日，很少有动静。在选择进入运动场的病人中，没有洛基·吉尔伦德。

他们继续快进，偶尔停下来仔细观察在走廊里的人，随着时间的推进，一切似乎都很平静。

“你在这里。”技术人员突然笑着说。

他放大了一个屏幕，看着她挣扎着从车里出来，她的裹身裙被撑开了，露出了里面粉红色的内衣。

“哎呀。”她咕哝着说。

玛戈特看见自己走过停车场，肩上扛着一个大皮包，双手环抱着肚子。她绕过大楼的拐角，从视野中消失了，但下一个摄像机拍摄到她来到了门口。同时，她可以从大厅接待台上方的摄像机里看到另一个角度。

“当我绕过大楼的拐角时消失了几秒钟。”她说。

“没有。”他平静地回答。

“感觉确实少了几秒。”她坚持说。

他倒转视频，回到她从车里出来的样子，再次看到了她的内衣，看着她穿过停车场，当她绕过大楼的拐角从屏幕上消失时，他停止了视频。

“我们这里应该有一架摄像机……”

他放大了另一个正方形，展示了建筑的尽头，还有很多树叶，但没有她。他慢慢地播放录像，她在入口进入了视野。

“好吧，你确实消失了几秒钟。”他最后说，“系统中总会有微小的漏洞。”

“有人能利用它们逃走吗？”

技术员向后仰着，在摇晃头的时候，他咀嚼着的烟草从牙齿的一侧滑到了另一侧。

“甚至在理论上都不可能。”他坚定地说。

“你对此有多肯定？”

“差不多百分之百。”他回答。

“好吧。”玛戈特说着费力地从椅子上站起来，感谢了他的帮助。

如果洛基不可能逃脱，她将不得不重新考虑。

他所犯下的谋杀案一定与最近的杀戮有关。

在这一层面上不会是巧合。

一定有人帮助牧师，一个徒弟在外面，她心里想。

或者他们对付的是完全独立的模仿犯，或者是与洛基·吉尔伦德一直在通信的人。

技术员带她穿过走廊去尼尔·林德格伦的房间。安保负责人正和一位身穿白色外套的女人谈话。她说：“我需要和洛基·吉尔伦德谈谈。”

“但是他甚至不能记住自己今天做了什么。”尼尔指着医生说。

“吉尔伦德患有严重的神经损伤。”医生解释说，“他的回忆只有很短的片段而已……有时他做了的事情根本记不起来。”

“他危险吗？”

“如果他自己有要求，早就可以重返社会了。”尼尔说。

“但他不想离开这里，这是你想表达的吗？”玛戈特问。

“我们很早就开始对大部分的囚犯安排社交活动……他们有机会会见医院外的人，有监督的远足，但是他大多是独自一人，不见任何来访者……”

“他从不给任何人打电话，不写信，也不上网。”医生说道。

“他和其他病人谈话吗？”

“有时会。”尼尔回答。

“我需要知道哪些病人在他来到 D4 区之后出院的。”她坐在先前坐过的椅子上说道。

当他在电脑上搜索时，她环顾了尼尔整洁的办公室。

没有展出的照片，没有书籍，也没有装饰品。

“你找到什么了吗？”她可以听到自己的声音有多么紧张。

尼尔转动屏幕给她看。

“没几个。”他说，“那个区域的病人很少流动，有一些人被转移到了其他的精神治疗机构，但洛基来这里之后，我们只有两名囚犯出院。”

“九年里就两个？”

“这很正常。”医生说。

玛戈特打开皮包，拿出笔记本，把名字写下来。

“现在我想去看看洛基·吉尔伦德。”

53

两名看守腰带上带着紧急警报器、警棍和泰瑟枪，陪着玛戈特穿过闸门，进入洛基·吉尔伦德所在的区域。

他坐在房间的床铺上，看着固定在天花板附近墙上的电视，电视正在播放 F1 的比赛。闪着光的汽车像蜻蜓一样在轨道上疾驰，发出轰鸣。

“我叫玛戈特·西尔弗曼，是国家刑事调查局的主管。”她靠在他的椅上解释说。

“亚当干了夏娃，然后她怀孕了，生了该隐[①]。”洛基看着她的肚子说道。

“我特地从斯德哥尔摩过来这里跟你说话。”

“今天是休息日，而你没有休息。”洛基说道，然后回头看电视。

“你呢？”她问道，把椅子拉出坐了下来，“你今天做了什么？”

他的脸很平静，鼻子看起来好像从某一处断了似的，脸颊上满是灰色的胡须，粗壮的脖子上有着褶皱。

---

① 该隐是《圣经》中的杀亲者，是世界上所有恶人的祖先。是人类祖先亚当和其妻子夏娃最早所生的两个儿子之一，该隐为兄长。因为憎恶弟弟亚伯的行为，而把亚伯杀害，后受上帝惩罚。

“你今天出去了吗？”她问道，等一会儿继续又说，“你还没有去过运动场，但也许还有其他的办法出去。”

洛基·吉尔伦德没有反应，他的眼睛注视着屏幕上的汽车。门口的一个看守转移身体的重心，他腰带上的钥匙随之响了一声。

“你和外面的人联系过？”她问，“朋友、亲戚、其他病人？”

涡轮发动机轰鸣着，听起来像链锯一次又一次地穿过干柴。

玛戈特看着他脚上的袜子，一只袜子的脚跟磨损了，有笨拙的织补痕迹。

“有人告诉我你不见任何来访者。”

洛基没有回答，他的肚子在牛仔衬衫下平静地起伏。一只手放在双腿间，身子靠在两个枕头上。

“但是你和员工有个人接触，他们中的一些人在这里工作了很多年……你们一定互相认识，对吗？”

洛基·吉尔伦德依旧保持沉默。

在电视上，法拉利在飞速疾驰，在赛车停下来之前，队员们已经准备好了更换的轮胎。

“你和其他病区的病人一起吃晚餐，然后分享运动场……如果你必须说出一个名字的话，谁跟你最好？”

床头柜上放着一本约有六十个书签的圣经，旁边是一个肮脏的牛奶玻璃杯。经过树木过滤的光线透过窗户外的防护栏照了进来。

玛戈特不舒服地在椅子上换了个姿势，把写着两个出院病人名字的笔记本从包里拿出来。

“你还记得延斯·兰贝格吗？还有马雷克·塞米维克？”她问道，“你和他们关系很好，不是吗？”

一辆车撞上另一辆车，在一团烟雾中旋转，还有一些赛车飞出了赛道。

“你对今天早些时候做的事有记忆吗？”

她等了一会儿，然后站起来。赛车事故在屏幕上重放着，从电视机中可以看到洛基的脸和胸部。

看守们跟着她一起离开了房间。

洛基似乎没有注意到她的离去。

当她朝停车场走去时，她能感觉到技术员正通过三十个摄像机中的一个看着她。

在开车之前，她坐在车里通读有关丽贝卡·汉森被谋杀的资料，认为洛基·吉尔伦德一定以某种方式参与了新的谋杀案，哪怕只是一种远程遥控。

玛戈特看到埃里克·玛利亚·巴克是对洛基·吉尔伦德进行司法精神病评估的团队成员之一，他们的结论构成了判决的基础，这些结论是基于埃里克和洛基之间的长期对话达成的。埃里克显然设法赢得了信任。她了解到他参与了将近一百起法医精神病学评估，并在四十起审判中被传唤为专家证人。

54

亚当·约瑟夫坐在车里，边上是他的妻子卡特琳。她正按摩着双手，护手霜的气味在汽车里蔓延开来。天开始黑了，交通情况不错。他们要去戏剧学院观看她哥哥福阿德的后朋克乐队“治疗者”的表演。

亚当在红灯前停下来，看着卡特琳。她的眉毛修得太过了，使她的脸看起来有些凶。

“你一句话也没说。”他开口。

她耸耸肩。他看着她的指甲，她把它们涂了颜色，从紫色渐进到顶端的粉色。他觉得应该说些关于彼此的话。

“卡特琳。”他说，“你怎么了？”

她严肃地看着他的眼睛，这使他很害怕。

“我不想生孩子。”她说道。

“你不要孩子吗？”

她摇摇头，红光从她脸上消失了。交通灯变绿，但他没继续向前开。

“我不确定到底要不要孩子。”她低声说。

“你刚刚怀孕。”他用无可奈何的语气说，“不能等一下吗？看看会不会改变主意？”

“我不会改变的。”她直截了当地说。

他点点头，咽下一口口水。一辆汽车在右边超车道上按了几次喇叭，然后红灯又亮了。他看了看事故灯的开关，但嫌麻烦没有按下。

“好吧。”他说。

“我下定决心了，已经预约了下个星期的流产。”

“要我跟你一起去吗？”

“没有必要。”

“我可以在车里等……”

“我不想你在那儿。”她打断道。

他凝视着前面驶过十字路口的汽车，然后看见头顶上飞过了一些黑鸟，它们描绘出了类似斯德哥尔摩奥林匹克体育场前的宽阔弧线。

他失去她了，事情已发生。

最近他一直试图向她展示他每天都爱她，他们彼此相爱，毕竟他们真的爱着对方，或者至少他认为他们是这样。

如果她每个星期四下班后和丝芙兰的同事聚会是撒谎呢？她从不谈论这件事，他也没有兴趣去问，或者和她一起去。

灯又变绿了，他把脚移到了油门上，继续前进。当他的手机响起时，他们正要接近斯瓦夫根。

“能看下是谁打来的吗？”

她在变速杆后面的空位里拿起手机，把它翻过来。

“是你的老板。”

亚当又开了一会儿车，然后接起了电话。

“玛戈特？”他用微弱的声音说。

“这是同一只鹿。”她说。

桑德拉房间里那只鹿的折断边缘与苏珊娜·科恩手上发现的小鹿脑袋百分之百匹配。

“当我们在录像中看到它时，我就觉得不对劲。”玛戈特说，听起来像是在喘气，“但这一切就意味着谋杀早在发生之前就已经计划好了，有人预谋了所有内容，然后等待着……可能要等几个星期。”

“但是为什么呢？”亚当问道，感觉他握在方向盘上的手正在出汗。

凶杀就像在编一串珍珠，或是一个玫瑰花环。死亡的顺序早在任何人扣动扳机之前就已经注定。从理论上讲，这应该会给我们更多的时间，但在实践中，考虑到凶手不会立即上传视频，以致我们不能确定场景或受害者。

“我发现这一切与一个旧案子有相似之处。”玛戈特说。

“你说什么？”

“你在听吗？”

“是的，对不起……”

他看了下卡特琳，她转过脸去。他听着玛戈特告诉他这些案件与塞勒姆的一起旧谋杀案有何相似之处，被判有罪的牧师，丽贝卡·汉森那张被毁容的脸和死后被摆的姿势。

她解释说已经检查了卡苏登的安全防护，似乎不可能有人在没有被发现的情况下离开。

“所以他必须有一个同谋，一个弟子……除非是模仿犯罪。”

“好吧。”亚当犹豫地说。

“你觉得我想得过头了吗？”

“也许吧。”他诚实地说。

“我能理解，但现在没关系，若你去会会他，你会明白我的意思。”

“你要我们去跟牧师聊聊吗？”亚当问。

“我现在就要从那儿回来。”

“难道你和珍妮今天不该一起吃一顿丰盛的晚餐吗？”

“那是下个周末。”她简短地说。

“那么，他说了什么？”

“什么都没说，他甚至没看我一眼。”她说，“看来我完全引起不了他的兴趣。”

“好吧。”亚当说。

“这对他来说似乎很正常。”她说道，“这就是为什么他们让埃里克·玛利亚·巴克加入法医精神病学检查的小组，他能让人开口说话……”

“除了我们的证人。”亚当指出。

“实际上，整个调查都因为他与吉尔伦德的谈话起了作为。”玛戈特说，“这里有一大堆材料，我们必须让人去检查每一个细节。”

“那要花多长时间？”

“这就是我现在要去找埃里克·玛利亚·巴克的原因。”

“现在？”

“嗯，我已经在车里了，所以……”

“我也在车里。”亚当笑着说，“但我当然不想……”

“我必须得说，如果你在那儿的话就最好了。”她用和蔼的语气打断了他的话。

55

埃里克坐在他的阅读椅上，大腿上放着一本瑞典精神病学协会的期刊，想着之前晚上去内莉和马丁家吃的晚饭。他们经常邀请他到他们那幢现代主义的豪宅去。

晚饭后，马丁脱下领带，领着他们穿过房子，手里拿着一杯卡瓦多斯。在他的书房里，有一幅相当小的油画，是他在威斯特法利亚的姑姑送给他的，画着一个愁容满面的天使。内莉觉得这画太可怕了，想把它送给埃里克。马丁同意了，但埃里克拒绝了这个提议，因为很明显马丁想保留它。

当马丁不得不接一个从悉尼打来的电话时，埃里克和内莉去了台球室。内莉倒了更多的酒，她已经喝得醉醺醺的，眼睛都湿润了，靠在桌子凸起的边缘。

“马丁在看色情片。”她含混不清地说。

“你为什么这么想？”埃里克问，把球滚过绿色的台面。

“我不在乎，没什么不好的。”

“这会让你伤心吗？”

“不是嫉妒，而是……我不知道，你应该看看那些女人……她们年轻漂亮，她们能做我不敢尝试的事情。”她说着伸出手抚摸他的嘴唇。

“跟他谈谈。”

“青春是唯一重要的东西吗？”她慢吞吞地说。

“对我来说不是。”

“那又有什么关系呢？你想要什么？什么是男人真正想要的？”她轻轻地摇晃着说。

他把她扶到卧室，但在她脱下咖啡色的衣服之前就离开了。

当内莉打电话给他要和他讨论在丹德雷德接受过酷刑的两名伊朗幸存者时，他借此机会感谢了她的晚餐。她只是笑了笑，说他应该感谢她没有醉得太难堪。

现在埃里克靠在扶手椅上，想着他刚才打开冰箱看到的香槟。他用氩气密封了香槟，如果现在有玻璃杯的话，就可以尝尝那新鲜的味道。

埃里克认为那会消除他的头痛，就在这时，他看到汽车的大灯从玻璃窗里扫了进来。

他叹了口气，站起来，把期刊放在吸烟桌上，把拖鞋放在地板上，然后去开门。他看着玛戈特挣扎着从车里出来，向他挥手，然后另一辆车也驶进了车道。

一个年轻人留着短短的黑发，急忙跑到玛戈特跟前，和她交换了几句话。在他们身后跟着一个漂亮的年轻女人，她有着一双清澈的眼睛和一张严肃的面孔。

埃里克与玛戈特和年轻人握手，她介绍他是一名同事，与她一起调查谋杀案。

那个年轻女子在门口犹豫不定，她的黑色大衣因雨水而闪着光，整个人看起来有点儿被冻着了。

“我没有时间带妻子回家。”亚当解释说，显得异常尴尬，“卡特琳。”

“亚当不想让我在车里等。”她轻声说。

“欢迎，请进吧。”埃里克握着她的手说。

“谢谢。”

“多么漂亮的指甲啊。”他紧紧握住她的手看了几秒钟。

她惊讶地笑了笑，那双黑眼睛立刻暖了起来。

埃里克邀请他们把外套脱下来，然后走进门廊，把前门关上。柔和的雨在丁香花的叶子上有节奏地滴落，路灯发出着光，突然他看到在自己的花园里有一个高个子的轮廓。他把外面的灯打开，觉得那一定是手推车旁边的一棵刺柏。

埃里克关上门，把他们带到书房门口。卡特琳停了下来，看上去有点儿尴尬。

“我可能不应该偷听你们的谈话。”她说。

“如果你愿意，可以坐在这儿。”埃里克说着从书架上拿下一大本画册，“我不了解你，但我对卡拉瓦乔[①]有点上瘾。”

---

① 卡拉瓦乔，意大利画家，对巴洛克画派的形成有重要影响。

他把画册放在桌上，然后把警察们领进书房，亚当关上了他们身后的门。

“我们今天发现了第三名受害者。”玛戈特立即说。

“第三名受害者。”埃里克重复道。

“我们预料到了，但这仍然是一个打击。”

她低头看着肚子，嘴角微微抽搐，可能是因为已经筋疲力尽，她的眉头深深地皱在眉毛之间。

“我能帮你们什么忙吗？”埃里克用中立的语气问道。

“你认识一个叫洛基·吉尔伦德的人吗？”玛戈特抬起头看着他问道。

“我应该认识吗？”

“你应该知道，他在九年前接受法医精神病学评估后被判处精神病治疗。”

“当然，我相信这是对的。”埃里克温和地说。

她一提到洛基的名字，他就知道她已经发现了一切。

“你是那个小组的一员。”玛戈特解释道。

“是的。”埃里克说。

他之前已经花了几个小时想象过自己面对这件事情的不同情景，然后想象着可能的反应和答案，这些反应和答案能让他不被认为在说谎。

“我们有理由相信他向你吐露了秘密……”

“我不记得了，但是……”

“他在塞勒姆谋杀了一名妇女，这让我想起了目前正在调查的谋杀案。”玛戈特没有进一步阐述。

“如果他被释放，我相信他会再开杀戒，一定是假释程序出问题了。”埃里克回答说。

“但他没有被释放，仍然在卡苏登，没有离开过医院。”她说，“我刚才就在那里，和他们的安全负责主管聊过。”

56

玛戈特打开她的皮包，递给埃里克一份判决书和法医精神病学鉴定书。

落地灯温暖的光芒洒在抛光的橡木地板和带着皮革装饰的内置书架上。窗外一片黑暗，果树郁郁葱葱的树枝此时完全看不见。

埃里克坐在亚当对面的小八角桌上，翻阅着材料。

“是的，我记得他。”

“我们认为他有一个徒弟，一个弟子……也许是模仿者。”

“这是可能的……如果相似性很强……我没法给出一个意见。”

玛戈特摇着手腕，把手表转到正确的位置。

“我今天和洛基·吉尔伦德谈过了。”她说，“我问了他很多问题，但他只是静静地坐在床上，盯着电视机。”

“他遭受了严重的脑损伤。”埃里克说，指了指评估的结果。

“他能听到和理解我说的每一句话，他只是不想回答。”玛戈特笑着说。

“当你面对这样的病人时，往往很难开始。”

她向前倾斜，这样她的肚子就可以搁在大腿上了。

“你能帮助我们吗？”

“怎么帮？”

“跟他谈谈，他以前信任你，你了解他。”

埃里克的心脏开始跳动得更快，他不能表现出任何感情，所以慢慢地把双手合拢在一起以阻止它们颤抖。

他们可能会找到法医精神病学评估的录音带，那里洛基谈到了他的不在场证明。

但因为洛基是有罪的，所以突然出现一个自称的不在场证明时他不会采纳。

“你想知道什么？”

“我们想知道他和谁在一起做了这些事。”

埃里克点了点头，认为在这之后他一定可以获得内心的自由，不再需要承担他无法卸下的负担。他可以告诉他们关于洛基曾怪罪的人，无论洛基是否只是静静地坐在那里不言一语。他甚至可以再次催眠科恩，然后告诉他们苏珊娜的手捂在耳朵上。

“当然，这超出了我通常的意愿。”他开口道。

“当然，我们会付钱的……”

“这不是我的意思……我需要知道任务的概要，这样我才能对他进行引导。”

玛戈特点了点头，嘴唇半开着，好像要说什么似的，但最终没说出口。

“我需要知道该对病人说什么。”埃里克继续说，“我是说，我可以让他知道你们认为他以前的伙伴又开始杀人了吗？”

玛戈特挥挥手，埃里克注意到当她抱着双臂坐在那里时，她同事的表情似乎有点儿僵硬。

“我们必须看看是否能提供谈判的空间。”玛戈特说，“当然，我们还不确定，你或许可以在医院外面给他提供有监督的远足。”

她说完陷入了沉默，好像上气不接下气似的。她的手伸向了肚子，细细的结婚戒指箍着她肿胀的手指。

“你今天对他说了什么？”埃里克问。

“我问他最常接触的人是谁。”

“他知道你为什么要问吗？”

“不……他对我说的话一点儿反应也没有。”

“他的大脑里有影响正常记忆的癫痫活动，根据诊断，他患有自恋、偏执症……但是所有的证据都表明他很聪明……”亚当开口道。

埃里克沉默不语。

“你在想什么？”玛戈特问。

“我希望要授权给我能够告诉他我为什么要问他这些问题。”

“告诉他关于连环杀手的事情？”

“不然他很有可能会猜出我在撒谎。”

“玛戈特。”亚当说，“这是警察的工作。”

“我们别无选择。”她简短地说。

“我觉得你做得有点儿过火了。”亚当说。

“有吗？”

“首先你让乔纳·林纳掺和进来，现在你又要让催眠师来做警察工作。”

“乔纳·林纳？”埃里克问。

“我不是在跟你说话。”亚当说。

“他回来了。”玛戈特说。

“在哪里？”

“回来并不是个恰当的词。”亚当说，“他在哈丁奇那边鬼混着，他是个酒鬼，而且……”

“我们并不知道这些。”她打断道。

“好吧，乔纳是最棒的。”亚当说。

玛戈特看到埃里克困惑的凝视。

“乔纳晕倒了，现在正在圣格朗医院躺着。”她说道。

“什么时候？”埃里克问道，站起身来。

“昨天。”

埃里克立即拿起手机，拨打了医院重症监护病房一位同事的电话，然后等待电话接通。

“你什么时候能和洛基谈谈？”玛戈特站起来问道。

“我明天一早就过去。”埃里克说道，这时他的同事接起了电话。

57

在与圣格朗医院的医生简短交谈之后，埃里克陪着两个警察来到门口。卡特琳和亚当走进大厅时，彼此都没对望，埃里克觉得他们明显是吵架了。

三人离开屋子，一走出门前的光圈后就被黑暗吞没了。埃里克听见他们走在通往车道的砾石路上的脚步声。当车灯亮起，他们的身影再次出现。他回到书房，看到急救记录的传真已经传来。按照正常程序，病人的姓名和身份证号码已被涂白。

急救中心接到电话后就派出了救护车去抢救乔纳。埃里克浏览了他的血压、心跳、呼吸频率、氧气、温度和意识水平。

他营养不良、发热还有思维混乱和血液循环不良等症状。

分类护士根据现有的数据做出了正确的判断，乔纳患了血液中毒。

在检查他的血液和乳酸后，护士给他确定为橙色等级，这是第二高级别的优先治理等级。

由于他的生命体征不稳定，乔纳·林纳被分到了一个有密切仪器监控的病房。

在等待他的血液分析结果出来的时候，他们给他注射了广谱抗生素和胶体溶液以帮助恢复血液循环和电解质平衡。但是乔纳在抗生素生效之前就消失不见了。鉴于他的症状，若不接受治疗的话病情可能会危及生命。

埃里克离开书房，在大厅里拿起夹克，没有关灯就走了出去。

天不再下雨，夜晚的空气很凉爽，车窗被冷凝的水珠覆盖着。他把挡风玻璃的刮雨器打开，在开车前把玻璃刮干净。

快到午夜，街上空荡荡的。在街灯的黄色光芒、测速相机、路障和减噪屏幕之外，夏末的夜晚像厚天鹅绒一样黑。

他沿着斯托伦斯莱登的方向转向中环道，然后朝达勒赫姆斯瓦根方向驶去，进入了一个有高围墙的工业区，然后来到一片林地里。

瑞典以前从来没有乞丐，但过去几年，来自欧盟的移民游荡在瑞典的城镇和城市中。他们伸出双手，拿着空纸杯，跪在超市外面的雪地里请求帮助。

埃里克好几次感到震惊，考虑到瑞典曾经实行过的歧视和强制绝育的黑暗历史，现代瑞典人对这一变化表现出了出乎意料的宽容。

树林间有微弱的灯光。他放慢车速，朝光线驶去，转过了一条砾石路，一只小猴子被系在引火器栓上上蹿下跳。

在一片空地上，他可以看到两棵树之间绑着绳子，上面挂着床单。胶合板被钉在了一起，上面用防水帆布和塑料盖着。

埃里克掉了个头停在路边，从车里走出来，锁了车，然后凝视着树林。

空气中弥漫着土豆和液体燃料的气味。四辆破旧的大篷车排成一排，中间有弯曲的木制棚屋。烟从一个带扣的油桶里升起，炽热的余烬向上飘扬，散发着燃烧塑料的臭味。

埃里克认为乔纳·林纳应该就在这里。他得了严重的血液中毒症，除非很快得到正确的抗生素，否则他就要死了。在这个星球上，不会有另一个高级警探会像乔纳那样为埃里克付出那么多。

一个披着头巾的女人向他投来警惕的目光，在他走近的时候匆忙离去。

他继续朝着第一辆大篷车走去，敲了门。在大篷车漂亮的毯子下面放着五双不同尺寸的运动鞋。

“乔纳？”埃里克大声喊道，然后又敲起门来。

大篷车摇晃了一下，一个患有白内障的老人开了门。他身后的床垫上坐着一个孩子，地上睡着一个穿着冬衣顶着羊毛帽的女人。

“乔纳。”埃里克用低沉的声音说。

一个衣冠楚楚的男人突然出现在他身后，用糟糕的瑞典语问他想找什么。

“我在找一个朋友，他的名字叫乔纳·林纳。”埃里克说。

“我们不想惹麻烦。”男人焦虑地说。

“好吧。”埃里克说着走到第二辆篷车前开始敲门。车门被圆形的烧焦痕迹覆盖着，就像人们在抽烟后把烟蒂都按在了上面。

一个戴眼镜的年轻女子小心翼翼地打开门，她穿着一件厚厚的毛衣和宽松的运动裤，膝盖上湿漉漉的。

“我在找一个生病的朋友。”埃里克说。

“隔壁的房子。”她用恐惧的眼神低声耳语。

一个疲惫的孩子走过来用塑料鳄鱼戳着埃里克。

埃里克跨过两个躺在地上的拐杖，走到第三辆大篷车前。这辆车的窗子破了，上面盖满了硬纸板。

在树林间的黑暗中，一个没有胡须的疲倦男人正在抽烟。

埃里克敲了敲门，没有人应答，于是他打开了门。在一台收音机发出的灯光下，他看到了他的朋友。乔纳·林纳躺在潮湿的床垫上，用一条折叠的毯子当枕头。一个穿着旧棉袄的老妇人坐在他旁边，想让他从勺子里喝一点儿水。

“乔纳。”他轻声开口。

当埃里克爬上大篷车时，地板发出嘎吱的响声，塑料桶中的水随着运动而晃动。地板上的地毯被房门上的雨水淋得湿漉漉的，有一股强烈的湿气和烟味。覆盖着纸板补丁的窗户上有一些灰蓝色的布料。当埃里克进一步向里移动时，他看到墙上有一个十字架。

乔纳脸色憔悴，整张脸被灰色的胡子遮住了，他的胸部看起来不自然地凹陷了下去。他的眼睛是黄色的，目光难以集中，以致埃里克不确定他是否还有意识。

“我要在走之前先给你打一针。”埃里克说着，把包放在地板上。

埃里克撸起乔纳的袖子，给他注射了一针苄基青霉素和氨基糖苷的混合物。整个过程中乔纳几乎没有反应。

“你能站起来吗？”他把一块胶布贴在扎针的位置上。

乔纳微微抬起头，轻声咳嗽。埃里克帮着他单膝立了起来。一个罐头滚过了地板，乔纳咳嗽了一声，指着那个女人，想说些什么。

“我听不清。”埃里克说。

“需要付克丽娜钱。”乔纳轻声说，然后站了起来，“她……帮了我。”

埃里克点了点头，掏出钱包，给了女人五百克朗。她点头微笑，嘴唇紧闭。

埃里克打开门，帮助乔纳走下台阶。一个穿着皱巴巴西装的秃头男人站在外面，为他们开着大篷车的门。

“谢谢。”埃里克说。

从另一个方向，一个金发男子穿着一件发亮的黑色夹克，他的背后藏着什么东西。

一边的大篷车旁站着第三个人，手里拿着一个黑色的平底锅。他穿着牛仔裤和牛仔背心，裸露的手臂上有文身。

“你有一辆漂亮的车。”他咧嘴笑道。

埃里克和乔纳向前走去，但是那个金发男人挡住了他们的路。

“我们需要一些租金。”他说。

“我已经付了。”埃里克说。

秃头男人大喊着走向大篷车，老妇人走到门口，举起了刚给她的钱。那人抢走了钱，愤怒地说了些什么，然后朝她吐口水。

“我们这里每一个人都要收一份租金。”金发男子解释说，手里拿着一根长长的金属管。

埃里克咕哝了一声，认为现在最好立即走回车里，但这时乔纳停下了脚步。

“把钱还给她。”他指着秃头男人说。

“大篷车是我的。”金发男人说，“我拥有这一切，每一个床垫，每一个该死的炖锅。”

“我不是在跟你说话。”乔纳说完又窝进了自己的手臂中开始咳嗽。

“这不值得。”埃里克低声说，心脏怦怦直跳。

“该死的，这是我们达成的协议。”文身男喊道。

“埃里克，你上车吧。”乔纳说着蹒跚着向那些人走去。

“现在价格涨了。”金发男人说。

“我还有一点儿钱。”埃里克说着，拿出钱包。

“不要这么做。”乔纳说。

埃里克又给了那个金发男人几张纸币。

“这还不够。”他说。

“都给我还回来。”乔纳用无力的语气告诉金发男人。

“这只不过是钱罢了。”埃里克说着拿出了最后几张钞票。

“还给克丽娜。”乔纳说。

“在我们改变主意之前跑回家躲起来吧。”金发男人咧嘴笑着，用金属管指着他们。

58

乔纳站在那里，双臂搂着自己，微微前倾。他看见金发男把手放在了管子上，然后移到一边。秃头男脱下夹克，把它挂在塑料椅上。

乔纳慢慢抬起头，看了看秃头男。“把钱还给克丽娜。”他重复道。

秃头男咧嘴一笑，一步步走向黑暗，他咔嗒一声按下了折叠刀的按钮，弹出了刀刃。

“如果你现在不把刀子扔在地上，就别怪我伤害到你。”乔纳用忧郁的芬兰口音说道，然后向前迈了一步。

秃头男蹲下身子走到一旁，手握着刀，然后向前伸出手试着刺了几下。

“给我小心点儿。”乔纳说完轻轻咳嗽。

小刀很锋利，在微弱的光线下闪闪发光。乔纳看着它，试着去跟踪那人不规则的动作。

“你想死吗？”那个人咕哝着说。

“我看起来很迟钝。”乔纳说，“但我要抢过你的刀，然后从肘部折断你的胳膊……如果那之后你还不乖乖躺下的话，我会刺破你的右肺。”

“刺死这个芬兰佬！”金发男喊道，“捅他妈的芬兰佬！”

“一旦我拿到了刀，第二个就要对付你。”乔纳被一辆生锈的自行车绊了一下。

秃头男突然把刀子丢到另一只手，刀刃碰到了乔纳的手背，划出血。

那个金发男笑了。

乔纳把他手上的血抹在裤子上。秃头男对金发男大声喊着，一个婴儿开始在一个大篷车里哭泣。

金发男绕到了乔纳的后面，他注意到了他。但是他的身体太虚弱了，无法移动。

一切发生得很快，但一切都是物理性的本能反应。乔纳不认为他会偏转刀子，于是一把抓住那个人的手，用冰冷的手指掐住他的关节。连续的动作如行云流水，乔纳弯下手腕，把另一只手放在胳膊肘下，向上猛击。

男人的胳膊被折断时发出了一种裂开的声音，就像一脚踩在了深雪下的树枝上。桡骨的碎片穿透了韧带组织，一股血溅向一个肮脏的桶。那人双腿跪在了地上，尖叫着，弯下了腰。

“在你后面！”埃里克大声喊道。

乔纳转过身来。突然，他头晕目眩，趔趄着踩进了一潭水里，他仰面看着天空中松树的顶端，努力保持住平衡。

他把刀在手指间旋转，握在手心，在接近金发男时把它藏在身后。

“去死吧！”那人喊着，在空中挥舞着管子。

乔纳径直走过去，肩上挨了一拳，他用刀划伤了那人的额头，乔纳把他的胳膊卸脱臼了。金发男紧抓着胳膊向后移动，但是额头的血流进了眼睛，他看不见任何东西，绊倒在一堆木头上，仰卧着。带着平底锅的人消失在营地后面的黑暗中，乔纳走过去，在两个喘着大气的人身上把钱收了回来。

他靠在车架上敲着大篷车的门，保持不让自己跌倒。埃里克踉踉跄跄地跑过去抱住他。

“把钱交给克丽娜。”乔纳说着坐在台阶上。

埃里克打开大篷车门，看到阴暗处的老妇人，看着她的眼睛，告诉她他把钱藏在了地毯的下面。

乔纳滑倒在了草地上，头靠在一个支撑着大篷车的混凝土块上。

文身男绕过第一个大篷车走回来，他手里拿着一把猎枪，步步为营。

埃里克意识到乔纳没办法跑，只好爬进了大篷车的下面，试图把他拉进来。

“快点儿进来。”他低声说。

乔纳踢着腿，慢慢地滑了进去。石头钩住了他的夹克，他们可以听到附近的脚步声。

他们听到那个持枪的男子打开了房门，对着老妇人大喊大叫。他们上面的地板发出雷鸣般的声音。

“过来。”埃里克又爬进去了些，头撞在了电缆托盘上。

乔纳在他后面拖着脚向前，但他的夹克被钩住了。埃里克从大篷车的另一边钻了出去，隐藏在一些荨麻之间。

在大篷车的下面，乔纳看着文身的人再次踏上了地面。

他们听到了声音，突然那人弯下腰，双手撑在地上，目不转睛地看着躺在大篷车下的乔纳。

“抓住他们！”金发男喊道。

乔纳试图挣脱出来，但夹克发出撕扯的声音。文身男绕过马车，穿过灌木丛。

埃里克又急忙滑到下面，爬到乔纳身旁，脱下他的夹克。

他们侧身翻滚，在混凝土块之间爬行，钻进杂草里，扔掉了一片生锈的铁皮，躲到棚屋旁边。

文身男绕过大篷车，滑到潮湿的地面上，举起枪瞄准。

两人蹲在一个安装在两棵树之间的厨房水槽旁。

枪响了，排水板上的一堆陶器爆炸，碎片落在了他们身上。

枪声的回响在树林间穿行，埃里克把乔纳领到棚屋后面。文身男跟着他们，破碎的陶器在他脚下嘎吱作响。当他弹出旧弹壳压入新子弹时枪发出了咔嗒声。

当埃里克拉着乔纳走进森林时，他能感觉到他的腿在颤抖。

他们匆忙穿过高低不平的地面，推开密密麻麻的灌木丛，树枝划擦到了他们脸上。

乔纳的背部被汗水湿透了，他的大腿根部阵阵剧痛，似乎失去了一只脚的知觉。他的注意力无法集中，高烧让他如同在热浪中翻滚，同时整个人又冻得发抖。

埃里克紧紧地抓住他的手臂，当他们穿过树林的边缘向汽车走去时，能看到丛林间手电筒闪烁的灯光，十几名移民在解除了文身男的武装后与之争吵了起来。

乔纳必须休息一会儿，然后他和埃里克穿过马路走进汽车。

他的双腿发软，总算是坐进了乘客座位。他闭上眼睛，咳嗽得厉害，肺部传来灼烧感。

突然前挡风玻璃传来了“砰”的一声，满脸血污的金发男被前灯照亮，他握着一根沉重的树枝，埃里克发动引擎踩下油门，前轮空转，车底下的沙砾和小石块飞了起来。

又是“砰”的一声，后视镜被打松脱落，连着里面的电线挂在了车旁，他们摇晃着把车开到了道路上，这时已经能够听到在林地之外有警车赶来的声音。

59

埃里克那天晚上吃了两片药才入睡，但仍然很早就醒了过来，并起了床。

这三起新的谋杀案让人想起了旧的案件，但是洛基一直被关着，警方认为他有一个伙伴，一个因为某种原因再次活跃起来的信徒。埃里克被要求找出洛基的记忆，并询问他“不洁的传教士”究竟是谁。

当他离开时，乔纳还在房间里睡觉。他用胶带把后视镜进行了临时修理，然后启动了汽车。

昨晚，他简单地处理了乔纳的伤口，给他打了破伤风针。从卡苏登医院回来的路上，他需要在药剂师那里停一下，为乔纳的偏头痛取一些托吡酯。

还很早，道路很安静，他开车经过卡特琳娜霍尔姆，向医院开去。

卡西利亚斯站在接待台外面的台阶上，用烟斗敲击着栏杆。当埃里克沿着小路走近时，他伸出手来迎接他。

“我们进行了许多神经检查。”当他们走向黑暗的砖房时他解释说，“这不是我的领域，但专家排除了手术的可能性。他们说他脑组织的损伤是永久性的……脑子虽然还能用，但记忆并不稳定。”

他们来到D4区，一位女性工作人员向他们露出了笑容：“洛基·吉尔伦德在治疗室里等着您。”她说着和埃里克握手。

不管这次见面的结果如何，埃里克都会告诉玛戈特关于“不洁的传教士”的事情。

他们停下来，卡西利亚斯向看守解释说她应该在治疗室外面等候，等埃里克完成后护送他到出口。

埃里克把珠帘推到一边，走了进去。洛基坐在沙发中间，两臂伸展着，好像被钉在了十字架上似的。在他面前的低矮桌子上有一杯咖啡和一个肉桂面包。柔和的古典音乐从两个扬声器里流淌出来。

洛基把他的头向后靠在墙上，然后用一种完全放松的表情看着埃里克。

“今天没有香烟吗？”他过了一会儿说。

“我可以安排给你。”埃里克回答。

“还是给我一包硝基安定吧。”洛基说着把头发捋到耳朵后面。

“硝基安定？”

“这样耶稣就能赦免你的罪。”

“我可以和你的医生谈谈，如果……”

“你在用安定。”洛基打断说，“或者是罗眠乐？”

埃里克把手伸进口袋里，给了他一整包药。洛基将一粒药丸挤出，没有喝任何东西吞了下去。

“上次我来这里的时候，我问过你，你的同事。”埃里克坐在扶手椅上说。

“我没有任何同事。”洛基阴郁地说，“因为上帝在路上迷失了我……没有回来找我。”

他移动白色塑料杯，拿起一块珍珠糖放在食指上。

“你有没有记得你的谋杀案中有任何同谋？”

“你为什么这么问？”洛基很疑惑。

“上次我们谈过。”

“我说过我有同谋吗？”

“是的。”埃里克撒谎。

洛基闭上眼睛，慢慢地向自己点点头：“你知道……我不能相信自己的记忆。”他又睁开了眼睛，“我可以在半夜醒来，记起二十年前的一天，然后把它们全部写下来，然后当我一周以后读这些东西时，感觉就像我编造了一切，好像从未发生过一样……我不敢确定……这和我短期记忆一样，半天的记忆突然不见了，我吃药，打台球，和白痴聊天，吃午饭，然后一切都消失了。”

“但你没有说谋杀丽贝卡的时候有同谋。”

“我一点儿都不在乎，你告诉我你在这儿，但我以前从来没见过你。”

“我想你记得我之前在这儿。”

“是吗？”

“我想你有时会撒谎。”埃里克说。

“你是说我说谎？”

“刚才你提到我上次给你的烟了。”

“我想看看你的思维能不能跟上我。”洛基笑着说。

“那么你还记得什么？”

“我为什么要告诉你？”他问道，抿了一口咖啡，舔了舔嘴唇。

“你的同谋已经开始了他自己的谋杀之旅。”

“那样就是自作自受。”洛基咕哝着，突然开始发抖。

杯子从他手中掉下来，最后一点儿咖啡溅到了地上。他的下巴颤抖着，眼珠向后滚动，眼睑闭了起来，整个人开始抽搐。癫痫发作只持续了几秒钟，然后他挺直身体，擦了擦嘴，抬起头来，显然不知道刚才发生了什么。

“你以前跟我说过一个传教士。”埃里克说。

“当我谋杀丽贝卡·汉森时，只有我一个人。”洛基低声说道。

“谁是‘不洁的传教士’？”

“这有什么区别呢？”

“告诉我真相！”

“我能从中得到什么？”

“你想要什么？”

“我要纯的海洛因。”洛基说话的时候看着埃里克的眼睛。

“如果你肯帮忙的话，你可以获准外出。”埃里克说。

“不管怎么说，我都不记得了，一切都消失了，这是毫无意义的。”洛基在柔软的扶手椅里俯身向前。

“我可以帮你记起来。”他停顿了一下。

“没人能帮我。”

“不是神经学上的，但我可以帮助你记起发生了什么。”

“怎么帮？”他问道。

“我可以催眠你。”

洛基静静地坐着，把头靠在墙上。他的眼睛半闭，嘴巴微微噘着。

“没有什么好担心的，催眠只是通过处于深度放松状态来达到另一种意识水平的一种方式。”

“我读过《皮质》学术期刊，我还记得一篇关于神经心理学和催眠的文章。”洛基挥舞着他的手说。

60

他们来到了洛基的房间，关上门，调暗了灯，仅有的微弱灯光从花花公子的日历上反射出来。埃里克安装了三脚架，架上摄像机，调整了角度和曝光，并确保麦克风指向正确的方向。

一个小红点表示摄像机正在录像。

洛基坐在椅子上，整个人很壮实，像一头熊，宽阔的肩膀放松着。他的脑袋耷拉着，对埃里克的引导非常配合，很快陷入了深深的松弛状态。

最难的部分不是催眠，而是找到合适的点，使病人的大脑尽可能地处于放松状态，但仍然能够区分真实的记忆和梦境。

埃里克站在洛基后面慢慢倒数着数字，准备让他来检索自己的记忆。

“二百一十二。”埃里克用单调的语气数道，“二百一十一……你很快就会发现自己站在丽贝卡·汉森的房子外面……”

当病人被置于深度催眠时，催眠师也经常进入一种恍惚状态，即所谓的催眠共振。

至关重要的是，埃里克需要设法区分当下自我，和一个清晰的看顾自我。

在这种恍惚状态中的看顾自我是处于深层次的。

这就是他内心的催眠体验。

当他的病人被他们的记忆所引导时，埃里克沉入了一片温暖的海洋，越过陡峭的海崖和珊瑚。

通过这种方式，埃里克可以在病人的经验中完全存在，但仍然保持着距离。

“八十八、八十七、八十六。”埃里克用沉闷的声音继续数道，“唯一存在的是我的声音，以及你倾听它的欲望……随着每一个数字，你越陷越深……八十五、八十四……这里没有危险，没有什么值得担心的……”

当埃里克倒数的时候，他和洛基一起穿过了奇异的粉红水域。他们跟踪着一条锚链，锈迹斑斑的铁环上覆盖着柔软的海藻。在它们上面，在银色水面上，有一艘带螺旋桨的大船停着。

它们下潜得更深了。

洛基闭上了眼睛，小小的气泡从他的胡子上冒出来。他两臂交叉，但水流依旧使他的衣服摇摆着。

“五十一、五十、四十九……”

从紫色的黑暗中伸出一个巨大的水下山脉的顶部，灰黑色，像一堆灰烬。

洛基抬起头来试着睁开眼睛，但只有眼白。他张开嘴，又闭上了眼睛。他的鼻孔里冒出气泡，头发在头顶上飘浮。

“十一、十、九……当我说的时候，你会记起丽贝卡·汉森的真实记忆……”

当埃里克在水里下沉的同时，他也在房间里观察着椅子上的洛基。他的嘴上挂着一串唾液，像是要滴落到他的白色背心上。

“三、二、一……现在你睁开眼睛，可以看到上一次见到丽贝卡·汉森的样子……”

洛基站在他前面的水下山顶上，他的衣服在柔和的水流中漂动着，头发像缓缓的火焰一样飘浮在头顶，他张开嘴，大大的气泡从中吐出，飘浮到他的脸上。

“告诉我你看到了什么。”埃里克平静地说。

“我看见她了……我站在房子后面的花园里……透过阳台的门，我看见她坐在沙发上看电视。她手上的织针在移动，一个蓝色的羊毛线球在她屁股边上慢慢散开……她说不想见到我，但我想她不管说什么最后都会张开双腿的……”

“发生了什么事？”

“我敲了一下玻璃门，她摘下眼镜让我进去……她说她必须上床睡觉，因为早上要上班……但是如果我喜欢的话，可以在这里过夜……”

埃里克没有打断他，等待下一段记忆图像的出现。

“我坐在沙发上抚摸她的项链……地上的一本妇女杂志上有着针织花纹的图案……丽贝卡把她的针织衣物放在了桌上，我的手在她的大腿间滑动……她把我的手拉走，说她不想……但我又把她的睡衣拉了起来……”

洛基喘着粗气。

“她反抗，但我知道她改变了主意，我可以从她的眼睛里看到，她现在想要我……我吻她，把我的手放在她的双腿之间。”

他在椅子上微笑着，然后变得严肃起来。

“她说我们应该去她的卧室，我把一个手指放在她的嘴里，她吮吸它……但外面……”

洛基停下来，瞪大着眼睛。

“外面有个人！我能看见一张脸，窗子外面有人。”

“在房子外面？”埃里克问。

“那是一张脸，我走到玻璃门前，但什么也看不见……只有黑暗，房间映在玻璃里……然后我看到有人站在我身后……我转过身准备猛击，但那是丽贝卡……她吓了我一跳，叫我离开……她不是开玩笑，所以我走进大厅，拿走了她包里所有的钱……”

他沉默下来，呼吸越来越重，房间里的能量也在变化，慢慢变得更加危险。

“洛基，我需要你跟丽贝卡在一起。”埃里克说，“就在同一个晚上，你在家陪着她。”

“我去了‘零号’。”洛基用一种含混不清的声音打断了他。

“你是说那天晚些时候？”

“我没管舞台上的脱衣舞娘。”他低声说，“也没搭理卖毒品的人，我在寻找什么……”

“你回丽贝卡的家了吗？”

“没有，我们坐在残疾人厕所里，这样我们就可以独处了。”

“你在说谁？”

“我的女朋友……我爱的女人，蒂娜……”

埃里克思考着他是否应该把病人从催眠状态中拉出来，他能感觉到洛基进入记忆的速度太快了，不确定自己是否还能让他的催眠保持在合理的浓度。

“蒂娜在洗手盆里咳嗽，看着镜子里的我，眼中充满恐惧……我知道她心情不好，但是……”

“蒂娜是你的帮凶吗？”埃里克问道，看着洛基坦率的面容。

“他妈的，他们欠我十万英镑，下星期我就有钱了。”他喃喃自语，“但现在我只能买得起垃圾货色，必须得先用酸溶解，然后才能注射。”

洛基开始紧张地摇摇头，鼻子不均匀地呼吸着。

“这里没有危险。”埃里克用冷静的口气说，“你很安全，你可以谈论发生的一切。”

洛基的身体又松弛了下来，但他的脸上满是汗水。

“我坐在那儿，让她拿着勺子……我感觉很棒，开始要打瞌睡，我看到她用一根电源线作为手臂上的压血带，电源的适配器和电线纠缠在了一起，她解不开……我太累了，没办法帮助她，我听到她一边哭一边寻求帮助……”

洛基轻轻抽泣，气氛似乎压缩成了一个如针刺一般小的暗黑的点。

“现在发生了什么？”埃里克问。

“门开了。”洛基回答，“有些杂种砸开了锁……我闭上眼睛，我必须休息，但我知道那是传教士，传教士找到了我……”

“你怎么知道的？”

“我能辨别出来是那种旧齿轮的肮脏气味，它闻起来像金属，像鱼胆……”

洛基又摇了摇头，呼吸变得越来越快，埃里克认为他应该开始把洛基从催眠中解脱出来，但他仍坚持问了下去。

“发生了什么事？”他低声问。

“我睁开眼睛，传教士看起来像一个死尸。”他说，“可能是肝炎，他的眼睛完全是黄色的……传教士擤了一声鼻涕，然后开始用很高音调说话。”

洛基轻轻呼吸着，在他的椅子上扭动，在话语间痛苦地呻吟。

“传教士走到蒂娜跟前……她刚注射完毕，没法把电线搞开……亲爱的上帝在天堂，怜悯我的灵魂，亲爱的上帝在天堂……”

“洛基，我要开始叫醒你了。”

“传教士手里拿着一把弯刀，听起来就像你把铁锹塞进泥巴里一样。”

洛基开始干呕，气喘吁吁，但仍然继续说话。

“传教士把她的手臂从肩膀上砍了下来，把电线搞了下来。”

“现在听我的声音。”

“喝她的手臂上的血……蒂娜躺在地上流血到死亡……天堂里的亲爱的上帝……亲爱的上帝。”

“三、二、一……现在你坐在残疾人用的厕所上面，你看不到任何东西会伤害你……”

“亲爱的上帝。”洛基抽泣着，垂下他的头。

“你仍然处于一种深度放松的状态，你要告诉我你刚才对我说的话中有多少是梦境……你吸毒了，一直做噩梦……你看着厕所地面，看着自己，到底发生了什么事？”

“我不知道。”洛基慢吞吞地说。

“他是谁？”

“传教士的脸上满是血……给我看一张丽贝卡的照片……然后……”

他嘶哑的声音消失了，但嘴一直在嚅动，直到它停止。他把自己的大脑袋靠在一边，用空洞的眼睛直视埃里克。

“我没听清你说的话。”

“这是我的错……我应该拔出我的眼睛，我看了不该看的东西，最好把我的眼睛挖出来。”

洛基试图站起来，但埃里克用一只温柔的手按住他的肩膀，他感觉到他的身体在颤抖，那是害怕的颤抖。

“你处于深度的放松状态。”汗水从埃里克的背上淌下来，“但在你醒来之前，我希望你直视传教士……告诉我你看到了什么。”

“我躺在地板上，能看见靴子……我闻到了血，闭上了眼睛。”

“再往前走一点儿。”

“我不能再往前了。”洛基开始从催眠中苏醒过来。

“待在那儿，等一会儿……没有危险，你很放松，告诉我你第一次见到那个不洁的传教士的情景。”

“那是在教堂里……”

他睁开了一会儿眼睛，然后又闭上，咕哝着一些听不清的话。

“告诉我关于教堂的事。”埃里克说，“发生了什么？”

“我不知道。”洛基喘着气说，“那不是一次布道……”

“你能看见什么？”

“他的妆一直到了他的胡子……他的手臂上满是洞……”

洛基试图站起来，但他的椅子倒了，他摔倒在地，头部击中了地面。

61

洛基滚到他身边，埃里克帮他站起来。他伸展后背，用手搓着嘴，把埃里克推开，走到窗前，透过栅栏间的缝隙往外看。

“你还记得自己被催眠了吗？”埃里克问，把椅子从地板上扶起来。

洛基转过身来，眯起眼睛看着他：“我很享受吗？”

“你谈了很多关于传教士的事，你知道他的真名是吧？”

洛基噘着嘴，慢慢摇了摇头：“不。”

“我想你是知道的，我不明白你为什么要保护他……”

“传教士只是一个替罪羊，一个……”

“那么就给我一个名字吧。”埃里克坚持说。

“我记不起来了。”洛基说。

“那么给我个地点，他在哪里？‘零号’在哪里？”

背后的阳光照在他满是皱纹的脸颊上。

“这是你第一次催眠我吗？”洛基问。

“我以前从来没有催眠过你。”

“就我而言，这种评估就是浪费时间。”洛基说，“但是我喜欢和你说话。”

“你还记得吗？差不多十年前……”

“我记得你的棕色夹克衫，那时候一定很时髦……我们过去常坐在桌子前面……桌子是木屑压合的，桦木贴片。你可以闻到……纸杯水、录音机、笔记本……我的头又疼了，我需要吗啡，但我想先告诉你我的不在场证明……”

“我不记得你说过这个。”埃里克退了一步。洛基在窗边的栏杆间捡起了一个东西。

“我写下了奥利维亚的地址，但法庭上从未提到过。”

“但你承认了谋杀……”

“告诉我不在场证明发生了什么。”他打断道。

“我并没有认真对待它。”

洛基转过身来，走得更近了，稍微耸起肩，低下头，好像要好好地看看埃里克。

“你从没跟我的辩护律师提起过？”

埃里克快速越过肩膀瞥了一眼，发现门外的看守不见了。洛基用脚移开他们之间的椅子。

“我不记得你给过我地址。”埃里克快速回答，“如果是真的，我肯定会把它交给你的辩护律师。”

“你把它扔掉了，是吗？”洛基阴郁地说，走得更近些。

“冷静下来。”埃里克答道，朝门口走去。

“是你害我变成现在这样。”洛基喊道，“是你！是你对我做的！”

埃里克背着门站着，举起双手抱住洛基，他没有机会为自己辩护。洛基把他的手臂推到一边，用拳头猛击他的胸部。这一击感觉像一把大锤，所有的空气都从他的肺里喷出，让他无法呼吸。下一拳正好在同一个地方，埃里克的头“砰”的一声撞在了关闭的门上。

他努力保持直立，夹克上的拉链钩住了带纹理的墙纸。他侧身移开，举起一只手来抵御洛基，一边咳嗽一边试图呼吸。

“你想让我去查你的不在场证明吗？”他声音嘶哑地说。

“骗子！”洛基咆哮着，抓住了埃里克的下巴，使他的嘴不得不闭上。

洛基把他拉到身边，使劲扇他的脑袋。埃里克的视线变黑了，身体在打击下蹒跚移动，他被塑料椅子绊倒，带着椅子拖到了金属床架旁。他的背部骨头发出咔咔的声音，当他滑倒在地上时，把被子从床上扯了下来，他感到自己的脸仿佛在燃烧。

“够了！”埃里克喘息着，向后拖着脚步。

“闭嘴！”洛基喊道，把塑料椅推到一边。

埃里克踢到了他的胸口。洛基抓住他的脚，埃里克用另一只脚踹他。他的鞋子掉了，洛基绊了一下，这时看守拿着泰瑟枪走了进来。

“站到墙边，洛基！双手放在头后，脚分开！”

埃里克慢慢地站起来，调整自己的衣服。他用颤抖的手从地上捡起被子，把它放回到床上。

“这可能看起来有点儿奇怪。”他喘息着，嘴里流淌着鲜血，“但是我的腿抽筋了，洛基帮我脱掉了鞋子。”

卫兵盯着他：“抽筋？”

“已经感觉好多了。”

洛基静静地站在一边，手指紧贴在脖子后面，白色背心的后背已被汗水湿透。

“你有什么要说的，洛基？”

他垂下手，慢慢转身，挠胡子，点点头。

“我帮医生脱了鞋子。”他粗声粗气地说。

埃里克解释道：“我们大喊了，但没有人听到，我试着躺在床上，但滑了下来。”

“现在感觉好些了吗？”洛基问道，从地板上捡起埃里克的鞋子。

“好多了，谢谢。”

看守站在那里，手里拿着泰瑟枪，看着他们，然后点头，虽然这一切看起来不那么对劲。

“探访结束了。”看守说。

“如果你能告诉我奥利维亚的姓氏，我就可以找到她。”埃里克迎上洛基的目光。

“她的名字叫奥利维亚·托尔比。”他说道。

埃里克跟着看守沿着走廊离开，看到卡西利亚斯正在和部门主管谈话。

“一切顺利吗？”卡西利亚斯开口。

埃里克在门口停了下来，他的拳头仍然隐隐作痛。

“我不得不说，你对待病人真有一套。”他回答。

“谢谢。”卡西利亚斯微笑着说，“我敢肯定，如果他申请假释，一定能被释放……但他似乎并不认为自己已经完成了忏悔。”

埃里克蹒跚地走向他的汽车，拿出手机，拨电话给玛戈特告诉她关于奥利维亚·托尔比的事情。

62

乔纳睁开眼睛，抬头望着白色的天花板。日光经过暗蓝色的遮光窗帘的边缘照了进来。窗户稍微开着，新鲜空气流入，带走了床单上的热量。

花园里有画眉在唱歌。

他看了看表，发现睡了十三个小时。埃里克留给了他一部手机，床头桌上有两颗粉红色的胶囊和三片药，上面写着“现在就把我们吃掉，多喝水，去冰箱看看”。

乔纳吞下药片，喝完了一杯水，然后呻吟着站起来。疼痛还在，但已经没有那么严重，他至少可以把一些身体的重量放在了伤腿上。他肚子里的恶心感和疼痛消失了，好像从来没有存在过似的。

他走到窗前，望着苹果树，拨通了卢米的电话号码。

“是爸爸。”乔纳说话的时候感觉心绷紧了。

“爸爸？”

“你怎么样？喜欢巴黎吗？”

“这里比纳塔瓦拉大一点儿。”女儿回答的声音听起来有点儿像苏玛。

“大学怎么样？”

“我仍然有点儿找不到北，但总体来说还算不错……”

乔纳确认了她此时得到了所需要的一切，卢米让他刮掉胡子再去警局，然后他们结束了通话。

埃里克给他留下了一条黑色的运动裤和一件白色的T恤衫。衣裤都太小了，裤子伸到了小腿上面，胸前的T恤衫也很紧。床上有一双在旅馆里常用的白色拖鞋。

乔纳认为只有当你把所有不可能的东西都连在一起才是最神秘的。

当他住院时，玛戈特告诉他这些视频在谋杀发生之前就已经被录下。

玛利亚·卡尔松除了黑色内衣什么都没穿，但是她去世时穿的紧身裤的缝线与视频中的不同。在苏珊娜·科恩家中的冰激凌桶中发现的勺子与录像中的不同，验尸结果很可能表明桑德拉·朗格在被谋杀那天也没有给自己注射过胰岛素。

这是经典的跟踪行为。这些女性受到长期跟踪监视，可以映射出她们一段时间内的行为。

乔纳扶着墙朝厨房走去。他告诉自己吃一点儿东西之后，他就打电话给哈丁奇的警察，追踪前一天的事件。

他又喝了一些水，热上咖啡，然后打开冰箱，发现了半个比萨和一罐酸奶。

在厨房的桌子上，埃里克的空咖啡杯旁放着一些文件，这些文件是关于一个将近十年前的案件，该案件在南泰利耶地区法院受审。

乔纳一边阅读判决书、尸检分析报告和整个调查报告，一边把冷比萨吃进了肚子。

这起谋杀案与最近的谋杀案有着惊人的相似之处。

塞勒姆教区牧师洛基·吉尔伦德因谋杀一名名叫丽贝卡·汉森的女子而被捕定罪。

昨天埃里克在照顾自己时，乔纳记得他所说的话。玛戈特·西尔弗曼让他去和一个被判处精神病治疗的家伙谈谈。她想让埃里克查明他是否有同谋或弟子。

她指的人一定是洛基·吉尔伦德。

玛戈特的思路是正确的，乔纳心想。他双臂撑着桌子再次站起来，赤脚走到后花园中，坐在花园里没有垫子的秋千上，然后又走进了小屋。

小屋门旁挂着一个被水浸坏了的镖靶。乔纳打开门，拿出秋千的坐垫。正要关上小屋的门时他停了下来，看着墙上整齐排列着的园艺 DIY 用具。

在公路尽头的转弯处，一辆冰激凌车开始发出叮当声。乔纳拿起一把红色木柄的旧莫拉刀，试着它的重量，然后又从一个塑料套上取下一把小刀，走出来，关上门。

他把小刀放在秋千旁的地上，然后站在草坪中央，用右手拿着莫拉刀。他换了下握刀的位置，试图找到某种平衡，一种轻盈的感觉。他把刀放在臀部，伸出另一只胳膊，感觉刀子在拽他的伤口。

他小心翼翼地试图用空手道来对付想象中的两个持刀对手。他没有遵守所有的动作要领，但完成时仍然能感觉到腿很沉重。

乔纳扭动身体，以相反的方式移动他的腿，使攻击者的身体失去警惕。他从底部开始斜切，阻挡第二名攻击者的手，当刀向下移动时转移攻击的力量，然后避开危险区域。

他慢慢地重复着动作，感受着节奏，直到找到完美的平衡。

他的臀部依旧疼痛，但注意力已经和从前一样。

空手道的不同要领之所以复杂，是因为它是反直觉的，对付未经训练的对手会非常有效。在九个相互协调的动作中，攻击者的武器会被解除，失去杀伤力。它就像一个陷阱，如果对方选择攻击，陷阱就会跳起来迎过去。

空手道和太极拳永远不能取代拳击面对真正的现实情况，但它们是让身体习惯运动的方法，通过重复来训练身体把这些动作当作自己的一部分。

乔纳转动肩膀，找到了平衡，用胳膊肘出了几次拳，然后重复空手道的动作。这次速度变得更快，他进行了垂直切割，偏转想象攻击，改变身体的抓地力，却把刀掉在了草地上。

他停下来，挺直腰背，听鸟鸣和树上的风。他做了一些深呼吸，弯腰，拿起刀，在草中划了几下，找到了它的重心。然后他用右手拿起刀，把它射向标靶，标靶摇晃着，原本上面旧的飞镖落到了草地上。

有人鼓掌，他转过身来，看见花园里有个女人。她金发碧眼个子很高，脸上带着平静的微笑注视着他。

63

女人摆出一种带着自我克制的姿势，让人觉得她是一个模特。她的手臂纤细，上面有很多雀斑。她化了妆，但不是太浓，很有品位，看起来似乎有点儿脸红。

乔纳弯腰捡起地下的第二把刀，在手上掂了掂重量，然后举到肩膀的位置脱手射向靶子。它击中了桦树的树枝，落在小屋旁边的草地上。她又拍了拍她的手，微笑着走向他。

“乔纳·林纳？”她问。

“透过胡子很难看清楚，但我想我是那个人。”他回答。

“埃里克说你躺在床上，然后……”

阳台门打开了，埃里克带着忧愁的神情走进花园。

“你应该小心你的臀部，直到我们做完了 X 光透视。”他说。

“没事。”乔纳说。

“我给他注射了可的松……”

“你说过。”那个微笑的女人打断了他。

“似乎起了作用。”埃里克说，“这是内莉，她是我最亲密的同事……超级棒的心理学家，国内最棒的儿童心理创伤学者。”

“都是空洞的恭维话。”她微笑着说，握了握乔纳的手。

“你感觉怎么样？”埃里克问。

“很好。”他平静地回答。

“青霉素明天应该就会起作用，你会感觉更好。”埃里克看着乔纳紧绷着的衣服笑着说。

乔纳呻吟着坐在了秋千上，其他人坐在他旁边。弹簧发出着吱吱声，垫子散发着潮湿和发霉的气味。

“你看过初步调查报告了吗？”埃里克问。

“是的。”乔纳说着瞥了他一眼。

“今天早上我去和洛基谈话了……自从事故发生以来，他的记忆力一直很差，但他愿意尝试催眠……”

“你催眠了他？”乔纳饶有兴致地问道。

“我不知道是否会起作用，因为他的脑组织受了损失，而且还有癫痫发作……”

“但是他接受了？”乔纳的头向后仰，仰望天空。

“是的，但要弄清楚什么是真正的记忆并不容易……洛基在那些日子里经常吸食毒品，他在催眠状态下说的一些话……本来应该是正确的记忆……但听起来更像是噩梦……谵妄。”

“天哪，这太难了。”内莉说着伸了伸脚踝。

“我只想问问谋杀丽贝卡·汉森的事，看看他是否有同谋。”他说，“但在催眠状态下，听起来他更像无辜的。”

“以什么方式？”乔纳问。

“洛基持续描述一个他称之为‘传道者’的人……不洁的传教士。”

“这听起来很恐怖。”内莉说。

“现在，突然间，他记起了他在谋杀案时有不在场证明。”埃里克低声说。

“他是在催眠状态下说的？”乔纳问。

“不，他当时醒着。”

“有人能证实不在场证明吗？”

“她的名字叫奥利维亚·托尔比……不过他可能现在又忘了。”埃里克说着转过脸去。

“不在场证明。”内莉说。

“不管怎样，还是值得查一查。”埃里克说。

“你跟玛戈特谈过这事了吗？”乔纳问。

“当然。”

“心理学家领先，1:0。”内莉说着拍了拍旁边的垫子让他坐下。

埃里克给乔纳的手机在垫子上嗡嗡作响。是玛戈特，乔纳接了电话。

“我想你已经看过犯罪记录了，有什么怀疑的吗？警察的数据库里有找到什么吗？”

“很高兴听到你感觉好了些。”玛戈特粗鲁的声音传来。

“杀人犯可能潜伏了很久，或者仅仅是因为出国了很多年。”乔纳继续说，“我和欧洲刑警组织有很好的关系。”

“乔纳，我不能和你讨论调查。”她打断道。

“不，但我只是想说，九年是一段漫长的冷却期。”

“好的，现在我明白了……我明白你的意思，但是洛基·吉尔伦德的不在场证明不成立。”

“你找到她了？”

“奥利维亚·托尔比不知道我们在说什么，当时她住在延雪平市，我们找不到她和吉尔伦德有什么联系。”

“那么你还是认为他有了徒弟，是他搞了现在的谋杀案？”

“这就是我打电话给埃里克的原因。”玛戈特平静地说，“我希望他回去问问洛基关于帮凶的事。”

“我把电话给他。”乔纳说着把手机递了过去。

乔纳站了起来，拿起刀，把它们放回了小屋。他靠在割草机的把手上休息了一会儿。屋顶上有一个黄蜂巢，在远处拐角处的折叠椅后面有一个自制的玩具卡车。

当他再次出来的时候，埃里克已经打完电话站在内莉旁边。

“你们一般会打电话询问目击者有不在场证明吗？”埃里克问他。

“这要看情况。”乔纳回答道。

“我只是说……你不知道人们是否愿意掺和进来。”埃里克说，“当一个人接到警察的电话，问多年前的事情时，他们会说真话吗？”

“不会。”乔纳说。

“如果让我回去跟洛基谈，我需要先去跟她聊一聊。”

64

乔纳想和埃里克一起去和奥利维亚·托尔比谈话，但他知道他的身体还不允许。埃里克给他注射了更多的青霉素，在他的臀部又注射了一次可的松，并确保他服用了五十毫克的托吡酯，以防止进一步的偏头痛。

内莉坐上乘客的座位，埃里克开车离开时她看着后视镜，看到乔纳又坐回到了秋千上。

“我开车送你回去？”埃里克问道。

“你不是说她住在延雪平市吗？”

“显然她五年前搬到了埃斯基尔斯坦纳。”

“那不是大约一个小时就到了吗？”

“是的。”

“马丁说他今天会工作到很晚。”内莉说，“所以我没有必要一个人待在家里，跟那些窗户待在一起……我一直觉得有人在监视我……虽然我知道那可能是因为总是听你谈论这个杀人犯造成的错觉，但我依旧有这个感觉。”

“真有人在监视你？”

“没有。”她笑着说，“我只是害怕黑暗。”

“你说你肯定牧师是有罪的。”内莉看着他说。

“他自己这样说的，他说他杀了丽贝卡……但催眠后他突然想起了……”

“记得什么？突然想起一个能证明他不在场的女人？”她怀疑地问道。

“他记得告诉我关于不在场证明的事。”

“妈的。”她脱口而出，“然后呢？他生气了吗？”

“是的，我的胸口现在还有点儿痛……”

“你们打架了？我能看看吗？”

她试图把他的衬衫拉起来，他用左手握住方向盘，用右手挡住她。

他笑着说：“这样我们最终会死在沟里的。”

她松开安全带，转动座位，这样就可以正面看着他。

“现在疼吗？”她问，解开了他的纽扣，“天哪，都是瘀青，他到底做了什么？这一定很痛……”

她俯身亲吻着埃里克的胸部，又吻了吻他的脖子，然后在他转过脸之前迅速地吻了一下嘴。

“对不起。”她说。

“我们不能这样，内莉。”

“我知道，我不是那个意思……只是我有时会想起我们一起睡觉的时候。”

“那次我们喝得酩酊大醉。”埃里克提醒她。

“我一点儿也不后悔。”她温柔地说，脸紧贴着他的脸。

“我也不后悔。”他回答，一只手把衬衫掖回裤子里。

他们默默地沿着 E20 公路行驶了一段时间，几辆应急车鸣笛驶过。内莉拿起她的手提包，拿出口红，翻开遮阳板开始补妆。

“如果我们愿意，可以再做一次。”她突然说。

“那不可能。”

“不，我知道……”内莉说，“我不是那个意思，这只是一个幻想，想象另一个宇宙中的一切有多么不同。”

“那个宇宙所有的生命可能都不存在。”埃里克平静地说。

“这样的想法一定是变老的标志。”她微笑着说。

“我对一个不在场证明撒了谎，九年后这个谎言反过来抓住了我，我冒着风险……”埃里克说。

“是的，但你是个白痴。”内莉打断了她，向后靠了一下，“我不相信这种不在场证明，但我的意思是，如果这个女人证实了，那么我就应该举报你。”

他斜眼瞥了她一下。

“如果你想举报我，就做吧。”他说。

“洛基被关了九年，还被迫吃药……”

“别说了，内莉。”埃里克打断说，“对不起，我无法应付这个话题。我不会问你任何事，你可以做任何事情，无论你喜欢什么，无论你认为什么是正确。”

“那么我会举报你。”她坚定地说。

“我不在乎。”他咕哝着。

“但是如果你生气的时候没那么可爱，那就简单多了。”她笑着说。

“我需要治疗。”埃里克叹息道。

“你需要药物治疗。”她说着从包里拿出一包硝基安定。

她从胶囊中挤出两粒，拿一粒给埃里克，自己吃了一粒。

他喃喃地说了声“干杯”，把头向后一仰吞下了药片。

65

埃里克把车停在奥利维亚·托尔比当老师的学校旁，内莉犹豫地把手放在了门把手上。

“你要我一起去吗？”她问，“直接说出你的想法。”

“我不知道……不，也许你在这里等更好些。”

“那样就能肆意发挥你的魅力了？”她笑了。

“正是如此！”

“那我就和你的梦中情人待在这儿。”她指了指挂在车钥匙链上的穿着粉红色裙子的小猴子。

埃里克走过操场，问一个保安谁是奥利维亚·托尔比，他把她指了出来。

奥利维亚五十岁，是个瘦瘦的女人，脸色苍白，面容憔悴。她站在那里，双臂交叉，看着孩子们在攀登架上练习。他们中不时有人向她喊叫，或者被撞倒后叫喊着需要帮忙。

“奥利维亚？我叫埃里克·玛利亚·巴克，我是一名医生。”埃里克说着递给了她自己的名片。

“医生。”她重复说，把卡片放进口袋里。

“我需要跟你谈谈洛基·吉尔伦德。”

她瘦削的脸变冷了下来，一会儿又恢复到原来的表情。

“又是警察。”她简单地说。

“我跟洛基·吉尔伦德聊过，他说……”

“我已经说过了，我不认识任何人。”奥利维亚说。

“我知道。”埃里克耐心地说，“但他谈到了你。”

“我不知道他是怎么弄到我的名字的。”

她看着一些小孩，一个小孩正玩着木马，脖子上绕着一根跳绳，她赶紧过去把绳子绕在他的腰上。

“我现在要下班了。”她回到埃里克身边时说道。

“给我几分钟。”

“对不起，我必须回家为二十二个孩子准备评估资料。”她说着开始朝学校大楼走去。

“我认为洛基·吉尔伦德被判了他没有犯下的谋杀罪。”埃里克说，急忙追上她。

“听到这个消息我很难过，但是……”

“他是一位牧师，但他同时也沉溺于海洛因，他利用了周围的人……”

她在台阶前的树荫下停下，转向埃里克。“他是个无情的家伙。”她用一种无力的声音说。

“我知道。”埃里克回答，“但他仍然不应该被判处没有犯下的谋杀罪。”

奥利维亚苍白的头发挡在了前额上，她呼气把它吹开：“如果我以前对警察撒了谎，会不会被追究？”

“只有当你在法庭上宣誓后又撒谎才会。”

“好吧。”她瘦削的嘴巴紧张地颤抖着。

他们坐在台阶上。奥利维亚低头看着她的运动鞋，然后从牛仔裤上摘下一些脏东西，清了清嗓子。

“那时我是一个不同的人，现在我不想卷入任何事情。”她平静地说，“但那是真的，那时我确实认识他。”

“他说你可以给他提供不在场证明。”

“我可以。”她承认，狠狠咽了一口口水。

“你确定吗？”

她点了点头，下巴开始颤抖，垂下眼帘。

“九年过去了。”埃里克说。

她吞咽了一下，揉搓着上唇，抬起头，眼睛里闪着光，再一次用力咽了一下。

“我们在洛宁格教区……那是他生活的地方。”她声音低沉地说。

“我们谈论的是四月十五日的晚上。”埃里克提醒她。

“是的。”她回答，快速地从她脸颊上抹掉一串眼泪。

“你怎么会记得那么清楚呢？”

她的嘴又开始颤抖，咬着下嘴唇，在她回答之前努力集中精神。

“我们在一起喝酒。”她低声说，“我们从星期五开始……一直到星期日的晚上……”

“你对日期有把握吗？”

她点头，失去了对声音的控制。

“我的小儿子十五日的时候死在了小床上……我第二天才看到。是婴儿猝死综合征……这是医学上被认定的，不是我的错，但如果我没有和那个家伙在一起，就不会发生了……”

“我很抱歉。”

“噢，天哪。”她啜泣着站起来。

奥利维亚转身离开操场，紧紧地搂住自己的手臂，强迫自己安静下来，停止悲伤。埃里克试着给她一块手帕，但她没有看见。她做了几次颤抖的呼吸，擦干眼泪。

“那以后的好几年里我都想一死了之。”她咽了口气，“我再没接触过毒品，我再没和任何人发生过性关系……我再也不能怀孕了，我没有权利，我……他把一切都带走了……我恨他让我尝试海洛因，我恨他的一切……”

他们的对话被一个在凳子下面滚动的球打断了。一个孩子跑过来捡它，埃里克递给奥利维亚手帕。

“别担心，马库斯。”她热情地对站在旁边看着她的小男孩说道，“我只是要擤个鼻涕。”

孩子点点头，带着球跑了。埃里克想起了洛基古怪的记忆。在卡苏登的几年中，他一定知道自己因为埃里克的背叛而被判有罪。

“奥利维亚。”埃里克平静地说，“我很感激你，对你来说这很不容易，但是你能发誓在谋杀案发生时你和洛基在一起吗？”

“是的。”她看着他的眼睛说。

埃里克谢过了她，这时他注意到内莉正站在攀登架的后面看着他们。他开始往回走，不知道她是否会在发现后举报他。也许他可以在她举报他之前自己递交一份解释报告。

66

在油漆完全干之前，埃里克和玛德琳小心翼翼地从壁脚板和门窗周围取下护条，折起硬绷绷的保护纸，从堆放在房间中央的家具上取下塑料膜。虽然他吃了两片安神药，但是每当想起那个因为他撒谎而被关在监狱里的牧师时，他仍然感到懊悔不已。

他们继续搞卫生直到送比萨的人按响门铃。玛德琳牵着埃里克的手走进大厅，打开门。

“看起来怎么样？”他们走进厨房时杰基问道。

“太棒了。”玛德琳抬起头看着埃里克说。

雨水在外面的街道上透过薄薄的阳光落下，白天的时间感觉很慢，仿佛童年的时光。埃里克把比萨切开，放在盘子里。

“机器人吃比萨。”玛德琳高兴地说。

她的脸上一派轻松，这让杰基松了一口气。玛德琳开始唱迪士尼电影《冰雪奇缘》中的一首歌，尽管杰基多次告诉她不应该在餐桌上唱歌。

“聪明的机器人。”玛德琳不断对埃里克说。

“但是如果开始生锈怎么办？”杰基微笑着，此时她感觉到有什么东西撞到了她的脚。

“他不会的。”小女孩说。

“玛德琳，这是什么？”她小心翼翼地摇晃着一包莫芬[①]，它一定是从埃里克的夹克上掉下来，挂在了椅背上。

“那是我的。”他说，“治头痛的药片。”

他把药片从她手里拿过来放进口袋里。

“埃里克。”杰基说，“我能请你帮个忙吗……玛德琳在星期三要参

① 莫芬是瑞典梅达药业所生产的三水盐酸吗啡药品。

加一场比赛，我在哈斯比教堂有晚场演出……我不喜欢有求于人，但通常把玛德琳送回家的罗西塔这个星期病了。”

“你想让我去接她吗？”

“我可以自己走回来，妈妈……不过是在奥斯特体育俱乐部。”玛德琳很快地说。

“你当然不能自己一个人走回来。”杰基插嘴说。

“我去接她。”埃里克说。

“这实际上是一条致命的道路。”杰基严肃地说。

“是的，那里太危险了。”埃里克应和道。

“她有钥匙，如果你有事的话不必留下来，我八点以前就会回来。”

“我可能刚好可以看看比赛。”埃里克满怀希望地对玛德琳说。

“埃里克，我非常感激，我保证不会再提要求了。”

“别这么说，我很乐意帮忙。”

杰基悄悄地对他说了声“谢谢”。他站起来打算清理桌子，这时手机在口袋里嗡嗡响了起来。

是卡苏登医院的卡西利亚斯。在与奥利维亚·托尔比会面后，埃里克打电话给他，讨论洛基·吉尔伦德被允许出院的可能性，以及相应的康复治疗。

“我今天已经和行政法庭谈过了。”卡西利亚斯告诉他，“我们的意见是一致的。”

“那太好了。”埃里克说。

“最大的问题是洛基拒绝签署……他说自己谋杀了一个女人，他不值得获得自由。”

“我可以和他谈谈。”埃里克自告奋勇。

“只是在下一季度的会议之前我们没有多少时间。”

一个半小时后，埃里克穿过D4区的安全门，穿过走廊，进入带围栏的运动场。和洛基待在一个病房区域的病人都是在患有严重精神障碍的情况下犯下暴力罪行的人，但是他们中的大多数人在药物治疗下都控制得比较好，不再被认为特别危险。

高围栏的另一边是一个低矮的围栏。灌木丛压在围栏上，好像想进入院子一样。

当他沿着小路走近时，洛基·吉尔伦德在阳光下眯起眼睛看着他。

“医生，今天没有药片吗？”

“没有。”

一个人从远处向洛基喊着什么，但是洛基没理睬他。

“我跟奥利维亚·托尔比谈过了。”埃里克开始说。

“她是谁？”

“上次我们谈到过她……她证实了你的不在场证明。”

“我的什么不在场证明？”

“谋杀丽贝卡·汉森的不在场证明。”

“很好。”洛基微笑着，用大手在他的灰发间捋过。

“当时她吸食了海洛因，我认为她的证据不会影响对你的判决，但我想让你知道，所有的证据都表明你是无辜的。”

“你是说这真的发生了吗？”他怀疑地说。

“是的。”

“不在场证明。”洛基对自己重复说。

“奥利维亚·托尔比近来过着不同的生活，她对自己说的话很有把握，说在谋杀案发生时你们在一起。”

洛基把目光集中在埃里克的眼睛上。

“所以我没杀丽贝卡·汉森？”他平静地说。

“我认为你没有。”埃里克回答道，没有避开他的目光。

“她有多确定？”洛基问道，下巴的肌肉绷紧着。

“她很确定，因为谋杀案的那天晚上你们都吸毒了……就在同一个晚上，她的儿子死于婴儿猝死综合征。”

洛基点头，直勾勾盯着白色的天空。

“这也和死亡记录相符。”埃里克说。

“所以所有这一切都白费了。”洛基说着从口袋里掏出一包皱巴巴的香烟。

“她是个瘾君子，我不认为法庭当时会相信她的证词。”埃里克重复说。

“我可能还是会被送到这里，但如果我知道真相的话，我会感觉完全不同……”

建筑物之间的气流正在阳光照耀的公园里扬起松散的灰尘微粒。那个大声喊叫的人正在院子那边向他们走来。埃里克看着自己的脸。因为服用药物而肿胀，脸颊和前额的皱纹看起来像是有着自主意识在轻声自语。

"该是你同意申请离开医院的时候了……"

"也许吧。"

"当你出去后，打算做什么？"埃里克问。

"你认为呢？"洛基微笑着，从盒子里拿出一支吸过一半的香烟。

"我不知道。"埃里克说。

"我要跪下来感谢上帝。"他讽刺地说。

"你会自由的，但你的不在场证明也意味着我需要和你聊聊其他的东西。"

"好。"

"我来这里的原因是警察正在追捕一个连环杀手，他的杀人手法让人想起了丽贝卡·汉森所受的痛苦。"

"再说一遍……"

一阵微风吹起空塑料袋，它在操场上翻滚，仿佛不受时间束缚似的。

67

洛基咬紧牙关靠在栏杆上，光线通过栏杆的连接处照了过来。

"警察正在寻找连环杀手。"埃里克重复说，"谋杀案让人想起了丽贝卡·汉森。”

“我想接受我是无辜的这一事实。”洛基大声说，“我试图理解我没有杀过另一个人……”

“我能理解这一点……”

“我和一个该死的杀手同住了九年。”他指着自己的心脏说道。

“洛基？”看守走近叫他的名字。

“难道这里不允许一个人感到快乐吗？”

“发生了什么事？”看守问道，在他们面前停下来，“你想要回去里面？”

“你知道吗，我被冤枉了。”他说。

“好吧，卡苏登有了一个百分百无辜的人。”看守说着走了回去。

洛基微笑地看着他，把香烟盒放进口袋里。

“告诉我，为什么我应该去帮助警察。”他用手捂着一根火柴。

“无辜的人正在死去。”

“这是有争议的。”他喃喃地说。

“真正的杀人犯要为你的结局负责。”埃里克说，“你明白了吗？是他对你做了这件事，没有其他人。”

洛基吸着烟，用他被尼古丁染色了的拇指擦拭嘴角。埃里克看着他憔悴的脸和深沉的眼睛。

“你最终可以在法庭得到完全赦免。”埃里克试探性地说，“也许你可以回去继续做牧师。”

洛基摇摇晃晃地抽了一会儿烟，然后把香烟弹向另一个病人，那人谢了他，把它从地上捡起来。

“我能为警察做什么？”他问道。

“你可能是证人，你可能知道是谁干的。”埃里克继续说，“从你说的话来看，他可能是你的同事。”

“你是什么意思？”

“你有说过什么传教士。”埃里克边说边紧张地看着洛基，“一个不洁的传教士，可能是海洛因成瘾者，就像你一样。”

洛基的神志似乎迷失在了视野的树林中，在远处可以看到一辆监狱服务车正沿着树干之间的道路行驶。

“我不记得了。”洛基慢吞吞地说。

“你似乎很害怕他。”

“你唯一害怕的人就是贩毒的家伙……有些人完全疯了，我知道，有一个嘴里满是金牙的家伙……我记得他，因为他喜欢我是牧师的身份……所以我总得做一些额外的事情……钱不够的时候他会要我跪下，否认上帝的存在，然后才会把东西卖给我……”

“他叫什么名字？”

洛基摇摇头耸耸肩。“记不得了。”他低声说。

“传教士是卖你毒品的人的名字吗？”

“不知道……但我过去常常觉得自己在被跟踪。我记得……好像有一次是要做礼拜仪式……那是个早晨，光从教堂的窗口照进来……祭坛染上了上千种颜色……”

洛基说着说着沉默了，站在了那里，双臂悬垂在身边。

“发生了什么事？”

“什么？”

“你刚才说的是教堂。”

“是的，圣衣倒在了圣坛前……有人在他们身上放火，在地板上到处跑，在石板周围的裂缝里。”

“听起来好像你有了一个对手。”埃里克说。

“我知道人们晚上的时候在教堂外面蹑手蹑脚地走来走去。我去关灯，但从未见过任何人……但有一次，我在卧室窗户外面的雪地里找到了痕迹。”

“是有人想要对你……”

“你认为呢？”洛基不耐烦地说，“我认识一千个白痴，实际上他们都会杀了自己的兄弟姐妹……我从维尔纽斯走私了一批安非他命，正等着换成钱。”

“是的，但这次是连环杀手。”埃里克坚持说，“动机不是钱，也不是毒品。”

洛基无神的眼睛盯着他。

“我可能见过凶手，就像你说的那样，但是我怎么知道呢？你什么也没告诉我……给我一个细节，它可能触发我的记忆。”

“我没有参与调查。”

“但你知道的比我多。”洛基说。

“我知道其中一个受害者叫苏珊娜·科恩……在她结婚之前，她的名字叫苏珊娜·爱立信。”

“我不记得这个名字。”洛基回答说。

“她被刺伤了……胸部、颈部和面部都被扎了。”

“就像他们说我对丽贝卡做的那样。”洛基说。

“尸体被重新摆了姿势，她的手盖住了耳朵。”埃里克继续说。

“其他人也是这样吗？”

“我不知道……”

“除非我知道更多，否则我帮不上忙。”他说，“必须有些东西将我的记忆唤醒。”

“我明白，但我不……”

“其他受害者的名字是什么？”

“我没有加入调查的机会。”埃里克说。

“那你到底在这里干什么？”洛基咆哮着穿过了草地。

68

已经是下午五点，埃里克手里拿着一杯咖啡走在心理诊所的走廊上。他能看见一个高大的身影静静地站在楼梯间的玻璃前。当他拿出钥匙在门外停下脚步时，他意识到这是他以前的病人——内斯特。

“你在等我吗？”埃里克走向他。

“谢谢你让我搭车。”

“你已经向我道谢过了。”

他瘦弱的手在胸前移动，像一段苍白的丝绸。

“我只是想说我想再养一条狗。”他低声说。

“那太好了，但你知道这不必告诉我。”

“我知道。”内斯特回答，脸色略微泛红，“但是我还是来了这里，检查了妈妈的坟墓，所以……”

“结果呢？”

“你觉得可以把她埋得更深点儿吗？”

当内莉走近走廊时，他不再说话，向后退了一步。她兴冲冲地向埃里克挥手，但当她看到他显出忙碌状态时，她停在了自己的办公室外面，开始在亮闪闪的包里找钥匙。

“如果你愿意，我们可以约个时间谈谈。”埃里克说着瞥了一眼他的门。

“没有必要，只是……”内斯特迅速地说，“养狗是我向前走的一大步，所以……”

“你现在好多了，所以可以做任何你想做的事。”

“我知道我刚来找你的时候是怎样的，我……”

“你可以问我任何事情。”埃里克说。

“谢谢。”

“你需要向前看。”

“是的。”内斯特说，“我走着走着，突然它向我走来。”内斯特用意味深长的声音说，“我弯下腰来了。”

“不要打谜语。”埃里克打断道。

“不，对不起。”内斯特说道，然后走开了。

埃里克检查他的手表，只剩下几分钟就要去见玛戈特·西尔弗曼了，不过在那之前他还有时间和内莉谈谈。他走到她的办公室门前敲了敲敞开的门。

内莉已经坐在了她的电脑前，她今天难得戴上了眼镜，穿着一件白色带有黑色斑点的衬衫，还有一条深紫红的紧身裙子。

“内斯特想要什么？”她没有从屏幕上抬起头来。

“他要养一条狗，想谈谈这个。”

“连这个也要和你说？”

“他很可爱。”埃里克说。

“我不太确定。”内莉说。

埃里克忍不住笑了，他走到窗前，告诉她顾问小组的想法已经奏效了。

“是的，感觉很好。”她说着摘下眼镜。

“我要和警察开会，但是……”

“真遗憾，我没时间和你一起。”她笑着说。

“内莉，我只是想说你是对的。”埃里克说，“一旦开始说谎，总会有问题的。”

“我们能下次再说这个吗？”她问。

“但是……我想让你知道，我将尽我所能，尽快让洛基离开卡苏登。”

“等等。”她打断道，“我不想让你心烦意乱，但我已经和马丁谈过了，你知道他喜欢你，他确实喜欢，但他说我必须把你报告给警察和医疗检查局。”

“好吧。”他说着开始朝门口走去。

他离开房间，看到玛戈特·西尔弗曼和她的同事正在门外等候。他们彼此打了招呼，走到楼下。

会议室有一面新安装的玻璃墙面向走廊。

“我想你已经知道奥利维亚·托尔比改变了主意。”他说。

“洛基记得一个九年前的不在场证明，但这个证明对我们价值不大。”玛戈特说着便重重地往下一坐。

“你想让我问他有没有帮凶，结果我们得到了意想不到的结果……洛基是被冤枉的……”

“如果他只是假装失去记忆呢？”她说。

“他不是，而是……”

“他参与了，然后在某种程度上弄混了事实。”

“让我继续说下去。”埃里克说着把手伸过桌子，“真正的杀人犯从未被抓住，而且突然又开始杀戮……无论是在谈话中还是在催眠状态下，洛基不断地回忆起一个传道者，那人……”

“一个牧师？”亚当问。

“一个传教士，我们有充分的理由要认真对待，鉴于我们有了不在场证明。”

“但是你没有名字，没有地点……”

“在混乱中找到一条明路需要时间……但在催眠状态下，他描述了传教士是如何通过砍掉手臂杀死一个女人的……问题是，我不确定到底有多少是噩梦，多少是真正的记忆。”

“但是你相信这里面有一些真相对吗？”亚当向前倾身问道。

“他多次提到传教士，即使他没有被催眠。”

“但是没有任何关于谋杀案的内容？”

“洛基说如果可以的话，他准备帮助警察……至少，他以前也准备这样做，即使这实际上是一个相当荒谬的局面。我试图帮助他恢复记忆，但我对案件的内容毫不知情。”

“一切都是绝对保密的。”玛戈特解释道。

“如果你需要他的帮助。”埃里克说，“那么你就得去看看他，告诉他一些细节，名字、地点、可以触发唤醒记忆的东西。”

“如果你可以继续和他交谈，那可能是最好的。”她说。

“我能，但是……”

“你需要什么才能有进展？”玛戈特说。

“那由你决定。”

“我们仍然试图阻止媒体，即使我们的新闻官员认为这已经快挡不住了。”亚当说。

“但是……我们还不知道连环杀手会对媒体做出何种反应。”玛戈特说，“他可能会消失，或者……”

“所以我们需要快速行动。”亚当说。

“你可以拿到一些受害者的照片来去展示给洛基。”她说，“我们已经做了一个犯罪者的档案，可以告诉你他的行为方式和具体特征。”

“你会在里面放进虚假信息吗？”

“当然。”她说。

“我只要知道哪些是假的。”埃里克说。

玛戈特深吸了一口气，然后开始描述凶手的手法和如何挑选受害者。

“到目前为止，受害者都是独自待在家里的女性。”她小声地说，“首先他透过窗户给她们拍视频，然后计划攻击，一旦他决定谋杀她们……”

“他把视频发给我们。”亚当用沉重的声音说，“凶器都是凶手在现场找的，行凶后会留在现场。”

他俯身从箱子里拿出三张照片，把它们放在桌子上，把画面转向正方向。

“一旦你向洛基展示完这些，我们需要你销毁它们。”

埃里克看着照片的背面，都写有遇难者的名字：玛利亚·卡尔松、苏珊娜·科恩、桑德拉·朗格。“桑德拉·朗格？”埃里克说着把照片翻过来喘着气。

“怎么了？”玛戈特问。

“她是我们的病人……上帝……她死了？”

“你认识她吗？”

69

埃里克坐在会议室里，盯着那张彩色照片，嘴巴干涩。这是最近照的一张照片，他可以看到桑德拉正努力使自己看起来很快乐。灯光从她的眼镜上反射出来，但她的绿色瞳孔依旧清晰可见。她金色的头发长了一点儿，落在肩膀上。

“天哪。”他重复道，“她出了车祸了……她的男朋友死了……我们开始治疗的时候其实有点儿晚了……她非常沮丧，作为幸存者的内疚、恐慌会不断地发作……”

“她是你的病人？”玛戈特慢慢地说。

“一开始是的……但是我的一个同事接手了。”

“为什么？”

他强迫自己从桑德拉·朗格的脸上移开目光，再次抬头看玛戈特。

“这经常发生。”他试图解释，“这与治疗的不同阶段有关。”

他翻到下一张照片，看到玛利亚·卡尔松时心跳变得更快了，他也认出了她。在他见到杰基之前，他和玛利亚有过短暂的交往。她过去常和他去同一个健身房，他们一起步行去公共汽车站，去看电影，一起睡过一次。他记得她穿刺的舌头和她那迷人的嘶哑笑声。

一阵突然的不适使他呼吸困难，他知道自己早上没有服药手就会发抖，他没法掩饰自己的心情。

“我……我想我也见过她，在健身房里……这感觉有点儿恐怖。”他开口，并试图对玛戈特微笑。

“你去的哪个健身房？”亚当问，拿出一本笔记本。

“SATS。”他回答说，狠狠咽了一口口水，但焦虑的情绪依旧在不断增长。

亚当用一种茫然的表情看着他。

“你在那儿见过她？”他指着玛利亚·卡尔松的照片说。

“我对人脸有很好的记忆力。”埃里克低沉地说。

“这是一个太小的世界。”玛戈特说着没有把目光从他身上移开，“那你也见过苏珊娜·科恩吗？”亚当问道，伸手去拿最后一张照片。

“没有。”埃里克笑着说。

但当亚当翻过照片时，他肯定自己在某个地方见过她，但想不起来在哪里。苏珊娜·科恩这个名字他毫无印象，但他还是认出了她的脸。

埃里克摇摇头，试图弄明白这件事。在她被谋杀后，他被带到她丈夫那里去谈话。他催眠了科恩，带着他回忆起血淋淋的家，但他从未看到过苏珊娜的照片。

“你确定吗？”亚当举起照片说。

“是的。”埃里克回答。

苏珊娜的微笑在亚当的手上摇晃。埃里克拿了过来，看着她的脸，摇了摇头，他的脑袋里有东西在狂奔，房间在他周围收缩。

他意识到自己正处于恐慌症的边缘。他的嘴巴很干，他把双手慢慢地放在膝盖上，不让它们发抖。

“告诉我……关于凶手的侧写。”埃里克用一种听起来像是属于别人的声音说道。

他们开始解释现在的证据表明凶手已经离婚并具有较高的社会经济地位，埃里克强迫自己静静地坐着。他试图集中注意力听他们说什么，但是他的心在狂跳，思想在头脑中飞快地跳跃，试图找到某种模式，某种感觉。

这怎么可能呢？他问自己，试图从中找到关联点。他和玛利亚·卡尔松有过短暂的恋情，桑德拉·朗格是他的病人，他知道他曾遇见过苏珊娜·科恩。

三张照片里的女人他都见过。这就像是一个反复出现的梦，他无法弄清楚在这种可怕的情况下将会发生什么。在桌子对面，玛戈特拿起她正在响的手机。亚当站起来，走到窗前。有人在窗台上留下了咖啡杯。

突然，埃里克意识到相似的感觉和洛基有关。

在催眠过程中，洛基描述了这位不洁的传教士是如何展示蒂娜和丽贝卡的照片。洛基责备自己，痛苦地吼叫着，重复着《圣经》里的话：我应该挖掉眼睛，我看到了不该看的东西。

现在他又向警方撒了谎，他不可能说三个人他都见过。

当埃里克觉得可以控制自己的声音和身体时，他站了起来，“我得走了，我和一个病人约了一个会诊。”他冷静地说。

“你下次什么时候能和洛基说话？”玛戈特看着他问道。

“明天，我想。”

“别忘了照片。”亚当提醒他，把它们递给他。

伸出手去接过亚当的照片时，埃里克微微摇晃着，他觉得自己是洛基的镜像。一阵狂风掠过他身边，他看到自己正凝视着外面六米高的围栏，围栏包围着卡苏登的运动场。

70

乔纳正在恢复训练，练习他的刀法、拳击和肘击技巧，然后跳绳、重量训练以及跑步。他离原来的水平还有很长的路要走，但不可否认，他在变强。他跑了五公里后感到髋部疼痛，走路完成了最后的一点路程。

七点钟，他看到埃里克的宝马出现在了车道上。乔纳把肉放进烤箱，倒了两杯波美侯，然后听到前门被关上和钥匙放在柜子上的声音。

乔纳拿出眼镜走向书房，用脚推开门走了进去。

埃里克的夹克躺在地上，他在书房里翻阅着书桌上的文件。

“在四十分钟内肉可以烤好。”乔纳说。

“好的。”埃里克低声说，眼睛里满溢着紧张，“你刮胡子了……很好。”

“感觉好像到时候了。”

“你感觉怎么样？”埃里克打开了他的电脑。

“很好。”乔纳说着走了过去。

“你的臀部怎么样？”埃里克看着屏幕说。

“我做了一些运动，我……”

“我们能谈谈吗？”埃里克打断乔纳的话，看着他的眼睛，“我刚刚和玛戈特和亚当开了个会……我不太喜欢社交活动……但是我认识那三个受害者……这太疯狂了，我不明白，但这不可能是巧合……对吧？”

“你怎么认识……”

“这有多大的可能性？”埃里克问，盯着乔纳。

“你怎么认识受害者的？”乔纳把酒杯放在桌子上。

“感觉好像是针对我的，也许这只是我的想象，但如果是这样的话……”

“先坐下。”乔纳温和地说。

“对不起，我只是……我只是很震惊。”埃里克说着在椅子上坐下，深吸了一口气。

“你怎么认识受害者的？”乔纳重复了第三次。

“今年夏天早些时候，我和玛利亚·卡尔松有过短暂的关系……桑德拉·朗格是诊所的病人……然后我认出了苏珊娜·科恩……我见过她，但我不记得在哪里。”

“玛戈特怎么说？”

“那个……我很惊讶，我没有说任何关于苏珊娜·科恩的事……但是我会说的……”

埃里克的手机铃声响了起来，把他吓得跳了起来。

“是工作的事情，一会儿再说。”他咕哝着，挂断了电话，手机不小心掉在了地上。

“我不能告诉她我和玛利亚睡过。”他继续说，从地上捡起手机，“我只说了我们去了同一家健身房。”

“还有别的吗？”

“我说桑德拉是我的病人，但……我仍然不认为这有关系。”他微笑着，挠挠他的额头，“不过我还是要说……有些病人想通过诱惑来控制他们的治疗师，这种情况并不少见……虽然治疗师和病人之间有着特殊的联系，这很自然，但那次的情况下有点儿太过了，我就把她转给了内莉。”

“但是你们之间没有发生什么事？”

“没有……”

当埃里克拿起酒杯时，他的手在颤抖。他把酒杯举到嘴边，喝了几大口。

“是不是一个因为你……而去报复的病人？”

“我已经不再治疗危险的病人了。”埃里克打断道。

“但是当你在做研究时……”

“那是十五年前的事了。”他说。

“你这里的病历记录最早是什么时候的？”

“我记录和存档了所有的资料。”

“你能过一遍吗？”

“除非我知道该找什么。”

“任何东西，跟踪，面部残害，尸体排列……我们面对的人可能有从受害者身上拿取纪念品的习惯……”

埃里克站起来，开始在他的书房里来回走动。他把手伸进头发，喃喃自语：“这实在太疯狂了，太疯狂了……”

“坐下来告诉我什么……”

“我不想坐下来！”埃里克拍了一下自己，“我必须……”

“听着。”乔纳说，“你要站着也可以，但我需要尽可能多地了解……说实话，你看起来需要坐下来。”

埃里克伸手去拿杯子，酒滴在了他的脚上，他从内兜里掏出一包药丸，压出几颗，再用酒吞下去。

“该死的。”他低声骂道。

“你又开始吃这个药了吗？我从来不相信这个药。”乔纳用锐利的灰色眼睛看着他。

“我一直注意着剂量，没关系。”

“好吧。”

埃里克坐在他的办公椅上，擦了擦额头，尽量平静地呼吸。

“我没办法认真思考。”他喃喃自语，“我一直在努力寻找洛基是否有帮凶或学徒。”

“那你只有去看他。”

“试图揭示真正的记忆是我的专长之一……但是催眠洛基却异常复杂。我设法克服了他的遗忘症，最终陷入了一个因海洛因所带来的谵妄世界……”

“发生了什么事？”

“我真的不知道如何解释它。”埃里克用一种不确定的声音说，“但是今天，当我和玛戈特和亚当坐在一起的时候，当我看到这些照片时，我意识到自己认识所有三个受害者……我开始重新思考催眠的内容……这很疯狂。”

“我在听。”乔纳一边呷着酒一边说。

埃里克点点头，眼睛盯着他，试图描述发生的事。

“洛基处于深深的催眠状态，他说传教士在他面前杀了一个女人……之后，他给他看了一张丽贝卡·汉森的照片……我可以发誓这只是一场噩梦。”

“这是同一个杀手。”乔纳说，“传教士回来了，这是同一种模式。”

埃里克的脸色变得苍白。

“在这种情况下，”他低声说，“洛基和这两个女人有关系吗？”

“是的。”

“马上打电话给西蒙妮。”乔纳严肃地说。

埃里克拿起电话，清了清嗓子，焦急地站了起来。

“西蒙妮。”熟悉的声音在他耳边响起。

“嗨，西蒙妮，我是埃里克。”

“发生了什么事？你听起来好像很不高兴。”

“我需要请你帮个忙……本杰明和约翰在吗？”

“是的，但是你为什么？”

“我认为有一个病人在跟踪我，在问题解决之前你和本杰明要一直待在家里。”

“发生了什么事？”

“我不能告诉你。”

“你有危险吗？”

“我只是不想冒任何风险，请照我说的去做。”

“好吧，我会努力记住这一点的。”西蒙妮说。

“你要保证。”

“你吓到我了，埃里克。”

“很好。”他回答，听到了她懒洋洋的笑声。

71

埃里克洗了脸，站在厨房里，讲述洛基对这个不洁的传教士所说的一切：他是个海洛因瘾君子，给他看了照片。乔纳边听边把食物放在了桌上。

乔纳把烤好的蔬菜和羊肉从烤箱中拿了出来，把一些香料撒在盘子上，然后往杯子里倒更多的酒。

“简直要命。”埃里克坐下来说。

“我想说……苏玛最后的几个月，”乔纳开始看着他，“我们在一起半年，整个家庭……如果没有你，埃里克，没有你为她提供的一切，那是不可能的……我知道我可以信任你，我永远不会忘记。”

他们眼神接触了一下，然后喝酒，聊他们是如何相遇的，但很快又回到了洛基和照片的主题上来。

“玛戈特需要认真对待这个传教士。”埃里克说。

“她会的。”乔纳安慰他说。

“他们给出了一个凶手的侧写……”

“我已经看过了。”

“显然，我没有参与到这起案件的调查，但安雅告诉我他们已经做了第一次初步调查。”乔纳把盘子推到埃里克面前，“先是从塞伦教区开始，然后是附近的教区和会众，现在他们正在扩大搜索范围，查找全国所有与吸毒者共事的牧师，包括各个监狱、机构和医院……”

埃里克的手几乎停止了颤抖，但他动作缓慢，好像不太确定自己要不要吃。

“名单上有多少个名字？”他问道，把盘子推回到乔纳身边。

“已经超过四百个，但是如果你能找洛基来想起传教士的名字……一个名字，一个描述，一个教区，那么……”

“这太难了。”埃里克打断道，“他有严重的脑损伤和药物……他的记忆遵循自己的模式。”埃里克开始切羊肉。

“但在催眠状态下，他似乎能记起不少事情。”

“是的，虽然噩梦和记忆之间没有丝毫阻碍……”

“但是他告诉你的东西里面一定有一部分是真实的记忆，对吗？”乔纳问。

“从理论上说，这一切都应该是真实的……只是这听起来就像是一个神经病说的话。”埃里克指出。

“如果洛基同意再次催眠……你再做一次，尽量抓住具体的细节，比如名字和地点。”

“我能做，我知道我能做。”

“如果你能的话，我就可以阻止这个连环杀手。”乔纳说。

“我明天早上第一件事就去那儿。”埃里克说。

他们默默地吃东西。根类蔬菜给红醋栗酱的酸度增添了泥土般的甜味，沙拉上涂有香醋和松露油，切成粉红色的薄片羊肉上沾着粗碎的黑胡椒粒。

“你看起来真的恢复了许多。”埃里克说话的时候，乔纳给自己的盘子里又加了更多的食物，“六次青霉素和一些可的松……”

手机开始在口袋里响起，他咽下了下半截话，掏出手机，在屏幕上看到是玛戈特。

“是的，我是埃里克。”

“乔纳在吗？”她用颤抖的声音问道。

“发生了什么事？”

“洛基·吉尔伦德逃走了。”

埃里克把电话递给乔纳，然后用双手捧着自己的脸，试图思考。

乔纳听着，玛戈特告诉他，卡苏登的高级主管决定让洛基在今天晚上开始康复训练，然后正式获得假释。

洛基应该先试着在比萨饼店订购食物，两个看守坐在离他不远的另一张桌子上。洛基吃了比萨，喝了一大杯水，点了咖啡，然后走进厕所，从窗子爬了出去。

有几个年轻人看到他沿着铁路线奔向郊外的森林，但从那以后就没了他的影子。

“我们没法公开通缉。”玛戈特说，“行政法庭已经决定他有资格申请假释，所以这由卡苏登自己负责处理。”

“怎么处理？”乔纳问。

“什么都做不了。”她回答道，“我跟高级主管谈过了，他很放松……显然逃跑的病人并不少见，当他们意识到事情已经发生了很多变化，他们的朋友、公寓、妻子都已经不在了，就会自己回来。”

乔纳结束了通话，在餐巾上擦了擦嘴然后放在盘子上，然后遇到了埃里克疲惫的目光。

“我是建议对他实行监督康复的人。”埃里克说着把手指插入头发，“但他会回来，他们几乎总是这样。”

“我们没有时间坐下来等。”乔纳说，“我们需要找到他，让他在传教士再次大开杀戒之前说出线索。”

“他没有家庭，也从来没有提到过任何朋友……教区议会已经没了……”“难道他不能藏在教堂或附近的某个地方吗？我很确定他会设法去一个很早以前叫‘零号’的地方……那是他以前得到海洛因的地方，听起来好像有人欠他钱。”

“我不知道这个地方。”乔纳说。

“听起来像是个吸毒者的聚集地……一个相当大的地方，因为有一个地方可以叫性服务。”

“我会找到这个地点的。”乔纳说着站了起来，“谢谢你的晚餐。”

乔纳朝大厅走去。埃里克开始收拾桌子，但整个人筋疲力尽，他索性把所有的东西都丢着不管，自顾自走进了书房。他的银色眼镜盒不在桌子的书堆旁，他颤抖着转身向窗外望去，外面还有光，但很快就会黑下来，他这么想着沉入了自己的皮革扶手椅中，闭上眼睛。

他需要振作起来，试着去了解发生在他身上的事情。

他睁不开眼睛，从桌上的背包里拿出一颗宜眠安，放在满是汗的手掌中，然后丢进嘴里。

乳白色的宁静驱散了他的思绪，当电话响起时，他感觉睡眠像一个沉重的波浪一样升起。他无法集中注意力去看是谁打来的电话，手机差点儿掉了下来，但他还是接住了。

“喂？”他嘶哑地说，把手机放到耳朵边。

“你不会忘记玛德琳的，是吗？”

“什么？”

“埃里克，怎么了？”杰基严肃地问。

“没什么，我只是坐着……而且……”

他失去了思路，只好清了清嗓子。

“你答应去接玛德琳，还记得吗？”

“当然，没问题……我写在日历上了。”

“谢谢。”她热情地说。

“我一直在练习曲子。”他撒谎，然后闭上了眼睛。

“如果有问题，就打电话给我。”

72

乔纳一面开着埃里克的车里向斯德哥尔摩市中心驶去，一面等着国家刑事调查局的安雅·拉尔森回电话。当驶过体育馆的时候他的手机亮了起来，这时他正要进入地下隧道。

安雅用指甲敲击着电脑键盘，告诉他还没找到任何线索。

“这个区域不在我们的登记册里，从来没有记录。”她说。

“也许它的真名并不是这个？”

“我已经查过了边境控制局，安全部门和监视系统……我现在已经在成人网站和论坛上发帖询问了。”

“你能让米兰找我一下吗？”他问道。

“我不想。”安雅直截了当地回答。

当乔纳驶进狭窄的隧道口时，车窗发出如叹息般的声响。隧道顶部和墙壁上的灯光向他冲来，安雅的声音消失了。

“我们必须找到洛基·吉尔伦德。”他不确定信号是不是已经消失了。

“在门外等着。”她冷淡地说，“我会下来的……”

十分钟后，他把车停在通往公园的陡坡上，拿起拐杖，走到国家刑事调查局总部的玻璃门前。

透过玻璃，他看见玛戈特穿过气闸，拖着沉重的脚步走出来。

“我碰巧听到安雅在台阶上安排了你和米兰的会面。”

“你得在远一点儿的地方待着。”

他们一起穿过游泳池和通往监狱的铁门。

“我什么时候可以拿回手枪？”乔纳拄着拐杖一步一步向前。

“我甚至不被允许和你说话。”她说道。

他们经过了地区警察局长办公室，也就是这里年代最久远的地区。玛戈特告诉他比约恩·科恩已经开口了。显然，催眠效果正如埃里克所希望的，为他提供了一把钥匙，帮助他度过了最难的惊吓阶段，并找到构建记忆的方法。

“比约恩说当他发现妻子的时候，她坐在地板上，双手捂着耳朵。”

“同一种模式。”乔纳点头。

“我们除了谋杀案和重复的手法外，什么也没有，我们有一大堆没有答案的问题。”

他们继续向前走，乔纳瘸着，玛戈特则用双手搂住她的大肚子。

“通过窗户进行偷窥拍摄这个行为很重要。”乔纳说。

“你在想什么？我什么线索都找不到。”她一边用无奈的语气说道，一边向他瞥了一眼。

树上有灰色的微光，树冠上黄色的叶子透着湿意。

乔纳认为凶手是一个偷窥狂，一个追捕者。他开始了解受害者，并选择捕捉他在视频中反复出现的生命瞬间。

“还有手。”他喃喃自语。

“是的，手到底是怎么回事？”

“我不知道。”他回答说，他知道凶手用受害者的双手来提示身体上的不同部位。

从玛利亚那里拿走了土星舌钉的不是菲利普·克朗斯提，而是凶手，菲利普曾在花园里瞥见一个人在雨中拍视频。说不定，舌钉是传教士进去的原因，刺激他跨越边界的。

乔纳认为传教士杀死了那个女人，拿走了她的珠宝，用受害者的手标记了他从哪里拿走的珠宝，让我们知道为什么，或者让我们理解他指控的性质。

这是一种指控的宣布，就像把耶稣钉在十字架上。

人们发现丽贝卡·汉森双手抱着脖子坐着，玛利亚·卡尔松用手捂着嘴，苏珊娜·科恩用手捂着耳朵，桑德拉·朗格用手捂着胸膛。

“他从她们每个人身上拿走了一些东西……可能是珠宝，也可能是别的东西。但是为什么呢？”玛戈特问。

“因为她们违反了规定。”

“乔纳，我知道你喜欢按你自己的方式。”玛戈特说，“但是如果你在找到洛基后能挖到一些线索，然后分享给我们的话就更好了。”

“我会私下给你打电话。”他稍作停顿后回答。

“我不在乎你怎么做。”她说，“但是我真的想在我们有更多受害者之前阻止这个该死的杀手……而且别让我丢了工作。”

“现在保持距离。”他重复说。

“这个米兰到底是谁？”

在过去的六年里，米兰都没有出现在总部。乔纳唯一一次见到他是在一部监控摄像机拍摄的记录里。他就像是在一个在阴暗的黑社会中斗争的怪人，举止怪异，总是选择在背后向人偷袭。

米兰·普拉斯希尔在药物小组工作，从事长期的监视和渗透工作，他在整个斯德哥尔摩拥有最大的线人网络。

“他很聪明。”乔纳回答道。

有谣言说他和一个波斯尼亚黑手党的女人有一个孩子，但没有人知道真相。米兰已经变成了一个灰色而模糊的形象，生活在渗透者的边缘世界，永远有隐藏的计划，使他对每个人来说都很陌生。

“你可能认为他手无寸铁，但可能他的脚踝上绑着一座迷你贝瑞塔。”乔纳说道。

“你为什么要告诉我这个？”

“因为如果我们对他的卧底工作造成风险，他会牺牲我们。”

“我应该担心吗？”玛戈特想知道。

“米兰有点儿不寻常，所以最好保持距离。”乔纳重复道。

他让她在街道的另一边等着，自己单独走向雄伟的建筑。在桥的尽头他下到最后一节阶梯的底部，这里是吸毒者经常出没的地方。

空气中弥漫着尿臊味，地上有烟头和一个破碎的绿色玻璃瓶的残骸。这座桥的钢拱覆盖处鸽子经常降落在那里，整个混凝土桥墩上盖着一层厚厚的粪便。

影子沿着人行道逼近，乔纳意识到是米兰，于是靠在墙上等待着他走下楼梯。

米兰·普拉斯希尔三十岁左右，头发剃得短短的，黑眼睛。他瘦得像个十几岁的孩子，穿着一身黑色运动服和昂贵的运动鞋。

“我听说过你，乔纳·林纳。”米兰朝水中望去。

“我需要找一个叫‘零号’的地方。”

“你通常带一把四十五口径的手枪。”

“科尔特手枪。”

“她不能过来。”米兰边说边向楼梯处点头示意。

乔纳意识到玛戈特跟着他走了过来，他叹息了一声，转过身来喊她。

“玛戈特，下来！”

她看了看栏杆，犹豫了一下，然后把手放在栏杆上走下台阶。

“这个‘零号’？”米兰重复说。

“这是一个存在超过十年的地方，可能是在斯德哥尔摩南部，但我们不确定……”

“你不能站在那里。”米兰对玛戈特说，她已经走到了底部。

“这是一个可以交易毒品和性服务的地方。”乔纳说。

“如果我告诉你，我想吻一下嘴唇。”米兰微笑着说。

“好吧。”乔纳说。

“她也是，她也需要这么做。”

“什么？”玛戈特盯着他们看。

“我想要一个吻。”米兰指着她的嘴唇说。

“不。”她笑着说。

米兰默默地笑了笑，低头看着人行道。一群小虫在台阶旁边的空中盘旋着。

“唯一一个像你描述的地方在巴卡比。”他说着快速地瞥了一眼乔纳，“叫黑色俱乐部，这是它的名字，但现在已经不复存在了……现在这个国家已经不是那个大妓院的时代了。最近的套路是搞一套公寓，里面有几个来自东欧的女孩，一切都是在互联网上完成，链接点击一下就可以了，没有人会再犯罪……”

“但是这个地方确实存在？”乔纳说。

“在我干这行之前，它就已经早消失了，从来没有人再提到过它……”

“我们要问谁才能知道？”

米兰转向他，他的嘴唇看起来很薄，黑色的小眼睛深深地嵌在脸上。“我。”他回答，“如果在那里能买到海洛因，我一定知道……除非它是属于俄国的一块小飞地。”

“那么人们在哪里买海洛因呢？”玛戈特问。

“如果你没有任何关系，那么赛格尔多格仍然是个可以去的地方，那里没什么变化……麦德博加普拉斯顿和云克比购物中心也可以……最近有很多从阿富汗来的货，但它被重新分装了好几次，到头来又变得没人真正犯罪了……”

米兰用力揉搓鼻子，在靠近玛戈特的脚边吐了口口水，然后重复说这个区域已经不复存在。

73

埃里克头痛了两天，他整个上午都在读雷纳·玛丽亚·里尔克的诗歌，一个面容忧郁的人正在调一架刚从阳台门搬进来的大钢琴。

乔纳·林纳从书房里走出来，埃里克抬起头来。这时，门铃响起。

“埃里克买了一架大钢琴。”一个兴奋的女孩声音传来。

“你一定是玛德琳。”乔纳说。

埃里克听到他们的声音，把书放下，迅速冲进洗手间洗了一把脸。他的双手在颤抖，当他看着自己满是血丝的眼睛时感到一阵焦虑。会议室里的三张照片和相片纸塑料的味道，桑德拉的绿眼睛和玛利亚·卡尔松慷慨的微笑在他的脑海中追逐着。当他回到客厅的时候，杰基和玛德琳已经站在钢琴前，她们低声耳语，咯咯笑着。杰基把白色的手杖折叠起来，把手放在女儿的肩上。

“你想给我一个惊喜吗？”她问。

“这是真的，真的很可爱。”玛德琳说。

“试试看。”埃里克身体摇晃着说。

“移过来后有人调过吗？”杰基问。

“买的时候提供这个服务。”他回答。

玛德琳坐在凳子上，开始演奏萨蒂的《夜曲》。她轻轻地移动手指，小小的身体直立而专注。当她完成最后一个音符时，转过脸来，带着灿烂的笑容。埃里克鼓掌，几乎可以感觉到泪水涌上他的眼睛。

“太棒了……你怎么这么厉害呢！”

“还需要再调一下。”杰基说。

“好的。”

她微笑着，把手指放在闪着亮光的黑色琴盖上。她的手看起来宛如清漆中反射出来的石头。

“但听起来很不错。”

“太好了。”埃里克说。

玛德琳拽着他的胳膊。

“现在我想听听机器人的演奏。”她说。

“不要。”埃里克拒绝道。

“要！”玛德琳和杰基都笑了。

“好吧，但是你们不能设很高的标准。”埃里克咕哝着坐了下来。

他把手指放在琴键上，感觉自己在发抖，但在开始弹奏时颤抖停止了。

“说真的，玛德琳，你的水平实在让我印象深刻。”他说道。

“你也很好。”她说。

“你足球踢得这么好吗？”

“不……”

“我打赌你踢得很好。”埃里克热情地说。

“我想早点儿来，这样我就有时间看到你明天进球了。”

女孩的脸僵硬了，看起来很沮丧。

“怎么了？”杰基问。

“我是说当我在比赛结束后去接玛德琳的时候。”埃里克回答。

杰基突然脸色苍白，艰难地转过身来。

“比赛是昨天。”她用沉重的声音说。

“妈妈，我……我可以自己……”

“你自己走回来的吗？”杰基问。

“我不明白。”埃里克说，“我以为……”

“安静点儿。”她打断道，“玛德琳，比赛结束后埃里克没有出现吗？”

“这没事的，妈妈。”小女孩说完哭了起来。

埃里克只是坐在那里，双手悬垂，感觉头痛，又突然感到恶心。

“我很抱歉。”他平静地说。

“我不明白你怎么可以……你答应我的！”

“妈妈，不要这样。”玛德琳哭着说。

“杰基，我真是太可笑了……”

“我才不在乎！”她喊道，“我不想听！”

“别大喊大叫了。”玛德琳啜泣着。

埃里克跪在她面前看着她的眼睛：“玛德琳，我以为是明天，我搞错了。”

“没关系……”

“别跟他说话！”杰基扇了她。

“拜托，我只想……”

“我知道。”她墨镜后闪着愤怒的目光，“那些药片，它们不是安眠药，是吗？”

“我是个医生。”埃里克试图站起来解释，“我知道自己在做什么。”

“很好。”杰基喃喃自语道，把玛德琳拉到门口。

“但这次是……”

她走向要为钢琴腾出地方的桌子，撞倒了一个装着干花的花瓶，花瓶摔成三大块。

“妈妈，你弄坏了……”

“我不在乎！”杰基又扇了她。

玛德琳看起来很害怕，跟在母亲后面抽泣。

“杰基，等等！”埃里克恳求，试着跟上她们，“我的药片出了点儿毛病，我不知道是怎么回事，但是……”

“你以为我在乎吗？我现在应该为你感到难过吗？因为你吃药成瘾，让我女儿处于危险之中？我现在不能信任你，你一定要明白。我不想让你靠近她。”

“我去叫辆出租车。”埃里克沉重地说。

“妈妈，这不是他的错。求求你，妈妈……”

杰基没有回答，当她把女儿带到外面时，眼泪顺着脸颊淌了下来。

“对不起，我把一切都毁了。”玛德琳啜泣着说。

74

高大的建筑物形成了一个峡谷，迫使风在这里变得狂暴。这里有一个小女孩的青铜雕像，被尘土和垃圾围绕着，小女孩低垂的眼帘下面在三十多年间都是性服务者的聚集地。

埃里克和乔纳来到这里试图找到洛基。他们坐在莫扎里拉餐厅，刚点了一杯咖啡。

埃里克已经给杰基打了电话，留了两条信息，道了歉然后试图解释可能有病人跟踪他。

他抿了一口咖啡，看见他那忧愁的脸映在对面的窗户上。他不明白自己是怎么毁了一切的，西蒙妮离开后，独自一人并没有吓着他。后来上天又给了他一次机会，丘比特爬到云边，向他射出了另一支箭。

他拿出电话，看时间，然后给杰基打了第三次电话。当她录制的声音让他留个口信时，他闭上眼睛说："杰基……我很抱歉，我已经说过了，但是人确实会犯错误……我不会找任何借口，但我在这里……我等你，我要练习我的作品……我准备尽一切努力让你重新信任我。"

埃里克把手机放在桌子上的杯子旁边。乔纳站在两个女人旁边，她们靠着一堵空白的水泥墙站着。他拄着拐杖，试着和她们搭讪，但当她们意识到他不是顾客时，就不再理他，开始低声交谈。

"你知道一个叫'零号'的地方吗？"他问道，"如果能告诉我它在哪里，我会付很好的价格。"

她们抬脚打算离开，乔纳瘸着腿跟着她们，试图解释这个"零号"的正式名称可能是其他的名字。

他停下来，转身朝相反的方向走。再往前，靠近昆斯加塔的方位有着一个瘦弱的女人走进了一辆白色的货车。

乔纳经过一些脚手架，看到墙上有一堆废弃的乳胶手套和避孕套。

一个四十多岁的女人坐在门口，她的头发被扎成一条凌乱的马尾辫，身体裹在厚厚的夹克里。她穿着一条被染红的短裤，腿上有着很多血痂。

"打扰一下。"乔纳说。

"我要走了。"那女人轻蔑地说。

她站了起来，打开外套，露出了里面的T恤，抬起头来。

"莉莎？"乔纳说。

她的眼睛开始湿润，脸上满是皱纹和疲倦。“他们告诉我你已经死了。”她说。

“我回来了。”

“你回来了。”她嘶哑地笑着，“每个人都能回来吗？”她用力揉揉眼睛，脸上的妆花了。

“你儿子呢？”乔纳拄着拐杖说。

“他和一个寄养家庭在一起，你对我失望吗？”她问道，把脸转向别处。

“我只是以为你把一切都处理好了。”他回答。

“我也那么认为，但到底是怎么回事……”

她歪歪扭扭走了几步，然后停下来，倚靠在一个垃圾桶边。

“我给你买一杯咖啡和奶酪卷吧？”乔纳说。

莉莎摇摇头。

“你总得吃饭，不是吗？”

她抬起头来，吹起脸上的几缕头发：“告诉我你想知道什么。”

“你知道一个叫‘零号’的地方吗？听起来像很多女孩在那里工作，有很漂亮的俄罗斯女孩，那个地方至少存在了十年，你可以很容易在那里买到海洛因……”

“以前巴卡比有那么个地方，该死的叫什么来着？”

“黑色俱乐部……现在已经没了。”

一群麻雀从树上飞走了。

“在索尔纳有个色情按摩院，但是……”

“那个地方太小了。”乔纳说。

“试试上网查查。”她建议道。

“谢谢，我会那样做的。”说完后他迈步离开。

“大多数男人都很好……”她在身后喃喃道。

乔纳停下来，又看了她一眼。她摇摇晃晃地站在垃圾桶旁，舔着嘴唇。

“你知道彼得·达林最近在哪儿吗？”他问道。

“我希望在地狱里。”

“我知道……但是如果他还没有到达那里呢？”

她弯腰开始挠腿，“我听说他搬回了位于卡拉普兰的弗尔滕大厦他妈妈的公寓。”她平静地说，盯着自己的指甲。

75

埃里克把车停在了弗尔滕大厦购物中心的地下停车场，当他们走向电梯时，乔纳解释说他不被允许去那里。

“我有限制令。”他的微笑使埃里克颤抖。

在第六层，他们沿着一条装饰单调的走廊走着，门口的信箱上写着名字，地垫上满是灰尘，放着婴儿车和运动鞋。

乔纳在一个华丽的铜牌前按响门铃，上面写着达林的名字。

过了一会儿，一个二十几岁的女人打开了门。她顶着老式的鬈发，皮肤质量有些糟糕，眼睛里有一种害怕的神情。

“彼得在看电视吗？”乔纳问着走了进去。

埃里克跟着他，关上门。他环顾着单调的大厅，墙上挂着花卉刺绣，还有一名大腿上抱着两只猫的老妇人的彩色照片。

乔纳用拐杖推开玻璃门，径直走进起居室，在一位年长的男人面前停下来。他坐在棕色皮沙发上，旁边有两只斑猫。他戴着厚厚的眼镜，穿着白衬衫，系着红领带，经过梳理的卷曲头发搭在略显秃顶的头上。

电视上在播放《神探科伦坡》。

沙发上的男人快速地瞥了乔纳一眼，从沾满了灰尘的袋子里拿出猫食，扔在地上，然后闻了闻他的手指。

两只猫毫无热情地跳到地板上，嗅了嗅。年轻的女人一瘸一拐地走到厨房，扯出一块抹布。

“你又做了那种事？”乔纳问。

“你什么都不知道。”彼得·达林带着鼻音说。

“她有没有意识到这仅仅是个开始？”

彼得·达林对他微笑，但他的眼角正紧张地抽搐着。

“我已经进行自我反省了，你知道的。”他说，“上诉法院推翻了我的判决，判我支付赔偿金，而且不允许你靠近我。”

“你回答我的问题，我就走。”

“我会举报这件事的。”

“我需要找个叫‘零号’的地方。”

“祝你好运。”

“彼得，你去过所有不该去的地方……”

“我非常、非常坏。”那个男人讽刺地说。

厨房里的女孩把手放在肚子上，闭上了一会儿眼睛。

“她没有穿裤子。”彼得说着把脚放在沙发的末端。

“埃里克。”乔纳说，“把她带出去，解释我们是警察，我想她需要看医生。”

“我会找到另一个。”彼得冷淡地说。

埃里克领着女孩走进大厅。她把手放在肚子上，摆动着靴子，拿起提包。

在他们关上门之前，乔纳抓住了彼得的一个脚踝，开始朝厨房走去。彼得设法抓住沙发的扶手，但他和沙发都被拉着向前拖动，波斯地毯被揉皱了。

“放开我，你不允许……”

沙发卡在了厨房的门槛上，彼得从扶手上滑了下来，倒在地上大声呻吟。乔纳拖着他穿过厨房的地面，猫咪呜咽一声飞奔而出。彼得试图抓住桌子的一条腿，但够不着。

乔纳把拐杖靠在角落里，打开阳台的门，在放手之前把彼得拖到了绿色的塑料草地上。

“你要搞什么？我什么都不知道，你不能……”

乔纳抓住他，把他举过栏杆，“砰”的一声扔到阳台的红色栏杆外面。他没有立即放手，直到看见彼得抓在了栏杆上。

“我要掉下去了！我要掉下去了！”彼得哭喊道。

他的指节变白，眼镜摔在了地上。

“告诉我‘零号’在哪儿。”

“我从来没听说过。”他喘息着。

“一个很大的地方，可能有俄罗斯人……有妓女，有一个舞台，有大量的毒品交易。”

“我不知道。”彼得呜咽着说，“你必须相信我！”

“那我走了。”乔纳说着转身走开。

“好，好，我只听说过这个名字，乔纳！我坚持不下去了，我不知道它在哪里，我什么都不知道。”

乔纳又看了他一眼，把他从栏杆外面拉回来。

当彼得试图走进厨房时全身都在颤抖。

“这还不够。”乔纳说着又把他推回到栏杆旁。

“几年前……有一个女孩，她提到了一些从伏尔加格勒来的男人。”他说得很快，沿着栏杆移动到墙边，“那里不是妓院，听起来更像一个拳击场……你知道，像地狱一样，每个人都在看着对方……”

“它在哪里？”

“我不知道，我发誓。”他低声说，“如果我知道，我就告诉你。”

“我在哪里可以找到告诉你这事的女人？”

“那是在曼谷的一家酒吧里，她曾在斯德哥尔摩待了几年，我不知道她的名字是什么。”

乔纳回到厨房。彼得·达林跟着他，关上了阳台的门。

“你不能这样做。”他开始整理自己的情绪，用厨房的卷纸擦眼泪，“你会被解雇的，而且……”

“我早不在警局了。”乔纳从拐角处捡起他的拐杖，“所以我有足够的时间来关注你。”

“你什么意思，关注我？你想要什么？”

“如果你照我说的去做，就会没事。”乔纳回答说，把他的拐杖翻过来。

“你想让我做什么？”彼得·达林问。

“去完医院后，你就去警察局，然后……”

“我为什么要去医院？”

乔纳用手杖打了彼得·达林的脸。他蹒跚地向后倒去，两手捂住鼻子，坐在椅子上，然后仰面摔倒，头重重地撞在地上，血溅到了碗里的猫粮上。

“去完医院后，就去警察局坦白之前所有的事情。”乔纳说，把拐杖推到他的喉结处，“米丽娅姆在她自杀的时候已经十四岁了，安娜·莱娜失去了她的卵巢，莉莎因卖淫被抓，还有刚才在这里的女孩。”

“好的！”彼得哭了，“好的！”

76

埃里克把那位年轻的女子送到索菲亚医院认识的妇科医生那里，然后又去接了乔纳。

“现在我们知道‘零号’这个地方确实存在。”乔纳在车里说，“但那里似乎是俄罗斯的地盘……只有通过参与他们的非法活动才能成为会员。”

“只有那样，你才会乖乖地听他们的话。”埃里克说着用手指敲了敲方向盘，“这就是为什么没有人知道它在哪里。”

“我们永远无法追踪到，或许需要几年的时间来渗透。”

乔纳看了看他的手机，看到尼尔斯·阿伦在一个小时内打来了三次电话。

“如果我们要找到这个地方，只有一条线索。”乔纳说，“就是洛基所指的那个蒂娜。”

“但是她已经死了，不是吗？”

“她不在数据库里，在瑞典没有人被这种描述的方式所谋杀。”他回答，“若是手臂被砍掉的话，记录里一定不可能不记载。”

“也许那只是一场噩梦？”

“你相信那是噩梦吗？”乔纳问。

“不相信。”

“好的，那我们就去会一下尼尔斯。”

法医学研究所有许多讲堂，但只有一个房间用来展示尸体。这个大厅让人联想到一个解剖的剧场。房间是圆形的，越来越高的观众席围绕着验尸台这个小舞台。

从门厅里他们可以听到尼尔斯·阿伦的声音，而当他们推开紧闭的门走进去时，阿伦即将讲完一堂课。

他们尽可能安静地在座位上坐下来。阿伦穿着白色的大衣，站在一个冰冻的尸体旁边。“在我今天说的所有话中，有一件事情你们不能忘记，一个人只有经过体温复苏后依旧死亡才能被宣称为死亡。”

他把一只戴着手套的手放在尸体的胸前，鞠躬致敬。

乔纳和埃里克等到学生们离开教室后才走下楼梯，尸体散发出强烈的酵母和腐烂气味。

“我也检查过记录，”阿伦说，“但是没有提到这种伤害……我检查了暴力犯罪、意外事故和自杀的数据库……都没有她的影子。”

“可你也曾搜索过我，但没搜到。”乔纳说。

“所以显而易见的答案是，尸体还没有找到。”阿伦喃喃自语，摘下眼镜把镜面擦亮。

“当然，但是……”

“有些人永远找不到。”阿伦打断说，“有些是很多年后才发现……有些人被找到但却不知道是谁……我们尝试牙科记录和DNA，并把尸体保存了好几年……美国法医学委员会的人水平最高，但他们每年还要埋葬几具身份不明的尸体。”

“但伤病还是会被记录下来，不是吗？”乔纳坚持说。

尼尔斯·阿伦降低了说话的声音，眼睛里闪着亮光，“我想到了另一种可能性。”他说，“从前有一群法医会和一些警察合作……他们被称作‘节税者’，他们相信能够提前识别出那些永远不会带来任何后果的案件。”

“你从没告诉过我这个。”乔纳说。

“这是20世纪80年代的事……节税者不想让瑞典纳税人承担无意义的警察调查和毫无希望的尸体鉴定费用。这不是什么大事件，一些人就被销户了，但它让我想到……当你把蒂娜形容为海洛因成瘾者，一个妓女，可能是人口贩卖的受害者……”

“你是说她被节税者处理了？”乔纳问。

“没有文书记录。”阿伦说着点了点他的手指，“没有调查，没有国际刑警组织，尸体被埋葬在一个未知的地方，相应的资源被用在了别处。”

“但在这种情况下，蒂娜仍将会在国家法医委员会的数据库中。”埃里克说。

“试着去找找一个身份不明的尸体，死亡的原因被列为自然疾病。”阿伦说。

“我应该去找谁？”乔纳问。

“去跟在法医遗传小组的约翰聊聊，提我的名字。”他说，“或者我可以给他打电话，正好我们都在这里……”

他翻着手机上的联系人，然后把手机放到耳朵边。

“喂，我是尼尔斯……不，谢谢，非常愉快……你太客气了……”

结束通话时，阿伦沉默地站了一会儿，嘴巴微微抽动。空荡荡的座位围绕着他们展开，就像一棵大树的年轮。阿伦最终说，“在这个时间段内，只有一位来自斯德哥尔摩的陌生女性与蒂娜的年龄相匹配。要么是她，或者她的尸体从来没有被发现过。”

“那是她吗？”埃里克问。

“死亡证明书表示是心脏病发作……有另一个文件引用了死亡证明书，但那个文件找不到了……”

“没有关于尸体的描述？”

“显然他们保存了 DNA 样本、指纹、牙齿记录。”

“她现在在哪里？”乔纳问。

“她在斯库格墓地，埋葬在森林墓地里。”阿伦微笑说，“没有名字，坟墓号码是 32253332。”

77

位于斯德哥尔摩南部的斯库格墓地被联合国教科文组织评为世界遗产，拥有十万多座坟墓。埃里克和乔纳沿着人迹罕至的小路走过伍德兰教堂，注意到葛丽塔·嘉宝的红色墓碑前的黄玫瑰。

五十三号地块位于更远的地方，靠近加拉·蒂尔索夫根对面的栅栏。墓地工人们已经从市政卡车上卸下了履带式挖掘机，并且已经挖出了棺材上面的土。被翻开的草皮躺在土堆旁边，胖胖的虫子在一堆根茎中爬动。

尼尔斯·阿伦和他的助手弗雷皮正从另一个方向走来，他们四人低声打了招呼。弗雷皮理了理头发，他的脸看起来有点儿圆，穿着旧的镶钉腰带和一件上面有着雷神之锤的旧T恤。

挖掘机的驾驶室轻轻转动，液压系统发出嗞嗞声，铲子下沉，向前移动，仔细地刮掉棺材盖上的泥土。

像往常一样，尼尔斯给弗雷皮做了一个简短的说明，这次是关于蛋白质和碳水化合物分解时氨、硫化氢和碳氢化合物是如何释放的。

“分解过程的最后阶段会使骨骼完全暴露出来。”

尼尔斯向挖掘机司机发信号说要他靠边一些。团块黏土从铲斗上落下，他把手放在棺材的边缘，盖子在泥土下显露了出来。

他用铁锹在棺材边缘刮了一下，然后用手把它擦干净，让铁锹的片刃插入盖子下面，试图把它撬开，但是被碎木板卡住了。它使不上劲，就像把力气用在了湿纸板中。

尼尔斯低声对自己说了些什么，然后把铁锹扔到一边，慢慢地用手一块一块地把木块移走。他把碎片传给弗雷皮，直到整个坟墓的内部完全被揭开。

尸体看起来一副毫无防御能力的样子，棺材里的骷髅看起来很小，几乎像一个孩子，但尼尔斯·阿伦向他们保证这是一个成年妇女。

“一米六五高。”他喃喃地说。

她穿着一件T恤和内裤，面料紧贴着骨架，胸腔的曲线完好无损，但腐烂的肉已经沉入了骨盆的位置。一张钴蓝天使的照片在T恤上仍然可以辨识。

弗雷皮走进坟墓，从各个角度拍摄照片。

阿伦拿出一把小刷子，用它在骨架上清除泥土和碎屑。

“左臂被砍得离肩部很近。”阿伦说。

“我们找到了噩梦。”乔纳低声说。

他们看着阿伦小心地转动头颅。下颚松动了，但是颅骨是一体的。

“在颅骨前部有很深的切口。”阿伦说，“前额、颧骨、上颌……切口持续穿过锁骨和胸骨……”

“传教士。”埃里克有种不祥的感觉。

尼尔斯·阿伦继续刷土。在髋骨旁边，他发现了一块表面已经磨损了的手表。皮质表带不见了，已经变成了灰色的尘埃。

“看起来像一个男人的手表。”他说着把它捡起来，翻过来。

背上写着斯拉夫字母。阿伦拿出他的手机，拍下了字母。

“我会把这个寄给斯拉夫学院的玛丽亚。”他喃喃自语。

78

乔纳刚刚注射了可的松，正在埃里克的后花园里用长木杆练习格斗技术。

尼尔斯·阿伦正试图追查签署蒂娜死亡证明的同事，同时也在等待手表上字母的翻译，看能不能帮助他们取得进展。

埃里克坐在那架大钢琴前，通过细亚麻布窗帘上的阴影看着他朋友重复的格斗动作。

他心想这就像中国的影子戏，然后他俯视着面前的钢琴琴键。

他打算练习弹琴的动作，但注意力无法集中，他想着如何追回杰基。内莉一小时前给他打了电话，他问她能不能过来。

慢慢地，他把小指放在一个琴键上，按了下去，第一个音符响起。这时他的手机响了。

“埃里克·玛利亚·巴克。”他应道。

“你好。”一个高嗓门说，“我叫玛德琳·费德勒，我……”

“玛德琳？”埃里克喘息着，“你好吗？”

“很好。”她平静地说，“我借了罗西塔的手机……我只是想说，当你和我们在一起的时候感觉很好。”

“我喜欢和你，还有你妈妈一起共度的时光。”埃里克说。

“妈妈想念你，但她很傻，假装……”

“你要听她的话，然后……”

“玛德琳。”有人的声音从后面传来，“你拿我的电话干什么？”

“对不起，我把一切都毁了。”女孩说得很快，然后电话就结束了。埃里克从钢琴凳子上滑下来，双手垂在地上，整个人也坐在了地上。过了一会儿，他向后躺了下来，盯着天花板，心想是时候要重新学会控制了，不能再吃药。

他习惯于帮助病人继续前行。

他通常会说当一切都在最黑暗的时候，它只能变得更明亮。

他叹了一口气，走去洗了脸，然后坐在玻璃门外的台阶上。

乔纳呻吟着转过身，用棍子轻轻地打了他一下，然后盯着他的脸。乔纳的脸上满是汗水，肌肉充血，呼吸有些困难，但并没有上气不接下气。

“你查看以前的病人了吗？”

“我发现有几个是牧师的孩子。”埃里克说，然后他听到一辆车开了进来，停在房子前面。

“把他们的名字给玛戈特。”

“我刚开始梳理档案。”他说。

内莉绕过房子，挥手向他们走来。她穿着合身的骑装夹克和紧身黑裤子。

“我们应该去听瑞秋·耶胡达的讲座。”她坐在埃里克旁边说。

“是今天吗？”

乔纳的手机响了，他在应答之前走出了小屋。

埃里克觉得内莉似乎很疲倦，情绪低落。她皱着眉头，眼睛下面的皮肤是灰色的。

“你不能自己举报自己吗？”她问。

“我已经考虑过了。”

她只是摇摇头，疲倦地看着他。

“你觉得我的嘴难看吗？”她问，“随着年龄的增长，嘴唇变得越来越薄。还有马丁……他对嘴巴非常敏感。”

“那么马丁看起来怎么样？他变老了吗？”

“不要笑，但我想整容……我不准备变老，我不想让他认为和我上床是在做施舍。”

“你很有魅力，内莉。”

“我不是在寻求赞美，已经不是那种感觉，不再是了……”

她的下巴开始颤抖，她陷入了沉默。

“怎么了？”

“没什么。”她在抬起头之前轻轻地揉了揉眼睛。

“你需要和马丁谈谈那些色情电影，如果它让你心烦意乱的话。”

“不是那件事。”她说。

乔纳打完电话，拿着手机朝他们走来。

斯拉夫研究所已经破译了那块手表上的文字，这些内容显然是白俄罗斯人写的。

“它说了什么？”埃里克问。

“为纪念安德烈·卡利奥夫的伟大成就，扬卡·库帕拉大学军事学院。”

他们跟着乔纳走进书房，他在不到五分钟的时间里找到了这个名字的资料。国际刑警组织有一百九十个成员国，乔纳曾被派到明斯克国家中央局办公室工作。

没有迹象表明安德烈·卡利奥夫失踪，但据报道，有一名叫娜塔莉娅·卡利奥娃的戈梅利[1]妇女失踪了。

打电话的女人解释说，在英式英语的口音中这个娜塔莉娅，就是洛基称为蒂娜的女人，她被认为人口贩卖的受害者。

“她的家人说她的一个朋友从瑞典打来电话，怂恿她没有居留证就经由芬兰去那里。”

“就这些吗？”乔纳问。

“你可以试着和她姐姐聊聊。”女人说。

“她姐姐？”

“她去瑞典是去找她的姐姐，显然她还在那儿。这里记录着她定期给我们打来电话，询问有没有妹妹的消息。”

“姐姐叫什么名字？”

“伊丽娜·卡利奥娃。”

79

位于斯德哥尔摩国王岛的NBA中央厨房可以闻到煮土豆的味道。厨师们站在炉子前，穿着白色的防护服，戴着发网。切片机的声音在瓷砖墙壁和金属工作台间发出回声。

埃里克让内莉和他们一起去见伊丽娜·卡利奥娃。当这位妇女发现

① 戈梅利位于白俄罗斯东南部索日河畔，邻近乌克兰边境，是该国第二大城市和戈梅利州的首府。

她的妹妹在被谋杀前是性贩卖业的受害者时，身边有一位女性心理学家可能会有帮助。

伊丽娜和其他人一样穿着相同的白色外套，戴着发网。她站在一排挂着固定钩子的大平底锅旁，集中注意力盯着一个显示面板。她轻敲了一个命令，然后利用杠杆原理倾斜了一个平底锅。

“你是伊丽娜？”乔纳问道。

她抬起头，好奇地看着三个陌生人。她的双颊通红，额头因沸腾的水汽而出汗，一缕蓬松的头发垂在额头上。

“你会说瑞典语吗？”

“我会。”她继续工作。

“我们是警察，来自国家刑事调查局。”

“我有居留许可证。”她很快地说，“一切资料都在我的储物柜里，有护照和所有的文件。”

“我们能去哪儿谈谈吗？”

“我得先问一下老板。”

“我们已经和他谈过了。”乔纳说。

伊丽娜对其中一个微笑的女人说了些什么。她把发网放进口袋，然后领着他们穿过嘈杂的厨房，经过一排食品手推车，走进一个装满脏杯子的小厅。桌子周围有六把椅子，中间有一碗苹果。

“我觉得快要被解雇了。”她紧张地笑着说。

“我们可以坐下来吗？”乔纳问。

伊丽娜点点头坐在一把椅子上。她有一张漂亮的圆脸蛋，像一个十四岁的孩子。乔纳看着她那件白外套里瘦削的肩膀，发现自己想起了她妹妹在墓穴里的白色骨架。

娜塔莉亚用蒂娜这个名字进行性服务，然后被谋杀，像垃圾一样被埋葬。因为她独自一人，没有身份文件，也没有人帮助她。她被利用了，事后甚至不值得花费精力去证明她的身份。

在警察工作中，没有什么比在调查过程中告诉受害人亲属关于死亡这件事更困难的事情。

没有办法去适应他们眼中充满的痛苦，所有的颜色都从他们脸上消失，任何试图交际和开玩笑的尝试都毫无作用。最后要做的是努力表现出理性，试着提出一些敏感的问题。

伊丽娜用颤抖的手在桌上拢了一些面包屑，希望和恐惧掠过她的脸庞。

“恐怕我们有坏消息。”乔纳说，“你妹妹娜塔莉亚死了，她的遗骸刚被发现。”

“现在？”她空洞地问。

“她已经死了九年了。”

“我不明白……”

“但她才刚刚被发现。”

“在瑞典？我去找过她，我不明白。”

“她被埋葬了，但以前没有被发现，这就是为什么花了这么长时间。”

她小巧的手继续移动着面包屑，然后滑到了膝盖上。

“这是怎么发生的？”她问道，眼睛仍然睁得大大的，瞳孔中空空洞洞。

“我们还不确定。”埃里克回答。

“她的心……一直……一直不想让我们担心，但有时它会停止跳动，感觉就像是永恒……”

伊丽娜的下巴开始颤抖，她用手捂住嘴，眼睛向下看，用力吞咽。

“下班后有人能和你聊聊吗？”内莉问。

“什么？”

她迅速擦拭脸颊上的泪水，抬起头来。

“好吧。”她集中起精神，“我该怎么办，我还得付钱吗？”

“不用，我们只想问几个问题。”乔纳说，“可以吗？”

她点点头，又拿起桌上的面包屑。他们听到厨房里传来金属声，然后有人敲门。

“你在瑞典的时候和你妹妹有联系吗？”

伊丽娜摇摇头，嘴巴微微动了一下，然后抬起头来：“我是唯一知道她要去斯德哥尔摩的人，但我答应什么也不说。那时我还年轻，我不明白……说她想用第一份工资给妈妈一个惊喜……但什么也没有，我有一次和她通电话，她说一切都会好起来的……”

说完伊丽娜陷入了沉默，眼神游离。

“她说住在哪里了吗？”

“我们没有兄弟。”她回答，“我们小时候爸爸去世了，我不记得他，但娜塔莉亚记得……娜塔莉亚走后，只剩下了我和妈妈……妈妈非常想念她，她常常哭着担心她脆弱的心脏，说她知道发生了可怕的事情。所以我想如果我能找到妹妹，带她回家，那么一切都会好起来的……妈妈不想让我离开，她死的时候只有她一个人。”

“我很抱歉。”乔纳说。

“谢谢。好吧，现在我知道娜塔莉亚已经死了。”伊丽娜说着站起来，“我想我早就怀疑是这个结果了，但现在我知道了。”

“你知道她之前住在哪里吗？”

“不。”

她朝门口走了一步，显然渴望摆脱整个局面。

“请再坐一下。”埃里克说。

“好吧，不过我得回去工作了。”

“伊丽娜。”乔纳说，声音里带着深沉的共鸣腔，“你妹妹被谋杀了。”

“不，我只是告诉过你，她的心脏……”

伊丽娜的大衣挂在了椅子后面，使得椅子随着她往后拖去。随着真相逐渐进入她的脑海，她失去了对面部的控制。她脸颊发白，嘴唇颤抖，瞳孔扩张。

“不。”她呜咽着说。

她向后靠在工作台上，摇摇头，摸索着扶住冰箱的前部，想抓住什么东西。内莉试着让她平静下来，但她把她推开。

“伊丽娜，你需要……”

“上帝，不，不是娜塔莉亚！”她哭了，“她答应过……”

她抓住了冰箱的把手，当她倒下的时候冰箱门被摇晃着打开，一个装满番茄酱和果酱的架子撞了出来。内莉急忙走过去，抱住她纤细的肩膀。

“我爱你……”她喘着气说，“我爱你……”

她蜷缩在内莉的膝盖上，试图用手捂住嘴，哭着，尖叫着，手掌颤抖着，无法控制自己。

过了一会儿，她平静下来，坐了起来，但她还是会抽泣，不均匀地呼吸。她擦干眼泪，虚弱地清理喉咙，试图控制呼吸。

“有人伤害了她吗？”她声音沙哑地问道，“他们打了她，他们打了娜塔莉亚吗？”

当她试图忍住眼泪时，面部又扭曲了起来，眼泪顺着脸颊往下淌。

乔纳从工作台上的一个包里拿了一些餐巾纸递给她，然后把椅子拉过来坐在她面前。

“如果你知道任何事情，请告诉我们，那很重要。”他严厉地说。

“我能知道什么？”她困惑地看着他们。

“我们只是想找到做这件事的人。”内莉一边说一边抚平她脸上的头发。

“你在电话里跟你妹妹说的话。”乔纳继续说，“她有没有告诉你她住在哪里，或者她的工作是什么？”

“有些男人欺骗贫穷国家的女孩，说她们会找到好工作，但是娜塔莉亚很聪明，她说不是那样的。她答应过我，但我去过家具厂……那里没有人听说过娜塔莉亚……他们没有雇用任何人，好几年都没有。”

她的眼睛哭红了，额头上的皮肤上出现了小小的红色斑点。

“这家工厂叫什么名字？”埃里克问。

“零号沙发。”她茫然地说，“在格达伦。”

内莉仍然和伊丽娜一起坐在地上，抚摸她的头，并承诺只要她需要，她就会陪着她。埃里克和内莉迅速交换了一下目光，然后带着乔纳走出了嘈杂的厨房。

80

玛戈特·西尔弗曼坐在调查室的一台电脑前，再次看着埃里克录制的洛基催眠录像。他的大脑袋向前耷拉着，用轻柔的声音描述了他在“零号”的经历。他谈到了贩毒的人和脱衣舞娘，以及他认为可以在那里拿到属于他的钱。

玛戈特听着他们的对话，眼睛沿着房间的墙壁扫视。受害者的日常模式在大地图上用三种不同的颜色标记着。每一个地方，每一个街道，以及她们可以接触到的传教士的标记。

在屏幕上，洛基摇摇头，说传教士身上有鱼腥味。

玛戈特在地图上看到丽贝卡·汉森在塞勒姆的家的位置插着一根大头针。

连环杀手通常会在他熟悉的位置下手，但是这次受害者的地点横跨了斯堪的纳维亚大都市的人口稠密地区。

“传教士擤了一声鼻涕，然后开始用很高的声音说话。”洛基呼吸不均匀地说。

玛戈特微微颤抖，看着这个大个子男人在椅子上蠕动，焦虑地号叫着，描述着传教士砍掉女人胳膊的方式。

“这听起来就像你把铁锹塞进了泥里……”

在公墓的尸体被挖掘出来之后，没有人再怀疑传教士是他们所寻找的连环杀手。

她知道是乔纳说服尼尔斯·阿伦下令将尸体挖掘出来。如果她能和乔纳公开合作，事情就会容易得多，但是本尼·鲁宾和彼得·恩斯伦德支持亚当，拒绝他的参与。

玛戈特没有权力让乔纳参与调查，但她肯定不会阻止他自行调查。

洛基摇摇头，他的影子在身后墙上的花花公子画报上移动。

“传教士把她的胳膊从肩膀上砍下来。”洛基喘着气说，“松开止血带，然后喝……”

“现在听我的声音。”埃里克说。

“喝她手臂上的血……蒂娜躺在地上流血到死……天堂里亲爱的上帝……亲爱的上帝……”

婴儿在玛戈特的子宫里开始闹腾，她不得不向后靠着闭上了一会儿眼睛。

初步调查正在按照既定程序进行着，但没有人相信这会有什么结果。警方已经敲门并询问了数百名邻居，他们检查了犯罪现场周围的监控和交通摄像机的所有镜头。除非洛基很快回到卡苏登医院，以便埃里克能够对他进行询问，否则他们将不得不通过媒体公开呼吁来获得找到他的线索。

玛戈特关掉了录像，一种有人在看着她的强烈感觉袭来。她站起来，走到可以瞭望到公园的窗户旁，拉上了窗帘。

她打开包，拿出粉盒，在小镜子里看着自己，再抹上一些粉。她的鼻子发亮，眼睛下面有着浓重的黑眼圈。她重新涂了唇膏，在一封国家刑事调查局的信上抿了一下嘴唇，然后调整头发，打开 Skype 给珍妮打电话。

她可以在屏幕上看到自己，当电话接通时她解开了衬衫的一个扣子，然后向后稍微挪了一下使整张脸显示在视频中。

珍妮几乎瞬间就接起了电话，她凌乱的黑色头发披在瘦瘦的肩膀上，穿着一件褪色的背心，小小的金色心形挂饰在脖子上闪闪发光。

“嗨，宝贝。”玛戈特平静地说。

“你抓到那个坏蛋了吗？”

“我以为我就是那个坏人。”玛戈特说。

珍妮微笑了一下，把一个哈欠压了下去。

“你给银行打过电话了吗？那个费用太离谱了。”

“是的，但显然那个费用没什么问题。”珍妮回答。

“那不可能是对的。”

“那你自己打电话吧。”

“我的意思是……好的，没关系……他们扣钱的时候真叫人恼火……哦，该死的。”

“你想要什么？”珍妮一边问一边挠着腋下。

“女孩们怎么样？”玛戈特问。

“很好。”珍妮回答，一边向一旁瞥了一眼，“但是琳达还是有点儿失望，她需要学会结交新朋友……她太善良了。”

“善良是件好事，不是吗？”玛戈特说道。

“但是当她最好的朋友说她受够了她的时候，她不知道该怎么办，她只会心烦意乱地坐着。”

“她会学会的。”

玛戈特希望能够告诉珍妮调查的细节，那种毫无根源的仇恨，以及传教士似乎跟踪偷窥着所有人。

她担心自己，因为她老是忘了所有正常的人都知道的事情，那就是她要生孩子了，而且每个人都应该获得快乐和安全感。

“你看起来不错。”玛戈特一边说，一边把头歪向一旁。

“不，我没有。”珍妮露齿而笑，然后大声打了个哈欠，“好的，我要继续看斯德哥尔摩马展的重演了。”

“好的，我晚点儿再打电话来。”

珍妮给她一个吻，结束了通话，留下玛戈特看着自己的脸。

玛戈特有点儿怀疑自己和珍妮之间是不是出现了一些问题，这时亚当·约瑟夫走进了房间，打开窗户面向着公园。他刚刚结束与国家凶杀案小组的内森·波洛克和埃尔顿·埃里克森的会议，精简了潜在犯罪者的名单，并将初步调查的进度向前推进。

“当我受训时，波洛克是我的老师之一。”玛戈特说。

“是的，他说了。”亚当坐下来，翻阅着一捆文件回答道。

“你在那里拿到了新的侧写了吗？”玛戈特问。

亚当沮丧地用双手抓着浓密的头发：“他们只是重复了我们已经知道的事情……”

“这就是它的运作方式，把看起来很明显的东西设置成参数。”她回答说，并把身体向后靠。

“凶手是一个具有高度冒险精神，拥有法医意识，并且极端残忍的家伙。受害者是育龄妇女，犯罪现场是受害者的家……这种暴力可能是内在的一种表达。”

玛戈特听着这些概括，想到了一个事实，那就是在安雅提供的名单上一定有很多名字。考虑到瑞典是世界上信教人口比例极高的国家，她禁不住想到这样的传教士一定不少。

他们现在有将近五百名与斯德哥尔摩地区各种宗教组织有直接联系的人，这些人都符合罪犯的侧写。

调查陷于停顿，她只好再次开始思考。他们现在需要的是一个清晰的信息能让调查继续下去。没有足够的时间来检查超过五百个人，鉴于凶手迄今为止作案的势头，下一个受害者的视频随时可能出现。

她认为为了限制搜索结果，需要添加一些不确定的参数，例如暴力犯罪史或人格障碍。

“有四十二名男子在其他案件中是嫌疑犯，九人被判处过暴力犯罪，没有人犯跟踪罪，没有谋杀罪，也没有和我们的连环杀手类似的残忍手段。”亚当说，“十一人有性犯罪，三十人跟毒品……”

“我们只需要最有可能的那一个。”她疲倦地说。

“我有三个名字……但没有任何一个完美的匹配，其中两个在之前有过对一个以上的女性实施过暴力犯罪……”

“很好。”

“第一个是丹德吕德教区的牧师斯文·雨果·安德森……另一位是帕西·约卡拉，他过去在费城教堂很活跃，但现在有了自己的会众，即众所周知的加萨特复兴教……”

“第三个呢？”

“我不敢肯定，但他是这五百多人中唯一一个有文件证明患有人格障碍的人。他在二十岁的时候被诊断为边缘性精神病，但没有犯罪记录，在警察或社会服务登记册上都没有……他已经结婚十年，这根本不符合凶手的侧写。”

“总比没有好。”她说道。

“不管怎么说，他叫托马斯·阿佩尔，是雅各布伯格近代圣徒耶稣基督教堂的传教士。”

“我们先从暴力罪犯开始。”她说着站了起来。

亚当去办公室打电话给他的妻子，告诉她要工作到很晚。玛戈特停在厨房里，看了看橱柜，在彼得·恩斯伦德走出来之前把袋子里的一包果酱饼干扯开。亚当对凶手侧写的描述让她想起了跟踪者和连环杀手丹尼斯·雷德，她在受训的时候曾写过一篇关于他的论文。他曾打电话给警察和媒体，告诉他们他的谋杀案。他甚至给警察寄去从受害者身上拿走的东西。

在丹尼斯·雷德的案子中，凶手的侧写就完全错了。他们一直在寻找一个离婚的、阳痿的孤独者，但雷德结了婚，还有了孩子，在教堂和童子军活动中都很活跃。

81

他们一起坐在玛戈特舒适的林肯车上。为了给她的肚子腾出地方，她不得不把座位往后挪，但这样又差点儿踩不到油门。

他们有证据证明斯文·雨果·安德森在桑德拉·朗格被杀期间正在丹德里德的医院做手术。现在三个名字中还剩下两人。

驶过萨德邦杰，他们沿着225号高速公路疾驰，穿过了黄色的油菜地，经过一个由阿斯特拉·泽内卡集团拥有的浅灰色大工业区。他们从一些高大的电力塔下驶过，然后进入森林地区。

玛戈特把饼干放进嘴里，咀嚼着，品尝着糖和黄油混合的香味，然后嚼着的果酱。

“那些是彼得的饼干吗？”亚当问。

“他给我了。”她说着，用嘴又叼起下一块饼干。

“他甚至不愿意给他妻子吃。”

“但他坚持说我现在是两个人。”她说着把包装袋递给了他。

亚当拿出一块饼干，微笑着咬了一口，他用另一只手接着，以免在玛戈特的车里掉下饼干屑。

道路越来越窄，沙砾在车轮下飞扬起来，玛戈特不得不放慢速度，这样他们才可以辨认出湖边偶尔出现的农舍。

帕西·约卡拉被判犯有恶性袭击罪、强奸罪和强奸未遂罪。

“你认为他很危险吗？”亚当问。

他们知道如果认定已经找到了那个不洁的传教士，那么就不应该在没有后援的情况下单独过来。为了安全起见，玛戈特带了格洛克手枪和额外的四个弹夹。

“他在攻击性和冲动控制方面存在问题。”她说道，“但谁又没有呢？”

帕西·约卡拉的登记住址与甘那复兴教堂的地址相同。

玛戈特穿过一条狭窄的砾石路和两旁稀疏的森林，再次看到了湖面。大约有五十辆车停在路边，但她一直驶到栏杆前才停下来。

“我们现在不必这么做。”亚当说。

“我只是想看看。”玛戈特说着检查了一下手枪。

他们站在一个红色的小屋前，白色的十字架上覆盖着三角形的LED灯，里面的光线看起来像是通过木头中的狭缝从建筑物中过滤出来。在房子后面，一片野草向湖面伸展。

窗户被从里面盖住了。

墙壁里面传来响亮的声音。

一个人高喊了一声，玛戈特突然感到一阵不安。她继续走，手枪套摩擦并顶着她。现在她的肚子已经太大了，手枪套的位置又太高。他们走过一个集雨桶，一米多高的苍紫，还有一个生锈的割草机，一堆蛞蝓趴在墙旁的幽暗草丛中。

“也许我们应该在这里等他们结束？”亚当问道。

“我要进去。”玛戈特简短地说。

他们推开门走进大厅，里面静悄悄的，好像每个人都在等待他们到来。

墙上挂着一张关于湖边会议的海报，还有一组去亚拉巴马州的旅行照片。桌上有一捆关于为加利塔复兴者新教堂募捐的印刷品，一个带扣子的钱箱和二十本救赎赞美诗集。

亚当犹豫不决，但她向他招手让他过来。虽然是教堂，但如果要发生交火的话，她还是希望他能站在正确的位置。

玛戈特穿过一扇门时，一只手捧着她的肚子。

她能听到喃喃低语的声音。

建筑物的其余部分是一个白色的教堂大厅，屋顶的横梁被柱子支撑着，所有的东西都被漆成了白色。白色的地板上有几排椅子，前面是一个小舞台。

有几十个人从座位上站起来，他们的眼睛注视着舞台上的那个人。

玛戈特意识到舞台上的那个人正是帕西·约卡拉。他穿着一件血红色的衬衫，敞开着袖口。他的头发从头部的一侧翘起，脸上都是汗。椅子躺在他身后，小合唱团的成员们沉默着，张开嘴巴看着他。帕西疲倦地抬起头，凝视着会众。

“我是脚下的泥巴，眼睛里的灰尘，指甲下面的污垢。”他说道，“我犯了罪，我有罪……你们知道我对自己和别人做了什么，你们知道我对我父母说了什么。”

会众叹息，不安地低声说话。

“罪孽在我身上蔓延……”

“帕西。”一个女人呜咽着，用湿润的眼睛看着他。人们开始咕哝着祈祷。

“你们知道我抢劫了一个人，用石头殴打他。”帕西继续说下去，“你们知道我对艾玛做了什么……当她原谅我的时候，我离开了她和米科，你们知道我喝得太多了，结果住进了医院……”

会众们现在不安地开始行走，椅子摩擦着地板，有人摔倒了，另一个人跪倒在地上。

气氛变得越来越紧张，帕西的声音嘶哑，集会似乎正在达到高潮。

玛戈特退到门口，她看到两个女人握着对方的手，说着一种难以理解的奇怪语言，她们重复着话语，越来越快。

“我将我的生命交在耶和华手中，用圣灵施洗。”帕西继续说道，“现在我是一滴从耶稣基督脸颊上流下来的血，我是一滴血……”

会众欢呼喝彩。

唱诗班开始全力歌唱：“罪的枷锁被打破了，我自由了，我自由了，我脱离了我的罪恶，我自由了，被拯救了。”

82

玛戈特和亚当在教堂外面等着。会众出现，他们微笑着聊天，打开手机，一边朝汽车走一边看短信，彼此挥手道别。

过了一会儿，帕西独自走了出来。他的红衬衫扣在胸前，腋下因为汗水变成了深色。他小心地锁上门，手里拿着一个塑料袋。

“帕西？”玛戈特打招呼，朝他走了几步。

“托盘在车库里……但我需要在他们关门之前赶到合作社。”他说着朝着大门走去。

“我们来自国家刑事调查局。”亚当说。

“请停下来好吗？”玛戈特用尖锐的声音说道。

他用一只手扶在门柱上，转向玛戈特。

“我以为你们是因为广告而来的……我有五个托盘，通常卖给打折店，但他们削减了订单……”

“你住在这儿吗？”

“不远的地方有一个小房子。”

“还有一个车库。”玛戈特补充道。

他没有回答，用手戳了下一根被塞进地里的生锈铁管。

“我们可以去看一看吗？”亚当问。

“不能。”帕西带着恶意的眼神看着他。

“我们得请你和我们一起去……”

“我没有看到任何身份证明。”他几乎用耳语的声音说道。

亚当把他的警徽放在帕西面前，但他似乎看都没看。

他向自己点了点头，然后把管子从地上拔出来。

“放下！现在就放下！”玛戈特说。

帕西双手捧着铁管，慢慢向她走来。

亚当走到一边，拿出了他的西格索尔手枪。

“我犯了罪。”他轻声说，“但是我……”

“停下来！”亚当大声喊道。

有什么东西让帕西停止了紧张的反应。他把水管扔到草地上。

“我积极地寻找罪恶来自何处，但我被宽恕了。”他疲倦地说。

“也许是上帝吧。”玛戈特回答，“但我需要知道你在过去两个星期都在哪里。”

“我去了亚拉巴马州。”他平静地解释说。

“美国？”

“我们参观了特洛伊的一座教堂，我们在那儿待了两个月，前天我刚回家……在一座木桥上举行了一次复兴会议。”帕西微笑着说，“就像一个装满了祈祷和歌曲的酒桶，整个旅程非常圆满。”

玛戈特和亚当确认了他的护照，一切都如他所说。他们向他道了歉，回到车里，开车穿过黑暗的森林。

“我得回家了。”亚当说。

“好吧。”她说，“我可以自己去跟托马斯·阿佩尔谈谈。”

“不。”亚当说。

“我们知道他不是暴力犯。”

托马斯·阿佩尔是雅各布斯贝里圣徒教会的传道者。在名单上的五百个名字中，他是唯一一个患有边缘型精神病性人格障碍的人。

“我们明天再去吧。”亚当恳求道。

“好吧。”她说。

他斜视着她。

“卡特琳不喜欢自己一个人待在家里。”他坦言。

“是的，你最近经常不在家。”

“不是那样……”

她开着车沿着蜿蜒的森林小路缓慢行驶。肚子里的婴儿又动了动。

“我可以和珍妮谈谈。”玛戈特说，“我肯定她可以去陪卡特琳。”

“我不这么认为。”他笑着说。

“什么？”她笑着问。

“不，别说……”

“你担心卡特琳会失去童贞吗？”

“别说了。”亚当坐在座位上蠕动着。

玛戈特拿起一块饼干，等着他说出想说的话。

“我熟悉卡特琳，她不想让我安排人陪她。她只是想让我证明我在乎我们的关系……我们问询完托马斯·阿佩尔后我必须立马回家。”

“好的。”珍妮不必和卡特琳一起过夜，这不禁让玛戈特松了一口气。

83

零号沙发作为一家私人有限公司，总部设在哈格达棱的工业区，靠近铁路。埃里克和乔纳沿着铁丝网栅栏向前行驶，朝着大约三十辆停放着的装着垃圾桶的卡车驶去。灰蒙蒙的雨下得如同沙子一般。

小猴子在车钥匙下面荡秋千。

远处，一些烟囱冒出的白色烟雾飘过高高的电缆。

他们在低矮的工业建筑之间穿过宽阔的道路，这些建筑上挂着公司的旗帜，还有私人保安公司、警报器和摄像头的标志。

铁丝网栏杆在停车场前泛着光，这里满是铰接式货车、卡车和集装箱。

挡风玻璃雨刮器机械地把雨扫到一边，留下一个超出扫片范围的肮脏三角形。

“靠边停车。”乔纳说。

埃里克开车绕过路边的一个旧轮胎，放慢速度，把车停下来。

在马路的另一边，杂草和蒲公英生长在一个高高的栏杆前，栏杆上有四排带刺的铁丝网。

他们盯着那座巨大的波状金属建筑。铁锈从螺丝上溢了出来，上面挂着一个大牌子，写着“零号沙发”。

“这里是‘零号’，不是吗？”埃里克严肃地说。

“是的。”乔纳一边回答一边沉思。

雨刷一停，挡风玻璃就被遮住了，细小的水珠很快形成了小溪。

“零号”的唯一一扇窗户在办公室的前部，它肮脏不堪，覆盖着铁条。在栏杆旁边的停车场里有九辆私家车和两辆摩托车。

“我们该怎么办？”过了一会儿，埃里克说。

“如果洛基在这里，我们就设法把他弄出来。”乔纳说，“如果他不同意的话，你必须在这里质问他，但是……如果他只说什么传教士吸毒、化妆什么的是不够的。”

“我知道，我知道。”

“我们需要一个地址，一个名字。”他总结道。

“那么我们怎么进去呢？”

乔纳打开门，凉爽的空气把湿漉漉的青草味带进了车里。在嘈杂的雨声中可以听到远处传来巨大的噪声。

他们离开汽车穿过马路，雨正在冷却地面，雾气从柏油碎石中升起。

“你的臀部感觉如何？”埃里克问。

“没事。”

他们穿过大门进入工业区。地面上有湿纸板，上面有三人沙发和双人沙发的标志。透过脏兮兮的窗户，他们可以看到办公室里一片漆黑。

一辆小汽车在停车场停了下来，一个身穿深色西装的男人走出来，走到大楼的尽头。

他们等了一会儿，然后跟着他走到没有窗户的门面前。乔纳拿出手机，拍下了汽车的车牌号码。

仓库的尽头是一个带有金属台阶的混凝土装载舱。在一扇巨大的滚动式货仓门旁边有一个较小的钢扣门。

他们沿路走到了大楼的尽头，穿过闪着光的黑色柏油路，经过一堆木托盘。

那人失踪了。

埃里克和乔纳交换了一下目光，然后继续向拐角走去。一块聚苯乙烯包装板在潮湿的地面上转动着。

在仓库的后面是一个箕斗，被田旋花和苍紫包围着，通往栏杆的路上全是沙子。

他们的脚在潮湿的沙子上留下痕迹，刚才跟踪的人显然没有走这条路。

装载舱的钢门一定是建筑物的入口。

他们走到建筑物的后面，穿过沙地，感受着雨水从他们脖子上滴落下来。靠近远处的拐角处是另一扇金属门，在台阶的底部，有金属栏杆和上下移动的轮式垃圾箱。

“把车钥匙给我。”

埃里克把钥匙递了过去，乔纳把其中的铁环拿了下来，把小猴子和钥匙递还了回去。他把金属环弄直，做成了一个钩子，从口袋里掏出一支圆珠笔，啪的一声插进锁里，然后把弄直的铁丝也插进去，把夹子向上推，转动锁芯。

84

从储藏室天花板吊下来的灯泡坏了，地板上满是脏兮兮的垃圾，四个垃圾桶里有着臭烘烘的食物，一堆已经破烂了的规则和条例贴在墙上。从外面照进来的微弱灯光中乔纳可以看到房间尽头的另一扇门。

“来吧。”他对埃里克说。

他小心翼翼地打开门，走进一个有着排水板的小厨房。带着节奏的音乐在墙上回响，吊灯亮着，但是没有人。桌子上有一块砧板，上面有着一个带油渍的纸袋，周围有着面包屑和糖粉。

在远处的墙上有两扇关着的木门，第一扇锁着，第二扇没有锁。

乔纳试着转动门把手，两人悄悄走进一个空荡荡的更衣室，能听到从墙壁传来的音乐声。

浴室的门关着。他们小心翼翼地走过水泥地板，经过三个淋浴间，一张带镜子的化妆台和一排衣物柜。

有人在冲厕所。他们匆忙穿过房间，发现自己在一条窄窄的走廊里，里面有十扇门。走廊外侧的小房间没有窗户，里面只有一张小床，上面放着塑料床垫。

在一扇紧闭的门后，有人在机械地呻吟。

唯一的光线来自天花板上挂着的一串小彩灯，小小的心形和花形照亮了光秃秃的墙壁，闪烁着淡淡的色彩。

走廊通向一个大储藏室，顶部都是包着箔纸的通风管道。

在闪烁的灯光下，他们可以看到里面大概有三十个男人和十个女人。到处都放着沙发和扶手椅，沿着一堵墙是一排塑料包装的托盘，上面放满了家具。

太黑了，很难辨认出任何面孔。

悸动的音乐不断循环着一个特定的乐句，一次又一次地重复着。

舞台上，一个裸体女人在一根垂直的金属杆前跳舞。

乔纳和埃里克小心地走在微弱的灯光下，房间里有湿衣服和湿头发的气味。

他们留意着洛基庞大的身躯，如果他站起来的话，应该能在舞台的灯光下看见。

他们知道这是一场赌博。洛基可能已经离开这里了，但如果他设法弄到了钱，那么他可能买了一些海洛因，那样的话，他或许还留在“零号”。

一个醉汉正试图和一个女人讨价还价，一个守卫迅速出现，说了些什么，男人点头。

音乐发生了变化，无缝地融合成了一种不同的节奏。舞台上的女人蹲了下来，大腿在金属杆的两侧展开。

一个守卫站在吧台旁边，一动不动地盯着房间。

乔纳看到一只黑色的德国牧羊犬在家具间移动，它看起来已经习惯了待在这里，它吃掉掉在地上的食物，闻气味，然后继续往前走。

一个高大的男人从走廊里出来。他擤着鼻涕，朝吧台走去。乔纳试图跟踪他。

“不是他。”埃里克说。

他们停在离舞台不远的墙边。这里很暗，但是吊在天花板上的灯反射出的光芒照亮了各式各样的衬衫和面孔。

在吧台前一个戴着黑色边框眼镜的男人坐在一把带有标签的红色扶手椅上。男人的手背上有着一个十字架文身，中间有一颗闪亮的星星。

在低矮的桌子上，两个瓶子随着低音的节奏敲响。有毒品的迹象，有人在吸可卡因，有几个人的嘴里含着药片，但这里的主要交易商品显然是性。

一个身着黑色乳胶比基尼的年轻女子来到埃里克身边，微笑着说了一些没听懂的话。她用手抚摸着自己金色的短发，对着他眨眨眼。当他摇摇头时，她转向了下一个人。

酒吧后面的电视屏幕上正在放映一部电影：一个好斗的男人在房间

里走来走去，敲门，打开抽屉。一个女人被推入房间，试图转身打开门。男人走到她身边，把她的头发向后拽，然后重重地打在了她的脸上，让她摔倒在地。

就在埃里克和乔纳的旁边，站着一个五大三粗、额头肉厚的男人，身上灰色夹克的肩部被雨淋湿了。

“阿纳托利？我被搜身的时候把钱交给了他。”他粗声粗气地说。

“我知道，欢迎。”一个听起来很年轻的声音说道。

乔纳侧着身子走着，发现这个声音来自一个身材高大、皮肤发黄、眼睛下面有着黑眼圈的年轻人。

“我想去房间，我能买两包可卡因吗？”

“你可以买任何你喜欢的东西。”年轻人回答，“我们有一些来自赫尔曼德南部的顶级产品，通常来自伊朗，或者……”

当他们离开沙发和人群的时候，谈话就结束了。

狗追着他们，舔着年轻人的手。乔纳跟在他们后面，看见他们在舞台右侧向右拐去。

埃里克设法跌跌撞撞地走进一间低矮的休息室。一个啤酒瓶倒了，滚到了地板上。他换了一条路，站在一把雨伞旁，穿过一张皮沙发。

舞台上的守卫看着他。

一个面颊圆润、脸色苍白的年轻女子坐在一个穿皮背心的男人面前。他边讲话边把一绺黑头发绕在食指上。

在黑暗中，乔纳没再能看见那个贩卖海洛因的年轻人。现在到处都是人，他环顾四周，看见那只黑狗从一个摇曳的珠帘中溜了出去。珠帘很长，组成了蒙娜丽莎的脸，珠帘再次分开，一个年轻女子裸露着胸部、穿着一条紧身皮裤走了出来。

85

当埃里克和乔纳穿过蒙娜丽莎的珠帘时，珠子叮当作响。空气中突然弥漫着浓烟、汗水和脏衣服的气味。在粗糙的水泥地上，到处都是磨破的沙发和扶手椅。舞台上的音乐仍然能听见，但只能听清沉重的低音贝斯声。

半裸体的人们坐在沙发或地上，大多数人看起来好像睡着了，其他人则昏昏欲睡。

他们走过一位坐在脏沙发上的中年妇女，沙发没有垫子，她穿着的牛仔裤对她来说太大了，上身还穿着肉色的胸罩。她把打火机放在一片皱巴巴的锡箔下面，然后用一根小塑料吸管快速地吸着烟，一缕烟气从金属上袅袅升起。

水泥地面上到处都是烟头、糖纸、塑料瓶、注射器、避孕套、药片包装和一捆布料。透过烟雾，乔纳可以看到名叫阿纳托利的男子和新来的客人坐在一张被切开的沙发上，沙发内部的填充物都散落在外面。

乔纳和埃里克穿梭在家具之中。

在这个地方没有人会愿望成真。这里只有囚犯和奴隶，钱只流向一个方向。每个人都沉溺于自我中，耗尽了所有的生命，直到死亡。

他向身后瞥了一眼，看见阿纳托利站起来，穿过房间。黑狗跟着他。

一个女人被拖着，绊倒在地上，灯滚在了地上，灯光照在了一个大胡子男人的脸上。

是洛基·吉尔伦德。

他赤身裸体地坐在一张红色扶手椅上睡着了。他的头向前倾斜，胡须看起来像是长在胸前的头发。他在右腿上注射了什么，黑色的血液从他的脚踝流下来。

在他旁边，在一张没有垫子的沙发床上坐着一个女人，她把打火机放在汤匙下方，眼睛呆滞地盯着水里形成的小气泡。她在等待粉末溶解的时候舔了舔嘴唇，勺子里满是淡黄色的液体。

埃里克跨过一个脚凳，走到他们面前，闻到海洛因和铁水的气味，然后停下脚步。

“洛基？”埃里克低声说。

洛基慢慢地抬起头来。他的眼睑很重，瞳孔像黑色的墨水。

“叛徒犹大。”他看到埃里克时喃喃自语。

“是的。”埃里克说。

洛基高兴地笑了，慢慢闭上了眼睛。

“你记得告诉过我那个不洁的传教士吗？”埃里克蹲在洛基面前问道。

洛基睁开疲惫的眼睛摇摇头：“那应该是我吗？传教士？”

“我不这么认为，我想你是指其他人。”埃里克说，“你说的是一个有着疤痕的男人。”

“你还记得他在这里杀了一个女人吗？”

“不。”洛基咧嘴笑了笑。

“她被称为蒂娜，但她的真名是娜塔莉娅。”埃里克继续说。

“是的……那就是他，那是传教士。”洛基咕哝着。

“我需要知道……我们是在谈论一个真正的传教士，一个牧师吗？”

洛基点点头，闭上眼睛。

“哪个教堂？”埃里克问。

洛基用自己才能听见的声音说着什么，埃里克向前倾身直到他能闻到腐臭的气息。

“传教士是妒忌的……就像上帝一样。”他低声说。

“我们认为传教士谋杀了至少五名女性，我们需要一个名字、教区或地址。”埃里克说。

“你在说什么？”洛基咕哝着，又闭上了眼睛。

“你要告诉我关于传教士的事。”埃里克坚持说，“我需要一个名字，或者……”

“别再废话了。”那个女人说着躺在洛基毛茸茸的大腿上。

“向英安问好。”洛基喃喃低语，笨拙地抚摸着她的头。

乔纳一直盯着房间。穿着迷彩裤的胖子从售货室外面的椅子上站起来，在房间里向外张望。乔纳看着他把手机放进口袋里，穿过沙发。然后又回到了自己的位置。一个人闭着眼睛躺着，嘴里叼着一支点燃的香烟。

“你要我告诉你的事。”洛基说，“但我在炼狱中只记得坐在一个小猴子笼子里……还有长长的木杆，上面有发光的……”

“瞎说，胡说八道。”英安笑着打断了他的话。

“我号啕大哭，试图逃跑，试图用我的饭盆来保护自己……胡说八道，胡说八道。”他笑了。

“给我认真点儿！”埃里克大声说，“如果你能告诉我一些能帮助我们找到他的信息，我就不再打扰你。”

看起来洛基开始打瞌睡了，从他的嘴巴里滑出了一串唾液，淌进了胡须中。

那个留着灰胡子的人从房间的另一边回来了。珠帘在他身后摇曳，让蒙娜丽莎的脸上蒙上一种黄色的光芒。

“我们不能再待在这里了。”乔纳告诉埃里克。

英安试着穿上她的内裤，但内裤在两个脚趾间绕在了一起，她向后倾斜，闭上了眼睛。

“我的脑子很乱。”洛基咕哝着。

“你需要……”

“胡说八道……胡说八道。”英安说道。

“给我一个名字。”埃里克坚持说。

“你可能要催眠我，如果你……”

“你能站起来吗？”埃里克问，“我来帮你。”

乔纳看到穿着迷彩裤的胖子又从椅子上站了起来。他一边向他们走来时，一边还打着电话。

一个戴着项圈的女人站在通往舞台的门口，拉开珠帘，似乎在犹豫是否要进来。在她身后乔纳可以看见一个身穿黄色油布外套的高个身影，那是渔夫们过去常穿的衣服。起初，他不明白自己怎么知道正在盯着传教士看，但是他的头脑突然把过去的记忆变成了清晰的焦点。

“埃里克。”乔纳平静地说，“传教士在这儿，他站在珠帘旁边，穿着一件黄色的雨衣。”

戴着项圈的女人向某人挥了挥手，跌跌撞撞地走进房间。珠子在黄衣人身影前摇晃。

乔纳记起了菲利普·克朗斯提是如何描述拍摄玛利亚·卡尔松的人。

他倒在仓库里之前听到的最后一件事是，那个拿着相机的瘦子穿着黄色的油布外套，就像罗弗敦群岛的渔民一样。

乔纳开始向前走，但穿着迷彩裤的人绕过花朵图案的沙发拦住了他。

“我得请你和你的朋友和我一起去。”他说。

“埃里克。”乔纳说。

“你看见他了，是吗？在那边的珠帘旁。那就是传教士，你得跟着他，试着看清他的脸。”

“这个俱乐部只面向会员开放。”男子说。

“我们想买一个沙发。”乔纳说道，他看到埃里克匆匆走向珠帘。

86

胖子大声叫他停下来，但埃里克继续往前走，在沙发间迅速穿行。那人大喊着让开，然后把扶手椅向后推去，在地上发出了刮擦声。

“不好意思。”乔纳用芬兰语说，再次挡住了他。

那人把乔纳的手掸开，退后一步，拿出一把电击枪。

“这个会很疼。”乔纳微笑着说。

他向前迈了一步，从射击的范围中避开，用手把电击枪推到一边，踢向那个男人的膝盖，扭伤了他的腿。男子喘着气，电击枪撞在了沙发的后部。乔纳从男人手中夺过电击枪，把电线绕在他的脖子上拉扯。那人瘫倒在地，翻身，试图再次站起来。乔纳用脚踩住他，把电线绕在手上，拉得更紧，直到那个人失去知觉，摔倒在地。

埃里克在舞台旁的珠帘中消失了。

房间另一端职员室的门打开，一个宽肩的男人穿着一件亮闪闪的夹克出现，他耳边贴着手机，环顾四周。

乔纳坐下来避开他的视线，但他知道他必须阻止那个人去追埃里克。

洛基仍然闭着眼睛，嘴里叼着一支烟。

那个戴项圈的妓女把一块用过的纸巾推到沙发垫子之间，然后穿着高跟鞋跟着乔纳。

“我们去房间好吗？我可以给你一段美好的时光。“她说着走近了些。

“别挡道！”他回答。

她擦了擦嘴，开始朝珠帘走去。

穿亮夹克的那人看见了乔纳，一边朝他走来，一边推着椅子。乔纳站起来，看到那个人的臀部藏着一把武器，是一把短柄的大口径手枪。

胖子躺在地上，解开了绕在脖子上的电线，咳嗽着，试图站起来。

穿亮夹克的男人停在乔纳前面，把一个消声器拧在了枪上。他们之间隔着一个华丽的沙发。

“除非你跟我走，否则我会射中你的两个膝盖。”他说道。

乔纳举起一只手试图后退，但地上的胖子抓住了他的腿。

“我不知道这是一家私人俱乐部。”乔纳说着试图挣脱他的腿。

持枪的家伙已经装配好消音器，举起枪并扣紧扳机。乔纳把自己甩到一边，肩膀和太阳穴都撞在了地上。

枪响时没有声音，但火药粉末腾到了空中。乔纳身后的一个裸体男子站起来，血从他肚子上的弹孔里流了出来。一个女人尖叫着急急忙忙地离开他，摔倒在地上。

“死亡时间。”那个拿着枪的男人爬上沙发，看着后面。

乔纳抓住了倒下来的灯，把沉重的底座画了一个半圆丢了出去，砸到那个男人的肩膀上。他向一旁一个趔趄，电缆在地上随着他蜿蜒拖动。那人靠在沙发后面，乔纳靠近他，在他还没来得及开火之前把手枪推到了一边，然后用拳头正中他的喉咙。

他抓起温热的枪管，当他把武器向上抬起时感觉到脸颊受到重重的一击。

那人后退，紧紧抓住喉咙，一副喘不过气来的样子，嘴里向外淌着口水。

乔纳向后退一步，把枪转过来，射中了他的右肺。

唯一的声音是一个尖锐的点击般的声响，而不是响亮的砰砰声。子弹的空壳在水泥地上跳动。

那人蹒跚着，试图用手捂住入弹孔，一阵咳嗽，然后瘫倒在沙发上。

胖子手里拿着刀，摇摇晃晃地站起来。他的一只肩膀耷拉着，电击枪的电线仍然绕在脖子上。

乔纳走开，朝珠帘快速瞥了一眼。

这人向前走了几步，用刀子向前戳了一下。乔纳背对着桌子，感觉刀锋碰触到了他的夹克。他跟随着刀子移动，用手枪把刀子打向一边，然后扭动身体，用巨大的力量把他的右手肘撞向男人的脸颊。乔纳和他一起移动，迈了一长步来保持平衡，感觉到了从臀部传来的刺痛。

这个人昏倒在地，乔纳走出房间，四下扫视。

再不快点儿估计就出不去了。乔纳蹲下来，手枪指向地面，朝珠帘走去。

从阿纳托利买了海洛因的那名新顾客躺在沙发旁边一副死气沉沉的

样子，他的嘴唇苍白，眼睛睁得大大的。

乔纳绕过一张矮玻璃桌，看见那个戴着项圈的女人在沙发中间朝他走来。

“带我离开这里。”她低语道，用绝望的眼神看着他，“求求你，我求求你，我必须离开这里……”

“你能跑吗？”

她对他笑了一下，然后她的头突然一阵抽搐，一摊血从她的太阳穴喷涌而出。

乔纳急速转身，子弹壳在他旁边的椅子后面落在地上发出砰砰声。那个留着灰胡子的男人拿着一把手枪向两个女人靠近。

枪口冒着烟。

乔纳瞄准，将枪管放下几毫米，然后连续射击三次。虽然听起来好像枪里没有装子弹，但男子的身后炸出了一片血迹。

这个男人又走了两步，然后倒在了两个女人的身上，手枪掉落，他的手伸向一个脚凳。

戴着项圈的女人仍然站着，血从她的太阳穴中涌出，沿着身体向下流淌。她看着乔纳，张大嘴巴，好像要说话似的。

“我会去找人来帮你。”他说。

她迷惑不解地摸了摸她那血淋淋的头发，然后侧着身子坐在扶手椅上，蜷缩着，好像要睡觉似的。

在远处，一个圆肩的男人正蹲在地上，用沙发作为掩体。乔纳跑着出去，一颗子弹击中了他旁边的墙，洒下一堆石膏粉。他穿过珠帘，把枪紧紧贴在身上，尽可能快地向通道走去。

一个胖子在舞台上跳舞，衬衫露在裤子外面。

没有埃里克的踪迹，乔纳一到狭窄的走廊就跑了起来。

当他走进更衣室时，能听到身后追踪者们的声音。他迅速锁上门。有人在淋浴，塑料托盘发出吱嘎声。乔纳从两个站在化妆台前的女人身边跑过。

在厨房里，一个矮个子在炉子上煎冷冻的肉丸。他还没时间去抓起一把刀，乔纳就对他的大腿开了枪。那人摔倒在地上，乔纳听到他尖叫。他跑过废物贮藏室里的旧纸板箱，从大楼后面出来，尽可能快地绕着仓库跑，穿过高高的杂草，然后穿过大门，沿着铁丝网绕过一辆货车。他看见埃里克的车不见了，只好一瘸一拐地向前走，他需要报警、联系急救。

87

几乎没有车，埃里克保持着安全距离小心地跟着，一路通过了工业区。传教士驾驶着一辆蓝色标致，车非常脏，以致连车牌号都没法看清。埃里克没有别的计划，只打算不被察觉地跟踪着。

他已经跟着前面汽车的尾灯行使了快一个小时，他不断告诉自己，不能跟得太紧。

他在一个空旷的足球场和学校前面加速了一段路，透过绿叶可以看见一大片房屋的稀疏灯光。一辆夜间公共汽车从停车站开出，埃里克不得不减速。这使得他无法看见传教士，他只好踩油门加速，违规变道超了车。

前面的一组交通信号灯变红了。埃里克加速，猛地急转弯，从后侧超过了一辆挡在他路前方的车。但已经太迟了，他意识到蓝色标致已经右转。

埃里克在下一个路口转弯，汽车后备厢中的一袋空瓶子翻倒了。当他驾车经过茂盛的花园和黑暗的房子时，试图猜测蓝色标致现在可能的方位。

他刹车，向左转，瞥了一眼信箱的侧面，猛地加速经过许多别墅，然后意识到前面是一个死胡同。在经过下一个路口时他猛地刹车，轮胎滑过柏油路面，车轮漂移着向右急转。后轮失去了抓地力，车的尾部击中了一根电线杆。后备厢里的瓶子碎了，埃里克斜着车又驶上了大路。

他拼命加速让车爬坡，终于发现传教士正驾车进入了高速公路桥下的隧道。他慢了下来，感觉到手在方向盘上发抖。

反光镜再次掉了下来，只靠电线悬挂着。

有人在隧道的混凝土墙上喷了“可能有另一个世界”这句话。

一切都变黑了，过了一会儿，他来到了一个都是四层建筑的区域。

蓝色标致车经过一辆装满垃圾箱的货车，车厢里装满了机械装置，埃里克想知道传教士是不是住在这个叫霍克木森的地域。

虽然他对现实有合理的把握，但传教士过着平凡生活的想法似乎令人难以置信：一个人在受害者已经死亡后依旧用刀刺烂她们的脸庞，然后回到有着苹果树和割草机的可爱别墅，坐下来和他的家人一起看电视。

传教士慢了下来，在经过第三条街后停了下来。在不改变速度的情况下，埃里克驾车驶过蓝色的汽车，看着车内的灯光在后视镜中熄灭。他经过一小片林地，转入了下一条路，然后停下来，匆匆返回。黄色的雨衣消失在路左边的森林里。埃里克在人行道上停下脚步，这时他才意识到自己的腿抖得有多厉害。

88

末日圣徒教堂紧邻一个大的停车场。这是一座低层建筑，有着彩色的墙面和屋顶，还有一个以圆形石基为中心升起的红塔。

托马斯·阿佩尔的妻子和两个孩子住在一座靠近教堂的水泥灰色别墅里，从花园的木制甲板和烧烤架的位置向树木和屋顶望去可以看见红塔。

亚当和玛戈特坐在起居室里，喝着柠檬汁。托马斯·阿佩尔和他的妻子英格丽坐在他们对面。托马斯是一个瘦瘦的男人，穿着灰色的裤子，白色的衬衫，戴着淡灰色的领带。他瘦削的脸上刮得很干净，但眉毛浓密，窄窄的嘴巴歪在上面。

玛戈特问托马斯谋杀案发生的时候他在哪里，他回答说自己和家人在一起。

“还有其他人能证明吗？”玛戈特看着英格丽问道。

“当然，孩子们都在家里。”托马斯的妻子用和蔼可亲的声音说。

“没有其他人？”亚当问。

“我们过着平静的生活。”托马斯回答说，仿佛这说明了一切。

“你有一个可爱的家。”玛戈特说着环顾房间的四周。

墙上挂着一个非洲面具，旁边的油画是一个女人穿着黑色连衣裙，大腿上放着一本红色的书。

“谢谢。”英格丽说。

“每个家庭都是一个王国。”托马斯说，“英格丽是我的王后，姑娘们是公主。”

“当然。”玛戈特笑着说。

她看着英格丽的脸，没有化妆，耳垂上戴着小珍珠，还有那条连衣长裙，一直到脖子，衣袖盖住了半只手。

“你可能认为我们穿得老式，很无趣。”英格丽看到玛戈特看着她。

“很好看。”玛戈特撒谎，试图在沙发上找到一个舒适的位置，因为背后的椅套上有钩针。

托马斯倾身向前，在她的杯子里倒了更多的柠檬水，她无声地感谢他。

“我们的生活并不无聊。”托马斯平静地说，“我们不用药品、酒精、烟草……或者咖啡和茶。”

“为什么不喝咖啡呢？”亚当问。

“因为身体是上帝赐予的礼物。”他简单地回答。

“如果这是一份礼物，那么只要你想的话当然可以喝咖啡吧？”亚当反驳道。

“当然，这不是一成不变的。”托马斯轻描淡写地说，“这只是一种指导……”

“好吧。”亚当点点头。

“但如果我们听从这种指引，上帝就应许死亡天使从我们家经过时不会杀死我们。”托马斯笑着说。

“如果你搞砸了，天使会多快来呢？”玛戈特问。

“你是想看我的日记吗？”托马斯太阳穴里的静脉开始变深。

“我去拿过来。”英格丽说着自愿站起身来。

“我去拿些水。”玛戈特说，跟在她后面。

托马斯想要站起来，但亚当通过询问他所担任的牧师角色阻止了他。

当玛戈特走进整洁干净的厨房时，英格丽正站在一个办公桌前寻找日记。

“我能来点儿水吗？”玛戈特问。

“当然可以了。”英格丽说。

“上星期日你在这儿吗？”

“是的。”女人回答说，她鼻梁上出现一个小小的皱纹，“我们在家里。”

“你们做了什么？”

“我们做了……像往常一样，我们吃晚饭，看电视。”

“电视上播了什么节目？”她问。

“我们只看摩门电台。”英格丽一边说一边检查水龙头是否关好。

“你丈夫晚上会单独外出吗？”

“不会。”

“甚至连去教堂都没有？”

“我得去卧室里看一看。”她离开厨房时脸颊很红润。

玛戈特喝了一口水，把杯子放在工作台上，然后回到客厅。她可以看到亚当脸上很紧张，嘴唇的上方有着一丝汗水。

“你用任何药物吗？”亚当问。

“不。”托马斯答道，用灰色的裤子擦他的手掌。

“没有精神药物，没有抗抑郁药？”玛戈特再次坐到沙发上。

“你为什么想知道这些呢？”他用平静而茫然的眼睛看着她问道。

“因为二十年前你接受了精神疾病的治疗。”

“那是在我听从上帝之前，那段时间对我来说很艰难。”

他沉默不语，用温暖的表情看着英格丽，她走了回来。

她站在门口，手里拿着一个红色的备忘记事本。

玛戈特拿起本子，戴上她的读书眼镜，开始翻阅日期。

“你有摄像机吗？”当玛戈特在浏览日记时，亚当问道。

“有。”他带着疑惑的目光看向亚当。

“我能看一下吗？”

“为什么？”他问道。

“只是例行公事。”亚当回答。

“好吧，但是它正在修理。”托马斯微笑着，伸了下歪扭的嘴。

“在哪里？”

“一个朋友正在为我修。”他轻声说。

“请告诉我你朋友的名字可以吗？”

“当然。”托马斯喃喃道，亚当的手机铃声在他的夹克里响起。

“对不起。”他说着站起身来，背着托马斯寻找手机。

透过窗户，他看见一个邻居站在栏杆的另一边看着他们。在倒影中，他也能看到自己浓密的头发和眉毛。他找到了手机，是艾德，国家犯罪调查局的一个 IT 技术人员，他也恰巧住在霍克木森。

“喂。”他接起电话。

“又有一个视频。”艾德几乎尖声叫道。

“我们会尽快赶回来。”

“录像里是你的妻子，是卡特琳……”

亚当在那之后什么也没听到，他径直走进大厅，靠在墙上，把两个装有微笑女孩照片的相框扯了下来。

“亚当？”玛戈特喊道，“发生了什么事？”

她把日记放在沙发上，站起身来，无意中把低矮桌子上的一杯柠檬水打翻了。

亚当已经到了前门，玛戈特看不见他的脸。

她感到恶心，紧紧抓住肚子，跟着他。亚当沿着小路向汽车跑去。

她还没走出门他就发动了引擎。她停下来，喘着气，看着他启动汽车，在路上急转弯漂移，然后撞倒了孩子在路边竖起的曲棍球门。她走到马路边，示意他停下来，这时她的手机响了。

89

位于波特瓦根5号的房子只有三个房间，但厨房里有一个非常舒适的用餐区域，还有一个地下室，一个小花园，背靠着一片森林。他们买下它的时候相当便宜，这里离市区不远，但房子需要经过一番好好的修整才能安然度过冬天。

卡特琳·约瑟夫正坐在电视机前的白色沙发上。她穿着柔软的蓝色外套和一件粉红色的T恤衫。她知道自己新涂的指甲油早就干了，但她把手伸向酒杯的时候还是翘着手指。既然亚当不在家，她就抓住机会做了指甲，不然的话他会出去坐在车里，以免闻到气味头痛。

她抿了一下嘴，然后低头看着膝上的iPad。卡洛琳还没有更新她的状态，她一个小时了都没回复，肯定不可能一直在洗澡，对吧？

卡特琳正看着电视上一部名叫《变脸》的老电影，发现它的内容非常牵强。

她打了个哈欠，挠着她的脚踝。虽然她早些时候吃了金枪鱼沙拉，但现在又饿了。她继续看iPad，滚动屏幕读着自己的评论，然后写了另一条。

她特别执着地关注卡洛琳·温伯格的最新动态，简直像在跟踪她。

她是在一次前往足球训练的地铁途中喜欢上了卡洛琳，现在她已是超级名模，谣传她不会为少于两万五千美元的事情下床。

卡特琳在所有的论坛上跟踪她的消息，时刻知道她在哪里，在做什么。事情不知不觉就变成了这个样子。

当她意识到花园里的灯灭了的时候，她正颤抖着伸手去拿那杯酒。紧挨着玻璃的灌木丛看起来黑漆漆的。她不确定外面的灯之前有没有亮，这不是第一次出现类似问题，亚当必须去检查保险丝盒，她是不可能去地下室的，尤其是在发生了闯入事件之后。

她在黑色的窗户里看着自己的倒影，然后喝了更多的酒，看着自己的指甲。

上星期四，当她和亚当都在工作的时候，有人闯了进来。现在地下室的门锁还是坏的，他们用一根绳子绑在上面。没有什么值钱的东西被盗，家庭影院、音响或游戏机都没被拿走。

也许他们意识到亚当是个警察而改变了主意？他们很可能看到了挂在相框里他从警察学院毕业时拿到的文凭，然后尽可能快地逃走了。

亚当认为这只是一些无聊的年轻人。

但卡特琳认为这有点儿奇怪。他们可以拿走他们的威士忌和葡萄酒，或者她的珠宝。两年前亚当送给她的普拉达手提包也放在卧室里。

她只发现一样东西丢了，是她祖母绣的一小块布。亚当不相信她，他认为没丢，会在什么时候再次出现，于是拒绝在警方报告中提及此事。

舍杜，她的祖母用浅红色的线绣在白布上的保护神，一直放在书柜旁边立着的银十字架旁。卡特琳知道一定是有人拿走了它。

小时候，她一点儿也不喜欢刺绣。她妈妈说舍杜看守着他们的家，但她看到的只是一个怪物。布上密密缝制的线描绘了一个梳着胡子的男人，他背部拱起，身体上有着一对巨大的天使翅膀。

她又一次想到绳子，亚当用它缠绕住地下室的门把手，然后绑在延伸到洗衣机的水管上。她让他仔细检查了几遍房子。除了地下室之外，房子中她觉得恐怖的区域是客厅和厨房之间的大清洗橱，就像一个更衣室，有着两扇非常厚重的木门。它过去用一个旋转木制的锁扣从外面锁住，但后来松开了。现在即使把房门关上，它们还会缓慢移动，互相摩擦着露出像有人在试图窥探的空隙。

一辆汽车的前大灯反射在卧室墙面镀金的图标上，然后移动到亚当用玻璃框陈列着的比赛球衣上。

每个家庭都有令人毛骨悚然的角落，这让她不寒而栗。房间和角落里储存着童年对黑暗的恐惧。

她把最后的酒灌进肚子，起身去了厨房。

90

卡特琳把装酒的盒子移到台面的边缘，然后拿着她的玻璃杯在龙头下接水，溅起的细小红色酒滴滴落到了她的手上。

风吹得厨房的排气口哗哗作响。透过玻璃门，她可以看到一条空的街道穿过蔓生的树枝。

通向客厅的两个木门相互撞击，然后紧紧关上。

她把杯子放在一张丝芙兰的广告纸上，把手背上的酒滴吸入嘴中，然后看着玻璃杯下面印着金发女人的传单。她决定留下孩子，不做流产。

卡特琳把酒杯留在了厨房里，觉得应该给亚当一个短信告诉他自己改变了主意。她走得很慢，一直盯着沉重的木门，觉得自己没法移开目光，当它稍微打开时，她停下了脚步。卡特琳深吸一口气，匆匆向前走。她强迫自己不要跑，但可以感觉到门正在颤动，她的脊梁骨上传来一阵寒意。

她坐在沙发上继续看电影。约翰·特拉沃尔塔已经与尼古拉斯·凯奇交换了面具，但他们看起来依旧像他们自己。

她情不自禁地想起了他们的邻居。当那人来借耙子时，他用滑稽的眼神看了她一眼，她不知道他是否知道自己正一个人在家。

她的 iPad 屏幕黑了，她把手指放在屏幕上，屏幕重新亮起时她发现自己直直地指着卡洛琳的笑脸。

卡特琳知道，如果她把头向左边看，可以看到反射在窗户上的橱柜门。

如果是他们的邻居闯入了，并从洗衣篮里偷了一件衣服和一条裤子该怎么办?

如果他知道地下室的门只是被绳子拴住的话，他就可以进去了，一点儿声音也不会发出。

卡特琳站起来，走到窗前拉开窗帘，这时她感觉自己看见有人跑着穿过了草坪。

她靠得更近些。

在黑暗中很难看清。

一头鹿，一定是一头鹿，她心想。心脏怦怦直跳，然后她拉上窗帘。

她坐在沙发上，关掉电视，开始给亚当发短信。在编辑句子的时候，她的电话响了，吓得她跳了起来。

她不认识这个号码。

“卡特琳。”她小心翼翼地应道。

“你好，卡特琳。”一个男人的声音快速说道，“我是亚当在国家刑事调查局中的同事之一。”

“他不是……”

“听着。”那人打断道。

“你在家吗?”

“是的，我……”

“到前门去，别顾虑穿衣服和鞋子，直接走到街上就行。”

“我能问为什么吗?”

“你正在出去吗？”

“我现在就出去。”

她站起来，穿过房间，一边绕着沙发向前门走，一边朝橱柜的门望去。

一个穿着黄色雨衣的人背着门站在门垫上，关上了身后的前门。

卡特琳快速向后移动，转过拐角停下来。

“这里有人。”她低声说，“我出不去。”

“把自己锁在某个地方，别挂电话。”

“上帝呀，没地方……”

“除非实在需要，不然不要出声，去洗手间。”

她摇摇晃晃地朝厨房走去，这时她看到清洗橱的门轻轻打开了。她没时间考虑清楚，打开一扇门，快速地溜了进去，站在吸尘器旁边，把门关上。

她试着用指甲抓住边缘并把门拉向自己，手指和缝隙的大小不合，她没办法把门完全关好。卡特琳听到了橱柜外面的脚步声，她屏住了呼吸。那人朝厨房的方向走来，橱柜门因为彼此的摩擦而向外滑开了几毫米。

她睁大眼睛站在黑暗中，听见厨房的抽屉被打开。有金属敲击的声音，她呼吸急促，突然想起位于南泰利耶教堂里的遗迹。当时亚当不想和她一起进去，她独自去看了，那是一个骨头的碎片，属于使徒之一的托马斯。牧师声称圣灵仍在这文物之中，在黄色大理石桌上玻璃管内的骨头碎片中。

她伸出手来，试图关上门，但抓不住，她的指甲正好在木头上打了滑。她小心地走到一边，但是拖把和水桶挡住了去路。拖把的把手碰到了她的冬衣，几个空衣架在栏杆上发出轻轻的碰撞声。

她设法把门拉紧，但又打了滑。门轻轻地摆动着，她能看见一个黑暗的身影站在橱柜外面。

91

门猛地打开，一个拿着手枪的人站在她面前，他的嘴半张着，黑褐色的眼睛盯着她，一股汗味钻入她的鼻子。她在那一刻记住了每一个细节，他穿着牛仔裤，袖口翻起，右膝盖上有草渍，黑色尼龙衬衫，帽子上缝着纽约洋基队的标志。

“我是警察。”他喘着气说，然后放下枪。

“哦，天哪。”她低声说，觉得眼泪开始流了出来。

他牵着她的手，带她走向大厅，然后向对讲机汇报：

“卡特琳没有受伤，但嫌疑犯从厨房的门逃走了……是的，把路障设置好，并派巡查犬过来……”

她走到警察身边，把手靠在墙上，按着她从化妆课上拿到的文凭。

“给我一点儿时间。”警官说着打开了前门确保他们的出口。

就在卡特琳弯下腰穿上她的运动鞋时，一串血飞溅着划过大厅的镜子，然后她听到了枪声以及从路边传来的回声。

便衣警察伸出他的胳膊，设法去抓一件外套，但拉着它一起跌倒了。他背摔在了一堆鞋子中，弹孔中的血咕噜咕噜地从黑夹克里渗了出来。

“躲起来，”他喘着气说，“再去躲起来……”

又有两声枪响传来，卡特琳向后移动。有人在外面尖叫，她盯着受伤的警官，看着血渗入了地板的缝隙中。另一声枪响回响在街边，窗玻璃被震碎了。

卡特琳蜷缩着穿过客厅，在地毯上滑了一跤，肩膀撞在了墙上，但是她设法保持住平衡，走到通道里，打开了一扇清洗橱的橱门。拖把的把手掉了下来，把红色的桶也拉了下来，松动的过滤器掉在了地上，发出声响。卡特琳拿起拖把，试图让它立在衣服中间。一件夹克掉了下来，真空吸尘器的粗软管推动着打开了另一扇门。

她又听到两声枪响，她离开橱柜，朝厨房走去，看见了外面的玻璃门和黑夜。她打开地下室的门，开始沿着陡峭的楼梯走下去。

她非常害怕，几乎无法呼吸，只本能地认为这是一种有组织的基于仇恨的犯罪。种族主义者找到了他们，他们对亚当购买的新捷豹感到愤恨。

她能听到警车的声音穿过石墙传来，她认为自己可以躲在锅炉房里，直到警察抓住闯入者。

当她走进黑暗中时，她的焦虑增加了。她紧贴着冰冷的扶手，眨了眨眼睛，然后睁大双眼，但几乎什么也看不见。空气中有石头、潮湿的管子和锅炉里的气油味。她小心翼翼地走着，但台阶仍在她脚下嘎吱作响。最后她到达了铺瓷砖的地面。她眨了眨眼，能辨认出门旁黑暗中的洗衣机轮廓，以及用绳子绑住的门把手。她转身向相反的方向移动，经过亚当的旧弹球机，进入锅炉房，小心地关上身后的门，听到了呜呜的声音。

卡特琳站着，手指放在门把手上，静静地听着。管子发出轻轻的嗡嗡声，但其他的一切都陷入了安静。她向更里侧走去，远离门口。她认为只需要坐在这里，警察不过太久就会找到她。

她又听到呜咽的声音，离她很近。她转过头，什么也看不见。呜咽声变成微弱的喘息声，它来自热水水箱的安全阀。卡特琳摸索着往前走，发现上过漆的梯子靠在墙上。她默默地展开它，把它移到天花板窗户下的墙面上。

有人偷了舍杜，她心想。那是绣着保护神的布，她的保护者，这就是为什么会发生这种事。

她不能待在家里，她再也不想回来了。她转动着窗户的把手，把小窗朝外面的杂草推开，感觉到了冰冷的风吹过脚踝。

她感觉到有人从后面走过来。有人从地下室的门进来，把绳子拉开，把门关上，然后走了进来。

打开窗户是不可能的。她又试了一次，但总是击中了什么东西。她喘着气，伸出手臂，穿过杂草，是割草机放得太近了。她试图用手把它推开，尽管她能感觉到梯子在她下面向后滑动。她用手转动割草机的轮子，设法把它挪了几厘米。

窗户滑开，她开始爬出去。这时锅炉房的门突然打开，灯亮了。老式的启动开关使荧光灯管闪烁着，卡特琳试图爬出去，梯子从墙上向后滑去，掉在了地上发出声响。她的双腿砰砰地撞在墙上，膝盖刺痛，但她紧贴着窗框，奋力扒着。

第一刀狠狠地刺中了她的背部，以致她听到了刀尖透过身体划到正面混凝土墙的声音。

92

亚当·约瑟夫躺在他家门外的小路上，双手捂着背部。他的大腿在颤动，黑色的牛仔裤沾满了鲜血。枪伤都是表面伤，并没有致命的伤害。各式车辆发出的蓝色光亮以一种特殊的节奏在花园的黑暗绿叶上搏动。

一名警官把他的膝盖压在亚当的肩胛骨上，大声叫着大家安静一点儿，让亚当可以向行动小组解释情况。

“卡特琳还在里面。”亚当喘息着。

行动小组的组长和斯德哥尔摩快速反应小队的领导进行了直接通话，试图协调他们的行动。第一小队从窗户和门强行进入，确保成功进入并让护理人员通过。

那名被枪击的警官被推上了担架，哈丁奇地区卡罗林斯卡医院的工作人员认为需要立即准备镇静和手术。

亚当试图挣脱，但肾脏位置被重重地击了一下。他喘不上来气，咳嗽着，感觉警察把膝盖压在了他的脖子后面，抓起他的夹克，对他大叫，让他静静地躺着。

“我是警官，我……”

“闭嘴！”

第二个警察拿起亚当的钱包，稍微后退，鞋底下的碎石嘎吱作响，他看着亚当的警徽和身份证。

“国家刑事调查局。”他证实道。

警官从亚当的背上移开膝盖，站起来，使劲地呼吸。

“你枪击了一个便衣警官。”警官说。

“他挟持了我的妻子，我看见她和他在一起，心里想……”

“他是到达现场的第一位警察，他正要和她一起走出来……我们每个人都收到了这些信息。”

“把她救出来！”亚当恳求道。

“你们俩到底在干什么？”一个女人喊道。

是玛戈特。亚当的目光穿过马路的黑莓灌木丛看到她的双腿，她穿过大门停下来。

“他是一名警察。”她说着并做了几次浅呼吸，“他的妻子……”

“他枪击了一名同事。”其中一个警察说。

“这是个意外。”亚当说，“我想……”

“什么都别说。”玛戈特打断道，“卡特琳在哪里？”

“我不知道，我什么都不知道……玛戈特……”

“我要进去。”她说道。他看着她的脚沿着小路移动。

“告诉她我爱她。”他低声说。

“扶他起来。”玛戈特告诉两位警察，“把手铐拿出来，暂时把他关在车里。”

她两手环抱着肚子，开始朝房子走去。

一个来自快速反应小队的年轻人从前门出来，手里拿着头盔。他经过玛戈特，在前面的台阶上往前跳，然后沿着花园的小路向前走，脸上带着呆滞的神情。他解开防弹背心，让背心掉到地上，走到街上后，他停在两辆巡逻车之间开始呕吐，然后靠在一辆汽车的引擎盖上干呕。

两个警察抓住了亚当的胳膊，把他拉起来，领他离开了房子。他感到血液从伤口中流淌下来。他们把他带上巡逻车，让他坐在后座上，把手铐在车上。

另一辆救护车通过警戒线，在警察挥手示意下向前。亚当能听到直升飞机尖锐的声音，他朝前门望去，观察玛戈特是不是和卡特琳走了出来。

当第四个视频被国家刑事调查局收到后，整个系统立即开始行动。一个技术员是亚当·约瑟夫的好朋友，他在影片中认出了卡特琳，并立即在国家刑事调查局的内网上发布了紧急信息，然后给亚当打了电话。

为了节省时间和保持战术效率，一项所谓的“特别行动”被立即执行，局内的各个部门以最快的速度开始协调。

警报遍及了整个南部、西部警区、城市中心、索德脱恩和娜茨卡的警察无线电。最接近波特瓦根 5 号的是一个便衣警察而不是巡逻车，在收到视频后的第七分钟他就赶到了现场。

93

再次见到玛戈特，他仿佛等待了很久。她慢慢地走着，扶着扶手，然后用手捂住肚子。她鼻子苍白，前额上闪着汗水，在街上向他走来。

“把手铐打开。”她和警察说话时差点儿没能抑制住自己的愤怒。

他们快速地松开了亚当。他按摩着手腕，看着她的眼睛，看见她扩张的瞳孔，感到胃里一阵恶心。

“发生了什么？”他惊恐地问。

她摇摇头，走近些，迅速朝房子看了一眼，然后又回头看了他一眼。

“亚当，对不起，我没法告诉你我有多么难过。”

“怎么了？”他用僵硬的语气问，打开了车门。

“坐下。”她说。

但他走出车，带着一种完全失重的感觉站在她面前。

“是卡特琳吗？”他问道，“告诉我，她受伤了吗？”

“卡特琳死了。”

“我看见她在门口，我看见了她……”

“亚当。”她用恳求的语气叫道。

“你确定吗？你跟医护人员谈过了吗？”

她拥抱住他，但他推开了，往后退了一步，看着沉甸甸的黑莓在一根细树枝上摇曳。

“我非常抱歉。”她又说道。

“你确定她死了吗？我是说，救护车……救护车在这里做什么？”

“卡特琳将留在这里，直到现场法医检查完成。”

“她在大厅里吗？你能告诉我她在哪里吗？在锅炉房里，她一定是躲进锅炉房里了。”亚当看着她，大腿突然疼得颤抖起来。他看着所有的警察离开了房子，聚集在指挥车上进行汇报。

他的头脑里闪过一个想法。他的妻子本来差点儿就安全了，但他开枪打死了和她一起出来的警察。

“我打死了一个同事。”他说道。

“现在别想了……今晚你在我家睡觉，我去跟老板汇报。”

她试图抓住他的手臂，但他转过身去。

“我需要一个人待着……对不起，我……”

直升飞机在离运动场很近的地方徘徊着。

“他们抓到传教士了吗？”他问道。

“亚当，我们会抓住他，他在这个地区，我们在部署所有的警力，绝对是所有的警力。”

他点了几下头，然后又转过身去。

“给我一点儿时间。”他低声说，走了几步，在灌木丛中捡起了一根树枝。

“你必须留在这里。”玛戈特说。

亚当看了她几秒钟，然后开始慢慢地走进花园。他知道他需要见卡特琳，因为他不相信他们，这不可能是真的，这不是真的，卡特琳与这一切无关。

亚当开始在房子周围走来走去。绿色的软管躺在未割的草地上。在闪烁的蓝光中可以看到一群群的蚊子。当他到达房子后面时，天变黑了。

亚当在圆形烤肉器的红色圆顶上看见了自己影子的黑色轮廓。他拐过街角，看到地下室的门是开着的，绳子被割断了。他走进去，通向底部的灯都亮着。

他能听见人们在楼上走来走去，一名法医正在铺设步行板。

亚当又迈进了一步，在锅炉房寒冷的霓虹灯下他看到了卡特琳。她靠着锅炉坐着，汗衫、背心、地上全都是血。她的头发被捋在一只耳朵后面，但她的大部分脸都消失了，被砍掉了。黑血浸在肋骨上泛着光芒，她的左手似乎在挤压右手手指。

亚当蹒跚着向后退，听到了自己呼吸的声音。他打翻了一包洗衣粉，绊倒了自己的惠灵顿靴子，然后退到花园里。

他喘不过气来，得不到足够的空气进入肺部。

再没有什么可以解释的。

警报在半小时前响起，现在一切都已无法撤销。

亚当转身往回走，正巧经过堆肥堆，这时他听到森林里有一根树枝发出咔嚓的声响。一个警察从房子的拐角处过来叫他，但他跟着声音走进了树丛中。

在他身后，灯光打了过来，光照着他的家和花园。树干发出灰色的光芒，好像被一层灰烬所覆盖，就好像他在一个地下森林里一般。一个人站在二十米处看着他，他们的眼神在发着光的树茎之间相遇，亚当花了几秒钟的时间意识到他面前的那个人是谁。

他是精神科医生埃里克·玛利亚·巴克。

当他意识到这一切的时候，脑袋就仿佛被雷劈中一般。这种意识击中他就像是一把斧头砍中了一块木头。

亚当伸手从他的脚踝上拔出手枪。尼龙扣松开时发出了刺耳的声音。他把子弹推进膛，举起手枪射击。子弹击中了埃里克脸前树枝的顶部，偏转了，碎片飞了起来，他看见精神科医生退缩了。

他的手在颤抖，他试图朝下瞄准，精神科医生向后移动，他又开了火。枪声消失，黑暗的树枝在他们之间摇摆。

他看见精神科医生跑了，蹲着滑下斜坡，消失在厚厚的树干后面。亚当跟在后面，但再也看不见他，他径直跑进了一些冷杉树枝。听到枪声的警察们从花园里跑出来，整个森林边缘突然充满了明亮的光线。

“把枪放下！”有人喊道。

“亚当，放下你的枪！”

亚当转过身来举起手臂。“杀手还在森林里！”他喘息着，“是那个催眠师，是该死的催眠师！”

94

埃里克深吸一口气，凝视着夜空中黑暗的树梢。他跌倒以后一定昏过去了，背疼得厉害，滑下斜坡时擦伤了自己。

他站起来，把手伸向潮湿的岩石，能闻到苔藓和蕨类植物的气味，他抬头望着树梢上闪烁着的耀眼亮光。

他蹲下来，手上拿着一根树枝，穿过林下的灌木丛，离开了斜坡。远处的狗吠声与渐渐接近的直升机发出着彼此融合的声响。

埃里克跟着传教士走下狭窄的小径，随着树木越来越厚，视线变得越来越黑，他失去了方向。埃里克站了一会儿，听着，只听见风从树枝上高高掠过的声音。最后，他决定回到车上，在那儿等着。这时，许多警车发出了警报，似乎都向林地另一边的路上会集。

他开始朝那个方向走去，认为一定是乔纳把警察叫了过来，他们可能已经抓住了传教士。

森林里树木繁茂，岩石丛生，在黑暗中他花了很多时间才穿过。过了一会儿，他辨认出树丛间闪烁着蓝灰色的灯光。突然，他站在了国家刑事调查局的亚当·约瑟夫面前。

亚当看着我的眼睛开了枪，埃里克一边想一边跑下了一个斜坡。发生了什么事？我离开后，“零号”那里发生了什么？

松散的石头在他的脚下滑落，他差点儿摔倒，他用手抓住树枝，但割伤了自己。他感到手掌被鲜血弄湿了，于是停了下来，喘着气，试图平复自己的呼吸。他再次听到了直升机在树梢上方的声音。

他们认为他参与了谋杀，因为他没有说出关于受害者的全部真相吗？埃里克想着他是如何对警方撒谎的，他是如何拒绝了洛基的不在场证明，并对比约恩在催眠状态下所说的话保持沉默。

直升机在森林上空盘旋，聚光灯搜寻着，越来越近。树枝沙沙作响，树梢摇曳，树叶晃动。

他需要躲藏起来。他能感觉到自己的体内也随着直升机的旋翼转动。埃里克把身体压在一棵树上，一动不动地站着。

这完全疯了，埃里克心想，他感觉到旋转的空气拖拽着他的衣服。

我差点儿被子弹击中。

干燥的泥土和落下来的松针飞到他的脸上。

直升机的探照灯扫过森林，在树干上闪烁。

他现在就是他们的猎物。

在约二十米外的几道光线中，他看见两名全副武装的反应部队警察，他们戴着头盔、身穿防弹背心，拿着绿色的突击步枪。其中一个人转向埃里克的方向，直升机的光穿过树冠照在他头顶上。肾上腺素注入了埃里克的血液中，就像注入冰块中一样。就在一切都变黑的时候，枪响了。子弹猛击到他头上的树干上时，他看到了枪管的闪光。

枪声回响在岩石上。

直升机升起，声音震耳欲聋。埃里克缩起身体头也不回地向空地冲去，穿过茂密的灌木丛，直到他透过树枝看到路灯。他继续往前跑，小心地走向道路。一辆汽车驶过，他能看到一个路障，巡逻车和穿着黑制服的警察。

埃里克躲在灌木丛后面，后背被汗水淋湿。穿制服的警察现在离他很近，他可以听见他们在对着无线电说话，然后向另一个方向走去，走向装有黑色窗户的指挥车。

直升飞机在树林中开辟了另一条线路，声音在房子和道路之间回响。埃里克滑下水沟，爬上另一侧，他不看警察，径直穿过柏油路，匆匆穿过两扇大门，沿着一条通往佛斯贝加学校操场的小路向前走。足球场上有一条红色的椭圆形跑道，高杆上的泛光灯亮着。埃里克的心脏跳得很厉害，嗓子干疼，他从球门后面的栏杆边捡起了一个足球，然后越过边线，慢慢穿过球场，来到灯光的中央，开始颠球。

当他到达球场中心时，直升机又飞了过来。他没有抬头，只是不断地颠着足球。他和警察之间的距离越来越远，跟随着脚下的足球，他跨过整个赛场。埃里克把球踢进球门，越过跑道，爬过大门，出现在路上时，直升机已经离他很远了。他通过了地铁站，当乔纳·林纳打电话给他时，他仍然朝着警方行动的反方向走。

“乔纳，发生什么事了？”埃里克问道，试图保持他声音的稳定，“警察正在用直升飞机追捕我，他们试图开枪打死我。这太疯狂了，我什么都没做，我只是跟着传教士……”

“等一下，埃里克，别挂断……你现在在哪里？你安全吗？”

“我不知道，我正沿着空荡荡的街道走着，走过了地铁站……我对这周围一点儿都不熟悉……”

“你跟着传教士去了亚当家。”乔纳说，“他的妻子是最新的受害者，她死了。”

“不……”埃里克喘息。

“他们都很恐慌。”乔纳阴沉地说，“他们似乎认为你是谋杀……”

“跟他们说清楚！”埃里克打断了他的话。

“谋杀案发生后，你在房子附近被看到。”

“是的，但是如果我……”

埃里克听到汽车驶近时闭上了嘴，他在一扇门前停下，然后转身回到街上。

“我不能先自首吗？”汽车消失后他说。

“先要有周全的计划。”乔纳回答。

“你不信任警察？”埃里克问。

“他们刚刚就打算开枪打死你。”乔纳说，“如果这不是误会，那么警察那边就是有人打算直接报复。”

埃里克用手抚摸着湿润的头发，努力理解过去几天发生的所有不可能发生的事情。

“我有什么选择？”他最后问，“你觉得我该怎么办？”

“如果你能给我一点儿时间，我会设法弄清楚警察行动的情况。我会找出他们内部对于你的态度，有什么办法能让你安全。”

“好的。”

“但你需要低调。”乔纳说。

“我该怎么做？我该怎么办？”

“他们已经有了你的车，你不能回家，不能去你的任何朋友那里。在通话结束后就把手机扔掉，你知道他们可以在你关机的时候跟踪到你。他们现在可能就在追踪，所以我们没有太多的时间。”

“我明白。”

当埃里克试着听乔纳的劝告时，汗水顺着他的脸颊流了下来。

“找一台 ATM，尽可能多地取出现金，这是你唯一的机会……但在你取钱之前，你需要弄清楚如何快速到达城镇的另一个地方，因为只要你犯一点儿小错误，他们就会等着你。”

“好的。”

“买个一次性电话，打电话给我，这样我就知道号码了。”乔纳继续说，“不要和任何人接触，去一个不需要任何身份证的地方休息睡觉。”

“之后，每个人都会相信我有罪。”埃里克说。

“直到我找到传教士。”乔纳回答道。

“如果我能有机会催眠洛基，我能找到更多的细节……”

“那已经不可能了。”乔纳打断道，“他已经被羁押了。”

95

第二天一大早，当乔纳回到他的办公室，玛戈特正坐在桌子后面，她穿着一件T恤，上面写着“有卡车的男人不是女同性恋”。她厚厚的辫子几乎都散开了，眼睛下面有深色的黑眼圈，嘴巴周围抿着深邃的线条。

“我参加了一次高级官员的紧急会议。”她告诉他，然后给自己拿了一包糖果，“地区警察局长卡洛斯和国家警察局的安妮卡以为初步起诉是现在的头等大事，我们得到了更多的资源……国家警报已经发布，他们正在准备明天的新闻发布会。”

“亚当怎么样？”乔纳问。

“我不知道，他已经被免职了，不想去见辅导人员……他的家人跟他在一起，但是……”

“糟透了。”乔纳说。

乔纳希望埃里克听了他的劝告，在他们的谈话结束后把手机丢了。

在“零号”的大型警力紧急行动中，他们不得不包下一辆公共汽车，把所有逮捕的人送到胡丁格的监狱，同时等待检察官关于逮捕的决定。死亡人数和受伤人数都被认为黑社会血腥权力斗争的受害者。其中一名男子因持有毒品而被拘留。他身上有十一个胶囊，每个胶囊里藏着二百五十克纯度百分之三十的海洛因。

“我们在‘零号’看到了凶手，埃里克跟着他去了卡特琳那里。”乔纳说着身体向前倾。

“你怎么知道的？”

“埃里克不是犯人。”乔纳说。

“乔纳。”玛戈特叹息道，“你可以和我讨论这个问题，我知道你们两个是朋友，但是当你遇到别人的时候要小心。”

“他们需要知道他是无辜的。”

“你不希望他是埃里克，但也许他一直在欺骗你。”她耐心地说。

“我看见一个穿着黄色雨衣的人在‘零号’，想起了菲利普·克朗斯提关于黄色雨衣的话……埃里克跟在他后面，最后到了亚当的家。”

“那么，你怎么解释他认识所有受害者的事实，包括卡特琳？”玛戈特凝视着他说。

“他什么时候认识她的？”

“她和我们一起去了他家。”她回答，“苏珊娜·科恩在卡罗林斯卡做护士，她的其中一门课程中埃里克是讲师之一……我们找到了他和她谈话的视频记录。”

乔纳用手做了个手势，好像在说这些信息无关紧要。

“那么，为什么埃里克会说出一个传教士呢？”他问道。

“他很聪明，他骗了你……他可以让洛基记住他想要的任何东西。”

“为什么？”

“乔纳，我还不知道一切，但是埃里克刻意接近了调查，并且阻碍了我们的调查……我们终于得到了比约恩·科恩的证词，很明显，埃里克没有告诉我们苏珊娜的尸体是用手捂着耳朵被摆成了特定的造型。”

“当他被催眠时，他看到了吗？”

“埃里克知道这些信息会把我们带向洛基，然后带他……”

“这没道理，玛戈特。”

“埃里克在我叫他去的几天前就拜访了卡苏登的洛基。”

乔纳把手放在文件夹上时，他的眼睛如冰般寒冷。“这不是直接证据。”他说道，“不是吗？”

“这足以让他被拘留，足够申请搜查令，足够进行全国警戒。”她坚定地回答。

“我觉得他一直在进行自己的调查，剩下的只是巧合。”

“他符合犯罪嫌疑人的侧写。他离婚了，单身，有药物滥用的历史，还有……”

“那么一半的警察都符合。”乔纳打断道。

“凶手有着极端的窥视欲……我们知道埃里克痴迷于拍摄他的病人，即使在催眠状态下，当他们对这件事一无所知的时候。”

“那只是为了不用做笔记而已。”

“但是他的档案里有数千个小时的记录……跟踪狂总是缓慢的，有条理的……时间投资是所有过程的一部分，是关系发展的一部分。”

“玛戈特，我明白你的意思，但是你至少知道埃里克有可能是无辜的，对吧？”乔纳说。

“当然，这是可能的。”她诚实地回答。

“在这种情况下，你也必须考虑一下我们忽略了真正的凶手……我们称为传教士的凶手……的可能性。”

她强迫自己离开他的视线，瞥了一眼时间。

“会议就要开始了。”她站起身说。

“如果你愿意，我可以去找传教士。”乔纳说。

“我们已经找到他了。”她回答道。

“我需要我的枪，我需要所有的材料，犯罪现场的报告，验尸报告。”

“我真的没法同意这一点。”她说着打开门。

“那你能安排我去监狱里看看洛基·吉尔伦德吗？”乔纳问。

“你不会放弃，是吗？”她笑着说。

他们沿着走廊慢慢地走着，玛戈特让乔纳停在会议室外面。

“请记住，在这里面等候的是亚当的同事。”她把手指放在门把手上说，“会议的基调可能相当强硬，他们需要发泄愤怒，这是他们对他支持的方式。”

96

乔纳跟着玛戈特走进大会议室。她做了一个手势，向大家问好。

“在我们开始之前……我知道目前大家情绪很激动，但我仍然希望大家保持理智态度。”她说道，“初步调查进入了一个新阶段，现在将由检察官来领导，同时我们将集中精力进行迅速追捕。”

她停下来，屏住呼吸。

“但是我们的上司要求我把乔纳·林纳带来，因为他是凶杀案组里最好的……坦率地说，没有人能比过他……”

一些警察拍了手而其他人坐在那里盯着桌子。

“当然他不会正式参与调查，但我希望他能给我们剩下的凡人提供一些建议。”玛戈特开玩笑说，眼睛里没有任何开玩笑的迹象。

乔纳向前走了一步，看着坐在苍白木桌边的同事们说：“埃里克不是杀人犯。”

“他妈的，那他是什么？”彼得咕哝着说。

“让我们听他说完。”玛戈特简短地说。

“我知道有很多证据指向埃里克……他一定会被带进来审问，但当我在这里告诉你我的想法时……”

“乔纳，我只是想说我已经和检察官开过会了。”本尼说，“她的观点是我们有很有说服力的证据。”

“只是因为三块拼在一起，不代表拼图就结束了。”

“看在上帝的分儿上，埃里克现在还在外面。”本尼继续说，“我们找到了他的车，他知道受害者，他对警察撒谎，等等。”

“我知道你们已经用子弹打了他。”乔纳说。

“他极其危险，而且可能带有武器。”本尼说。

“但这一切都是一个误会。”乔纳说着拖出一把椅子，他坐在桌子旁。

“我们要把埃里克抓回来。”玛戈特说，“他将被拘留并得到公正的审判。”

“南辕北辙。”乔纳平静地说，思考着法律是注定不会实现正义的。

“他在说什么？”本尼问。

“事实上，你是在指挥着自己的恐惧去对待一个无辜的人，因为……”

“我们他妈的一点儿都不怕。”彼得打断道。

“冷静下来。”玛戈特说。

“我不会坐在这里听他胡……”

“彼得！”她警告道。

房间里鸦雀无声。玛格达琳娜·罗南德给自己的水杯装满水，试图捕捉乔纳的视线。

“乔纳，也许你的想法有点儿不同，因为你不再是一名警官。”她说，“我不是说任何消极的话，但这可能就是我们不明白你在说什么的原因。”

“我是说你们让真正的杀人犯逃走了。”乔纳回答道。

“够了！这些废话。”本尼咆哮着，两手紧握在桌子上。

“他喝醉了吗？”有人在耳语。

“乔纳一点儿也不在乎我们。”彼得大声说，“他说得太多了，我不明白。看看他，他扔掉了自己的枪，因为他的错，亚当被枪击了，现在……”

“也许你现在最好离开。”玛戈特说，把手放在乔纳的肩膀上。

“现在他来到这里，试图告诉我们如何进行调查。”彼得总结道。

“还有一件事。”乔纳站起身说。

“闭嘴。”彼得拍了下桌子。

“让他说。”玛格达琳娜说。

“我已经见过很多次，当家人、朋友或同事成为受害者时，人们很容易就开始考虑报复。”

“你是不是想说我们不会采取专业的行动？”本尼冷冷地问。

“我是说，埃里克有可能和我联系，我希望能给他提供安全通道。”乔纳严肃地说，“这样他就敢自首，在法庭上证明他的清白。”

“当然可以。”玛格达琳娜看着其他人回答，“没错，不是吗？”

“但如果你真的向他开了枪，我该怎么说服他呢？”

“只要告诉他我们保证他的安全。”本尼说。

“如果这还不够呢？”乔纳说。

“别搞笑了。”他咧嘴笑着说。

“乔纳，你真的看过卡特琳的照片吗？”彼得激动地说，“我简直不敢相信就是她……我都不敢和我妻子描述，这他妈的太恶心了……我的意思是，想想亚当，想想他现在正在经历的事情……我不得不说，就我个人而言，我才不管他是不是你的朋友。”

“每个人都很不爽。”玛戈特说，“显然，他若是能自首的话是最快速的。当然，他会得到公正的审判。”

“假设他在那之前不在牢房自杀的话。”一个一直沉默的年轻警察说。

“够了！”玛格达琳娜说。

“或者吞下一些碎玻璃。”本尼喃喃自语。

乔纳把椅子推回去，向其他人点了下头。“当我找到真正的凶手时，我会联系你们的。”他说完离开了房间。

“他真是可悲。”彼得嘟囔着，听着脚步声渐渐消失在走廊里。

“在我们继续之前，我想说点儿什么。”玛戈特说，“像你们一样，我相信埃里克是凶手，但如果我们都退后一步……我们能接受犯错的可能性吗？埃里克有可能是无辜的吗？”

“你不是马上就要分娩了吗？”本尼讽刺地问道。

“当我了结这个案子的时候，我会生孩子的。”她冷冷地回答。

“让我们开始工作吧。”玛格达琳娜说。

“好吧……这就是目前的情况。”玛戈特说，“我们已经发布了全国警戒，但我们知道埃里克有足够的钱离开这个国家……我们已经开始搜寻埃里克的家和他的工作场所……我们正在追踪他的手机……他的银行卡已经被冻结，但他昨晚设法取了一大笔钱……ATM 机周围的区域正在搜索中……我们有五个地址……”

有人敲门，她停止了讲话。安雅·拉尔森走进房间，她没有看其他人，只是俯身与玛戈特低声交谈。

“好吧。”玛戈特说，“看起来我们已经找到了埃里克的手机。他在韦克舍的某个地方，靠近斯莫兰，看来他打算向南走。”

97

埃里克裹在一条从一辆摩托车上拿来的灰色被子里。他醒了，感觉冻僵了。现在光线还很弱，他意识到自己躺在灌木丛下面，睡了大约有三个小时。他坐起来，环顾四周，全身酸痛。一个穿着老式衣服的女人铜像正无神地盯着他。

阳光照在绿叶上，在寒冷中闪着光。

埃里克爬上一道红色栏杆，穿过街道的阴面。他慢慢地暖和了起来，他真的不能相信昨天发生的一切。

他和乔纳通完话步行去了亚斯布丹，他把最重要的联系人的电话号码抄了下来，然后关掉了手机。

在一家自行车商店前面，他发现了一辆公共汽车，一群穿着皱巴巴衣服的疲惫年轻人聚集在人行道上，父母们帮着从打开的行李舱里卸下背包和睡袋。埃里克走上公交车，假装寻找遗失的东西，并迅速把他的手机塞进了两个座位之间。他从后门走出，从箱子里抓起一顶帽子，塞进夹克里，然后向地铁站走去。他在挪威银行前面的自动提款机前停了下来，他没有抬头，知道有安全摄像机，然后从账户中取出了最多的现金。

埃里克戴上棒球帽，匆匆沿着圣地亚杰夫根路走，穿过了利尔杰霍尔曼桥，从津肯格里伦的售货亭买了水和一个大汉堡，然后走向后街，站在门口吃东西。吃完后，他继续走，避开有银行和交通监控摄像机的主要街道。

埃里克用手指拨弄头发，使头发变平。他的衣服皱皱巴巴，但不脏，不会引起人们的注意。他需要躲起来直到能和乔纳联系。他不敢冒任何风险，哪怕误会现在已经得到了澄清。

埃里克横过马路，从两辆停着的汽车之间看到了一家便利店。他的肚子开始难受。

在彩票中奖通知和足球赛的广告中，晚间小报上写着：警察追捕瑞典连环杀人犯。

他从像素化的照片中认出了自己。按照新闻伦理，他们隐瞒了他的身份。这只是时间问题，但就目前来说他的形象还是由大量的粒状方块所掩盖着。

另一家小报没有图片，但是头版用大写字母覆盖整个版面：

国家警报：瑞典精神科医生犯四起谋杀案。

报纸的标题下面列了一串关键词：受害者、照片、野蛮人、警察。

他走上人行道，穿过商店，天渐渐亮了。警察确实相信他谋杀了卡特琳和其他那些女人。

他就是他们正在追捕的人。

埃里克转进了一条小街，他的腿颤抖得很厉害，不得不放慢速度，最后停下来。他站在那里，紧紧抓住一只颤抖的手。

“哦，天哪。”他低声说。

埃里克知道每个认识他的人都会知道他就是报纸上提到的那个人。

现在他们会互相打电话，表现出震惊、兴奋和厌恶。他们中的一些人会幸灾乐祸，其他人则持怀疑态度。他感觉自己要跌倒了，但不知怎的，他依旧站着。

本杰明会知道这不是真的，埃里克想。但是一旦玛德琳知道了这个人就是他时，她一定会感到害怕。

透过一扇敞开的车窗，他捕捉到一段谈话的片段，他感觉听到了自己的名字。

埃里克认为他终究要把自己交给司法系统，这样就可以为自己辩护。

不能再继续下去。

他拿出一个装有四颗硝基安定药片的药包，把一颗塞进手里，但是又改变了主意，把全部药片扔进了垃圾箱。

他走进一家小商店打算购买二手手机。在等待的时候，他听着收音机里的新闻。一个中立的声音冷静地解释说，对涉嫌连环杀手的追捕现在已经是第二天了。当他听到卡罗林斯卡医院的一名精神科医生被怀疑在斯德哥尔摩地区谋杀了四名妇女时，他的胃部收缩得好像要生病似的。

出于对正在进行的调查需要的考虑，警方几乎没有说什么别的，但是希望从公众那里得到进一步的信息。

柜台后面的男人用胶带把眼镜的镜脚绑在一起，问他想要什么，埃里克微笑着解释他想要一部直接充话费的手机。

一名高级警官正在解释在搜寻中所部署的资源，以及这些资源已经给出积极的结果。

埃里克一离开商店就改变了方向。他多次切换街道，但目的是通过丹维克斯托离开城市中心。

在经过电车博物馆之前，他不敢停下来取出手机。他最终站在一座黄色砖房前面，拨打了乔纳·林纳的电话。

“乔纳，难以置信。”他很快地说，“你看到报纸了吗？我不能一直躲着。”

“你得多给我点儿时间。”

“不，我已经下定决心了。我要你逮捕我，把我带到警察局去。”

“我不能保证你的安全。”

“我不在乎。”他说。

“我从来没有见过警察这样的状态，不仅仅是亚当的同事，他们已经控制不了自己了。”乔纳说，“冒着生命危险是一回事，当你进入警务部门时，你会意识到，这种暴力是针对警察妻子的……”

“你得告诉他们我没做这件事，你……”

“我说了，但他们把你和每个受害者联系起来，你又出现在犯罪现场……”

“我该怎么办？”埃里克低声说。

“躲起来，直到我找到传教士。”乔纳回答道，“我要跟洛基谈谈，他被拘留在胡丁格监狱里。”

“我可以把自己交给一家晚间小报。”埃里克说，意识到自己是多么绝望，“我可以讲述自己的故事，我的版本，然后当我去警察局的时候，记者会跟着一起去。”

“埃里克，他们已经在谈论你被关押期间会自杀，在审判前你会上吊或吞下玻璃碴……他们都在说这些话，我不想让你现在冒这个险。”

“我会打电话给内莉，她了解我，她知道我不可能做这些。”

“你不能那样做，警察正在监视她的房子……你需要找到另一个人，你可以躲藏的地方，一个更遥远、出乎意料的人。”

埃里克和乔纳结束了电话。汽车静静地停着，三艘帆船驶出波罗的海。

98

胡丁格监狱是瑞典司法系统中最大的安全设施之一。洛基·吉尔伦德仅仅被怀疑犯持有麻醉品罪，因此不受任何特别的限制，但是他被认为有着很高的逃逸风险。

监狱是一个巨大的V形褐色砖房，入口有高大的柱子，后面是两扇扇形侧室，每一层都有八个独立的运动区。

洛基是唯一知道谁是不洁的传教士的人。洛基遇到过他，跟他说过话，看见他杀人了。

乔纳必须在安全检查时交出钥匙和手机。他们用X光核查他的鞋子和夹克，经过金属探测器后他又被搜查了一遍。一只黑白相间的猎犬围着他，嗅着是否有炸药和毒品。

门口等候他的看守自我介绍叫阿恩·梅兰德。当他们走向电梯时，他告诉乔纳他是一个很厉害的钓鱼选手，他在夏季初的瑞典淡水鱼垂钓锦标赛中得了第三名，而且他周末去了菲里斯河。

“我去底部垂钓。”阿恩解释说，按下电梯按钮，“用粉红色和青铜色的蚯蚓。”

“听起来不错。”乔纳严肃地说。

阿恩微笑着，他的脸颊很长，有一脸的大胡子，戴着眼镜，穿着一件深蓝色的北约毛衣，紧贴着他的大肚子。

当他们离开电梯并穿过安全门时，他的警棍和警报器在他的腰带上摆动着。乔纳静静地等待着，看守把卡片从读卡器中拉出来，轻敲着密码。

他们向值班人员问好，是一个白发男子，有着慵懒的眼睛和薄薄的嘴唇。

“我们今天有点儿晚了，吉尔伦德刚刚出去呼吸新鲜空气。”值班人员说道，“但我们可以去看看他是否想回来。”

洛基在两个狱警后面走着，他穿着朴素的监狱工作服和凉鞋，耳朵后面夹着一支香烟。

“打扰了你放风的时间。”乔纳说着朝他走来。

“反正我也不喜欢笼子。”洛基说着清了清嗓子。

“为什么呢？”

“很好的问题。”他回答说，并对乔纳有意地瞥了一眼。

“你被安排在一个被监控的询问室，十一号。”阿恩告诉乔纳，“我会坐在玻璃的另一边。”

“我记得小时候晚上吃小龙虾的季节……就是每年的这个时候。”洛基说。

当阿恩打开门时，他们停在了门外。

“我过去常常把手电筒照在小龙虾身上，然后用棍子把它们推到罐子里。”洛基继续说道。

十一号询问室很破旧，里面有一张桌子、四把椅子和一个内部电话，可以召唤监狱工作人员。椅子的腿非常坚固，但是如果你把其中一把放在地上，然后爬到桌子上，跳到弯曲的椅背上，椅子就会被压碎，你可以很快地从椅子中制出一把简单的刀子，乔纳心里想着。

“看守可以透过玻璃看见我吗？”洛基问道，然后向黑暗的窗户点头。

“这只是一种安全防范措施。”

“但是你不怕我？”洛基笑了。

“不。”乔纳平静地回答。

洛基坐了下来，椅子在他下面嘎嘎作响。

“我们以前见过面吗？”他皱着眉头问。

“在‘零号’。”乔纳说。

“在‘零号’。”洛基重复说，“我应该知道那是什么地方吗？”

“那是警察逮捕你的地方。”

洛基转了一下眼睛，凝视着远方。

“我一点儿都不记得了……他们说我身上有大量海洛因，但我怎么能得到呢？”

“你不记得‘零号’了吗？”

洛基噘着嘴摇摇头。

“一个满是沙发、扶手椅、妓女，可以公开贩卖毒品和枪支的地方……”

“那个……我在车祸中得了神经损伤，很难记住东西。”洛基解释道。

“我知道。”

“但是你要我承认犯了持有毒品罪？”

“我不在乎那件事。”乔纳坐在他对面说，“你只需要说那不是你的夹克，而是你从地上捡到的。”

他们两人都不说话，洛基伸出了他的长腿。

“所以你想要别的东西。”他警惕地说。

“你提到过一个人，叫不洁的传教士……我需要你的帮助来认出他。”

“我见过这位传教士吗？”

“是的……”

“他是牧师吗？”

“我不知道。”

洛基挠挠他的胡须和脖子。“我不知道。”他过了一会儿说道。

“你说他杀了一个叫娜塔莉娅·卡利奥娃的女人，砍下了她的胳膊。”乔纳继续说。

“传教士……”

“他就是杀害丽贝卡·汉森的人。”

“你到底在干什么？”洛基突然咆哮着站起来，把椅子推倒在身后，“我谋杀了丽贝卡·汉森，你认为我是笨蛋还是什么？”

洛基往后退，差点儿跌倒在倒下的椅子上，他伸出手臂，把手放在强化玻璃上。

狱警走了进来，但是当乔纳看到几个看守沿着走廊跑来时，他平静地举起一只手。

“我们不相信是你做的。”乔纳说，“你还记得埃里克·玛利亚·巴克吗？”

“那个催眠师？”洛基说着舔舔嘴唇，用手把头发往回梳。

“他找到了一个可以证明你不在场的女人。”

“我应该相信这个吗？”

“她的名字叫奥利维亚。”乔纳说。

“奥利维亚·托尔比。”洛基慢吞吞地说。

“在催眠状态下，你开始记起……一切都表明你被判有罪都是那个传教士做的。”

洛基离他越来越近。

“但是你们不知道这位传教士是谁？”他问道。

“不知道。”乔纳回答说。

“因为所有东西都锁在我脑中。”洛基低声说。

“你同意再次接受催眠吗？”

“如果你处在我的位置，你会吗？”他问道，然后又坐下来。

“我会的。”乔纳诚实地回答。

洛基张开嘴想说些什么，但却一言不发，把手放在额头上。他的一只眼睛已经开始颤抖，瞳孔开始振动，他倾身向前，抓住桌子，呼吸困难。

“该死的。”过了一会儿，他抬起头来。

他的额头闪着汗珠，他凝视着乔纳以及刚刚走进来目光困惑的监狱看守。

99

乔纳在地区法院外面的台阶上堵住了地方检察官萨拉·尼尔森。他不能把埃里克带入监狱，他需要说服检察官在审判前保释洛基。

“我因为吉尔伦德的事情给您打过电话。”他站在她面前，“他不能待在监狱里。”

“这是地方法院决定的。”她回答。

“但是我不明白是为什么。”乔纳坚持说。

"那就去买一本瑞典的法律。"

一缕金发掠过萨拉的脸，乔纳说话时，她用一根手指把它捋到一边，扬起眉毛。

"根据第二十四章第二十段的规定，"他说道，"如果嫌疑犯在押的决定不再合理，检察官可以撤销该决定。"

"厉害。"她微笑着说，"但显然，洛基有逃避司法程序的风险，而且他还有进一步犯罪的切实危险。"

"但我们讨论的只是轻微的麻醉品犯罪，最多可判处一年的监禁……而且这还很难被证实。"

"你在电话里说那不是他的夹克。"她用明亮的声音说。

"把他关押在监狱里的理由对他来说很牵强。"

"突然我感觉自己站在市法院的台阶上，与一位前警官进行新的监护权谈判……"

"我可以安排监督。"乔纳说着跟着她走下台阶。

"你知道的，事情不是这样做的。"

"我知道，但他病了，需要持续的医疗照顾。"乔纳说。

她停下来，眼神掠过他的脸。

"如果吉尔伦德需要医生，那么医生可以进监狱。"

"但我说的是一种不能在监狱里进行的特殊治疗……"

"那我就说你是在撒谎。"

"我可以拿到医疗证明。"乔纳坚持说。

“走吧，下星期二会起诉的。”

“我会上诉的。”

“那就试试吧。”她微笑着向前走去。

100

乔纳坐在教堂后面的一根柱子上，一个女孩的合唱团正在排演音乐会。

乔纳想起了苏玛死后在纳塔瓦拉的漫长日夜。阳光透过教堂拱形的窗户，浸染着秋天的树叶和彩色玻璃。唱诗班在几分钟后暂停，女孩们拿出手机，成群结队地走过过道，边走边聊天。

通往门廊的门很快被打开和关上，教堂的牧师从书里抬起头，然后继续阅读。

玛戈特手里拿着两个沉重的塑料袋走了进来。当她挤到乔纳旁边时，袋子撞到了座椅，她的肚子凸出得很厉害。

“我真的很抱歉。”玛戈特半耳语地说，“我知道你不想相信，但看看这个。”

她叹了一口气，把其中一个袋子举到膝盖上，拿出一张打印指纹。乔纳快速地阅读着各种参数，然后逐一检查细节，寻找线条和模式中的相似之处。

有三个完美的指纹，与埃里克·玛利亚·巴克的匹配度是百分之百。

“这些指纹是在哪里找到的？”乔纳问。

“在苏珊娜·科恩手中的瓷器鹿头上。”

乔纳凝视着教堂，唱诗班又聚在一起，领队拍手以引起她们的注意。

“你以前要求证据。”玛戈特继续说，“这些指纹就是证据，不是吗？”

“从司法意义上讲是的。”他低声说道。

“搜索仍在进行中。”她说，“我们找到了连环杀手。”

“你们有吗？”

玛戈特把装满材料的袋子放在乔纳的膝盖上。

“我真的很想相信你，还有那个传教士的想法。”她向后靠着，呼吸困难。

“你应该相信我。”乔纳回答说。

“你去见了洛基，我安排了机会让你可以去询问他。”她带着一丝不耐烦说，“你说这样可以找到那个不洁的传教士。”

“他现在什么也记不起来了。”

“因为没有什么值得想起来的。”她总结道。

唱诗班开始唱歌，女孩的声音充满了教堂。玛戈特试着让自己更舒服些，把辫子搭在肩上。

“你在斯莫兰追踪到了埃里克。”乔纳说。

“快速反应小组找到了一辆巴士，发现他的手机夹在两个座位之间。”

“哎呀。”乔纳冷冷地说。

“到目前为止，他还没有犯过错误，他像一个专业人士一样避开了所有调查。”她说，“他似乎被人指点了该怎么做。”

“我同意。”乔纳说。

“他联系你了吗？”玛戈特问。

“没有。”乔纳简单地回答。

他低头看着地板上另一个在他们之间的袋子。

“那是我的手枪吗？”

“是的。”她回答，用脚把袋子推到他身边。

“谢谢。”乔纳凝视着它说道。

“如果你继续找传教士，我必须提醒你，你不是按照我的命令去做。”玛戈特说，开始朝长凳外面挤去，“你没有收到我的材料，我们从未在这里见过……明白吗？”

“我要去找凶手。”乔纳平静地说。

“好的，但是我们不能再联系了……”

乔纳拔出手枪，在椅子的掩护下，将弹夹弹出，拉回螺栓，检查扳机和枪柄，然后把安全阀放回去，重新插入弹匣。

“现在谁还会用柯尔特？”玛戈特问，“要是我的话，一周内就会腰酸背痛。”

乔纳没有回答，只是把手枪塞进肩部的枪套中，把备用弹夹放在夹克口袋里。

“你什么时候才能接受埃里克可能有罪？”她粗声粗气地问。

“你会发现我是对的。”他说着，冷冷地凝视着她的目光。

101

内莉·勃兰特坐在电脑前打着字，她全神贯注，精美妆容的脸上毫无表情，金色的头发轻轻地卷曲在肩上。她穿着米色的绒面裙和一件紧裹着身体的金色马球衫。

当乔纳进来和她打招呼时，她没有回答，只是站起来走到窗前，从外面的灌木丛中摘下一朵深粉色的花。

“给你。”她把花给了乔纳，“衷心感谢你出色的警探工作……”

“我能理解……”

“等等。”她插嘴道，“我需要再摘一朵。”

她伸出手，摘了第二朵花，递给乔纳。“对于整个瑞典警察来说，”她开口说，“真是令人出乎意料……不对，我得出去把整株花都挖来才行……如果你的后备厢够大的话，然后……”

“内莉，我知道警察弄错了。”乔纳说。

就好像所有的空气都从她身上消失了，她坐在桌子旁，头枕在手上，想说些什么，但说不出来。

“我还在找真正的杀人犯。”乔纳接着说，“但我需要一个人，能代替埃里克的工作。”

“我很乐意帮忙。”她看着他说。

“你能催眠人吗？”

“不。”她笑着，露出吃惊的表情，“我想……那不是我的领域，我觉得有点儿可怕。”

“你认识有谁能帮我吗？”

她把订婚戒指在有雀斑的手指上拧了几下，然后歪着头。

“催眠很棘手。”她坦率地说，“但是有一些人有良好的声誉……这与才华横溢不是同一回事。这就像一个普遍的算法：任何领域中最优秀的人的声誉都会下降，以弥补辉煌。”

“你是说没有人比埃里克更优秀？”

她笑了，露出白牙。

“没有人能比得上他……即使他现在并没有为自己的名誉做太多的事。”

“那我还能找谁呢？”

“这里的安娜·帕默应该还不错，这取决于你想要什么。当然，在心理创伤和休克状态方面，她没有埃里克的经验。”

内莉领着乔纳沿着走廊向前。过了一会儿，她放慢脚步，问他自己是否有危险。

“我无法回答。”乔纳诚实地回答。

“我丈夫整个星期都要加班。”

“你应该请求警察保护。”

“不，不用警察保护，这太小题大做了……只是昨天我们注意到房子后面的锁坏了。”

“有人可以和你一起住吗？”

“是的，当然。”她略带脸红地说。

“那就这样做，直到事情结束。”

“我会考虑的……”

102

安娜·帕默在一间小书房里会见了乔纳，这里有一张书桌，还有一扇窄窗，可以俯瞰医院的庭院。她是一个高个子女人，有一头灰色的短发，眼睛下面可以看见明显的静脉。

“我认识一个十年前发生车祸的人。”乔纳开始说，“他遭受了相当严重的脑损伤……显然，这不是我擅长的领域，但是按照我所理解的方式，他大脑两侧颞叶持续会有癫痫发作。”

“这很可能会发生。”她说着记下他说的话。

“他最大的问题是他的记忆力。”乔纳继续说，“短期和长期的记忆……有时他记得一个事件的每个细节，有时他会忘记曾经发生过……我希望催眠有助于他突破障碍。”

安娜·帕默放下记事本，双手放在书桌上。

乔纳注意到她手指关节上有小小的红色湿疹疤痕。

“我不想让你失望。”她用疲倦的语调说，“但是很多人对催眠的作用有着不切实际的期望。”

“这对这个人来说很重要。”乔纳回答道。

“临床催眠……是一种建议，作为一种内部的自助……这与揭露真相无关。”她用抱歉的语气解释道。

“但是这种脑损伤并不意味着他的记忆被抹去了。一切都在那里，只是它的路径被封锁了……我的意思是，催眠不能帮助他找到另一条路吗？”

“如果你很熟练，那么或许能达到这个目的。”她承认道，同时擦了擦手上的红印，“但是当你到达那里时，你会做什么？没有人能够区分他的真实记忆和想象力，因为他的大脑无法分辨出两者的区别。”

“你确定吗？我的意思是，我们不是可以区分出记忆和想象吗？我们确信自己能做到。”

“我们把某些信息与真正的记忆一起存储……比如代码、介绍性说明，还有前缀。”

“难道这些代码不应该在他的脑子里吗？”乔纳坚持说。

“但在回忆的同时提取出来……”她摇摇头说。

“有人能做到吗？”

“没有。”她回答，关上记事本。

“埃里克·玛利亚·巴克声称他能。”

“埃里克很擅长这个……他可能是世界上最善于将病人置于深度催眠状态的人，但他的研究并不是基于证据的。”她慢慢地说，眼睛里闪烁着某种东西。

“你相信报纸对他说的话吗？”

“我无法判断……但他确实有变态精神病患者的倾向……”

她止住了自己的话。

“这次谈话实际上是关于他的吗？”她直截了当地问。

“不是。”

“但这也不是关于你的朋友，对吧？”

“我是国家刑事调查局的警察，我需要询问一位有记忆丧失的证人。”

安娜·帕默的嘴角抽搐着。

“在催眠状态下听到的任何话，在法律中是不能采信的，那是不道德的。”

“这是警察的工作，不是……”

“我可以向你保证，没有一个严肃的临床催眠师能做到这一点。”她提高了嗓门，看着他的眼睛说道。

103

埃里克把帽子放下，低下头，绕过本杰明学会滑雪的哈马比巴肯高地，向森林走去。

在斯德哥尔摩移动而不被摄像机捕捉到是几乎不可能的。道路两旁遍布着测速摄像头，收费区边界也有摄像头，路口、隧道和桥梁也有交通监控摄像头，商店、火车、公共汽车、渡船和出租车都有安全摄像头。这些摄像头每天二十四小时不间断地对加油站、停车场、港口、码头、火车站等进行监控。银行、百货商店、购物中心、广场、步行街、大使馆、警察局、监狱、医院和消防站都在监控之下。

埃里克非常疲倦，当他穿过森林走向比约克哈根时，脚底的水泡破了。

天空越来越黑，他在房子后面的校园停下来时，感到双腿发抖。

埃里克沿着通往木门的路走去，门上挂着一个褪色的青铜信箱，建筑物的颜色使他想起了潮湿的泡沫橡胶。

一楼厨房里有盏灯。从这里他可以看到内斯特的起居室。埃里克打开窗户，看见内斯特坐在扶手椅上。公寓里没有其他人的迹象。

埃里克的手在发抖，他站在前门时觉得自己不能再往前走一步。

“我能进来吗？”内斯特一开门他就问道。

“真是出乎意料。”内斯特咕哝道，“我给你泡点儿咖啡。”

内斯特让埃里克进来，关上门，然后锁上。埃里克叹了一口气，把皱巴巴的夹克挂起来，闻到了自己的汗臭。他的袜子粘在了血淋淋的脚跟上，冰冷的指尖在走廊的热气中发痒。

他知道内斯特住在他从小生活的公寓里。天花板很低，橡木拼花地板很陈旧，上面的漆已经磨损了，房子里到处都有着狗形的装饰物。

埃里克穿过起居室。沙发上的单靠垫破旧不堪，低矮的桌子上放着一副眼镜和一本填字游戏，旁边还有一个猎狗叼着鸡的雕像。

在厨房里，内斯特正在摆杯子和一盘饼干。炉子上有一个煎锅，里面有香肠和土豆。

“你告诉过我，我可以向你请求任何帮助。”埃里克在桌子边坐下来说道。

“是的。”内斯特说道，郑重地点点头。

“我能在这儿住几天吗？”

“在这儿？”一种怀疑的、孩子气的微笑掠过内斯特的脸，“为什么？”

“我和女朋友吵了一架。”埃里克向后仰着。

“你有女朋友吗？”

“是的。”埃里克回答。

内斯特把咖啡倒进他们的杯子里，说他有一个备用的房间，里面有一张客床。

“我能吃点儿剩下的食物吗？”

“当然可以。”他说着把电热板打开。

“不必为我再加热。”埃里克说。

“你不想要……”

“不用，这样就很好。”

内斯特把食物刮到盘子里，然后坐在埃里克对面。

“你有没有再想过养狗的事情？”埃里克问。

“我需要存点儿钱。”内斯特回答，把咖啡壶举起了几毫米，偷偷地看着自己的倒影。

“当然。”埃里克一边吃一边说。

“我在教堂工作。”内斯特边说边朝窗子示意。

“在教堂？”埃里克问道，感到一阵颤抖从脊柱上散开。

“是的……也不全是。”内斯特微笑着，一只手捂着嘴，“我在宠物墓地工作。”

“宠物墓地……”埃里克礼貌地点头，看着内斯特细长的手和羊毛衫下面泛黄的聚酯衬衫。

埃里克一边吃完了食物，喝完了咖啡，一边听内斯特告诉他瑞典最古老的家养宠物墓地。那里是由一个叫奥古斯特·布兰切的作者在19世纪埋葬他的狗时所建立。

“我让你觉得无聊了。”内斯特说着站了起来。

“不，我只是累了。”埃里克说。

内斯特走到窗前向外张望，黑色的阴影正在迎合苍白的天空，风在树木和灌木间吹着。

“天快黑了。”内斯特低声对着自己的倒影说。

窗台上有两只灰狗装饰品，旁边有一盆植物。

“我能用一下洗手间吗？”埃里克问。

内斯特领着他穿过起居室，指着帘子后面一扇看似多余的门。

“这是老看守人的公寓，但我认为那个门是个紧急出口。”

浴室的墙面只有一半的瓷砖，里面有一个带着浴帘的深浴缸，上面放着海马玩具。埃里克锁上门，脱下衣服。

“红色的牙刷是妈妈的。”内斯特从门口喊道。埃里克站在破损浴缸里发霉的淋浴垫上。他淋浴，并清洗了身体上的伤口。浴室柜上面是一个旧灯泡盒，一些唇膏和睫毛膏从里面露出来。

当埃里克出来时，内斯特正站在大厅里等他。他皱起的脸显得忧心忡忡。

“我真的很想谈一谈……有一件事……”他开始说道。

“是什么？”

“我……如果新的狗死了，我该怎么办呢？”

“我们可以明天再谈这个问题。”

“我带你去客房。”内斯特低声说，把脸转向别处。

他们又回到起居室，经过厨房，来到橱柜的远端，这是有一扇埃里克之前没有注意到的门。

客房的床上方有一张巨大的海报——比约恩·博格[①]在亲吻温布尔登奖杯。对面的墙上有一个摆满瓷器狗的架子。

房间一个角落的橱柜被涂成了传统民间艺术的风格，顶门装饰着一个手绘画卷：一个人从摇篮到坟墓，一个男人和一个女人并肩站在一座桥上，每一步代表十年。在最上面的台阶上，两个五十来岁的人高高地站着，但是死亡潜伏在桥下，呈骷髅状，手里拿着镰刀。

“这个真有趣。”埃里克看着内斯特说，他仍然站在客房里。

① 比约恩·博格是瑞典的前世界排名第一的男子网球运动员。他曾夺得 6 次法网男单冠军和 5 次温布尔登男单冠军。

“我睡在里面……妈妈的房间，我在那个时候搬……”

内斯特奇怪地伸长着脖子，好像他身后站着一个人。

“晚安。”埃里克说。

他握住门把手把它关上，但内斯特把手放在门上，用焦虑的目光看着他。

“富人需要它，穷人已经拥有它，但你害怕它胜过死亡。”内斯特低声说。

“内斯特，我有点儿累了。”

“富人需要它，穷人已经拥有它，但你害怕它胜过死亡。”内斯特重复说，然后舔了下嘴唇。

“我会考虑答案的。”埃里克说着关上了门。

“好吧，晚安。”

埃里克坐下来，凝视着那张丑陋的墙纸，那重复的图案看起来像华丽的武器、花环、孔雀羽毛和数百只眼睛。

窗帘已经拉上，他关灯，当他把厚厚的被单折回到床上时闻到了淡淡的薰衣草味。

他太累了，所有的思考都消失，失去了形状。当他正要翻身睡着时听到了房间里传来轻轻的咯吱声。有人在悄悄地把门打开。

“是谁？内斯特？”埃里克问。

“一个线索。”一个柔软的声音说，“我可以给你一个线索。”

“我很累，而且……”

“传教士认为它比上帝更强大。”内斯特打断说。

“请你把门关上好吗？”

内斯特放开门锁时发出了咔咔声，然后脚步声穿过了客厅的实木地板。

埃里克睡着了，在梦里，玛德琳站在床边，用气吹着他的脸，低声回答着内斯特的谜语。

“没什么。”她低声对他说，“富人什么都不需要，穷人什么也没有……你只害怕死亡。”

104

埃里克被一阵轻风从睡梦中唤醒。有人在悄声耳语，但在他睁开眼睛的时候声音停了下来。视线中的黑暗密不透风，他花了几秒钟才意识到自己在哪里。

他翻了下身体，旧床垫吱吱嘎嘎地响了起来。

即使睡得很熟，他也有着一部分的警觉，那是一种能使他从睡梦中惊醒的力量。

也许他只是听到水穿过建筑物管道的声音，或者是风压在了窗户上。

没有人在他的房间里窃窃私语，四周一片黑暗。

埃里克想起了内斯特精神疾病发作的情形，当他在睡觉时，管子的咔嗒声会变成老妇人正在梳她长长的灰色头发的声音，老妇人告诉他，当你杀死最亲近的人时不要看着他们的眼睛。

埃里克知道，这一切都是由于内斯特在孩子的时候被迫杀了自己的狗，但每次当内斯特神经质地模仿女人的声音时他都觉得不寒而栗。

他想起内斯特过去坐在那里，双手紧抱在膝上，头低下，嘴角挂着一丝微笑。

一辆汽车在外面的街道上经过，寒冷的灯光穿过卷帘，滑过壁纸上的图案，然后消失了。

埃里克凝视着墙。车一走，就好像一道光线留在墙上。他想书架上一定有一盏他没见过的微弱的灯。

埃里克眨了眨眼，凝视着静止的蓝光，意识到房间里有一个窥视孔。

灯是从另一个卧室传来的，当一切突然变黑的时候埃里克意识到。内斯特现在正在看着他的房间。埃里克静静地躺着。周围很安静，他能听见自己吞咽的声音。

蓝光再次亮起来，他能听到穿过墙壁的耳语。

埃里克在黑暗中迅速穿上衣服，靠近光线。光点在两个较低的书架之间，如果瓷器的排列方式不同，这个小洞就看不见了。它位于墙纸图案的最黑暗部分，非常小，以至于他意识到他必须把脸贴在墙上，把眼睛放在洞旁边，才能看到。

他把一只瓷制的小狗放到一旁，双手靠在墙上，小心地把头放在架子上，木头贴着头发，壁纸碰到了鼻尖。

他可以看到对面床头柜上有一部手机屏幕亮了，闹钟和壁纸的椭圆形图案被照亮。埃里克在手机屏熄灭前瞥见了整齐的床和一张装在镜框里的照片，照片中的小孩穿着洗礼服。他听到公寓里某个地方传来快速的脚步声，他试图把头往后拉，但是他的头发卡在了木头上，瓷器被他撞得发出不祥的叮当声。埃里克举起手，试图拉开夹住的头发，这时门在他身后打开了。

内斯特向他走来，他向后退去。

“我给警察打电话了，我回来告诉你。”内斯特低声说，“现在轮到你去求助了，我已经跟他们谈过了好几次，他们现在已经来了。”

“内斯特，你不明白。”埃里克冷冷地说。

“不，不，你不明白。”内斯特用友好的声音打断，然后打开窗户旁的灯，“我说你去买药了，然后……”

突然传来噪声，像石头打在了窗户上，黑暗的窗帘在灯光下颤抖，一层玻璃从窗帘后面掉了下来，在散热器上发出叮当声。

内斯特向后蹒跚着，他被武器击中了身体，血从他肩上的弹孔中喷了出来。

他惊讶地看着血：“他们承诺……”

他跌坐在地上，神情困惑地抬起头来。

“从外面的门出去。”他带着咝咝声说，“去洗衣房，直走，然后你可以到下一栋楼……”

他用指节撑在地板上，好像要把自己推着站起来似的。

“躺下。”埃里克低声说，“平躺。”

“穿过校园，然后跟着教堂的墙到森林和宠物墓地。”

“躺着。”埃里克重复说，然后蹲在门口。

当他逃到起居室时，他听到内斯特公寓的前门被强行撞开。碎片和金属块跌落在地板上。

“躲在小红房子里。”内斯特在他身后喘息。

埃里克转过身来，看到内斯特已经站了起来。建筑物之间回响着一声枪响。内斯特用一只手抵住他脖子的一边，手指间流淌着血。公寓窗户碎了，手榴弹发出闪光然后爆炸，时间仿佛停止了。

埃里克向后蹒跚。

寂静就像沙滩一般，慢波卷来，然后又发出噼啪声退了回去。

他摸索着穿过起居室，什么也看不见，但脑海中定格着卧室的画面，窗户前内斯特凝固的剪影，还有挂在橱柜门前的血滴，死神藏在桥下。

埃里克的耳朵听不见声音，他感觉到了更多的爆炸，压力波传入了他的胸膛。他径直走到破沙发上，摸索着沙发的后背。

震动突然解除了，视线重新恢复。他绕过了桌子和杂志架，但是仍然感到头晕，好像喝醉了似的。

枪的光线扫过大厅和厨房。

他开始耳鸣，但仍然听不见周围的声音。他找到了窗帘后面的门，打开，爬到后面楼梯。他差点儿就栽了下去，但还好抓住了扶手。他脚步不稳地走下楼，走到一扇金属门前，发现自己在洗衣房里。他沿着墙摸索着，直到手指碰到了电灯开关。他打开了灯，匆匆走过洗衣机、手推车和装满空瓶子的箱子，试图记起内斯特说的话。

他的脑海中有着一种奇异的感觉，好像这一切都与他无关似的。

他的暂时失明像银色斑点一样徘徊，仿佛有超过五百万根烛光在眼睛里闪烁，这意味着眼花缭乱后看到的一切似乎都不是同步的。

长长的走廊尽头是一扇门，他跑上一段狭窄的台阶，发现自己在一个不同的楼梯间。

埃里克走进凉爽的夜空，在街区的这一侧没有紧急车辆。快速反应小组离他应该有着一定的距离。

埃里克匆匆穿过那个校园。在寒冷的天气里，他能感觉到自己的耳朵变得潮湿。他摸了摸脸颊，意识到自己在流血。他没有环顾四周，径直穿过了卡尔斯洛那夫湾，经过一个停车场和一些肮脏的垃圾桶。碎玻璃在他脚下嘎嘎作响。

校园空荡荡的，啤酒瓶在风中滚动，篮球筐上没有装网。

直升机正在从上方逼近，屋顶上响起了旋翼的咔嗒声，埃里克意识到他的听觉开始恢复。

他继续走着，慢慢地喘着气，然后蹑手蹑脚绕过大楼，走进树林。这里几乎漆黑一片，埃里克把手放在脸前，保护自己不受树枝的伤害，直到看到教堂低矮的墙。

当他穿过高大的荨麻丛时，恐惧开始向他袭来。在森林深处有一群小小的坟墓，周围装饰着小人。他看到墓碑上挂着狗的项圈、玩具、绘画、照片、鲜花、自制十字架、彩绘的石头，烧毁的蜡烛，还有被烟熏黑的灯笼。

105

现在已经是凌晨两点，乔纳正站在汉森酒店自己的房间中央，地上摆满了犯罪现场和尸体的照片。因为埃里克的房子在搜查期间不能进入，警察把他送到了酒店。

乔纳把法医专家对犯罪现场的分析与国家法医实验室的图片、验尸报告和检测结果进行了比较。

洛基的噩梦是真实的回忆，他在催眠下说的一切都是真的，同一个杀人犯回来了，那个不洁的传教士再次开始杀人。在谋杀丽贝卡·汉森之后，连环杀手陷入了漫长的冷却期，他在等待，直到下一次爆发。

对于一个跟踪狂来说，跟踪一个人就像是吸毒成瘾，不可能停止，他必须走得更近，取得联系，送礼物，随着时间的推移，在自己的头脑里与他们发展真正的关系。表面上他可以表现出顺从的感激，但实际上他非常愤恨和嫉妒。

警方列出了将近七百个符合犯罪者基本情况的姓名：主教、牧师、神父及其家庭成员、执事、教堂看守、传教士和信仰治疗师。

乔纳相信凶手是故意嫁祸给埃里克，但是他找不到埃里克和名单上任何人之间的联系。

在材料中没有什么是特别的，但也许不同的元素可以以意想不到的方式组合。乔纳试着把拼图的碎片分开，看看是否还有其他方法把它们拼在一起。

他跨过鹿头和一桶融化的冰激凌的照片，停在杀害桑德拉·朗格的凶器照片前。在她尸体旁边的地板上发现了这把染血的刀，相机的闪光使得褐色的血液中映出一个像太阳似的黑斑。

他认出了这把刀是个厨具，不锈钢刀片，二十厘米长，他对埃里克森细心重建的血迹飞溅模式和残害尸体的攻击过程进行了检查。

凶手每次都穿着同样的鞋子：四十三号的旅游靴。

乔纳试图找出错过的线索，那些与整体情况不符的东西。他仔细审查照片，然后停在了编号为 311 的照片前：一个蓝色的陶器碎片，像一只鸟的头骨，一边有白色泡沫，而尖锐处如光滑的冰一般。

他在埃里克森的报告中读到这个东西藏在桑德拉家的地板缝隙里。根据实验室的分析，这个微小的两毫米长的碎片由玻璃、铁、沙和黏土熟料组成。

乔纳翻到关于亚当·约瑟夫家的报告。即使发生了枪击，凶手还是选择去完成他的计划，根据初步报告，卡特琳两只手上的假指甲都不见了。

传教士拿走了战利品，然后用被害人的手标出他拿走的位置，就像审判。

三点一刻，安雅·拉尔森打电话来说她刚刚被告知实行了紧急行动。

警方收到了一份被认为非常可信的报告。一个男人声称埃里克睡在他公寓的客房里。几年前，埃里克一直是他的精神病医生。

“那人被告知要离开公寓。”

“谁负责这场行动？”乔纳问。

“丹尼尔·弗里克。”

“他是亚当最好的朋友之一。”

“我明白你在说什么。”安雅说，“但我认为没有什么可担心的，因为这次行动仍然由国家反应小组领导。”

乔纳走到窗前，低头看着租来的车。车停在人行道上，而不是在旅馆的车库里。这是一辆有六个汽缸和560马力的枪灰色保时捷。

“公寓在哪儿？”

“因为大家都知道我对你忠心耿耿，玛戈特决定不让我参加目前的调查……她说得很有道理，因为如果我知道，我会告诉你地址。”

安雅不知道行动将在哪里进行，但是她已经知道行动肯定在斯德哥尔摩以南的某个地方。她说反应小组已获准使用泵式猎枪、突击步枪、中继器和PSG90狙击步枪。

打完电话后，乔纳站在酒店房间中凝视着地面。数以百计的照片排列成一排，灯光在照片的光泽表面反射出光亮。他继续阅读埃里克森的犯罪现场分析，但他的大脑一直徘徊在埃里克和即将来临的行动中。乔纳走到房间的另一边，看着一张黄色纤维碎片的照片，然后读了一份实验室报告，是关于玛利亚·卡尔松家厨房地板上留下的一片被踩碎的荨麻。

他看着放大的照片。小小的一片树叶填满了整张纸，毛刺像尖尖的绿色舌头，看起来像水晶针，或是脆弱的毛细血管。

黎明来临，东方的天空越来越白，狭窄的阳光透过烟囱和山墙，覆盖着屋顶的铜饰。

乔纳想行动应该已经结束了，于是给埃里克打电话。

他又试了一次，还是没有人应答。

虽然现在是早上五点半，但他决定给玛戈特打电话。他必须知道他们是否抓到了埃里克，但是他不能直接询问行动情况，因为他不想让安雅陷入麻烦。

“那么你是不是逮捕了一个无辜的嫌疑犯？”

“乔纳，我还睡着……”

“我知道，但是发生了什么事？”

“发生了什么事？实际上你不能问。是埃里克的一位前病人打电话来说埃里克在他的公寓里。”她疲惫地回答。

“能给我个名字吗？”

“保密，我不能跟你说话，我告诉过你。”

“只需要跟我说我应该知道的事就可以了。”

“病人告诉警察他把埃里克一个人留在公寓里……国家反应小组进去，看到一名持枪男子于是就开了枪……原来窗户里的人就是病人，他回到了公寓。”

“埃里克不在吗？”

他能听到她试图从床上坐了起来。

“我们甚至不知道他是否去过那里，病人现在在手术台上，不能接受审问或……”

“如果他是传教士呢？”乔纳打断了他的话。

“埃里克是有罪的……但也许病人知道他在哪里，我们会尽快问他。”

“你应该在医院驻扎警力。”

“乔纳，我们在埃里克的车里发现了血，这可能并不是什么，但已经被送去分析了。”

“你们在病人的公寓里找了一套黄色的雨衣吗？”

“我们没有发现什么特别的东西。”她回答。

“公寓外面有荨麻吗？”

“不，我不这么认为。”她用困惑的语调说。

106

几个小时后，乔纳第一次在椅子上坐了下来，他读着关于杀手在桑德拉·朗格公寓里留下脚印的报告，看着绘出的草图，觉得这些谋杀案所呈现的激动和疯狂有些异常。它们是有计划的，但并不是纯理性的。乔纳将这种情况与验尸报告中关于戏剧性攻击的描述进行了比较，觉得那种受理性控制的整个准备工作实际上是一种伪装，而攻击本身则是犯罪者的自然状态。

他正要阅读埃里克以前病人的病历资料时，手机响了起来。

“乔纳，是我。”埃里克低声说，“他们想杀了我。我躲在内斯特家里，他是我之前的一个病人，警察一定以为他们在窗户里看见的是我。他们两次开枪射击了他，就像行刑一样。我不认为瑞典的警察能做那样的事，简直是疯了。”

“你现在安全吗？”

“是的，我想是这样……你知道，他回来只是为了告诉我他做了什么，说是警察答应不伤害我，然后他们就从窗户朝他开了枪。”

“你有没有想过他会是传教士？”

“他不是。”埃里克立刻回答。

“他当时得的是什么病？”

“乔纳，没关系，我只想得到审判，我不在乎他们是否判我有罪，我不能留下来。”

“埃里克，虽然我不认为我被监视着，但是不要告诉我你在哪里。”乔纳打断道，“我只想知道你在那里能藏多久。”

埃里克移动的时候电话总发出撞击声。

“我不知道，二十四个小时，也许。”他低声说，“这儿有水龙头，但没东西吃。”

“你有可能被找到吗？”

“这可能没有太大的风险。”埃里克回答，然后沉默了。

“埃里克？”

“我不知道怎么会走到这个地步。”他冷静下来说，“我做的一切只会让事情变得更糟。”

“我要去找传教士。”乔纳说。

“太晚了，现在一切都太迟了，我只想在不被杀的情况下自首！”

乔纳听到电话里埃里克激动的呼吸声。

“如果我们设法把你交出去，让你活在监狱里，按照这些罪行你就会被判处无期徒刑。”乔纳说。

“但我不认为我会被判有罪，我可以在审判前催眠洛基。”

“他们不会让你这样做的。”

“是的，也许不会，但是……”

“我去看了洛基。”乔纳说，“他因为携带毒品被关在胡丁格监狱里，他记得你，但对‘零号’或传教士一无所知。”

“真让人绝望。”埃里克说。

乔纳倚靠着窗户，感觉到冰凉的玻璃对着他的额头。在街上，一辆出租车停在旅馆外面。当司机从车里走出来拿行李时，可以看到他的脸色苍白而疲倦。

乔纳瞥了一眼出租汽车，看着它开走，当他再次抬头时，已经下定决心。

“我今天会找到一个把洛基弄出来的方法……然后我们见面，这样你就可以催眠他。”他说。

“这是你的计划吗？”埃里克问。

“如果你能再次催眠洛基，就可以得到传教士的具体细节。”

“是的，我能，我很确定。”

“那样的话，当你躲起来的时候，我就能找到真正的凶手。”

“我只想自首。”

“如果你被审判，你就会被判有罪。”

“这太荒谬了，我只是刚巧在附近……”

“不仅仅是这样。”乔纳打断道，“你的指纹印在了苏珊娜·科恩手上拿着的东西上。”

“什么东西？”埃里克惊愕地问道。

“一个动物瓷器的碎块。”

“我不明白，根本与我无关。”

“但是指纹匹配度是百分之百。”

乔纳听到埃里克走动的声音，仿佛他在穿过木制的地板。

“所以一切都指向我。”他低声说。

“你有内斯特的照片吗？”

在电话结束之前埃里克说了如何登录心理诊所系统查看病历。乔纳带上手枪和夹克，下楼去接待处打印出内斯特的照片，然后离开旅馆。

他走过自己租来的车，走进了一条更窄的路。门外有一辆旧式的沃尔沃，没有点火锁的那种。乔纳左右看了一下，街上没半个人影。他后退一步，然后用脚踢破了汽车的后窗。

街上一辆汽车的报警器响了。

乔纳从里面打开前门，把座位往后挪，从口袋里拿出螺丝刀，撬开点火器的盖子，松开转向柱上的面板，把螺丝刀插入立柱的上部，小心地将转向锁断开。

他迅速地戴上一副手套，坐在驾驶座上，松开汽缸点火器上的红色电缆，剥开塑料盖。他一扭，音乐开始在收音机上播放起来，灯也亮了。他关上门，拉出棕色的电线，把它们接触在一起，发动机就启动了。

当他开车前往胡丁格时，街道上车还很少，只有卡车在行驶，上班族仍在家里喝咖啡。

在胡丁格，他开车经过雄伟的监狱大楼，向南驶入一条通往森林的小路。他把车拐过来，停在森林里，然后开始向斯德哥尔摩的方向步行。

107

乔纳·林纳从出租车上下来，付了钱，穿过街道来到他租来的那辆灰色汽车前。发动机轻轻地启动，他向后靠在皮革座椅上，从路边把车开了出来。

当他到达胡丁格监狱时，他把车停在入口的一个金属栅栏旁，然后拨打了埃里克的电话号码。

“你怎么样？”他问道。

“还好吧，但我开始饿了。”

“我改了 SIM 卡，你现在可以告诉我你在哪里。”

“圣马克教堂的后面，树林里有一个宠物墓地，我藏在一个红色木屋里。”

“这相当接近警方突袭的内斯特的公寓，不是吗？”

“是的，昨晚我听到救护车来了。”埃里克平静地说。

“现在我会把洛基送到你那儿。”乔纳说着，抬头看着监狱里宏伟的建筑。

他把手枪和手机放在手套舱里，把钥匙放在点火器上，然后从车里出来，穿过高高的柱子走进来。

他在售货亭买了三个三明治，要了一个袋子，然后走到监狱门口解释自己的来意。

在经历了通常的安检程序之后，乔纳走进了监狱，同一个监狱工作人员正站在那里等着。

乔纳注意到阿恩有一根伸缩警棍，由弹簧钢制成，可以用来击打上臂和大腿上的肌肉。

印着他名字的徽章在毛衣上歪着，手铐挂在腰间。在电梯里，阿恩摘下眼镜，在毛衣上擦拭。

“钓鱼怎么样？”乔纳问。

“今年秋天晚些时候，我将和我姐夫前往吕卡雷比。”

询问室是被监控的房间之一，其中一面墙由一块玻璃组成，使得隔壁房间的人可以观察房间内的一切。

乔纳坐在椅子上，双手放在桌面上等待，直到听到走廊传来了声音。

门打开，洛基被领进房间。

“我的肩膀受伤了。”洛基叹息着说。

“保持安静。”阿恩把他推到了椅子上。

108

洛基今天看起来面色苍白，眼睛下面有着浓重的黑眼圈，他可能正在经历戒断反应。阿恩·梅兰德坐在隔壁房间看着他们，但他听不见他们在说什么。隔音玻璃墙的目的是保护辩护律师与其委托人之间谈话的机密性，但也允许警察询问嫌疑人，而不泄露他们的谈话内容。

“他们说要把我关在这个该死的地方六个月。”洛基粗声粗气地说，揉着鼻子。

“你说过有一个传教士。”乔纳开口。

“我的记忆力有问题。”

“我知道。”乔纳打断了他的话，“但你试着想起传教士时，看到他杀死了一个叫蒂娜的女人。”

“这是可能的。”洛基眼睛的瞳孔变窄了。

“他用砍刀砍掉了她的胳膊，你还记得吗？”

“我什么都不记得了。”洛基低声说。

“你认识一个叫内斯特的人吗？”

“我不觉得我认识他。”

“看这张照片。”乔纳把打印出来的照片递给了他，洛基仔细看着内斯特瘦削的脸，然后点头。

“我想他在卡苏登。”

“你认识他吗？”

“我不知道，那里有不同的区域。”

“你准备好去见埃里克·玛利亚·巴克了吗？你会被催眠。”

“没问题。”洛基耸耸肩说。

“问题是检察官拒绝让你出去。”乔纳慢慢地说。

“埃里克总是来这里催眠我。”

“现在不行了，因为警方认为埃里克实施了谋杀。”

“埃里克？”

“但他和你一样是无辜的。”

“冥冥中的判决。”洛基笑着说。

“埃里克找到了奥利维亚……”

“我知道，我知道，我每天都跪下来感谢他……但是你希望我怎么做呢？”

“我们一起走，你和我。”乔纳平静地回答，“我要把一个看守当作人质，你所要做的就是跟我一起走。”

“人质？”

“我们会用七分钟的时间出去，在警察赶到这里之前。”

洛基看着乔纳，然后看着坐在玻璃后面的阿恩。

“如果我能把外套拿回来，我愿意做。”洛基说着向后靠，伸展着双腿。

“那里面有海洛因？”乔纳问，“我会搞定。”

乔纳说着从口袋里拿出一张扁平的卷筒胶带。

洛基的眼睛半闭着，看着他把胶带缠在手里。

“我想你肯定知道自己在做什么。”洛基说。

“把三明治袋拿来。”乔纳说道，然后按下对讲机上的按钮，表示会面结束了。

阿恩打开门，让乔纳走进走廊。他是想把乔纳带出监狱，然后再把洛基带回他自己的牢房。

当狱警把洛基锁在审讯室里的时候，乔纳走到另一扇门边。那儿的裙板底部松动了，他弯下身子。把手指伸进缝隙，向上拉，塑料套管带着螺丝从混凝土墙中被拉了出来。

“你不能那样做！”阿恩惊讶地说。

当乔纳把踢脚板往上推时，水泥屑落在了地上。上面的螺丝被卡住了，乔纳猛地用力扭动金属，最后一个螺钉松动时才发出了爆裂声。

“听见了吗？”阿恩说着拿出了他的警棍，“我在跟你说话。”

乔纳没有理会他，把踢脚板放在面前，用脚狠狠地踩了一下，然后弯下腰转动它，又踩了上去。

“你到底在干什么？”阿恩脸上露出了紧张的笑意，走近了一些。

“对不起。”乔纳简单地说。

他知道阿恩·梅兰德受过什么样的训练，他会伸出左手接近他，试图阻止他，同时他会试图用警棍横扫，以击中乔纳的大腿和上臂。

乔纳大步朝他走去，把他的胳膊甩开，然后把胳膊肘撞入那个胖男人的胸膛里，让他踹跚地往后退。他的膝盖失去了平衡，伸出一只手来支撑自己，坐在了地上。

乔纳从击打的冲劲中跌跌撞撞地向前迈了几步，但是仍然站立着，趁他还没来得及反应过来就把警报器抢走了。他下垂手臂，把裙板的弯曲部分绕在了阿恩的脖子上，从腰带上拉出手铐，将其中环铐在裙板两端相交的地方。

“站起来，让洛基出去。”他说。

阿恩咳了一声，转身沉重地爬到墙边，靠着墙站了起来。

“把门打开。”

阿恩的手是自由的，但乔纳用裙板凸出的部分抵着他，他的脖子被困在绳索状的弯曲处，金属的锋利边缘压在了他的脖子上。

“不要这么做。”阿恩喘息着说。

当他打开审讯室的门时，汗水从他的脸上滑落，他的手在颤抖。洛基走了出来，拿起警棍，把它压在地上，使它再次缩了回去。

“阿恩，如果你帮助我们，我们四分钟后就能出去，然后我就放你走。”乔纳说道。

阿恩蹒跚地走在乔纳的前面，一直试图把手指放在金属套索下面。

“用你的卡，输入密码。”乔纳说着把他转向电梯。

在他们带着阿恩穿过建筑的时候，他一直保持着抬头的姿势看着摄像头，希望有人会看到他。

金属已经割破了乔纳手上的胶带。

当他们进入大厅时，其余的监狱工作人员才意识到发生了什么事。几秒钟的时间内，像压力波一样，从松弛变成紧张。某种无声的报警已被激活，一个桌子下面的灯开始闪烁，刚才一直坐着聊天的监狱工作人员都站了起来，椅子摩擦着地板，纸掉在了地上。

“让我们过去！”乔纳喊道，把阿恩带向出口。

七个看守急忙从走廊的位置靠近，他们显然对当前的情况无法正确把握，乔纳让洛基注意他的后面。洛基伸手打开警棍，向乔纳后面走去。

坐在安全指挥中心的负责人匆匆忙忙跑过来，他现在的任务是尽可能拖延逃跑。

“我不能让你出去。”他说，“但是如果你现在后悔，那么……”

“看看你的同事。”乔纳打断道。

阿恩呜咽着，乔纳把金属的末端拉到外面。套索紧挨着他的脖子，血开始在他的黑色毛衣上流下来。他试图用双手握住金属，但没成功。

“住手！”负责人喊道，“看在上帝的分儿上，住手！”

阿恩侧着身子，把给参观者的小册子碰倒在了地上。

“我们出去后，我会放他走。”乔纳说。

“好的，每个人都后退。”负责人说道，“让他们过去，让他们走。”

他们通过了金属探测器。看守和其他工作人员都让了路，其中一名工作人员正用他的手机拍摄着整个过程。

“向前。”乔纳说。

阿恩走近出口时轻轻地呜咽着：“哦，天哪。”他低声说，握住他的左臂。

一条狗在安全气锁的另一边疯狂地吠叫，警卫冲出玻璃门组成队形。

“让他们过去！”负责人大声叫道，通过气闸跟着他们，“我跟你们一起出去，确保你们能出去。”

他拿出自己的卡，轻敲输入密码，打开了门。

“你到底是谁？”他喘息着，看着乔纳·林纳。

在监狱外面，阳光灿烂。当他们穿过入口区朝乔纳灰色的保时捷走去时，他们头顶的天空一片湛蓝。

乔纳绕过了车，把阿恩推倒在地，一边把手铐的另一环铐在车后的金属栅栏上，一边道歉。监狱警卫在离他们十几米的玻璃门里左右挪动，保安人员站着看着他们。

乔纳快速钻入车中，启动。

洛基还没来得及关上门，他就开车越过了路肩，沿着草地斜坡，经过水泥砌块，开到了路上，然后他拼命地加速驶向旧式沃尔沃所在的森林。

109

内斯特被送往了哈丁奇的卡罗林斯卡大学医院，在那里，一个医疗小组为他做了手术，并设法止住了出血。内斯特很幸运，他的伤情稳定了下来，从重症监护室转出来了。

玛戈特将两名身穿制服的警察安排在了手术后的监护病房外面。

内莉已经和内斯特的医生谈过，考虑到他的病史只使用了低剂量的镇静剂。

在玛戈特试图从警察的角度解释他在公寓遭受袭击这一事件时，内斯特一直哭个不停。

“但是埃里克不在那里，他在哪里？”她问。

“我不知道。”内斯特呜咽着说。

“你为什么打电话来呢？”

“内斯特，你必须明白，所发生的一切都不是你的错，这只是一个意外。”内莉握着他的手说。

“埃里克和你联系过吗？”玛戈特问。

“我不知道。”他重复着，凝视着她。

“你当然知道。”

“我不想和你说话。”他平静地说，然后转过脸去。

“你做什么工作的？”玛戈特问，从她的大袋子里拿出一个火腿三明治。

“我退休了……但我会做一些园艺工作……”

“在哪里？”

“为街区议会……”他说，“在不同的地方。”

“你是不是讨厌杂草？”玛戈特问。

“并没有。”他回答，看上去很好奇。

“荨麻呢？”

“不讨厌。”他说着拨动着一根管子。

“内斯特，”内莉温柔地说，“你可能已经知道埃里克和我是好朋友……和你一样，我认为他最好把自己交给警察。”

内斯特又一次开始哭泣。玛戈特走到窗前，这样就不必再看着他哭了。

“我身上全是你们的子弹。”他大声说，把手放在包扎胸口的绷带上。

“这是一次可怕的事故。”内莉说。

“上帝想杀死我。”他说着，从鼻子里拔出氧气管。

“你为什么这么想？”

“我受不了。”他呜咽着说。

“你知道……犹太人说一个正直的人会跌倒七次，再站起来，但灾祸降临的时候，不虔诚人就会被绊倒了……但你要站起来。”

“我正直吗？”

“我怎么知道。”她笑了。

“这不就是你的意思吗？”

内莉可以看到他血液中的氧气正在下降，于是把管子对准了他的鼻子。

“埃里克救了我，我只是想救他。”他低声说。

“你是说昨天吗？”她试探性地问道。

“他来找我，我给了他食物，让他住下来。”他轻轻咳嗽，“他们承诺不会伤害他。”

“他来找你的时候，看起来怎么样？”

“他戴着一顶丑陋的帽子，手在流血，全身脏兮兮的，没刮胡子，脸上也有伤痕。”

“你只是想帮助他。”内莉说。

“是的。”他点点头。

玛戈特站在窗边吃三明治，但仍能听到内斯特的回答。他对埃里克的描述符合一个穿过森林，并且一直没能睡觉的人。

“你知道埃里克现在在哪里吗？”她慢慢地问，转过身来。

“不知道。”

玛戈特遇见了内莉的目光，然后离开房间，去部署大规模的行动。

“我累了。”他说道。

“这种药不会那么快起作用。”

“你是埃里克的女朋友吗？”内斯特看着她问道。

“埃里克离开之前说了什么？”内莉问道，“你认为他打算放弃吗？”

“你千万别生埃里克的气。”

“我不会。”

“我母亲说他很坏，但是……我想她可以闭嘴了……”

“现在休息一下吧。”

“他是你能得到的最好的男人。”内斯特继续说。

“我也这么想。”她微笑着拍拍他的手。

“我们有时见面……但是你看不到我。”内斯特说，“你听不见我说话，你也闻不到我的气味。我在你之前出生和你死的时候等你，我可以拥抱你，但是你不能控制我……”

“那是黑暗。”她回答。

“是的。”内斯特点头，“如果一个人背负着我的负担，他……他会……”

内斯特闭上眼睛喘着气。

“我现在要回家了。”内莉平静地说，小心翼翼地从床边站起来。

当她离开监护病房时，注意到警察已经撤离了。

110

圣马克教堂的钟声在空旷的天空底下响起，声音越过教堂的高墙，传入树丛，一直延伸到动物墓地。

埃里克躲在肮脏的玻璃窗后面。宠物墓地的红色小屋由薄薄的木墙和脏兮兮的刨花板组成。可能在很早前地面上铺着塑料垫子，但之后棚屋就被墓地工人使用，一切都被简化了。最近几年，只有内斯特来这里，作为动物最后安息地的唯一守护者。

在一堵墙上有一个大型锌槽，上方有一个水龙头。

埃里克搬来了五袋堆肥，并把它们排在地上，形成了一张床。他躺着，听着教堂的钟声。周围弥漫着泥土的气息，仿佛他已经躺在了坟墓里。谁能明白自己的命运？他心想，看着晨光透过灰色的窗帘照进来，缓缓地穿过袋装的草籽、沙砾、铁锹和铲子，然后穿过地上一把满是锈迹的斧头。

他的目光停留在了斧头上，凝视着带有深深凹痕的钝边，猜想内斯特在挖坟墓时一定是用它来砍断地下的树根。

他翻了个身，想让自己更舒服些。他头几个小时蜷缩在麻袋后面的角落里，大腿被一根锋利的树枝割伤了，他感到耳鸣、恶心、浑身发抖。

救护车的警报声停了，直升机消失了，寂静笼罩着小屋。

几个小时后，他开始觉得安全了一些。他终于敢站起来，走到水龙头前喝了一些冷水，洗了脸。水溅到被钉在墙上的一个塑料套筒上，又顺着斯德哥尔摩宠物墓地协会的价目表流到了褪色的刨花板上。

他打电话给乔纳，告诉他发生了什么事，此时他意识到自己的声音听起来多么不连贯，多次重复着同样的话。他躺在麻袋上，但睡不着，心跳得太快了。

他的耳朵已经停止流血了，但仍在嗡嗡作响，仿佛是通过一块薄薄的布听到外面的一切声音。渐渐地，锯齿状的耀眼光晕从眼睛里消失了，他闭上了眼睛。

在听到远处孩子们的声音时，他想到了杰基和玛德琳。他蹑手蹑脚地走到窗前，孩子们可能在学校后面的树林里玩耍。

埃里克不知道如果他们来这里，自己会怎么做，他的脸可能出现在今天所有报纸的头版，一阵焦虑笼罩着他，使他感觉非常冷。

蜘蛛在离窗帘几厘米之外的地方拉了网，爬过的时候就会沙沙作响。

宠物墓地是一个美丽的地方，有很多的草和落叶树木。一条小路从教堂和一座木桥上穿过，高耸的荨麻铺成一排。

在一个坟墓上，许多圆形的石头被摆成了十字架，一个孩子用果酱罐做了个灯笼，外面涂着红心，蜡烛被雨水和落下的种子所掩埋。

埃里克又想起了和乔纳的谈话。他知道只要有机会，他就能找到洛基的记忆。他之前已经催眠了他，但目的并不是寻找传教士。他能在这里待多久呢？他饿了，迟早会有人找到他的。他离学校、教堂，还有内斯特的公寓太近了。

他努力地吞咽着口水，轻轻地抚摸着腿上的伤口，然后又试图弄清楚他的指纹怎么会落在苏珊娜·科恩的家里。必定有一个简单的解释，但乔纳似乎认为他们正在嫁祸他。

这个想法太荒谬了，他不能当真。

必须有一个合理的解释。

埃里克认为自己不害怕审判，如果能有机会为自己辩护，真相就会呈现。

他必须自首。

埃里克认为他可以在教堂里寻求庇护，他可以向神父祈求圣餐，祈求上帝的宽恕。他可以做任何事情，只要他能得到庇护。

他认为警察不能在教堂里开枪打死他。

他太累了，一想到要把自己的命运交到别人的手，眼泪就止不住流出来。

他决定爬出去，看看教堂是否开放。但是他听到有人穿过了通往宠物墓地的小木桥。

埃里克急急忙忙地走下来，在角落里藏起来。有人走在小路上，奇怪地呻吟着。又传来一阵叮当声，好像是谁在坟墓上踢开了那个自制灯笼。

脚步声突然消失，一切都变得寂静无声。也许他把鲜花放在狗的坟上，也许他在倾听屋内的声音。

埃里克坐在角落里想着内斯特被迫淹死的那条狗。在他心目中，他看到了摆动的腿，狗狗试图游泳，因为袋子装满了水。

外面的人大声吐了口痰，继续走了起来。埃里克听到他走近了，穿过了灌木丛，地上的小树枝在他的鞋子下面被踩断。

他现在就在棚子外面，埃里克心想，然后四处寻找武器，瞥了一眼铁锹，然后又看了看那把短柄钝刃的斧头。

一些东西从棚子的墙上滴了下来，溅在了高高的草上。外面的人在小便，然后自言自语。

“你尽了最大的努力。”一个低沉的声音喃喃自语，“你回来了，很好，很安静，但是……再也没有更好的东西了……”

那人摇摇晃晃地走到窗前，凝视着窗里面，草耙和铁锹的影子落在墙上。埃里克靠在窗户旁边的墙上，清楚地听到那个人的呼吸声，先张开嘴，然后气流通过鼻孔。

“不错的工作。”他喃喃自语，继续穿过低矮的蓝莓灌木丛。

埃里克认为他必须等到醉汉消失后再去教堂，然后自首。

他再次试图想象内斯特是凶手，但是无法相信内斯特因为一种冲动而成为死神的代言人。

太阳落在了云层后面，灰色的窗帘又失去了它的透光感。

架子上立着一个满是灰尘的热水瓶，瓶子和墙之间夹着一个塑料袋，还有一个小灰缸和一只涂了漆的灰泥做的牛头犬。埃里克看见了内斯特挂在墙上的剃须镜，光线反射在地上。

这时门吱呀一声被打开了。

111

埃里克向后退去，一把绿色折叠椅被推倒在地上。打开的门撞到墙上，又反弹回来，撞到了一个强壮的肩膀上。灰尘围绕着一个庞大的身躯旋转着，当他进入小屋时嘴里喘着粗气。洛基·吉尔伦德咳嗽着，头撞到了悬空的灯泡上。他穿着囚服，脸上全是汗，头发垂在他的大脑袋周围，面色苍白。

乔纳就在他身后，他关上门，用手挡住摇晃的灯泡。

“我们来了。”乔纳说。

埃里克想说些什么，但他几乎无法呼吸。门一开，他吓得两颊发烧。

洛基喃喃自语，拿起折叠椅坐下，他环视小房间时依旧上气不接下气。

“你们来了。”埃里克用微弱的声音说。

“我们穿过了森林。”乔纳说着从一个袋子里拿出三块三明治和奶酪。

他们默默地吃东西。洛基正因为戒断反应而不停地流汗，而且呼吸困难。吃完后，他站起来用水龙头接了些水喝。

“埋葬人的价格更贵。”他看着价格表说道。

水珠在他的胡须里闪闪发光，窗帘后面灌木的影子在翩翩起舞。

“我们在这里相当安全。”乔纳说着从他手中解开了最后一条胶带，“搜索行动已经被降级了，他们声称收到了不准确的信息，因为内斯特想自杀。”

“但他还活着，对吧？”

“是的。”乔纳迎着埃里克的目光回答道。乔纳的金发翘起着，眼睛又恢复了十月天空般的寒冷蓝色。

埃里克咀嚼着最后一口三明治。

“如果这不起作用，我想我会把自己交给教堂。”他试图保持他的声音稳定。

“很好。”乔纳平静地回答。

“他们不能在教堂里射杀我。”他补充道。

“是的，他们不能。”乔纳回答尽管他们都知道那不是真的。

洛基站在价目表旁边，抽着烟，喃喃自语，从图钉的尖端摘下塑料帽。

“我准备好了。”埃里克告诉他，把三明治的包装纸揉成一团。

“当然。”洛基点点头，在椅子上坐了下来。

埃里克看着他的脸，瞳孔扩大，听着他的呼吸。

“你穿过了森林，身体还没适应。”他说道。

“也许不会起作用，那怎么办？”洛基问道，用他的脚把香烟踩灭。

“我想先让你放松一下……让大脑活跃起来是没有问题的，毕竟你不会真的睡着……我们所要做的就是集中注意力……”

“好吧。”洛基说着向后靠去。

“尽量舒服地坐好。”埃里克接着说，“在催眠期间，你可以随心所欲地改变姿势，你不必为此担心，但每次你移动时，你会陷入更深的放松状态。”

乔纳和埃里克知道这是他们的机会，他们一直在等待的机会。他们不需要太多，只需要一个名字，一个地点，或者其他明确的细节。只需要提出一个定义的参数，那么已经出现的模式将转化为指向传教士的箭头。

埃里克无法完全掌控这个过程，他需要花时间带领洛基进入一个非常深的催眠状态，以便达到最难以接近的记忆。

“把你的手放在膝盖上。”埃里克平静地说，“紧握，然后放松，感觉它们的重量，感觉它们下沉，它们被拉向大腿，手腕感觉很柔软……”

埃里克专心致志地不让自己的嗓音表现出对结果的渴求，他慢慢地绕过洛基的整个身体，看着他的肩膀逐渐放松。他描述了一会儿他的脖子，描述了他的头有多沉，描述了从肚子里下沉的呼吸，让他几乎不知不觉地接近了引导的时刻。

他用一种单调的语气描绘了一个宽阔的沙滩，当白色的沙子像瓷器一样闪闪发光时，海浪轻轻地在岸上起落。

“你沿着海水的边缘走着，向岬角走去。”埃里克说，“湿润的沙子在你脚下很瓷实，很容易行走，温暖的海浪环绕着你的双腿，沙粒在旋转……”

他描述了在波涛起伏的海浪中滚动的贝壳和珊瑚。

洛基倒在发出吱呀声的折叠椅上，他的下巴放松了，眼皮看起来很重。

“你所要做的就是倾听我的声音，你感觉很好，一切都很好，很安全……”

乔纳站在窗户旁边，望着宠物墓地。他的上衣敞开着，手枪的枪柄顶着他的胸膛。

“过一会儿，我会从二百开始倒数，每个数字都会让你越来越放松。”埃里克继续说，“当我告诉你睁开眼睛时，你就要睁开眼睛，你会记起从第一次见到你称为传教士的那个人的每一个细节。”

洛基仍然保持原本的姿势，他的下唇微微下垂，巨大的手放在大腿上。他看起来像睡着了，在做梦。

埃里克用一种深沉、催眠的声音数着数，眼睛监视着洛基的呼吸，以及肚子的上下起伏。

与实际催眠过程平行，埃里克看到自己在昏暗的水中沉没。泥泞而黑暗，他几乎看不见洛基在他前面，从他的胡子里飘浮起空气泡，他的头发在急流中摇摆。

埃里克打破了数字的顺序，跳过了一些，但一直在以一种不知不觉放缓的速度倒数。

他知道需要找到准确的记忆。

水越往深处越黑，水流越来越强，从侧面拉扯着他的衣服。在整个过程中，洛基看起来好像在浑水中经历着奇异的蜕变，好像他的脸是由松垮垮的麻袋所制成。

“十八、十七……十三、十二……很快你就会睁开眼睛。”埃里克看着洛基缓慢地呼吸，“这里没有什么可担心的，没有危险……”

112

洛基已经进入了深度的催眠状态，他的心率低于深度睡眠时的心率，呼吸就像冬眠的动物，但同时大脑的一些部分可以被激活到极度集中的状态。是时候让他把注意力转向传教士了，试着去解释他所看到的，试着去挖掘那些被保存在梦境和精神错乱中的记忆。

洛基的头耷拉着，在穿过森林时松针落在了他脏脏的头发上。

“四、三、二、一，现在你睁开眼睛，准确地记起第一次遇见那个不洁的传教士……”

埃里克看到洛基摇摇头，他正睁着眼睛坐在椅子上，试图用舌头去舔嘴唇。他的肚子随着呼吸缓慢起伏，下巴抬起，眼睛直盯着虚空。

埃里克认为他需要重复他的话，施加一个微妙的命令，让他开始说话。

“一旦你准备好了，你就可以……告诉我你看到了什么。”

洛基舔着他那开裂的嘴唇。“草是白色的……在脚下嘎吱嘎吱地响。”他慢慢地说，“一个黑色的面纱从工作人员的头顶飞过……小雪花飘落在地上……”

他开始咕哝着埃里克听不清的话。

“听我的声音，告诉我你记得什么。”他提醒道。

洛基的额头渗出了汗水，他伸出一条腿来，椅子在他的体重下吱嘎作响。

“光是粉笔的颜色。”他平静地说，“在深谷中的窗户外坠落……在金叶天花板上悬挂着被击败的救星……和其他罪犯一起。”

“你现在在教堂里？”

在水流湍急的深处，洛基点头回应。他的眼睛睁得大大的，头发飘到脑袋的右边。

“是哪个教堂？”埃里克问。

他可以听到自己的声音在颤抖，试图强迫自己冷静下来，想在催眠的共鸣中找到一种宁静。

“传教士的教堂。”

“它叫什么名字？”埃里克问道，感觉心脏跳动得更快。

洛基的嘴巴轻微地移动，嘴唇发出了轻轻的声响。埃里克靠近他的肩膀，听到缓慢的呼气，随后声音从他喉咙深处传来。

“斯科德辛格。”他说道。

“斯科德辛格教堂。”埃里克重复说。

洛基点点头，然后仰着头，用嘴唇形成一个无声的字眼。埃里克与乔纳迅速交换了一下目光，他们得到了需要的东西，他现在应该把洛基带出他深度的催眠状态，但他不禁要问另一个问题。

“不洁的传教士在那里吗？”

洛基诡异地笑着，举起一只疲倦的手，好像指着小屋墙上的工具。

“你能看见他吗？”埃里克坚持说。

“在教堂里。”洛基一边低头，一边低声耳语。乔纳的目光越过窗子，开始显得紧张起来。

也许有些游客来到了宠物墓地。

“告诉我你看到了什么。”埃里克说。

洛基颤抖着，一滴汗水从他的鼻尖落下来。“我看见了老牧师……他耷拉的脸颊……他在涂口红……还有他愚蠢的表情，一言不发……”

“继续说下去。”

“奥萨……伊希斯在踱步……”

洛基低声对自己说了些听不懂的话，他的脸抽搐着，不安地在折叠椅上扭动。绿色的油漆片剥落在地板上。乔纳向后移动，默默拿出手枪。

“你知道他的名字吗？”埃里克问，“说出他叫什么名字，大声说出来让我听见。”

“丑陋的老牧师……他瘦削的双臂，被这些年来注射的毒品的痕迹覆盖。”洛基说着脑袋转向一边开始抽搐，“皮下出血和静脉破裂……但现在他穿着雪白的裤子，没人能看见，没人知道发生了什么事……他的妹妹和女儿在他身边，还有他最亲密的同事……”

“教堂里还有其他牧师吗？”

“到处都是牧师，一排又一排地排着队……”

尽管乔纳轻声告诉他需要快点儿结束催眠，但埃里克还是将洛基催眠到更深处。

“到一个只有真实记忆的地方……我从十开始倒数……当我数到零

的时候，你会在斯科德辛格教堂……”

洛基站了起来，猛地一跳，眼睛向后滚动，他瘫倒在椅子上，摔向地面，头撞到了堆肥袋，脚痉挛地抽搐着。他的身体拱起，像螃蟹似的。他的头向前僵直着，嘴巴微微张开，脖子向后拉，发出痛苦的咕噜咕噜声，脊柱发出咔咔的响声。埃里克匆忙把屋子里的工具和设备移到他够不着的地方。

洛基翻身的时候地板发出一声巨响，之后他的癫痫发作就变成了慢性痉挛。埃里克跪下，双手捧在洛基的脑袋下，阻止他伤害自己。他的腿一下下踢着，脚后跟打在地板上。

乔纳拿着枪，用灰色而冰冷的眼睛看着身边的埃里克。

“你需要找一个新的藏身之处。”他说，“我在学校旁边的树林里看见了警察，他们可能又收到了线报，要不然不会再来这里。如果他们没搜查过这片区域，应该会带上狗，还会用直升机搜索。”

洛基的痉挛正在减弱，但他的呼吸仍然很快，他的一条腿又踢了几次。

埃里克轻轻地把他推到自己身边。洛基眨了眨眼，疲倦地咳嗽着，汗流浃背。

“你在催眠状态下癫痫发作了。”埃里克解释说。

“上帝呀。”他叹息道。

“埃里克，你得走了，尽量远地躲起来。”乔纳再次说道。

113

埃里克赶紧喝了点儿水，擦了擦嘴，小心地打开门，向外看了看宠物墓地，然后离开了小屋。他没有回头，沿着树和坟墓之间的小径向前。他能听到狗在学校的方位吠叫。埃里克离开了道路，走进了茂密的森林。他强行穿过松树林，树枝刮到了他的脸颊和眼睑，刺痛传来。他喘不过气来，浑身汗水淋漓。地势开始变得陡峭，吠声越来越近，他可以听到警察向狗发出着指令。

埃里克被扎了一下，他用手紧紧地压着伤口，继续在森林中奔跑。森林突然变得开阔，能从树丛间看到芦苇。他的一只脚踩进了湿漉漉的苔藓中，能嗅到从沼泽传来的发酵气味，此时从头顶上的树梢处传来了直升机的声音。

埃里克赶紧往前走，但地面感觉像在摇晃，水从他的脚周围漫起，越过脚踝，他意识到自己无法继续穿过沼泽。他需要往回走，他一只手扒在树干上，凉爽的湿气从地面上升，湿漉漉的苔藓让他的每一步发出吸吮声。他不得不弄湿膝盖往回爬，在终于到达了坚实的地面后开始跑起步来。

巡逻队的狗越来越近，吠叫声像微弱的雷声一般回荡着，它们嗅到了他的气味，很快就会赶上他。

一个强烈的冲动从他的内心升腾而起——放弃，让警察制伏他。想象一下，这一切都可以结束，他可以回到温暖的环境，可以休息，并开始关注事情的发展，知道究竟是谁要这样对待他。

我现在要放弃了，他想着，停下脚步，心脏怦怦直跳。

森林里没有藏身之处。

然后他记起了内斯特被直接击中胸部的模样。

吠声越来越近，一支狩猎队正在包围着他的猎物。

埃里克感到心灰意懒。

他必须设法绕过沼泽到达滑雪坡旁的建筑，然后找到穿过森林的路。

他又跑了起来，穿过茂密的灌木丛，躲避着树枝，但树枝还是在他的脸、胳膊和腿上留下了划痕。

狗疯狂地在他身后吠叫。

他上气不接下气，嗓子干渴难受。他知道如果狗没有被牵引着，那么他就不可能比它们跑得更快。

干松果在他脚下发出嘎嘎的声响，花石楠划到了他的腿。地面现在倾斜了，肌肉里的乳酸使他的小腿感到紧张和沉重。在树之间，一块覆盖着泥炭苔藓和地衣的高高岩石耸立着。他不停地奔跑，开始攀登岩石，当湿漉漉的苔藓开始让他下滑时，他强迫自己用力往上爬。他滑倒了，伸出手指用力抠着岩石才停止了下滑的趋势。

当他最终到达顶峰时，他躺了下来，心脏快速地跳动着。他擦拭眼睛上的汗水，通过树顶看到了赭色的房屋，乌鸦在杉树顶端笨拙地跳腾着。在他下面不远处，在沼泽的边缘，他可以看到警察带着狗在绕圈子。警察对着无线电对讲机互相呼喊，指着沼泽。突然，一条狗发出信号表明它闻到了气味。它回到了森林，跟随他穿过树林的踪迹。狗绳被绷紧，狗开始大声吠叫。

埃里克向下走去，听到直升机接近的声音。他蹲下身体又开始跑起来，意识到他和巡逻犬之间还有一段距离。他沿着小路走到一条覆盖着潮湿树皮碎片的道路上。一个穿着粉红色运动服的女人静静地站着，正在伸展她的肌肉。他在跑过去之前犹豫了一下，她身上汗津津的，像是在看着远方。他看到她戴着耳机正在听音乐，当他经过时，她抬起头看着他。她的脸突然变得僵硬，他意识到她认出了自己。

他跑过一个弯道，停在了自然保护区的地图前。一个红点在底部指示着他所在的位置。他看着地图上在沼泽、水道和湖泊之间的道路，然后决定继续向下游走。

埃里克跨过一大片高高的蓝莓，然后又径直跑进了静谧的森林。

巡逻队正从多个方向接近。他用力拨开树枝穿过灌木丛，但夹克钩在了树枝上。埃里克可以感觉到自己的惊慌，他把布撕开，跌跌撞撞地走到空地上。他上气不接下气，弯着身体，吐了下口水，然后穿过树林。

114

埃里克跑过一棵倒下的树，继续穿梭在树林中，他听到狗吠的回声从树干间传来。

跑了半公里左右，他来到一条小溪前。小溪的底部有着红色的石头，溪水闪着褐银色的光。埃里克走到凉飕飕的水里，在小溪里跋涉，希望狗闻不到他的气味。他希望能给杰基打电话告诉她自己是无辜的，他无法承受她相信自己是个杀人犯的样子。媒体和社交网站一定充斥着夸张的指控，他生活中的细节，很久以前的事情，现在都被翻出来作为他有罪的证据。

埃里克试图加快速度，但滑倒在了石头上，膝盖跪到了溪水底部。他喘息着，寒冷和疼痛顺着骨头涌进了脊椎和颈部。

他站起来试着再跑。但石头在他的脚下滑动，他的衣服因为吸了水变得很沉。

他弯下腰，这里的河岸变得更陡峭，小溪变得更窄，水流也更快。

树向水面倾斜着，他不得不弯下腰避开树枝。当溪水流过茂密的森林后他再也听不见狗叫，只有腿和水之间的撞击声。他绕过另一个弯道，决定离开小溪。埃里克全身滴着水，慌忙爬出水面，踩着满是水的鞋子穿过树木。他筋疲力尽，不断被绊倒，湿漉漉的衣服紧贴着他。

在前面，他又看见一条细长的河水在泛着光。他推开一棵梧桐树的树干，在一块大岩石后面坐了下来，胸口传来阵阵疼痛。

他感到了绝望。一切都结束了，他无处可逃。

他有很多熟人，有和他交往过的人，有多年的同事，有几个好朋友，但是现在他不能给他们中的任何一个打电话。他非常肯定西蒙妮会愿意帮忙，但她可能被监视了。本杰明会为他做任何事，毫无疑问，但是埃里克宁愿死也不愿把儿子置于任何危险中。

他只能打电话给少数的几个人。乔纳、内莉，也许还有杰基。如果杰基去看她妹妹，再假设她不相信报纸上说的那些话，也许他可以借她的公寓一用。埃里克看着手机，只剩下百分之四的电池电量。他也不想让内莉冒风险，但还是打电话给了她。

如果她的手机被监控，那就没办法了，但这是他最后的机会，他必须承担风险。他完全被包围了，别无选择。

直升机的声音在远处响起，然后他听到树梢上传来风声。他拨通了电话，听到了对方的铃声，然后一个接起的声音。

“内莉。”她平静地开口。

“是我。”他说，“你能说话吗？”

“我不知道，我想应该可以。”她说，“如果只是说话……”

“内莉，听着，我不想惹麻烦，但我需要帮助。”

“到底发生了什么？”她问。

“我没有做他们说的关于我的事，我不知道这是怎么回事。”

“埃里克，我知道，我知道你是无辜的。”她说，“但是你不能去自首吗？说你投降，我会支持你的，去做证人，不管什么都行。”

“他们一看见我就要开枪打死我，我没办法……”

“我理解你的感受。”她打断道，“但是，你等待的时间越长，情况不就越糟吗？到处都是警察。”

“内莉……”

“他们拿走了你的电脑，把你整个办公室的东西都装进了箱子，他们守在我家外面，在卡罗林斯卡，还在……”

“内莉，我需要躲藏一段时间，别无选择，但我想让你知道，如果你不能帮助我，我会理解的。”

“我喜欢冒险。”她讽刺地说。

“拜托，内莉……我没有别的人可以求了。”他再次听到了狗吠，声音更近了。

“我不能参与进来。”她平静地说，“你懂的，这会给马丁带来麻烦，但是……”

“对不起，我不该这么做。”埃里克心中充满了绝望。

“但是我有一个旧的地址。”内莉继续说，“我有没有告诉过你索尔贝肯，那是我爷爷奶奶住的地方。”

“我怎样才能到达那里？”

“埃里克，我可能不太擅长开车，我胆子也不大，但我可以去……我不知道，我可以租一辆汽车，或者别的什么……”

“你会为我做这些？”他问道。

“告诉我你爱我。”她用高兴的语气回答。

“我爱你。”

“那我们在哪儿见面？”

“你知道西克拉的河滩吗？”埃里克问。

“不知道，但我肯定我能找到。”

“河滩旁边有一所学校或是一个托儿所，我会在那儿出现。”

他又听到狗吠声在树林中回荡。埃里克蹲下来，穿过水边茂密的灌木丛，扯下鞋子和裤子，把衣服捆起来。这时直升机掠过，他把自己藏在了灌木丛里。

直升机从头顶掠过。追捕的人越来越近，狗听上去很急切，兴奋地叫着。埃里克只穿着他的内裤和背心，走进了河中。凉意刺痛着他的脚和腿。他能听到来自几个方向的车辆警报声，声音穿过森林，掠过水面。埃里克看到远处的桥面上蓝灯闪烁，至少有三辆警车，车辆的车灯反射在大桥的金属支柱和两岸的树冠上。

直升机再次在树梢上咆哮，他迅速沉入水中，屏住呼吸。当直升机经过时，可以清楚地感受到水流的变化。水面形成小波状，以快速的圆圈向外辐射。

他继续往前游，在有莲花的地方滑了一跤，这里全是长长的茎和湖底黏糊糊的淤泥。在那里，他让装着手机的衣服沉到了水底。

在另一个方向，在大坝之外，他可以看到西克拉河岸上的桥梁被封锁了。到处都有警车，高高的玻璃纤维栏杆被蓝光照得闪闪发光。直升飞机在滑雪斜坡上方盘旋。

埃里克开始游泳，用力划了一下水，嘴唇上只能感受到寒冷和水的气味。到河对岸大概还有几百米。

115

埃里克低头游泳，尽量不在水面上弄出太多动静。他已经游了超过一百米。

他抬起头来，让自己可以看到前方。他看见两架直升机消失在了涌浪后方。在自然保护区上方的直升机依旧在轰鸣，但他再也听不见任何狗吠。

埃里克继续游，想着九年前他如何撒谎，偷走了洛基的一生，直到现在他才真正意识到了这点。

埃里克游到岸边，越过河滩。在远处，摇曳的垂柳悬在水面，它们鲜艳的绿色树枝尖荡在波浪起伏的水面上。摩托艇静静地向他漂来，船首缓缓地冲击着水浪。

埃里克看准了树木的位置，大吸一口气填满他的肺，然后潜入水下。他在水下游泳，用力滑动，感受着水接触脸和眼睛时传来的凉爽，感觉着嘴里的味道，感受着耳朵被水充盈后听到的低沉声音。斑驳的日光在他手臂上升起的气泡表面闪着光。在水下。

埃里克的肩膀因用力而紧张，他比他想象的更靠近河岸。他身边的水完全是黑色的，从表面看像是熔化了的锡。他的肺部一阵阵收缩，他必须尽快呼吸。

他继续游，越来越靠近水面，但氧气已经用尽。闪烁的气泡在他周围漂动。他踢腿上浮，感觉胸部的膈膜绷紧，他用力吸气，迫使肺部灌满空气。

水变得越来越清澈，充满了旋转的沙子。他能辨认出水底有粗糙的石块和沙砾。他伸出手臂最后划了一次水，然后用双手撑着自己的身体向前跨过石头。

他用羸弱的腿爬到岩石上，然后倒了下来，全身颤动，坐在一堆树枝的后面。

即使内莉设法离开她的房子租了一辆车，但在她来之前还需要一段时间。埃里克觉得应该先在树林中等待，在他到达见面地点之前先把身体弄干一些。

叫喊声和笑声如雾气般消失。在远处，警笛在咆哮，直升机继续在河的另一边上空盘旋。

半小时后，埃里克离开他的藏身之处，爬上岩石，穿过人行道，走到一棵巨大的榛子树后面。树枝下面的阴凉处散落着卫生纸，他走向锈红色的西克拉娱乐中心。突然，警笛声在墙壁间回荡，他停了下来，心脏怦怦直跳。人们坐在一个离咖啡馆很近的地方，吃着喝着。警车消失了，埃里克继续行走。正当他思考自己需要在大楼的另一边躲在灌木丛中等待时，他看见了内莉。她穿着一件绿色的印花衣服，金色的头发上绑着一条颜色相同的丝巾。

街道的另一边是一辆黑色吉普车。内莉看着水面，用一只手遮住她的脸。

埃里克穿过草地，跨过一些矮矮的灌木丛，正好出现在人行道上。

这时内莉看见了他，仿佛是吓了一跳。埃里克环顾四周，然后穿着湿衬裤径直穿过马路。内莉快速地上下打量着他，然后抬起下巴，好像他们正要进行一次关于病人的讨论。

“原汁原味，但相当性感。”她微笑着，迅速打开后门，“躲到毯子下面去。”

他蜷缩在座位后面，把红地毯拉到自己的身上。停在阳光下的汽车闻起来有塑料和皮革的气味。埃里克听到内莉坐进驾驶座，关上门，启动引擎，向左边打方向，驶下了马路牙子，然后加速，并把座位微微向后调了下。

“我们知道洛基被判有罪因为谋杀丽贝卡·汉森，但……”

“现在不要说了，内莉。”他打断道。

“但是我们知道他对于这些新的谋杀是无辜的吗？我是说……如果他开始抄袭他被定罪的谋杀该怎么办……只是为了报复你。”

“不是他，我催眠了他，他看到了传教士和……”

“但他难道不能把自己分成不同的角色吗？”

“当他犯下谋杀罪时，他就是那个不洁的传教士？”

内莉不再说话，把CD插入播放机。汽车里充满了约翰尼·卡什沉重的歌声：“加利福尼亚通缉犯、布法罗通缉犯、堪萨斯城通缉犯、俄亥俄通缉犯……在密西西比州的通缉犯，在夏威夷被通缉。无论你今晚在哪里，你都可以看到这个被通缉的人。”

埃里克躺在那里，头上盖着毯子，闻着垫子上的沙子，忍不住笑了，因为内莉在此时变得有趣了起来。

116

洛基坐在乔纳旁边的乘客座位上睡着了。车子转弯时，他的大脑袋随着方向而倾斜。这片土地人烟稀少，荒芜，几乎被遗弃。

乔纳把车开得飞快，想着今天早些时候卢米发给他的短信。她说她爱巴黎，但怀念他们在纳塔瓦拉的谈话。

在离弗伦斯堡不远处，公路和铁路在土地上并行成了两条直线。一辆长长的货运列车在汽车旁边轰鸣，越来越近。棕色卡车反射着水面的光，公路和铁轨汇合在一个位置，火车行驶在他们下方，然后再次出现在黑暗的松林之间。森林的厚度逐渐变薄，景观变成了广阔的田地，联合收割机在尘土飞扬的土地上翻滚着，切断茎秆，将小麦与糠秕分开。

斯科德辛格在 55 号公路边，离卡特琳娜霍尔姆不远。乔纳向右拐，透过树木看见了几幢红色的房子，接着是砂岩颜色的教堂，有着尖尖的屋顶，耸立在平原之上。

那就是斯科德辛格教堂。一个普通的瑞典乡下教堂，被符文石包围着，可以追溯到 12 世纪。

当他把车停在教区房子前的时候，碎石在轮胎下面嘎嘎作响。

也许他们现在已经找到连环杀手了。洛基在噩梦中回想起了传教士——老牧师的脸上满是口红，胳膊上满是针孔。

教堂的门关着，窗户很暗。乔纳从他的枪套中拉出了柯尔特手枪，注意到绑在手柄处的运动带脏了，已经开始脱落。他通常把运动带缠在枪柄的下部，这样即使是在激烈的交火中，他的手也不会打滑。

他拿出弹夹，检查是否已经装满，再把弹夹压回去，把子弹上膛。他不能确定那个不洁的传教士是否正在教堂里等着他们。

一切没有那么简单。

道路倾斜，教堂墓地被维护得很好，太阳滤过一棵巨大橡树的叶子照射下来。

传教士是一个非常危险的人，一个连环杀手，从不匆忙，肯花时间观察和计划，直到有什么事情一下子控制了他，把他变成了一个野蛮的生物。他的弱点是他的傲慢，和自恋般的兽欲。

乔纳向教堂瞥了一眼，然后穿过空地。他口袋里有额外两个子弹的弹夹，以及一个套弹弹夹。

即使传教士不在这里，即使他从未到过这里，他认为这也已经是路的尽头。如果他在这里找不到能让玛戈特信服的东西，那么事情就结束了，即使埃里克是无辜的，他也会被判有罪，就像洛基几年前被判谋杀丽贝卡·汉森有罪一样。

连环杀手会逍遥法外。

今天是决定一切的日子。埃里克不能继续躲藏，他已经无处可去，警察会把他赶出森林。而他自己把犯人从监狱里带了出来，用暴力对付狱警，威胁他的生命。他别无选择，在这种情况下，后果是无关紧要的。

当乔纳打开门时，洛基醒了过来，眯着眼睛看着他。

“在这儿等着。”乔纳说道，然后离开了车。

洛基下车，往地上吐了口痰，靠在车顶上，用手在灰尘上画了一条线。

“你知道我们在哪里吗？”乔纳问。

“不知道。”洛基说，抬头望着教堂，“但这里意味着什么吗？”

“我要你在车里等着。”乔纳重复道，“我不认为连环杀手在这里，但这里仍然可能很危险。”

“我不在乎。”洛基直言不讳地说。

他跟着乔纳穿过坟墓。这里空气清新，就好像刚下过雨似的。他们路过一个穿着牛仔裤和 T 恤衫的男人，他正站在门廊外面抽烟，并玩着手机。

当他们走进门廊时，突如其来的黑暗几乎使他们完全失明。

乔纳迅速移动到一边，准备拔出他的手枪。他眨眨眼，等待眼睛适应，然后走向教堂里的长凳。巨大的柱子支撑着教学的屋顶，上面装饰着华丽的壁画。

有敲门声，墙上有一道阴影，有人坐在长凳上。

乔纳停下来，拿出枪藏在臀部后方。

一只鸟撞在了窗户上，看起来像一只寒鸦，被一条细绳缠住了，当它试图飞走的时候，翅膀一直打着窗户。

通往圣器收藏室的门半开着，墙上是一个脏乎乎的十字架。

乔纳慢慢地从后面挤到了蜷缩着的身影旁，看见一只皱巴巴的手紧握着前排座位。

鸟又撞到了窗户，收缩着身影慢慢地转向。

是一位年长的中国妇女。乔纳走过她，仍然隐藏着他的枪，从侧面看着她。她脸色阴沉，毫无表情。

祭坛上，马利亚像个孩子一样坐着，她那宽大的木制衣服在她脚边重重地折叠起来。在祭坛的中心，基督悬挂在十字架上，对着金色的天空，就像洛基在催眠状态下描述的那样。

这是他第一次见到不洁的传教士的地方，当时整个教堂都是牧师。

现在他回来了。

洛基已经停在教堂阁楼下面黑暗的门口，他一动不动地站着，犹豫不决，像一个叛教者一样，他不仰望祭坛，只是盯着自己空空的手掌。

中国女人站起来走了出去。

乔纳敲着圣器收藏室的门，轻轻地推开，向昏暗中望去。有一套准备好的衣服，但房间看起来空荡荡的。乔纳走到一边，看着铰链之间的缝隙，他看到不平的石墙，像皱起的布料。他打开门，走进去，手枪拿在胸前。他快速地看了看礼拜仪式用的器具，在高处，苍白的日光透进了深邃的壁龛中。乔纳走到厕所前，打开了门，但是那里没有人，手盆上方的架子上有一块手表。他举起手枪，打开衣柜的门。十字褡、教士服和披肩并列挂着，不同的颜色用于不同季节的宗教事件。乔纳把衣服推到一边，朝衣柜后面看。在一个角落里的地板上有东西，是一堆有关跑车的杂志。

乔纳回到中殿，走过坐在一张长凳上的洛基身边，走到外面，问门口那个人牧师在哪里。

“我就是。”那个男人微笑着，把香烟丢在空的咖啡杯里。

“我指的是另一位牧师。”乔纳解释道。

“这里只有我。”他说。

乔纳看到了他的手臂，上面没有注射的疤痕。

“你是什么时候被任命的？”

“我在卡特琳娜霍尔姆被任命为助理牧师，四年前，我被任命为这里的牧师。”那人和蔼可亲地回答。

“那在你之前呢？”

“我之前是理查德·马格努森……在他之前是厄兰·洛丁、彼特·利尔·雅各布森、米凯尔·弗里斯，还有……我记不起来了。”

那人割破了手掌，上面有一块灰扑扑的石膏。

“这听起来可能是个奇怪的问题。”乔纳说，“但什么时候教堂里会来满牧师呢？在教堂里，像会众一样……”

“当牧师被任命的时候，但那会是在大教堂里。”牧师回答，从地上捡起他的杯子。

“但是在这儿呢？”乔纳坚持说，“这个教堂里会聚集很多牧师吗？”

“那就是一个牧师的葬礼……但这取决于家庭来决定，取决于谁被邀请……牧师没有特殊的规则。”

“你有把牧师葬在这里过吗？”

那人透过墓碑、狭窄的小径和修剪整齐的灌木丛向外望去。

“我知道彼特·利尔·雅各布森葬在教堂墓地里。”他平静地说。

他们走进门廊，年轻牧师的手臂因为凉意起了鸡皮疙瘩。

“他什么时候死的？”乔纳问。

“在我来之前很久。也许十五年前，我不知道。”

“他被埋葬的时候有没有人在这里做记录？”

那人想了一会儿，摇摇头。

“没有记录，但他的妹妹应该知道，她仍然住在教区的寡妇之家……他是个鳏夫，之前一直照顾着她……”

乔纳回到昏暗的教堂里面。洛基站在中世纪的胜利十字架下面。耶稣瘦弱的身体上点缀着红色的伤口。

“‘奥萨伊希斯在踱步’是什么意思？”乔纳问。

“你为什么想知道？”

“是你在催眠状态下说的。”

“这意味着他的骨头是和平的。”洛基粗声粗气地说。

“你描述的是一个死去的牧师，这就是他要化妆的原因。”

他们迅速走下拱门，朝门口走去。乔纳想着洛基描述的是一个葬礼，有着还没关上的棺材。死者是一名牧师，穿着白色的教士服，但他并不是不洁的传教士。葬礼只不过是洛基第一次见到他的时刻。

117

在一座装饰华丽的铁制拱门下面，有一排石阶通向教区的寡妇之家，彼特·利尔·雅各布森的妹妹埃利诺在他死后获准留在那里。她和一位来自斯科尔丁格村的年轻妇女一起经营着一家咖啡厅，里面有一个关于村子的小展厅，展览着牧师和他们家人过去的生活。

寡妇之家由三个红色墙壁带着白色窗框的小屋组成，屋顶上开着百叶窗，贴着老式瓷砖。这些房子坐落在一片整洁的草坪边缘，桦树下摆着咖啡桌。

两人走进咖啡厅，穿过一间狭小的房间，墙上的相框里镶着黑白照片。乔纳按顺序浏览着建筑物、工人队伍、牧师家庭的照片。三个玻璃橱柜里展示着镶嵌珠宝的小飞机、信件、目录表和赞美诗。

在气氛愉快的咖啡馆里，乔纳从一个老妇人那儿买了两杯咖啡和一盘饼干。她紧张地看着洛基，不苟言笑地告诉他们价格以及可以续杯。

“不好意思。”乔纳开口道，“你一定是埃利诺，彼特·利尔·雅各布森的妹妹。”

那女人对他古怪地点了点头。当乔纳解释他们刚刚跟新牧师谈过话时，她那清澈的蓝眼睛里充满了泪水。

“彼特非常，非常受欢迎。”她用颤抖的声音说，然后喘了口气。

“你一定为他感到骄傲。”乔纳微笑着说。

“是的，我是的。”

她做出一个相当感人的姿势——把双手放在肚子上，努力镇静下来。

“我有些疑惑。”乔纳继续说，“你哥哥有同事吗？一个和他一起工作的人？”

“是的……那是卡特琳娜霍尔姆的乡村院长……还是传弗卢达地区的传教士，叫斯道拉·马尔姆……我知道他在乐博教堂度过了很长的时间。”

“他们在私下里也见面吗？”

“我哥哥是个好人。”她说，“一个体面的人，很受欢迎……”

埃利诺环顾了一下空荡荡的房间，然后绕过柜台给乔纳看了一份装在玻璃框里的报纸，里面展示着国王和王后访问斯特兰各州的剪报。

“彼特在大教堂的禧年仪式上是牧师。”她自豪地说，“主教后来向他道谢。”

“给她看看你的胳膊。”乔纳对洛基说道。

洛基脸上毫无表情，卷起了他的衣袖。

“我哥哥在教区会议上进行了演讲，他……”

老妇人看到了洛基凹凸不平的手臂，遍布着几百个注射伤疤，深色的静脉已经被用来溶解海洛因的抗坏血酸毁坏，她慢慢地走开了。

“他也是一个牧师。”乔纳说，没有把目光从她身上移开，“任何人都可能陷入迷茫。”

埃利诺皱起的脸变得苍白，一动不动。她用手捂着嘴坐在木凳上。

“我哥哥在事故发生后发生了变化……在他妻子去世后。”她平静地说，“悲伤摧毁了他，他不再相信任何人……以为有人跟踪他，大家都在暗中监视他。”

“那是什么时候？”

“十六年前……”

“你哥哥用什么毒品？”

她用疲惫的眼神看着他：“在盒子上说是镇痛用的吗啡……”老妇人摇摇头，一双老手不安地在围裙上颤抖，“我什么都不知道……他最终是独自一人，甚至他的女儿也受不了，她尽可能地照顾他，但现在我明白她为什么不能继续下去。”

“但是他仍然能够进行服务，做他的工作吗？”

她抬起了满含血丝的眼睛看着乔纳。

“哦，是的，他继续着他的工作，没有人注意到任何东西，甚至连我也没有，因为我们没有住在一起……但我过去常去做清晨服务……每个人都说他的布道比从前更有力量……尽管他自己却越来越虚弱。”

洛基咕哝着什么，离开了他们。他们看着他出了门，来到草坪上，走到一张桌子旁，在桦树下坐下。

“你是怎么发现的？”乔纳问。

“是我找到他的。”老妇人回答说，“是我找到了他的尸体。”

“是毒品过量吗？”

“我不知道，他错过了早晨的服务，所以我去了教区……那里有一种可怕的恶臭……我在地窖找到他……已经死了三天，赤身裸体，脏兮兮的，满身是痂……像一只动物一样躺在笼子里。”

“他躺在笼子里？”

她点点头擦了擦鼻子。

“他只有一个床垫和一罐水。”她低声说。

“你不觉得他在笼子里很奇怪吗？”

老妇人摇摇头。

“他被锁在了里面……我一直以为他想把自己关起来戒毒。”

当更多的顾客来到的时候，一个年轻的妇女围着一个类似的围裙走了出来，站在柜台后面。

“有没有可能你哥哥的一个同事帮他写了布道词？”乔纳问。

“我不知道。”

“他可能有一台电脑，我能看一下吗？”

“他在办公室里有一个，但他一直用手写布道词。”

“你留着吗？”

埃利诺慢慢地从长凳上站起来。

“我负责处理他的遗产。”她说道，“我把教区打扫干净，这样就不会有闲言碎语了……但他已经把一切都丢了……没有照片，没有信件或布道词……我甚至找不到他的日记，他总是记日记……他过去总是把它们锁在自己的办公室里，但那里却空了。”

“有可能会在别的什么地方吗？”

她静静地站着，嘴巴默默地移动，直到话语出现。

“我只找到一本日记……它藏在饮料柜里，在柜子后面通常有一个秘密的隔间，绅士们可以在那里保存他们俗气的法国明信片。”

“日记里说了什么？”乔纳问。

她微笑着摇摇头：“我永远不会读它，我不会做那种事。”

“当然不会。”他回答。

“但是很多年前，彼特常常在圣诞节时拿出他的日记，读关于父母和布道的想法……他写得很好。”

咖啡馆的门再一次打开，一股气流席卷了舒适的房间，散发出新鲜的咖啡香味。

“你把日记放在这儿了吗？”乔纳问。

“在展厅中。”她说，“我们称之为博物馆，但里面只是我们在这里发现的一些东西。”

他和她一起去了展厅，一张放大的1850年照片显示，三个身着黑色礼服的瘦削女人站在寡妇之家门口。这些建筑物看起来几乎是黑色的，这张照片是在这里建成后的一年春天拍的，树上光秃秃的，田野里的犁沟里还留着雪。

照片下面是一个简短的说明，是关于那位牧师的建造经历，若是他先过世，他的妻子就不用再嫁给另一个牧师。

在耳环和项链旁边放着一把生锈的钥匙和一张彩色照片，上面是彼特·利尔·雅各布森的葬礼。一个身穿黑色衣服的男人作为仪式的司仪，拿着黑色的面纱。主教、牧师的女儿和妹妹都站在棺材旁，低垂着脸。

他们走过了一些关于坎托普矿山的照片。

“这个就是日记。”埃利诺说着停在一个玻璃柜前面，里面放着一排物件。

118

在一块亚麻布上，放着一个生锈的发夹，一块怀表，一本用金字写着“安娜”名字的白色赞美诗集，一页旧的教堂账目，一本路德的《小教义》以及牧师的日记。日记彩色皮革上系着一条丁香色的带子。

老妇人打开箱子拿出日记的时候看着乔纳。日记第一页有华丽的手写字体写着“彼特·利尔·雅各布森，牧师，卷 XXIV”。

“我认为读别人的日记是不对的。”她声音中带着一丝焦虑。

“我同意。”乔纳说着打开了日记。

他立刻发现这本日记是很早之前的，第一个条目是二十年前的日期。

“我们没有权利……”

“我必须这样做。”乔纳打断道。

他往前走，凝视着手写的文字，希望能找到给彼特写布道词那人的信息。

教区的管理变得更加繁重，指导方针更加严格。我担心财政问题会越来越多地局限我所治理的教会。为什么不重新开始出售赎罪券呢?

今天是显灵后的第五个星期日，礼拜仪式的气氛又变得阴暗起来。主题是“播种和收获”。我不喜欢保罗给加拉提亚人的信中不要嘲笑上帝的警告。人所亏欠的，也必收割。但有些时候，你还没有播种，也得收割。我不能对我的会众说，他们想听听天堂的财富。

乔纳抬起头，看见老妇人双手悬垂着站在房间里。

我在乐博教堂遇到了一个十分投缘的牧师，我们进行了私人交谈。他大概在等我谈起自己喝酒的事。他很年轻，但他的信念如此坚定，让我感觉很不好。我决定不再去拜访他。

我女儿现在长大了。有一天，我看着她，而她却不知道。她坐在镜子前，微笑着，她的头发和安娜一样。

今天是复活节后的第五个星期日。布道的主题是“在信仰中成长”。我想到祖母和祖父，他们在搬到农场之前去了几内亚。那是我的教会没有传教的地方，这让我感到惊讶。

乔纳坐在一把旧椅子上，浏览着日记，读了一些关于礼拜年、圣诞颂歌、在某个磨坊或其他地方的夏季服务的职责。他又往回翻，寻找提到乐博教堂的牧师，发现那是复活节的时候。

福音书把他们的注意力转向空空的坟墓，但是在餐桌上，我们谈论了《旧约》的经文，描述了最后袭击埃及的瘟疫。我的女儿说上帝爱血，并提到了复活节的圣经经文之一："这血要献给你们，在你们所住的房屋上做记号；我一看见这血，就向你们走去。"

我和妻子现在已经一年没有共享一个卧室了。我通常熬夜，打鼾像挖掘机一样（根据她描述）。但是我们经常在夜里偷偷地溜进对方的房间，有时我晚上会去她的卧室，只是为了看着她睡觉。我一直喜欢看她在晚上摘下首饰，把小耳钉压回到耳环上，然后把它们放在彼此相邻的首饰盒里。安娜静静地注意着每个细节，当她脱下胸罩时，她没有伸手到背后，而是把肩带从肩膀上套出，让胸罩滑到腰部，在解开胸罩之前把它转过来。

昨晚我坐在她的床上看着她梳头准备睡觉，我似乎在黑暗的窗户上看到了一张脸。我起身走过去，但是什么也没看见，我走到阳台上，然后走进花园，但是一切都很安静，我抬头看着星空。

乔纳向窗外望去，看见洛基仍然坐在树下，眼睛闭着，腿伸着。他继续阅读。

~~昨天我在超市看到了乐博教堂的神父，但没必要打招呼。~~

四旬斋的第四个周日：

所以我们已经到达了四旬斋的中点。头痛，熬夜喝酒，看书写字。

今天我们思考“生命之粮”。复活节的神圣日子几乎就在我们身上，沉重的生存之拳把我们压在地上。

乔纳向前看了看有关描述圣三主日以及过渡到教会日历中较为普通日子的内容，然后突然停下来仔细看。

它发生了，太可怕了，不可能。我要在这里写这封信，恳求上帝宽恕，以后再也不提了。现在是两天以后，我写字的时候，手还在颤抖：

像老家伙一样，我被骗去违背上帝的诫命，但写信是为了理解我在这方面的角色，我的罪责。时间已经很晚了，我喝了太多的酒，我平时喝得也很多，我喝得酩酊大醉，然后上床睡觉。

事后看来，我认为我在某种程度上意识到那不是安娜在黑暗中爬上了我的床，她闻起来像安娜，她穿戴着我妻子的珠宝和睡衣，但她很害怕，当我躺在她身上时，她的身体在颤抖。

她根本没有耳语，也没有像安娜那样叹息，她呼吸着，好像无法忍受痛苦。

我试着打开灯，我仍然醉得很厉害。

我站起来，蹒跚着，紧贴着墙走，打开了主灯。

我的女儿坐在我的床上。尽管她很害怕，但她还是化着妆在微笑。

我咆哮，我叫喊，冲过去扯掉安娜的耳环，我在血迹斑斑的被单上摩擦她的脸，我把她拖下楼梯，扔在雪里。我滑倒了，又站起来把她推开。

她冻僵了，耳朵在流血，但她还在微笑。

我将受到惩罚，我必须受到惩罚，我本应该意识到这一刻的来临。孤独的绽放，她的爬行，像间谍，总是摆弄安娜的珠宝和化妆品。

乔纳停止了阅读，看着箱子里生锈的钥匙和黑色的耳环。他手里拿着日记离开展厅，路过了那张瘦骨嶙峋的寡妇照片。咖啡馆在柜台后面的架子上放着小咖啡杯，堆叠的时候发出轻轻的叮当声，一只昏昏欲睡的苍蝇从敞开的门飞进来，现在正试图跳出窗外。

埃利诺听到乔纳进来时转过身来。从她的脸上可以看出，她很后悔提到她哥哥的日记。

“我能问一下彼特的妻子是怎么死的吗？”

“我不知道。”她一边简单地回答，一边拿着堆叠的杯子和碟子。

“你说你和安娜是朋友。”

老妇人的下巴颤抖着，“我想你现在可以离开了。”她说。

“我不能。”乔纳回答说。

“我以为你对彼特的布道很感兴趣，那是我为什么……”

她摇摇头，拿起一个托盘，里面装着咖啡和两个糕点，然后开始朝门口走去。

乔纳跟着她，为她打开门，等着她把托盘拿到花园的顾客那里。

“我不想谈这件事。”她虚弱地说。

“不是意外，对吗？”他严厉地问道。

她的脸变得非常无助，看起来快要哭了。

“我不想谈。”她恳求道，“你为什么还要问？已经太晚了。”她低下头，悄悄地抽泣着。

另一个女人走进来，把手放在埃利诺摇晃的肩膀上。顾客站起来换了个桌子。

“我是警察。”乔纳说，“我可以找到答案，但是……”

“请你现在就离开。”另一个女人说着拥抱住埃利诺。

“这只是一场意外。”老牧师的妹妹说道。

“我不想让你难过。”乔纳继续说，“但我需要知道发生了什么，我现在需要知道。”

“这是一起车祸。”埃利诺呜咽着说，“雨下得很大……她们径直撞到了教堂的墙上，安娜的脸撞得非常严重……”

她摇摇晃晃地坐在一张桌子前，凝视着前方。

“请继续说。”乔纳温和地说。

女人抬头看着他，擦去眼泪，点头。

“我们从教区看到的……我哥哥跑到了路上……我在雨中跟着他，看到他女儿拼命地要把她救出来，她用的是汽车千斤顶……不停地砸着车……我尖叫着跑过灌木丛……”

女人的声音变得嘶哑，她打开和闭上了几次嘴巴，继续说：“车上到处都是碎玻璃和残骸，还有汽油和铁水的味道……他的女儿已经放弃了，她只是站在那里等待父亲回来……我仍然记得她眼中的震惊和她特有的微笑……”

埃利诺举起双手，低头看着她的手掌。

“亲爱的上帝。”她低声说，“那个女孩刚从克洛克哈迈尔学校回家，她站在那里，穿着黄色雨衣看着她的母亲。安娜的脸被压得面目全非，到处都是血……”

她再次陷入了沉默，吞咽了一下，然后慢慢地继续说：“记忆是一件奇怪的事情。我知道当我在雨中走近时，听到了一个很高的声音，就像一个孩子在说话……然后它开始燃烧，我看到一个蓝色的气泡包围着安娜，下一刻我躺在沟里的湿草地上，火焰在整辆车周围盘旋。旁边的桦树起火了，而我……”

“是谁开的车？”

“我不想谈这件事……”

“是女儿。”乔纳说，“她叫什么名字？”

“内莉。”老妇人回答说，抬头看着他，脸上满是疲惫。

119

乔纳走到咖啡桌对面的洛基面前，试图打电话给埃里克。

他的手机关机了。

他拨打玛戈特·西尔弗曼的私人电话号码，但没有应答，他只好打电话给他在国家刑事调查局的前局长卡洛斯·埃利亚松，但电话转进了语音信箱。

洛基仍然坐在阴凉的桦树下，他从肚子上捡起饼干屑，把鞋子和袜子脱下来，在草地上扭动着脚趾。

“我们得走了。”乔纳来到他面前说道。

“你找到问题的答案了吗？”

乔纳走过洛基身边，继续往前走，朝着停车场走去。他认为彼特不把他的这卷日记和其他的放在一起是因为觉得其中的内容太可耻了。正因为如此，内莉没有找到它，而她销毁了其余的日记。

在日记的末尾，彼特描述了他把女儿送往了一所旧式女子寄宿学校。

乔纳停在他偷来的汽车前，想着内莉在克洛克哈迈尔学校时是十四岁。她上了六年寄宿学校，在那段时间里，她可能根本没有见到她的父母，但永远没有放弃对父亲的执着。爱和被拒绝的感觉，拥有了一切又失去了一切，导致她患上了严重的人格障碍。她研究她的母亲，试图像她一样，取代她的位置。

洛基穿上鞋子，手里拿着袜子来到了停车场并打开了车门。

“不洁的传教士是女人吗？”乔纳问。

“我不这么认为。”洛基回答，看着他的眼睛。

“你还记得内莉·勃兰特吗？”

“不记得。”他说着坐进了乘客座位。

乔纳取下盖在点火器上的塑料，把红线缠绕在一起，从棕色的启动器线中取出胶带，然后一起接触两端，发动机在启动时产生了火花。

“我不知道你被催眠时的记忆能记住多少。”乔纳一边开车一边说，“但你第一次见到那个不洁的传教士时，你说了些什么……你在葬礼上遇见了她，但你所描述的人是棺材里的神父，她的父亲，彼特……”

洛基没有回答，只是茫然地凝视着挡风玻璃。他们在狭窄道路上开得越来越快。

乔纳猜测内莉的母亲当时去克洛克哈迈尔接回了她成年的女儿，并让她开车回去。母亲坐在旁边，母亲当她们从主路转向教堂后松开了安全带。

内莉可能透过教区的窗户看到了她的父亲，她突然踩下油门，直接让车撞到了墙上。

也许她的母亲没有死，只是受了重伤，被困在汽车残骸中。在那种情况下，埃利诺在雨中看到的东西是有道理的，内莉拿起了千斤顶，但打的是她母亲的脸，直到把她打死。

也许她还在父亲面前点燃了车子。但是她母亲去世后，内莉照顾着他，把他与周围的世界隔离开来，独自照顾他，让他完全属于她。

她父亲又活了两年，内莉把他关起来，把他关在笼子里，让他依赖吗啡。

她会在星期天让他出去，让他去布道，晨祷词都是她写的。

他已经崩溃了，是一艘沉船，一个瘾君子。

乔纳想他们可能有正常生活的片段，长时间被囚禁的人被允许和囚禁者有短暂的正常生活并不罕见。也许他们一起吃晚餐，坐在沙发上，看特定的电视节目。

最后，他想出了如何在里面把笼子锁起来的办法，然后睡在床垫上。他可能因为过量服用毒品而死亡，或者他只是生病了。许多牧师参加了葬礼，其中一些人坐在凳子上，另一些则协助仪式。

其中一位牧师是来自塞勒姆教区的洛基·吉尔伦德。乔纳拿出手机，搜索卡罗林斯卡学院的职员名单，发现一张内莉的照片。汽车右边的湖面闪烁着银蓝色的光芒。

“看这张照片。”他说。

洛基拿起手机，屏住呼吸。

“停车！”他咆哮着，“停车！”

在汽车飞驰的时候，他打开了门，但是门撞到了栏杆上，弹了回来，碎了的玻璃飞进了车里。乔纳在路边停了下来，两个轮子压入了草地。

一辆卡车怒气冲冲地在他们身后按着喇叭，擦着他们驶过，地面发出了震动。

洛基走到路边的田野里，大步走过散落在地上的塑料包着的干草捆，停下来，双手捧着脸。

120

乔纳坐在那里，发动机运转着，他试图再次打电话给埃里克。洛基朝天空站了好久才回到车里，他猛地扯开那扇坏掉的门，把它扔进一旁的阴沟，回到座位上。

“我记得她。”他看着乔纳说，“她剃了光头，脸色惨白，去了克洛克哈迈尔学校……葬礼后，我和她在教区大厅的地上发生了性关系……这并不意味着什么，我们一直在聊天，喝着咖啡，我并不急于回家。”

乔纳什么也没说，意识到即使照片触发了洛基的记忆，信息的洪流也是有限的，他随时都可能失去与过去的联系。

“我记得这一切。”洛基用一种梦幻般的语气说，“她来塞勒姆找我，来做志愿服务……她只是在那里，作为我生活的一部分，我没有意识到这是如何发生的……”

他沉思了一下，用颤抖着的手从包里拿出一支烟来。他粗灰色的头发卷曲，浓密的眉毛紧挨着鼻尖。

“我是个牧师。”他最后说，“但我也是一个男人……我对我做的事情并不感到自豪。我不是做别人男朋友的那块料，我很清楚，我从来没有忠实或……”

他又沉默不语，仿佛记忆的力量让他无法呼吸。

“有时我和她一起睡觉，有时她不得不等待，我从未答应过她任何事，我不想听她的布道……我记得，我总是在关注那些乱七八糟的女人……她的房子是通往地狱之路……”

当公共汽车驶过时，车子摇晃着，乔纳看到洛基凝视着远处田野和湖边的小树丛。

“当我告诉她我厌烦了她时，她消失了。”他继续说，“但我明白她还在教堂外蹑手蹑脚地走来走去……我打开门，对着黑暗喊叫，让她滚开。”

他不再说话，乔纳默默地等待，以免脆弱的回忆从洛基身上消失。

“第二天晚上，她带着二十个海洛因胶囊来到教堂，一切都重新开始了……这一切太快了。”他用一脸愁容看着乔纳，“我上瘾了，我们共用针头，她一直跟着我，我们谈论上帝，说教，她想和我在一起，想成为我的一部分。”他摇摇头，用手搓揉着脸。

“我们去了‘零号’，我不在乎她的说教……那都是对圣经的极端解释，证明我们应该结婚……在她的整个世界观中，一个嫉妒的上帝证明了她是正确的。”

当他用黯淡的眼神看着乔纳时，闪现出了一丝痛苦。

“我那时候吸了毒，而且很蠢。”他说，“我告诉她我爱娜塔莉娅，那不是真的，但我还是说了。”

他所有的精力都耗尽了，下巴沉到了胸口处。

“娜塔莉娅有一双漂亮的手。”他说完陷入了沉默。

他的脸色突然变得苍白，望着田野，额头因汗水而发亮，一滴汗从他的鼻子落到了胸前。

“你刚才说的是娜塔莉娅。”乔纳过了一会儿说道。

“什么？”

洛基一脸不明白地看着他，他从车里探出头来，往草地上吐口水。一辆车拖着满满的劈柴驶过。

“内莉展示了她计划杀死的人的照片。”乔纳继续说，“但是娜塔莉娅必须死在你面前……”

洛基摇摇头，“我所知道的是，上帝在路上的某个地方把我弄丢了，也懒得回去找我。”他嘶哑地嘟囔着。

乔纳没有再说什么，拿出手机，又打了埃里克的电话，但还是打不通。

他打电话给玛戈特，但在响了十声之后放弃了。

现在他知道传教士是谁，但是他什么也不能证明，他没有什么可以给警察的。玛戈特有可能听他的话，但他在带着洛基越狱的时候就已经做得太过分了。

乔纳试图理解内莉为什么一直跟踪埃里克。他们只是同事，内莉和马丁·勃兰特结婚了。这段婚姻已经持续了很多年，而且不会有一个好的结束。

121

他们再次出发时，乔纳用力加油门，他试图在脑海中清晰地还原连环杀手的形象。内莉在父亲的葬礼后发生了性行为，她把感情转移到了洛基身上。她跟踪他，让自己成为他生命的一部分，试图用毒品控制他，并杀害了威胁他们结合的女性。她给他制造了一个难以逃脱的人设，让他成为谋杀丽贝卡·汉森的主要嫌疑犯。最后，她把他关在笼子里，给他提供海洛因，以为她完全拥有了他。但这时他设法逃脱了，偷了一辆车，并在途中撞了车。这次事故给他留下了严重的脑损伤，他失去了对她的所有记忆，最终被判处需要精神治疗。

也许当内莉在洛基·吉尔伦德的审判中被当作专家证人时，她就看到了埃里克。一想到内莉可能很久以前就开始跟踪埃里克，慢慢地，有计划地接近他。这让乔纳不寒而栗。

她学习并获得了自己的资历，在同一个地方找到了一份工作，嫁给了马丁，并在埃里克离开西蒙妮时支持了他。在他离婚后，她控制他的渴望越来越强烈。她开始看管他，不能忍受任何竞争者出现，变得病态的嫉妒。她可能想让他自愿选择她，让他只看她一个人，但是当没有如愿以偿时，她的心里就突然出现一阵骚动。为了不让自己崩溃，她不得不采取行动。

当埃里克开始与玛利亚·卡尔松私通时，她可能认为只要能摆脱对手，一切都会好起来的。

跟踪者总是在他们的想象中与受害者发展一种关系，一种他们确信自己是真实的并且得到回报的关系。在内莉的想象中，她可能相信她嫁给了埃里克，当她看到他和玛利亚·卡尔松背叛了她，又被桑德拉·朗格所吸引，和苏珊娜·科恩调情，哪怕只是对着卡特琳·约瑟夫微笑时，一只邪恶的野兽醒了。

乔纳转向，把车停在建筑服务公司外的停车场，换上了一辆更好的车。他们沿着 E20 高速公路行驶，当玛戈特用私人号码给他打电话时，他们的速度已经接近了 190 公里每小时。

“签发了对你的逮捕令，你知道吗？”她问。

“我知道，但是……”

“你会因为这件事而进监狱的。”她打断了他的话。

“这是值得的。”他平静地回答。

沉默蔓延了几秒钟。

“现在我意识到为什么你比我更擅长做警察。”玛戈特用低沉的声音说。

乔纳追上了一辆黑色的克尔维特轿车，然后又及时地变道，超过了一辆黄色的拖车和一辆铰接式卡车。

“我们的法医小组在桑德拉·朗格的浴缸里发现了埃里克的几缕头发，我们还在瓷鹿的头上找到了他的指纹，他和所有受害者都联系上了，他在地下室里有数千小时的录像，而且……”

“太多了。”乔纳说。

“埃里克车上的血液分析表明是苏珊娜·科恩的……现在在我看来证据也太多了。”她沉重地说。

“很好。”乔纳说。

“埃里克是个医生……这是不符合常理的，因为所有四起谋杀案都显示出了相当强的法医意识……像这样的人不会在自己的车里沾满鲜血……一定是有人把血迹涂在了他的后排座位上。”

“你已经见过了真正的凶手。”乔纳说。

“是内斯特吗？”

“是内莉·勃兰特……她就是传教士。”

“你听起来很有把握。”玛戈特说。

“她是为了埃里克，他是她跟踪的受害者，其他受害者只是她的竞争对手。”

“如果你确定这一点，我马上准备行动。”玛戈特说，“我们会在同一时间突袭她的家和公司。”

乔纳开着车去斯德哥尔摩，想着内莉多年来是如何跟踪埃里克，绘制了他感兴趣的女人的生活图，试图理解她身上自己所没有的东西。她看到她们戴着闪烁的珠宝、涂着油彩的嘴唇、漂亮的指甲，她想从她们身上拿走那些，惩罚她们，然后强调她们光秃秃的耳朵和丑陋的手。

当这还不够时，她试图把整个世界从他身边带走。乔纳觉得这一切就像阿尔忒弥斯和她的猎犬一样，她组织了一次狩猎。她是一个熟练的猎手，她隔离她的猎物，伤害它，直到只剩一条出路。

她的意图是让埃里克意识到一切都指向他，然后在警察抓住他之前逃跑。每个人都会回避他，直到最后他转向唯一一个仍然准备接受他的人。

如果他现在还没有被警察抓住，他一定是向内莉寻求了保护。

122

杰基感到焦躁不安，她走进厨房，想找点吃的，尽管她并不饿。也许她应该安静地坐下来喝杯茶。她用手摸着工作台，沿着瓷砖，经过石臼，探到了茶叶罐子上那个小小的玻璃旋钮。她的手停了下来，摸索着返回石臼。她没摸到原本放在里面的那根石杵。

杰基用手指摸遍了整个工作台，依旧找不到，她想一旦她和玛德琳之间的关系缓和下来，她就要问问她石杵究竟去哪儿了。

她忍住打哈欠，把水壶装满水。

在和埃里克吵架之后的几天里，玛德琳一直说埃里克很伤心，他再也不想回到她们身边了。玛德琳试图解释她也曾忘了很多事情，一一历数她如何忘记了带钥匙、带便笺和带球靴。杰基试着解释她不再生气，两个大人之间闹矛盾不一定是单方面的错误，但之后媒体就开始了对埃里克的围猎。

杰基没有告诉女儿为什么没让她去学校，她把钢琴教学课都推迟了，取消了风琴的工作。为了让日子过得愉快，不让自己想太多，她把醒着的时间都花在了钢琴上，练习音阶和指法，直到她感到胳膊肘疼得要吃止痛药才停止。

显然，她没有告诉女儿他们在新闻上对埃里克说了些什么。她永远都不懂。杰基自己也听不懂。她不再看电视，不忍听那些猜测，沉湎于痛苦和悲伤之中。

玛德琳现在不再谈论埃里克，但她的情绪仍然很低沉，她一直在看儿童节目，杰基感觉她又开始吮吸拇指了。

杰基想到自己今天在玛德琳不想弹钢琴时对她失去了耐心，心里一阵焦虑。她说她表现得像个婴儿，玛德琳开始哭，并大喊，她不会再帮她做任何事了。

现在她藏在衣柜里，拿着毯子、枕头和玩具，当杰基试图和她说话时，她没有回答。

杰基想自己必须找机会告诉她，她不需要十全十美。

我爱她，不管怎样，这是无条件的。

她沿着凉爽的走廊走到客厅，阳光从窗户照进来，感觉像是一阵阵的热水，她知道钢琴会被照射得像一只大型动物一样温暖。

在街上，一些工程工作正在作业，她光着脚能感觉到大型机器的低沉振动，她能听到旧窗玻璃在框架中嘎嘎作响。在镶木地板的中间，她觉得脚后跟有黏糊糊的东西。玛德琳一定是洒了些果汁，房间里有股臭味，有荨麻和潮湿的泥土气味。

她感到了一种发痒的、如电流穿过般的危险感，一阵颤抖从脊椎往脖子上跑去。

发生了那么多事情后，她的这种惊慌也就不足为奇了，人们都说埃里克很可怕，她想着自己是否刚刚从面向院子的窗户外听到了什么。

她听着，走得离玻璃更近。一切都很安静，但是当窗帘开着的时候，很有可能有人站在那儿看着她。

她小心翼翼地朝窗子走去，伸出手去摸玻璃。她合上窗帘，钩子在栏杆上发出响声，然后一切又恢复了平静，除了窗帘轻轻地靠在墙上摇晃的声音。

杰基走到钢琴前，坐在凳子上，抬起琴键盖，让自己坐得更舒服些，她把手放了下去，感觉有东西在琴键上躺着。

是一块布料。她拿起它，感觉到这是一块布或围巾。一定是玛德琳把它放在这儿的。这是一件复杂的刺绣品，她用指尖感受着针脚的花纹。它似乎是某种动物，有四条腿，背部有翅膀或羽毛，还有一脸卷曲的胡须。

她慢慢地站起来，整个人身体冰冷，好像整个人都掉入了冰窟之中。房间里有人。刚才她就感觉到了。

在成年人身体的重压下，木地板在她的背后发出嘎吱声。一种绝对危险的感觉使世界缩小到一个点上，在那里她用彻头彻尾的孤独面对着恐惧。

“埃里克？”她没有转身就开口说道。

一些东西慢慢地发出沙沙声，地板上的震动使桌子上的空水果碗发出了敲击声。

“是你吗，埃里克？”她平静地问道，“你不能就这样进来……”

她转过身来，听到了陌生的呼吸声，浅而烦躁。

杰基慢慢地向门口走去。

他待在原地，但发出着摩擦声，好像穿着塑料或橡胶制的衣服。

“我们可以聊聊。”她声音里带着明显的恐惧，“我反应过度了，我承认，我想打电话给你……”

他没有回答，只是把他的体重从一只脚移到另一只脚。地板在他脚下嘎嘎作响。

“我没有再生气了，我一直在想你……一切都会好起来的。”她虚弱地说。

她走进通往大厅的通道，想着她必须出去，想着她必须引诱埃里克离开公寓，远离玛德琳。

“我们坐在厨房里吧，玛德琳还没回家。”她撒谎说。

地板上突然响起了砰砰的声音，他向她冲过去，她举起一只手来阻止他。有东西打在她抬起的胳膊上，是杵砸在了她的胳膊肘上，她向后摇晃。肾上腺素涌入她的静脉，意味着她没有感受到手臂上传来的疼痛。

杰基往后退，抬起她受伤的手臂，转身走向墙壁，膝盖撞在了小桌子上。他抓起玛德琳通常用来做爆米花的玻璃碗，用力打对方。她打到了他，碗掉了。他向她扑来，杰基撞到了书架上。

杰基能感觉到他身上的雨衣，她用双手把他推开，嗅到他脸上苦涩的气息。

书摔在了地板上。她想，那不是埃里克，那不是他的气味。

她用手抵着墙跑进大厅，走到前门，开始用颤抖的手转动门锁。

沉重的脚步从后面赶来。

她打开门，但有什么东西发出刺耳的响声，门又反弹了回去。安全链没打开，她忘记了安全链。她把门拉开，摸索着链条，但她抖得太厉害了，解不开。

想杀她的人越来越近，喉咙发出着呜呜的声音。

杰基用手指把扭曲的链子推向一边，突然链子松开了，她打开门，在楼梯井里绊了一跤。她差点儿摔倒，但设法抓住了邻居的门，用手掌猛击。

“开门！”杰基尖叫。

她感觉到身后的动作，转过身来，把双臂举到面前，以抵御打击。

杰基摔在邻居的门上，血顺着她的脸颊流下来，当下一击打到她的头时，她深深地吸了一口气。

一朵苦涩的花开始盛开，装满了她的嘴巴和鼻孔，那是一朵温暖的花，花瓣像羽毛一样轻薄。

123

埃里克躺在那里，只能听到发动机的轰鸣，轮胎在道路上滚动着的单调声音和内莉在专心开车时发出的叹息。

离开西克拉后，她开了二十分钟左右的车，来到斯德哥尔摩中部，交通灯很多，还有转弯车道。然后她停了下来，下车，离开了很长一段时间。埃里克躺在那里，完全被毯子盖着，偶尔很小心地移动位置，等待着。他在汽车的温暖气氛中睡着了。

突然他被汽车外面传来的声音唤醒。

听起来好像两个人在悄悄讨论事情。他试图听清他们在说什么，他认为他们听起来像警察，但不确定。

他一动不动地躺在厚厚的毯子里，努力屏住呼吸。他整个右侧都麻木了，但在声音消失后，他依旧不敢改变姿势。

又过了四十分钟左右，内莉回来了。他听见她打开了汽车的后备厢，带着呻吟声把一些沉重的行李搬进去。汽车摇晃了一下，然后她坐进了司机的座位，启动了发动机，伊戈尔·斯特拉文斯基的交响乐充满了汽车。

当他们驶上高速公路时，他终于敢把毯子从脸上拉下来。内莉的声音在背景音乐中听起来很快乐，说她这样做一定是疯了，但她曾经有过一段热衷朋克的时期，在她十六岁的时候，现在她仍然有要报复法西斯浑蛋们的冲动。

他们开了一个多小时后，她慢了下来。司机座位的后背抵着埃里克的身体。

汽车一个急转弯转进了一条不平的小路，小石头撞击底盘，她把速度再慢了下来，埃里克听见树枝在车顶和车窗上刮擦的声音。汽车越过了小土丘和坑洼之后停了下来，手刹被拉起，一个小小的震颤，然后整辆车陷入了寂静。

车门开了，冷空气中带着一点儿柴油的味道。他终于鼓起勇气坐在了后座上，茫然地望着遍地杂草丛生的废墟。他看到一片白色的天空，茂密的树梢和大片的休耕地。

他们在非常荒凉的地方，蚱蜢在高耸的草地上啁啾作响。内莉站在那里，用明亮的眼睛看着他。她花绿的衣服在大腿周围皱起，金发从头顶的头巾中脱出。她的一侧脸颊看起来很红，好像受了点儿伤。一切都是那么安静。风很小，埃里克可以听到她的手镯发出悦耳的叮当声。

他推开门，小心地走进草地中。他的背心已经干了，全身都痛。

内莉停在一个杂草丛生的院子前，一座黄色的两层房子坐落在废墟中。一个高大的砖制烟囱从煤炉中升起，建筑物周围全是杂草，通过高草，他可以看到一个巨大的铁路枕木的遗骸。

“来吧，我们进去吧。”内莉舔着嘴唇说。

“这是索尔贝肯吗？”埃里克惊讶地问。

“很不错，不是吗？”她笑着说。

破碎的玻璃在庭院里闪着光，高高的草地上有着碎砖和变黑的瓦楞纸板。房子的地基坍塌在了地窖里，竖井看起来像空荡荡的池塘，底部长着杂草，砖拱处可以通向地下隧道。

一个旧洗衣机立在一堆榆树中间，连同一些肮脏的塑料椅子和一对拖拉机轮胎在一起。

“现在我想带你去看看房子，我喜欢它。”她说着，脸上挂着满意的微笑，把手放在腋下。

整个房子周围都是深绿色的荨麻。排水槽松动了，架在阳台的屋顶上。

“里面真的很不错。”她说着试图拉他走过去。

他突然感到不舒服，发现自己凝视着一池棕色的水，水面上闪烁着油光。

“这是什么？”他问道。

“没什么。”她快速地说，“我只是……你知道的……现在每个人都在找你。有时当邻居看到我在这里时，他们会打电话来。”

埃里克沿着田野边的狭窄小道瞥了一眼。没有看见别的房子，只有杂草丛生的田野和一片森林。

“来吧。”她紧张地重复着，又挽起他的胳膊，“你需要喝点儿东西，换一些暖和的衣服。”

“是的。”他同意道，并沿着满是荨麻的小路跟着她。

“我来给你做点儿好吃的。”

他们走上台阶来到小阳台。有一堆脏兮兮的垃圾袋靠在外墙上，紧邻一个装满瓶子和雨水的塑料桶。内莉转动锁里的钥匙，打开前门，在他前面走进了大厅。在她试图打开灯的时候，发出了咔的一声。

“需要检查下保险丝。”她咯咯地笑着说。

一套沾满油渍的蓝色工作服悬挂在银色衬衣旁边的衣架上。鞋架上有一对破旧的木屐和一双带有黑色污点的粗糙靴子。在一个小沙发上方挂着一篇绣着圣经引文的布条：因为爱像死亡一样强烈，所罗门之歌第八章第六节。

空气中散发着生鸡肉和熟过头的水果香味。

“这是一所旧房子。”她温柔地说。

“是的。”他回答道，但内心真的很想离开这里。

内莉站在那里，微笑着看着他，如此近，以致他能看到她眼睛周围化妆用的粉末。

“在我们吃东西之前，你想洗个澡吗？”她问道，没有把目光从他身上移开。

“我看起来像需要洗澡吗？”他开玩笑说，“内莉，我对你所做的一切都非常感激……”

“总之，这里是厨房……”她打断道。

他迟疑地跟着她走进了阴暗的厨房，一股腐烂食物的恶臭袭击了他。弱光透过封闭的百叶窗照射进来，很难看清任何东西。内莉走了进去，打开水龙头。

埃里克站在门里面，感到一阵颤抖顺着脊椎往下传去。整个厨房里满是生锈的工具和引擎零件、木柴块、皱巴巴的塑料袋、鞋子、装着坏了食品的平底锅。

“内莉，这里发生了什么事？”

“什么意思？”当她为他斟满一杯水时，她轻轻地说。

“整个厨房。”他说。

她注视着工作台和关上的百叶窗，三个黑暗的石蜡灯竖立在一个敞开的厨房抽屉上。

“一定是有人闯进来了。”她手里拿着杯子说道。

他走进来，厨房门砰的一声关上了。

埃里克转过身，心脏怦怦直跳。自动关门装置里的弹簧发出了金属的响声。

“天哪，吓了我一跳。”他惊叹道。

“对不起。”内莉毫不在意地说。

124

内莉打开手电筒，随意地把它放在工作台上，光线照在百叶帘的蛛网上。

埃里克站着不动，试图理解他眼中所看到的一切。一只大苍蝇围着厨房嗡嗡叫，降落在地窖的门上。一扇门前横挂着一根铁棒，似乎是为了防止有人进入。

“一个敬畏上帝的女人，她应该受到表扬。”内莉低声说。

“内莉，我真的不明白这是怎么回事。”

地上有两把刀，旁边是一卷卷起的地毯，一个汽车的变速箱和一本肮脏的赞美诗。

“你到家了。”她笑着说。

“谢谢，但是我……”

“那里有门。”她指着。

“那里有门？”他不知不觉地重复了一遍。

“如果你能自己进去，那就更好了。”她拿着水说。

“通向哪里？”埃里克问。

“现在别争论了。”她咯咯地笑着说。

“你认为我应该藏在地窖里吗？”

她急切地点头。

“你不觉得有点儿过分了吗？我不认为……”

“安静点儿！”她大叫一声，把水杯朝他扔去。

杯子砸在他身后的墙上，摔在地上碎了。

他觉得水溅到了他的腿和脚上。

“你在干什么？”

“对不起，我只是有点儿紧张。”她揉揉额头说。

他点点头，走向通往大厅的门，拉动把手，但弹簧已经锁上了，门锁孔里没有钥匙。当他听到从后面传来的声音时，身上一阵紧张。他猛地拉门，但门纹丝不动。

“我只是想让你按照我说的去做。”内莉解释道。

“好吧，我不想走进下面这个该死的……”

埃里克不明白发生了什么事，有什么东西从后面击中了他，空气从他的肺中涌出，额头撞在了门上。他侧着身子蹒跚了几步，感觉左肩已经抽筋，然后意识到背上有一股温热的液体。他低头看见血飞溅在了脏兮兮的油毯铺着的地上。他转身面对着内莉，意识到是她用一块木头打了他，现在木头正躺在地上。

“对不起，埃里克。”她笑着说，“我不是故意的……”

“内莉？”他喘息着，“你伤害了我。”

“是的，我知道，这很不容易，但我是在帮助你，没什么好担心的。”她说。

“我没有做他们说的那些事情。”他试图解释说。

“是吗？”

他侧着身子往后走，然后又转向内莉，看到她从工作台上捡起一根沉重的撬棍。

“你不明白吗？我是无辜的！”

埃里克后退，撞到了桌子上，桌子上满是待洗的碗，脏水溅到了地上。

内莉快速地朝他走去，发动了进攻。他用自己的下臂挡了一下，痛得他几乎昏了过去，他蹒跚倒退到厨房的淡蓝色门前。

她再次挥动撬棍，但没有击中他的头。碎片从门边缘飞了出来。他踉踉跄跄地走到一边，打翻了一个空果酱罐。他们翻过工作台，跌倒在地，碎玻璃片散落了一地。

“内莉，住手！”他喘息着。

他的胳膊很可能断了，不得不用另一只手来支撑自己。

内莉注视着他，脸上的表情非常认真。他把头往后一甩，她再次移动身体，又向他袭来。撬棍没击中他的脸，擦过了他的鼻尖，他的后脑勺撞在一个敞开的橱柜门上。他试图脱身，但又一次摔在一块碎玻璃上。

他用断了的胳膊挡住了有力的一击，然后痛苦地尖叫起来，眼前一片漆黑。他的双腿软了下来，跪倒在地，盯着肮脏的地面，血从受伤的手臂上流了下来。

“停下来，停下来。”他恳求着，试图站起来，但下一个打击砸在了他的太阳穴上。

他的头歪在了一边，但内心感到了一阵平静，仿佛一切都停下来了。

他摸索着用手支撑着自己。他的视野收缩成了一条狭窄的隧道，当内莉前倾向他微笑时，他看到了整个厨房都在收缩。

埃里克试图站起来。他意识到自己一定踩到了更多的玻璃，因为他觉得疼痛就像在远处瘙痒，在他脚下，在某个离他很远的地方。他向后倒下，滚着翻了个身，躺在那里，面颊撞在了地上。

“哦，天哪……正直的，正直的人被嘲笑蔑视。”她喃喃自语，“现在问问野兽吧……”

通过有限的视野，他看见内莉打开了地窖的门，用她的脚在它下面插了一个楔子。

当她弯腰时，他闻到了香水味。她把他抱在怀里，拖着他走过地面。他完全没法用力，他的脚一瘸一拐地在地上留下一道血迹。

“不要这样做。”埃里克喘息着。

她把他拉到楼梯上，他试图抓住柜子，但抓不住。他的脸颊和脖子上流淌着鲜血。他试图抓住门框，但身体已经太虚弱了。

内莉向后走下楼梯，拖着他走进黑暗之中，每一步他的脚都异常沉重。

他几乎看不到任何东西，只是感觉到疼痛从手臂随着每一步传来。远远地，他能辨认出手电筒的光辉。然后他失去了知觉。

125

当埃里克在黑暗中睁开眼睛时，他闻到了很浓重的粪便和腐烂的臭味。他的右臂痛得厉害，脑袋上的神经疼得直跳。他什么也看不见，一股灼热的惊恐冲破了他的思绪，散布在黑暗中。他不明白发生了什么，整个身体都感到紧张，警惕着，准备反击。

他此时内心所渴求的就是请求救援。他强迫自己静静地躺着聆听，房间里一片寂静。偶尔他听到一种模糊的隆隆声，像烟囱里的风。他小心翼翼地触摸受伤的手臂，发现手臂被纸包裹着。

埃里克的心脏跳动得更快。他想，这简直是疯了。内莉袭击了我，我的手臂很可能已经被打断了。当他试图翻身时，能感觉到干燥的血液把头发和脸颊粘在了床垫上。

他抬起头，头晕得喘不过气来，太阳穴一阵阵抽动，只好跪在地上。他努力用鼻子呼吸，再次聆听，但是除了自己的呼吸声之外听不到任何声音。

他凝视着黑暗，眨眨眼，但他的眼睛还没有适应。除非我瞎了，不然的话这个房间里完全没有光，他心想。

现在他还记得在自己昏倒之前被拖进了一段陡峭的楼梯。他站起来时把受伤的手臂紧紧地抱着，但是在设法挺直身体的时候脑袋撞到了什么东西。

金属发出微弱的嘎嘎声。他只好蜷缩着，伸出手向前爬，只爬了两步就碰到了栏杆。有什么潮湿的东西在他的一只脚下。埃里克试着摸索前方的路，来到一个角落。

这是一个笼子!

他的心在胸口跳动，恐慌再次上升，脉搏在他的耳朵里如雷鸣一般，使他无法呼吸。他开始明白，发生在他身上的一切，一片一片地被剥开，仿佛被冰冷的光所照亮。

埃里克不停地踱步，踩到一件摸起来像毯子的东西。他用自己还能动的那只手摸着，用手指在厚厚的铁条上探索，查看了每一个角落，所有的铁条都焊接在一起，通过手指他可以察觉到铁条在地面和笼子顶部焊接处产生的焊痕。

是内莉做的，他心想。

内莉已经完成了所有的工作。她就是那个“不洁的传教士”。一个连环杀手，一个跟踪狂。

埃里克站在床垫上，用手指找到了舱口。当他推它的时候，发出了迟钝的嘎嘎声，笼子在他周围摇摆。

他伸出手指，摸了摸那把大挂锁，扭了一下，试图把它拔出来，但结局显而易见，这把锁是不可能强行扭开的，即使给他有一个结实的撬棍都不行。

埃里克又跪了下来，努力平复呼吸。当一个声音响起时，他扶着自己的左手，在黑暗中闭上眼睛。

厨房的门打开了。楼梯上发出声响，一道光线不断地变大，有人拿着手电筒走了下来。他倾身向前，看到内莉大腿周围的绿色衣服。

手电筒的光横过台阶和墙壁。一大片灰泥脱落了，扶手也松动了，当她靠在扶手上时，更多的灰泥掉了下来。

埃里克觉得自己很不舒服。

她杀死了玛丽亚·卡尔松、桑德拉·朗格、苏珊娜·科恩和卡特琳·约瑟夫，所有他碰巧接触到的完全无辜的女人们。

他该如何理解内莉所做的这些事？在她们死后很久，她坐在那里，用刀砍她们的脸和喉咙？

她现在已经来到了地窖的底部，光扫过他，他看到笼子是由加强网焊接而成，他被关在了一个锈褐色铁条围成的紧密网格之中。沉重的锁由钢制成，密封舱口焊上了双层网格。

影子停在地窖的墙上，她停下来看着他。她兴奋得满脸通红，气喘吁吁。埃里克看到自己左手满是网格上沾来的红褐色铁锈，他的背心被撕烂了，碎片挂在腰间。

“别害怕。”内莉说着把一把办公椅拉向笼子，“我知道，现在你正在努力弄清楚这一切是如何连在一起的，但不用着急。”

她没有把目光从他身上移开，把手电筒放在一张陈旧的厨房桌上。埃里克看到它照亮了楼梯旁的墙壁，并且能够间接地照亮房间的其余部分。

他旁边是一个旧床垫，条纹布料中间有着黑斑，好像曾经有人在那里躺过很久。在另一个角落，是一个褪色的塑料桶，里面装满了浑水，旁边是一个瓷盘，上面有花卉的图案和网状的细裂缝。

这一定是洛基所说的笼子。他在这里待了七个月才设法逃走。他从笼子里走出来，偷了一辆车，结果发生了事故，最后因被定罪谋杀丽贝卡而被判刑。在笼子外面的阴影里，埃里克可以看到死去的老鼠和一捆木棍。

内莉的黑色包放在桌子底下。

埃里克把头发从眼睛前捋开，想着他必须跟她谈谈，这样才能使自己不成为她的牺牲品。

“内莉。”他虚弱地说，“我在这里干什么？”

“我在保护你。”她说。

他咳嗽了一下，认为他需要用平时说话的声音来交谈，听起来让她觉得他依旧是她在卡罗林斯卡的同事，不露惧怕。

“你为什么认为我需要保护？”

“有很多理由。”她微笑着低声说。

她的一些金发悄悄地从头巾里露了出来，在她腋下到胸前带着汗渍的薄衣上可以看见。

她说她在保护我，内莉相信她有很多理由保护我。

她没有带我来这里杀了我。

洛基坐在这个笼子里，没有被折磨也没有残废，但可能受到了惩罚和殴打。

蜘蛛网上满是苍蝇和木虱，滚到了地上。他看着笼子另一端黑暗的开口，地上有微微的风从通道中传来。

他需要思考。

她就是那个让警察以为他是杀人犯的人。她知道他会跑，但他也没地方去，那他迟早会来求助于她。是他打电话给她，求她到这儿来。这就是她想要的，没有什么巧合，一切都合乎情理。她一定准备了几年，她很可能在来到卡罗林斯卡之前就盯上了他。

她一直在跟踪他。她已经接近他这么久，预测他的每一个动作，能够操纵所有的证据让他看起来有罪。

埃里克看见一只蜘蛛慢慢地爬过一只死老鼠。他已经崩溃了，自己很可能被困在这里直到死去。因为没有人知道他在哪里。

乔纳找错了地方，教堂只是洛基大脑中一段混乱的记忆。

他的家人、朋友、世界其他地方的很多人都会记得他是一个连环杀手，他消失得无影无踪。

我得逃走，埃里克想。即使警察抓住我，法庭判处我终身监禁。

126

内莉斜着身子，用一种他看不懂的表情看着他，浅色的眼珠像两粒瓷球。

“内莉，你和我都是理性的个体。”埃里克开口，意识到自己的声音因恐惧而颤抖，“我们互相尊重……我知道你不是有意要那样伤害我。”

“当你不按我说的去做，那真的很痛苦。”她叹息道。

“我知道这感觉很痛苦，但对每个人来说，这都是生活的一部分。”

“好吧，好吧。”她茫然地说。

她低声对自己说着什么，把一个东西移到了厨房的桌子上。沙子落在了一块满是灰尘的玻璃上，下面是一张小小的照片。

“我的胳膊疼得厉害，还有我……”

“你是说你现在需要去医院吗？”她嘲讽似的问。

“是的，我需要给我的手臂做X光，然后……”

“我相信你会没事的。”她打断道。

“若是硬膜外血肿就麻烦了。”他说着按了一下太阳穴的伤口，“我可能在硬脑膜和颅骨之间有动脉出血。”

她惊讶地看着他，然后笑了起来：“该死的，真可怜！”

“我是说……如果我们要在这里过得愉快，你就得照顾我，确保我没事……”

“我会的，你得到了需要的一切。”

埃里克认为一个有能力完成内莉所做之事的人，有一种无法满足的情感饥饿，她极度渴望，能够在瞬间从专注的爱转变为充满激情的仇恨。

“内莉。”他试探性地问道，“你想把我锁多久？”

她朝地面微笑，尴尬地看着指甲，然后给他一个任性的眼神。

“起初你会恳求我，或者威胁我。”她说，“你会答应各种各样的事情……很快你就会尝试用不同的方式来操纵我，说你不打算逃跑，你只想帮我打扫楼梯。”

她调整自己的衣着，默默地看着他。过了一会儿，她交叉双腿，移动了一下，手电筒的光拂过她的脸颊。

“内莉，我很感激你让我留在这里，但我不喜欢地窖，我不知道为什么，真的不喜欢。”埃里克说道，但没有得到回应。

他看着她，试图回忆起他们第一次见面的情景。

当他在和洛基见面时，她一定在附近某个地方，然后她申请到他们部门的工作。

她是怎么做到的？

人事部负责人自杀了，那一定是她干的。

内莉风趣、随和、健谈、迷人，还会自黑。

他和西蒙妮离婚后经历了一段艰难的时期，尤其是晚上，那些漫长而失眠的时刻。内莉说服他吃药，给了他安定、罗布诺尔……这是这儿年来他一直要戒掉的东西。他们一起喝酒，吃药，大笑。现在他不能理解当时他在想什么，他们亲吻，然后一起上床。她坚持要穿一件西蒙妮留下的睡衣，即使这让他感到很不舒服。

现在他想起了最近发生的事情。那是一个异常困难的日子，一个病人被剖腹，穿上了紧身衣，他花了几个小时和病人的亲戚在一起听他们的指责。后来他累了，已经很晚了，决定留在诊所，睡在他的铺位上。

内莉也在那里加班，她给了他一片罗眠乐，然后他们喝了酒和玉泉汽水。他一定吃了太多的药，喝得太多了，很快就睡着了。他知道他睡了很长时间，而且睡得很沉，内莉在回家前给他脱了衣服。但是他梦见有人亲吻他，舔舐他闭着的嘴唇，让他拿着一个冰冷的玻璃球，握在手里。

内莉通过梦境来到他的身边，她戴着舌环，嘴里叼着他的阴茎。然后他梦见一头鹿也像内莉一样走进他的办公室，经过他的铺位，站在落地灯后面，抬起头，羞怯地看着他。

埃里克在梦里睡不着，光线透过他的睫毛，他能看见内莉。她跪在地上，把一个又冷又硬的东西压在他的手上。那是一只棕色的瓷器鹿头。

现在她坐在那里默默地看着他，表情冷漠，就好像她在等待他缓慢疗伤。

过了一会儿，她从塑料袋里拿出一些整齐折叠好的衣服放在膝盖上。

“这些衣服是给我的吗？”

“是的，对不起。”她把它们卷起来，穿过网格递给他。

“谢谢。”

他摊开一条膝盖上沾满泥污的脏牛仔裤和一件洗过的T恤，胸前印着“萨博39雄狮”的字样。衣服散发着汗味和湿气，但埃里克还是扯下他的破烂背心，非常小心地换了衣服。

“你有一个可爱的小肚皮。”她咯咯地笑着。

“是的，我也那么觉得。”他平静地说。

她用一种风趣的姿势抬起下巴，松开围着头发的围巾。她的金发上沾着已凝固的血，他强迫自己看着她的眼睛，即使他心跳加速，恐惧开始上升。

“内莉，我们在一起。”他说着吞咽了一下，“我们一直在一起……但我一直在等待，因为你和马丁在一起。”

“和马丁在一起？但是……你不该认为那有什么意义。”她脸红了。

“你们两个看起来很高兴。”

她变得严肃起来，嘴唇发抖。

“只有你和我。”她说，“一直都只有我们……”

他呼吸困难，但仍然让说话听起来很自然。

“我不知道你是否后悔发生了什么事，那时……”

“从来没有。”她低声说。

“我也是。我知道我做了一些愚蠢的事情，只是因为我觉得自己被抛弃了。”

“但是……”

“因为我一直觉得我们之间有着独特的联系，内莉，我们一直一直其实都有机会。”

她擦拭着眼泪，向外看去，用颤抖的手指揉搓鼻子。

“我不是有意伤害你的。”她平静地说。

“给我几粒止痛药吧。”他轻声说。

“好吧。”她迅速点了点头，擦了擦脸，然后站起来离开了。

127

内莉跨过沉重的铁杆，一走进厨房就关上了身后的门。埃里克开始猛拉网格，他尽可能地使劲拉，但只把它弯曲了几毫米，他意识到它永远不会被扯开。

他赤脚踢它，只听见笼子里一声沉重的撞击，感觉到金属的反作用力弄疼了他的脚弓。他转过身来，在拐角处搜索，寻找焊接中是否有疏漏之处。他把笼子顶向上推，但是没有缝隙，没有松动的焊接接头。他趴下来，用左手向外伸展，直到指尖能触到一根木棍。他把它拽紧，拉进笼子里。他移到笼子的另一边，把棍子拿出来，刚好能够到内莉的古驰手提包的皮带。他小心地举起棍子，把手提包拉向自己的方向。每当他不得不用受伤的手臂施加力量时都会感到刺骨的疼痛。他感觉花了好久好久的时间，终于把手提包拖到了金属网前。他用颤抖的双手四处搜寻着钥匙，但里面只有内莉镀金壳的唇膏、旅行发胶、粉底。在一个侧口袋里，他找到了她的手机。因为他只能用一只胳膊，他把手机放在地板上，拨出SOS报警号码。

“有什么紧急事件？”一个平静的声音说。

“请听我说……你需要设法追踪这部手机。”埃里克压着声音说道，“我被一个连环杀手锁在地窖里，你必须来……”

“信号非常差。”声音打断道，“你能走到别的地方……”

“凶手的名字叫内莉·勃兰特，我在位于去林布的路上，在一个黄色房子的地窖里。”

“我现在什么也听不见……你说你有危险吗？”

“情况很紧急，快点儿来！”埃里克解释说，快速地向楼梯方向瞥了一眼，“我位于去林布途中的一所黄色房子里，四周都是田野，我看到了遗址上破败的建筑物，一座有高烟囱的老工厂，还有……”

厨房的门发出咔嗒的响声，埃里克用颤抖的手指结束了通话，手机掉在了地上，但他设法把它捡起来并放回包里。他听到内莉从陡峭的楼梯上走下来，他用木根把手提包推回到桌子旁边。它差点儿要翻倒了，他必须用木棍的末端推它的下侧，让它尽可能地回到原处。

她快走到底部了。埃里克把棍子向后拉，把它藏在床垫下面，注意到地上的污垢中有一条微弱的痕迹。

内莉来到地窖的底部，手里拿着一把宽刃的菜刀。她脸上全是汗，把满是血迹的头发梳到后方，看着桌子上的手提包。

“你离开了好久。”他说着靠在了金属网上。

“厨房有点儿乱。”她解释道。

“但是你找到吗啡了吗？”

“对饥饿的灵魂来说，每一件苦的东西都是甜的。”她喃喃自语，把白色药丸放在刀刃的末端。

她茫然地笑了笑，把刀伸向金属网。“张开嘴。”她远远地说。

他的心怦怦直跳，把脸靠在满是锈迹的金属网上，张开嘴，看到刀尖更近了。

它颤抖着，当她把刀尖放在他张开的嘴里时，他听到内莉的呼吸加快了。

他把冰冷刀片的背面对着舌头，然后小心地闭上嘴巴。

她又把它拔出来，刀刃“砰”的一声撞到了金属网上。

埃里克假装吞下药丸，但把它夹在脸颊和后牙之间。当他的唾液溶解药丸的外层后，一种苦味弥漫在嘴里。不管多么难受，他也不敢吞下药丸，他不会冒风险把自己弄得昏沉沉。

“你戴了新耳环。”他坐在床垫上说。

她微笑着，眼睛紧盯着拿着刀的手。“但我还不够好。”她平静地说。

“内莉，要是我知道你在等我就好了……”

“我站在花园里，看见你看着卡特琳。”她低声说，“男人喜欢漂亮的指甲，我知道，但是我的手总是很奇怪，我什么也做不了……”

“你有一双可爱的手，我觉得它们很可爱，它们……”

“无论如何，她们都比我的可爱。”内莉打断说，“比如你那个小老师……我看见你和她在一起，我看见她的滑溜溜的嘴巴，还有……”

“除了你，没有别人。”他试图保持声音稳定。

“但是我没有孩子，我没有一个小女孩。”她低声说。

“你在说什么？”埃里克问道，觉得身体的温度降到了冰点。

“除非你愿意，否则最好不要把火揽入你的怀里……”

“内莉，我不在乎她们，我的眼里只有你。”

她迅速地把刀用力一杵，他把头向后一仰，刀子碰到了金属网，而刚才他的脸就在那里。

她喘着粗气，失望地看着他，他知道自己演得太过头了，她知道他没有说实话。

“你在说什么！”她喘息着说，“你这样犹如追风而死。”

“什么意思？我不是在寻找死亡，内莉。”

“这不是你的错。”她喃喃自语，用刀刃搔自己的脖子，“我不怪你。”

她往后退了几步，阴影出现在了她眼睛的位置，渐渐变大，犹如黑洞，然后在她的脖子上画出黑色的形状。

“但你会看到死亡的样子，埃里克。”她说完转身走向楼梯。

“现在别做傻事了。”埃里克对她说。

她停下来转过身，汗水顺着脸颊流了下来，她的妆几乎都花了。

“我真的不能接受你会继续想着她。”内莉用坚定的声音说，“如果你想她，那就去想一张没有眼睛和嘴唇的脸吧。”

“不，内莉！”埃里克喊道，看着她消失在狭窄的楼梯上。

他倒在地板上，把半溶解的药丸吐到了手上，把剩下的药放进牛仔裤的一个口袋里。

128

玛戈特知道内莉·勃兰特不太可能在家里或在卡罗林斯卡工作。尽管如此，当她坐在路边远处的车里，看着国家特遣队在她那白色现代主义的别墅周围展开行动时，仍然禁不住感到身体里有一种深深的焦虑。

如果她不理睬那些身穿黑衣、全副武装的警察，整个地区就像许多童年的夜晚一样梦幻而宁静。

玛戈特正在听行动小组的无线电，她内心的紧张几乎无法忍受，禁不住想象着寂静被尖叫声和武器交火的声音打碎。

她的无线电响了，行动负责人罗杰·斯通直接向她报告。

“她不在这里。”他说。

“他们到处都找过了吗？”她问，“地下室、阁楼、花园？”

“她不在这儿。”

“她丈夫呢？”

“坐在电视前看跳水。”

“他说了什么？”

“我直截了当地说了，但他说他确信内莉没有参与这种事……他们已经读了关于埃里克的一切，他说内莉和他一样震惊。”

“好吧，只要他能告诉我们她到底在什么地方，随他放屁。”玛戈特边说边朝房子望去。

“他们没有别的住址，他也不知道。”罗杰回答。

“反应小组结束了吗？”

“他们要出去了。”

“那我进来。”玛戈特说，然后打开车门。

她站起来的时候，感到背部隐隐作痛。她立刻意识到这意味着什么，但仍继续慢慢地走到敞开的前门。

“我做完这个案子就要去生孩子。”她告诉站在门口的警察。

大厅很大，但很舒适，一幅卡尔·拉尔森的画挂在门对面。反应小组正在往回走，头盔拿在手里，自动步枪在他们的肩带处摆动。

在客厅的阴暗处，一个胖胖的男人坐在扶手椅上。他松开领带，解开了上面的纽扣，咖啡桌上放着一顿微波炉餐。他看起来很震惊，不断地揉大腿，困惑地看着正在跟他说话的警察。

“这是一所大房子。”他解释道，“这对我们来说已经足够了……在冬天我们通常去加勒比海和……”

“你们没有其他房产吗？”玛戈特打断了他的话。

“我是唯一住在瑞典的人。”他回答说。

“但是如果你的妻子要借房子用，那会是哪里？”

“对不起，我不知道，我……”

玛戈特离开他，向楼上走去，环顾四周，然后走进卧室，拿出她的手机。

“内莉·勃兰特不在家，她也不在卡罗林斯卡。”乔纳一接起她就说。

“她有其他的房产吗？”乔纳·林纳问。

“我们已经检查了所有的登记册。”玛戈特回答，随着下一次宫缩，她有点儿喘不过气来，“他们没有任何其他房子，没有夏日别墅，没有土地。”

“那她以前住在哪里？”

玛戈特在上一次和乔纳谈话后，让机构拉出了她的信息资料。

“根据人口登记资料，她在斯科德辛格教堂居住，直到十年前……那么她在这里露面之前还有四年的时间。”

“她和洛基·吉尔伦德住在他的教区。”乔纳说。

“我们往那里派了人，但现在那里成了庇护住房。”

“我知道，我知道。”

“显然，她可以从一个二房东或三房东手里租一个公寓。”

“在日记中提到了罗莎伦的农场。”乔纳说。

“没有农场，没有任何跟农场有关的联系，她的家庭从来没有拥有过任何土地，她是他们那支最后一个孩子。”

“但是洛基从她身边逃了出来，偷了一辆车。我们不知道他步行走了多远……”

“那里有一千个农场。”玛戈特打断道。

“检查她的所有文书工作。我的意思是，如果她从别人那里租了一个农场，她可能已经付了上面没有她名字的电费，诸如此类。”

“我们应该在几个小时内就可以拿到官方的搜查令。”

“现在就廾始找，直到有人阻止你。”他说。

“好的，我从哪里开始？”

“如果你认为她丈夫说的是实话，你就得去找她私藏的东西。”

“我在楼上……他们各自有独立的卧室。”她说着走进一间通风的房间，里面有画着鸽子的蓝色墙纸。

“我们可以在你搜索的时候继续说话……确切地告诉我你在找什么。”

“床是定制的，床头柜上有几本书，看起来像心理学书籍。”

“检查一下抽屉。”

玛戈特打开床头柜上的两个抽屉，告诉他那里没有文件。

“几乎是空的……有一包止痛药、喉糖和护手霜。”她说道。

“普通的护手霜？”

“娇韵诗。”

她把手伸进抽屉里，发现了一个小塑料桶：“还有一瓶营养品。”

“什么样的？”

“铁……氢氧化铁。”

“人们为什么要吃这个？你会吃吗？”乔纳问。

“我吃的肉够五个人吃的。”玛戈特说着关上了抽屉。

“有衣橱吗？”

“我正在走进她的走入式衣柜。”她说着穿过一排排的衣服走了进去。

“里面有什么？”

“衣服、裙子、套装、衬衫……别以为我会嫉妒，但都是博柏利、拉夫·劳伦、普拉达……”

她盯着一堵墙，突然一言不发。

“发生了什么？”乔纳问。

“她的鞋子……我想我可能真的有点嫉妒了。”

“继续。”

“乔纳，我只是想说……我做了很多研究，研究了所有主要的强迫跟踪案例，从约翰·辛克利到蒙娜·沃伦·赫杰普……没有任何人接近内莉的癖好……她可以说是史上最恐怖的跟踪狂。”

“我知道。”

“我现在该找哪里？”

“在后面戳一下。”乔纳回答道，“看看书架后面，盒子下面，你需要找到一些隐藏的东西。”

他们结束了通话，玛戈特四处张望，靠在墙上，爬到后面，但是什么也没找到。就在她走进卧室的时候，罗杰·斯通爬上了楼梯。他脸上满是汗，他朝她走来时睁大眼睛看着她。玛戈特叹了一口气，紧握着自己的手，以抑制下一次的宫缩。

“怎么了？”她用低沉的声音问道。

“我们又收到了一个视频。”他说。

129

太阳下山了，洛基刚从乔纳身边醒来。当玛戈特回电话时，路灯亮了，他们正在接近苏德州。

“我们收到了一个新的视频。”她痛苦地说，“大概是埃里克认识的人，或者至少……”

“描述下那部视频。”

“内莉开始拍摄时，她已经在受害者的家里了……那个女人好像受了伤，她蜷缩在角落里坐着……最后，在电影的结尾露出了一只小脚……天很黑，但好像有一个小孩躺在地板上。”

“继续说。”

这是一个非常普通的房间，老旧的墙壁和不平整的墙纸……窗外可能有一个大烟囱，但取证还没有完成。”

“继续。”

“我现在正在 iPad 上看视频……那个女人有一头黑色的短发，她很瘦，我说不清……她在流血，几乎失去了知觉。她的手在动，好像什么也看不见似的，或者……“

“听着。”乔纳打断了她的话，“她的名字叫杰基·费德勒，她住在里尔詹斯附近。”

“我让反应小组马上赶过去。”她说着结束了通话。

乔纳没有时间解释她可能已经不在公寓了，因为内莉想在埃里克眼前杀死杰基，就像她在父亲面前杀死了她的母亲，在洛基面前杀死了娜塔莉娅一样。

他们开车经过一辆停在路边的微型公共汽车。一个穿着短裤，晒黑腿的大胡子男人正在摆出警告三角标。

“你说的是笼子，被关在笼子里。”乔纳对洛基说。

“那是什么时候？”

“内莉把你锁在了什么地方。”

“我不这么认为。”他回答说，凝视着眼前的路。

“你知道那在什么地方吗？”

“不。”

“你逃跑了，偷了一辆车。”

“我以为你是偷车的那个人。”他喃喃自语道。

“想一下……那是一个农场，可能有个烟囱……”

洛基坐在那里看着风景闪过，当他们经过塞勒姆的交界处时，他深深地叹了一口气。他用大手搓着脸和胡须，回头看了看马路。

“内莉·勃兰特谋杀了丽贝卡·汉森。”他慢慢地说。

“是的。”

“上帝还是回来找我了。”他说着揉碎一个空香烟包。

“看起来确实如此。”乔纳温柔地回答。

“也许我会因为逃跑和口袋里有海洛因而受到惩罚……但那之后，我可以回去当牧师了。”

“你已经被误判过了，不会再被判刑。”乔纳说。

“你能在这里停下来吗？”洛基平静地问，“我需要去看看我的教堂。”

乔纳把车停在路边，让他出去。他关上车门，在车顶上敲了敲，然后向塞勒姆方向走去。

130

当早些时候分配工作时，苏德州警察局的指挥官拉蒙·斯杰林决定奥莱和乔治·布罗曼可以开走一辆巡逻车。他们是父子，不经常合作。他们的同事开玩笑说，父亲奥莱将会在这份警察工作中吃点儿苦头。奥莱喜欢他同事们的玩笑，他为自己的儿子感到无比骄傲，因为他比自己高一头。

和平时一样，白天平静地过去了。傍晚时分，他们开车去了工业区，因为过去六个月里那里有好几起闯入事件。但今天一切都很平静，他们没有接到任何电话，于是在林布稍作休息后继续前进。

奥莱背疼，他把座位往后倾斜了一点儿，看了看时间，正要说他们再巡逻半个小时就打道回府，但就在这个时候，区域通信中心的电话打了进来。

SOS在三十分钟前接到了电话。是一个男人打来的，信号很差。接线员几乎听不到任何声音，但是对简短的谈话录音进行分析表明，这名男子需要帮助，并描述了一个涉及林布工业区附近某处被废弃的地点。他们已经能够确定这个地方是在索尔贝肯玻璃厂大火之后建造的房子。

“我们要回警局了。”奥莱咕哝道。

“你们没有时间先去看一下吗？”接线员问。

“好吧，我们就去。”他回答。

大雨滴落在车顶上，奥莱颤抖着关上窗户，刚好夹住了一只蝴蝶。

“我怀疑他在吉姆林格。”他告诉儿子。

乔治把车转过头，向南走，穿过大片的农场，一头扎入了黑色森林中。

“妈妈认为你吃的蔬菜不够，她要做胡萝卜面条。”奥莱说，“但是我忘了买胡萝卜，所以我们改吃牛肉馅饼。”

“听起来不错。”乔治咧嘴笑着说。

田野现在完全黑了，蝴蝶的一只翅膀从窗户里面掉了下来，从通风孔飘到温暖的空气里。他们不再聊天，沿着狭窄的道路前进。深坑使后悬挂发出吱吱声，树枝刮擦着车顶和汽车的侧面。

“看在上帝的分儿上，这个地方已经被遗弃了。”乔治说。

汽车的前灯在黑暗中开辟出一条隧道，让飞蛾和铁轨旁的高草像黄铜一样闪闪发光。

“奶酪中间有什么区别？”奥莱无厘头地问道。

“我不知道，爸爸。”乔治回答，没有把眼睛从道路上移开。

“奶酪里有洞，但洞里没有奶酪。”

“真聪明。”儿子叹息着，用手敲着方向盘。

他们转入了一个大院子，看到一个巨大的烟囱在夜空中。轮胎慢慢地碾过砾石。奥莱斜靠在挡风玻璃上，通过鼻子呼吸。

“好黑。”乔治咕哝着，转过身来。

车灯扫过灌木丛和锈蚀的机器部件时突然反射了光回来。

“有号码牌。”奥莱说。

他们开得更近，看到一辆汽车的后备厢开着，停在院子里的玻璃厂废墟中。

那两个人朝黄色房子望去，四周都是高高的刺荨麻，窗户是黑色的。

“你想等着看他们是否有电视吗？”奥莱轻声问。

乔治把轮子向左转，把车子拉直，这样大灯就射向了阳台，然后把手刹拉起。

“电话说的是一个可疑的家庭。”他说着打开了车门，“我去看看。”

“不能一个人去。”他爸爸说。

两名警察的制服夹克下面穿着轻便的防护背心，腰带上还带着警用手枪、额外的弹夹、警棍、手铐、手电筒和无线电。

他们薄薄的影子伸展到地面上，乔治拔出了手电筒，突然感觉他看到了有东西在碎玻璃的废墟后面移动。

“是什么？”奥莱问。

“没什么。”乔治口干舌燥地回答。

树叶在黑暗中沙沙作响，然后他们听到了一种奇怪的声音，像是有人从森林里痛苦地呼喊。

“是鹿，吓唬人！”奥莱说。

乔治把手电筒照到坍塌砖墙之间的一根铁轴上，杂草丛中散落着玻璃碎片。

“这是什么地方？”乔治低声说。

“沿着路走就行。”

手电筒扁平的光亮在房子的脏窗上移动。

玻璃太脏了，只反射出一道灰色的微光。

他们穿过高大的荨麻，乔治开了个玩笑说这个花园比家里的更绿。阳台上的一块窗子用胶合板钉住了，有一把生锈的镰刀靠在墙上。

131

透过笼子的金属网，埃里克看着杰基向后退了一步。她害怕而困惑，试图不屈服于恐慌。内莉在迫使她下楼前一定是把她锁在了房子里的某个地方。

埃里克不知道内莉想干什么，但是当她站起来盯着杰基时，他可以看到她凸出的下巴，以及脸上欣喜若狂的愤怒。

他不敢向她求情，他说的任何话只会使她嫉妒。他在脑海中思索着，试图找到能打破她愤怒的东西。

杰基用舌头发出咔嗒声，向前迈了一步。她径直走入了手电筒的光中，在感到一丝温暖的时候停了一会儿。

现在埃里克可以看到她伤得有多重，太阳穴上闪着黑色的血迹，脸上有瘀伤，下唇有泪水。她的影子充满了整堵墙，在她的一边，就在她面前，内莉把右手上的汗水擦到衣服上，然后从桌上拿起了刀。

杰基听到了这个动作，一直走到砖墙边。埃里克看见她把手伸出来，用手指感受着方位来给她自己定位。

“我做了什么？”杰基惊恐地问。

埃里克垂下了眼睛，等了几秒钟，然后看着内莉，但她已经注意到他在看着杰基。她的嘴紧绷着，脖子上的肌肉都凸显了出来。

当她接近杰基时，用右手上的刀擦去了她面颊上的泪水。

埃里克看到杰基能感觉到内莉的存在。她不想表现出有多害怕，但胸部的起伏暴露出了她浅浅的呼吸。他可以看出她本能地想躲开，但却强迫自己挺直身子。

内莉缓缓地侧过身，鞋子在地面上发出嘎嘎的声响。

杰基轻轻地把头向声音的方向靠近。她的耳朵、太阳穴和脸颊上都凝结着血。

内莉拿着刀向杰基走去，用眯着的眼睛看着她。刀锋的位置在盲人面前移动，光微弱地反射在天花板上。杰基举起一只手，刀子让开了，但马上又回来，慢慢地提起她的上衣领子。

“内莉，她是盲人。”埃里克努力保持冷静，“我不明白这是为……”

内莉用刀尖在她的乳房之间戳了戳。杰基用一只手触摸着伤痕，她的指尖立刻沾满了鲜血，苍白的脸上布满了恐惧和困惑的表情。

“现在看看她。”内莉说，“看看她，看呀！”

杰基用指尖摸着墙壁，径直走向桌子，差点儿跌倒了，跌跌撞撞地走过一块砖头，跨了很大一步来阻止自己摔倒。

“非常优雅。”内莉咯咯地笑着，从她脸上捋了一下血淋淋的头发。

杰基退后，埃里克听到她的呼吸，像受伤的动物一样。

内莉绕着她转圈。杰基辨别着声音，一直举着双手保护自己，试图在房间里找到自己的方位。

她又走向桌子，内莉在她身后蹑手蹑脚地把刀子刺进了她的背部。

埃里克强迫自己不要尖叫。

杰基痛苦地呻吟着，向前迈了一步，跌倒了，膝盖撞到了地上。她迅速站起来，血液顺着她的衣服流下来，到一条腿上。她两手摸索着向前爬了几步。

“埃里克，你为什么这么做？”杰基用颤抖的声音问道。

“你为什么这么做？”内莉嘲弄地说。

“埃里克？”她喘息着，转过身来。

“我们之间结束了。”埃里克严厉地说，“别想了……”

“别跟她说话！”内莉尖声叫道，“我现在什么都不在乎，我不会让你们两个……”

“内莉，我只想和你在一起，没有其他人。”埃里克打断说，“我只想看着你，看着你的脸，然后……”

“你听到了吗？”内莉对着杰基尖叫，“你怎么了？他不想要你这个该死的瞎眼婊子。明白了吗？他不想要你。”

杰基什么也没说，她只是跪在地上，用手遮住脸和头。

“内莉，这就够了。”埃里克说，再也不能保持他声音的稳定，“她明白了，她对我们没有威胁，她……”

“站起来，他说够了，他想看看你……展示你的脸……你漂亮的小脸蛋。”

“内莉，求求你……”

“站起来！”

杰基慢慢地站起来，内莉全力向她袭去，但刀锋没有击中她的脖子。刀在她的肩膀上滑过，就在她的喉咙旁边。杰基尖叫着往后倒。内莉又一次猛击，但除了稀薄的空气外，什么也没击中。她把刀子打在墙上的一个架子上，几罐食物倒在了地上。

“内莉，住手，你必须住手！”埃里克哭着撕扯金属网。

杰基用双手推她，内莉向后摇晃，被木棍绊倒了，放下了刀。

“我要杀了你！”内莉一边高声喊道，一边用双手扫过地面，呜咽着。

她抓住了一个滚到脚边的罐头，然后连环击向杰基的肚子。杰基尖叫着，把内莉手上的罐头打了下来，滚到了她身边，试图站起来。

内莉喘着粗气，在黑暗的房间里环顾四周，发现她的刀在墙边的地上。

“现在我要拿走她的脸。”内莉喃喃地说，听起来好像她嘴里满是唾液。

杰基跪在地上，脸上没有保护，背上全是血。她摸了一把小螺丝刀，摇摇晃晃地站了起来，喘着气。

内莉擦去眼睛里的汗水，她的绿色衣服上沾满了黑色污渍。杰基转过身，找到了楼梯。

内莉对埃里克微笑，然后追上杰基。她举起刀子刺了一下，但刀刃的位置没有对准，只在杰基脖子和肩膀之间割出了一个伤口。

杰基两个膝盖跪了下来，楼梯的第一节台阶撞到了她的前额，然后整个人倒了下来。

这时突然门铃响起。

内莉手里拿着刀，颤抖着，脸上露出犹豫不决的神色，怒视着楼梯。铃声又响了，她自言自语，飞快地经过杰基，上了楼梯，锁上了身后的门。

132

两名警察在阳台上等候着，他们什么也听不见，只有树上的风声和杂草中的昆虫鸣叫声。

“火腿三明治和黄瓜之间的区别是什么？”奥莱问着又按了门铃。

“我不知道。”乔治说。

“好吧，我明天让别人买三明治。”

“爸爸……真的？”

奥莱笑着，用手电筒照着剥落了油漆的生锈门把手。乔治敲了敲他们旁边的窗户，然后走到一边。

“我们进去吧。”奥莱说着示意他儿子握紧门把手。

他正要打开它时，一个温暖的辉光出现了。灰色的大厅窗户突然显得很亲切，门由一位优雅的女士打开，她的头巾绕在头发上，手里拿着一盏石蜡灯。她把一件黄色的雨衣扣在胸前，惊奇地看着这两位警官。

“天啊，我以为是电工，我们停电了。”她说道，“发生了什么事？”

“我们接到了一个紧急电话。”奥莱回答。

“什么？”她看着他们说。

“一切都好吗？”乔治问。

“是的……我认为一切都好。”她焦虑地说，“什么样的紧急情况？”

当乔治走近一步时，台阶发出嘎吱的响声，这个女人闻起来有股汗味，脖子上好像溅到了什么东西。

不知为什么，他转过身来，把手电筒照到房子里的黑暗中。

“是一个男人打来的，房子里还有其他人吗？”

“只有埃里克……他给你打电话了吗？我丈夫患有老年痴呆症……”

“我们想和他谈谈。”奥莱说。

“你们不能明天再来吗？他刚吃了多奈哌齐。”

她抬起手来抚摸额头上的头发。她的指甲是黑色的，好像刚从地里挖了东西似的。

“这不会花很长时间。”奥莱迈出了一步。

“我不希望你们进来。”她说。

两名警察朝大厅里望去。墙纸是棕色的，自制的碎呢地毯覆盖着油毡地板。墙上挂着一个带框的圣经引文，一些户外衣服整齐地挂在衣架上。乔治看着父亲走进大厅，颤抖着回头看了看汽车。昆虫被强烈的车灯所吸引，像俘虏一样在光束中旋转。

“恐怕我们得和你丈夫谈谈。”奥莱说。

“我们必须这样做吗？”儿子平静地问。

“我们接到紧急电话。”奥莱告诉那个女人，“对不起……但这是程序，我们必须进来，这不会花很长时间。”

他们在擦鞋垫上小心地蹭了蹭鞋。在天花板的光照下，一张捕蝇纸卷曲在大厅的一个角落，有数以百计的苍蝇覆盖在纸上，像黑色的毛皮。

“你能拿一下这个吗？”女人说着把石蜡灯递给奥莱。

灯光从墙上闪过。乔治在父亲身后等着，女人用双手推开黑黑的厨房门。金属的回声在大厅里回荡，乔治听到她一边谈论丈夫生病一边走进了厨房的黑暗中。从敞开的门中散发的恶臭扑面而来。奥莱咳嗽，紧跟着女人，手里拿着灯。

黄色灯光照亮了混乱的厨房，到处都是碎玻璃、平底锅和旧工具。肮脏的地板上沾满了鲜血，血迹溅到了橱柜门的高处。

奥莱转过身来，正对他身后的儿子。突然门猛地关上了，击中乔治的脸，他向后倒去，脑袋撞在了大厅的地板上。

奥莱只是盯着门，看到巨大的弹簧，然后看着儿子的脚卡在门和柱子之间。

当他转过身时，那个女人正把一把长柄斧扛在肩上。在他有时间移动之前，她就下了手。刀斧砍入了他的脖子，从上方狠狠地砍了进去。这一击使他侧过身，全身发抖，然后他就看到自己的血溅到了女人的雨衣上。当她拔出斧头时，他失去了平衡，向前迈了一步，阻止自己跌倒。

她平静地拿起手中的石蜡灯，把它放在工作台上，然后又把沉重的斧头举到肩上。

奥莱想对儿子大喊，但是他没发出声音，他快要失去知觉了，乌云在他的视野里翻滚。他把一只手放在脖子上，当他试着拿出手枪时，感觉血从衬衫里流了下来，手指已经没有了力气。

女人又砍了下来，一切都变黑了。

在大厅里，乔治睁开眼睛四处张望。他仰面躺着，额头在流血。

“到底发生了什么事？”他喘息着。

他用颤抖的手摸摸鼻子和前额的血。

“爸爸？”他注意到他的脚卡在了门上。

他的脚踝感觉断了，但奇怪的是他没感觉到疼痛。他拉了一下，意识到自己的脚趾没有任何感觉。他感到困惑，抬头望着天花板，看见上面飘扬着螺旋的捕蝇纸。他听到厨房里传来砰的一声。他用胳膊肘把自己撑起来，但是从门缝里什么也看不见。他摸索着，把手电筒从皮带上拿下来，把它指向厨房。他的爸爸张嘴躺在地板上，盯着他。

突然，当女人用脚把他踢到一边时，他的头翻滚着，在血淋淋的油毡地板上滚动和旋转着。乔治惊慌失措，大喊着放下手电筒，试着往后退，用另一条还自由的脚踢门，他被困住了。他摸索着拿手枪，但没法把它拔出来。他需要先脱掉手套。他把手伸进嘴里打算用牙齿咬着脱掉手套，这时候门打开了，他的脚自由了。

他气喘吁吁地往后挪，背靠在一张小桌上，一碗硬币掉到了地上，四周全是掉落的钱。

当那个穿着黄色雨衣的女人走进大厅时，他设法脱下了手套，从枪套里掏出手枪。她把斧头举过头顶，击中了电灯，把捕蝇纸卷了下来。沉重的刀刃以可怕的力量击中了他的胸部，直接穿透了薄薄的防护背心和他的胸腔，进入了他的心脏。

133

埃里克把手伸出笼子去够杰基，但是她离他太远了，他的指尖在她背后的空气中颤抖。他一直跟她说话，说她需要站起来穿过隧道，不知道她是否能听见他的声音。

内莉已经走了好几分钟。

起初，他甚至不知道杰基是否还活着，她只是倒在地板上一动也不动，但是当他躺在地上靠着笼子的金属网时，他能听到她的呼吸。

“杰基？”他又叫了一次。

他知道如果门铃没有响，她现在已经死了。尽管一片沉寂，他知道来者是警察，一定是警察，他们确实听到了他的电话。只要他们意识到这有多么严重，就会派来足够的警察。

他把棍子从地上捡起，伸了出去，轻轻地用钝头戳杰基。

“杰基？”

她慢慢地挪动了一条腿，把脸转过来，虚弱地咳嗽。埃里克再次解释发生了什么，内莉做了什么，他是如何受到责备的，但是乔纳知道真相。

她一只手疲倦地伸向脖子上的伤口。埃里克不知道她对他所说的听懂了多少，但他重复说她需要离开，她需要快点儿。

“现在你需要战斗，否则你没法活下来。”他说道。

她不会太久就会回来，他一直在听枪击声，但是什么也没听见。

“杰基，站起来。”他恳求道。

她终于坐了起来。血从她的眉毛上流下来，落在脸颊上，她在喘气。

“你能听见我说话吗？”他又说了一遍，“你明白我说的话吗？你得快跑，杰基，你能站起来吗？”

他没有跟她说他叫了警察，不想给她虚假的希望。她需要逃走，因为他相信警察一定会相信内莉的谎言。

杰基站起来，呻吟着，在地板上吐了一口血。她前倾着身体，但仍原地站着。

“你必须在她回来之前离开这里。”他重复说。

杰基伸出手臂，沉重地喘着粗气。

“往另一个方向走。”他说，“你必须从废墟中走出去，穿过田野。”

她小心翼翼地跨过地上的罐子，双手伸向笼子。

“我被关在笼子里了。”他说。

“每个人都说你杀了四个女人。”她低声说。

“那是内莉干的……你不必相信我，只要你离开这里……”

“我知道你没有这么做。”她说。

他抚摸着牢笼上她的手指，她向前倾斜，把前额搁在满是铁锈的金属网上。

“你得再往前走一段。”他抚摸着她的脸颊说，“转过来，让我看一看。你受伤了……杰基，你受了重伤，你得去医院，快点儿！”

“玛德琳还在家里。”她呜咽着说，“谢天谢地，她来的时候她藏在衣橱……”

“她会没事的。”埃里克说，“她会没事的。”

“我一点儿也不明白。”杰基低声说，脸上带着焦虑的表情。

“你呼吸的时候感觉怎么样？”埃里克问，“试着咳嗽……你会没事的，你的胸膜很可能受损了，但你很幸运，杰基。听着，桌上有一个手电筒，你可以感受到它的温度，你能知道它在哪里。”

她擦了擦嘴，点点头，努力使自己振作起来。“你能拿过来吗？你和我之间什么也……”

他听到楼上传来响亮的“砰”的一声，然后停了下来。这是厨房门关上的声音，那个大弹簧发出的声响。

“那是什么？”她低声说着，嘴唇颤抖着。

“快点儿，你可以径直向手电筒走去，你和桌子之间的地上没有东西。”

她转过身，朝着微小的热源走去，摸索着桌面，拿起手电筒，带着它回到埃里克身边。

“你知道隧道通向哪里吗？”他问道。

“大概知道。”她低声说。

“它相当窄，只有一个砖头开口，没有门。”他解释说，这时他听到了有人在上面尖叫，“你需要快点儿逃，尽可能地远离这里……拿着这根棍子，你可以用它来探路。”

她看起来好像要倒下似的，脸色苍白，嘴唇也已经泛白了。

“埃里克，行不通了……”

“内莉回来的时候会杀了你……听着，有一条通道……我不知道它看起来是不是通的，它可能被锁着，但你必须设法离开……整个地区被废墟包围着，你……需要……”

“我不能。”她呜咽着，焦虑地来回摇头。

“拜托，听我说……当你到达最深处没有天花板的地方时，必须爬上去才能到达地面……”

“那你打算怎么办？”她低声说。

“我出不去，内莉把钥匙挂在了脖子上。”

“但是……我怎样才能找到路？”

“在黑暗中，盲人就是王者。”他简单地说。

她转过身来，脸上发抖，开始走路，用木棍探面前的地面。

他举起手电筒，试图引导她，倾斜的光线使阴影缩小且延展。

“你前面的地上有一堆瓦片。”他说，“向右移动一点儿，你就会径直走向空地。”

然后，他们听到铁条被从地窖的门上抬了起来，摩擦着墙面。

“现在把你的手伸出来。”埃里克低声说，“你能感觉到你左边的墙……跟着那个就行了……”

杰基踩到了什么，一罐油漆滚了出去，埃里克看到她畏缩了。

“别停下来。”他低声说，“你得为了玛德琳回去。”

上面的门被打开、又关上、发出咔嗒声，但楼梯上没有响起脚步声。

杰基现在已到达了开口处，埃里克看着她继续走进通道，一只手抵着墙，用棍子探着前面的地面。

埃里克把手电筒放在地上，看见内莉从楼梯上下来，走到地窖中间。她的黄雨衣上沾满了血，手里拿着一把小巧的菜刀。

她的眼睛直视着他。

他不知道在他关掉手电筒之前她看到了什么，一切都变得漆黑一片，好像有人把整个世界从他们身边走了。

“内莉，他们将派更多的警察来。”他用手握住受伤的手臂，“你明白了吗？现在结束了……”

“从来没有结束。”她回答，站在离他大约一米远的地方呼吸着。

从隧道里传来哗啦啦的声音。内莉咯咯地笑着走过地面，埃里克听到她撞倒了一堆瓦片，然后绕过了它们，穿过黑暗继续向隧道走去。

134

杰基沿着一条狭窄的通道尽可能地快走。她的右手沿着墙摸索着，棍子在她身前来回摆动。她需要逃得越远越好，直到找到帮助。恐惧向她涌来，几乎把她点燃。她踢到了地上一个用棍子没有探到的瓶子，瓶子滚过粗糙的地面，发出叮当的响声。她的指尖滑过砖墙和粗粝的砂浆，意识到自己已经穿过了七面墙之间的压痕。她总是不自觉地计数，因为若是要找回来的话，这会让事情变得更简单。

杰基呼吸困难，背部疼痛像烽火一般。她每走一步，血就从伤口中流淌出来，淌到了她的臀部和双腿之间。她不知道埃里克说她伤势不重是不是真话，或者他只是想让她平静下来，让她有胆子逃跑。

她咳嗽，感觉到肺受伤了，在她的肩胛骨下面传来痉挛性的疼痛。她的棍子摇动得还不够快。她的胫骨碰到尖锐的锡角和悬垂的缆绳。她不得不爬上机器，双腿因用劲和恐惧而颤抖。她不知道通道有多长，但她有一种感觉，她还在同一个地窖和隧道中。

她知道按照现在的速度会有被绊倒的危险。

她经过了左边的一个房间，从声学上可以辨别出一个缺口。杰基决定停止计算压痕，她需要集中精力寻找出路。

“内莉来了！”埃里克从她身后的地下喊道，“她追你过来了！”

他的声音听起来很害怕，但被长长的隧道削弱。她听到了他的声音，明白了他的警告。

内莉跟在她后面。

杰基试图移动得更快，她绕过一把扶手椅，继续沿着墙壁走，手指探到了一些货架。她身后响起了什么东西，差点儿把她吓得哭了出来。

呼吸变得越来越困难。杰基捂住嘴，试图轻轻咳嗽。她迈步向前，脸撞到了什么东西。是敞开的橱柜门，它“砰”的一声关上了，在架子上发出一阵玻璃物体撞击的叮当声。

记忆中暴力的瞬间一闪而过：锋利的刀刃从身上拔出时发出的声音，以及从背部传来的收缩性的疼痛。

她急促地呼吸着，感觉整个人在负重而行。她知道自己已经在大口呼吸，但还是觉得没有得到足够的氧气。

她把棍子摇得更快了一些，伸出另一只手探着砖墙。她摸到了粗电线，还有一些挂在墙上的旧相框。

她一直在努力解读着所处的空间。每当她听到声响，就停几秒钟，仔细听，感受着声音代表着另一个通道或只是一个封闭的房间。她继续沿着主通道前进，感觉到地上微弱的气流从前面传来。

一个突出的螺栓扎破了她手指关节的皮肤，现在她可以听到内莉的脚步声在她身后。

内莉向她喊了一声，但杰基听不懂。声音使她内心充满恐慌，拿着棍子的手在冒汗。她跳过一块砖头，失去平衡，即将摔倒。她伸出手臂，把手伸进厚厚的蜘蛛网，整个人使劲地撞在了墙上。她因背部传来的疼痛而尖叫，疼痛像一个标枪突然穿刺了她，她能尝到嘴里的血味。

她身后的隧道有什么东西轰然倒塌，使她的耳朵嗡嗡直响。听起来像是满是玻璃碎片的柜子砸了下来，她听到玻璃被震碎和散落在地的声音。

杰基在腿上擦了擦她满是汗的手，紧紧握着棍子，尽可能地快速前行。她右手的指尖划在粗糙的砖墙上已经麻木了。杰基能听到身后的脚步声，比她自己的脚步快得多，她在恐慌中走入了一个侧通道。

她的心脏快速地跳动着。她认为这行不通。内莉知道这里所有的支路，这是她的领地。

杰基强迫自己继续向前走，通道比之前的路要窄不少。她被一堆旧的布料绊了一下，觉得有什么东西缠在了脚上，拖着她走。

“杰基？”内莉喊道，“杰基！”

她试着不咳嗽，感觉自己从墙上的一个洞里穿了过去，离地面很近，听到了空气从洞里流过。这时好像有什么东西抓住了她，紧紧地钩住了她的上衣，拉着她向后去。她惊慌失措地搂着双臂，听到布料撕扯的声音。她被困住了，试图挣脱出来，这时又听见了内莉的声音。

她一定是跟着她走进了侧门。

杰基拉着她的罩衫，转过身来，把右手放在左臂下，感觉到了一根粗管子。她前进的方向有着一根管子，不知怎的从顶部掉了下来，钩住了衣服，她得往后退几米才能脱身。

内莉现在离她很近，她的靴子踩着地面发出嗒嗒的声音，衣服随着她移动而沙沙作响。

杰基用鼻子吸气，沿着通道往前走，然后她听到了内莉的喘息，她也走进了悬挂着管子的洞。

金属声从墙上反射回来。

杰基匆忙走进一个大房间，发出一个缓慢的回声。空气中有一股积水的味道，就像一个陈旧的水族馆。杰基继续移动，立刻撞到了什么，她手中的棍子掉在了地上。

她呼吸得很快，弯下腰，感觉到一个满是灰尘的水槽，里面有树枝和树皮。她背部的疼痛几乎使她摔倒，她继续在槽旁搜寻，摸到了旧瓶子、蜘蛛网和树枝。

她听见内莉叫她，她的声音更近了。

杰基放弃了寻找棍子，她必须继续走下去。她伸出双臂，摸索着走过一些砖墙隔着的壁龛。她停在一个巨大的物体面前，这个东西堵在了整个大房间的中央。这是一个长长的钢制洗脸盆，她感觉到了它的一端，当她绕过去时听到了内莉的脚步声从身后传来。

杰基用她学过的方式大声地咂着舌头，周围的房间反射出一种模糊的回声，这种回声在她的大脑里变成了一张三维地图。她又咂了一下舌头，但是她太害怕了，以致没能发出正确的声响，她没有时间认真去听，无法正确地把握房间的状态。

她喘着气，继续往前走。她的全身都在颤抖，不知道如何让它停下来。她把头转了一下，突然意识到左边有一个开口。杰基用手摸着墙，直到她找到开口，再一次感受到了外面清凉的空气。

这是一条狭窄的通道，地上覆盖着松散的沙砾，闻起来像是木头和塑料烧焦的残骸。她一只脚径直踩在了一扇躺在地上的窗玻璃上，它“砰”的一声碎了。她知道自己割破了脚，但依旧跌跌撞撞地穿过地面。当她伸手到墙边时，手指弄碎了墙上的干泥屑，然后听到了内莉也踩在了玻璃上。

她就在她后面。

杰基突然跑了起来，一只手靠在墙上，另一只手伸在面前。她撞倒了一个木箱，摔倒在地，左肩着地让她发出了痛苦的呻吟。她试图爬行，但有东西在她的右侧撞到了她。听起来像是一根塑料管，或者是一根扫帚柄。

杰基匍匐向前，头撞在了墙上。她设法重新站起来，但跌倒在了倒塌的砖头上，只好背靠着墙。

135

杰基并不完全清楚通道的方向，她转身向后走了一米左右，听着，但再也听不到内莉的声音。她自己的呼吸太急促了，不得不用一只手捂住嘴巴以保持安静。

有东西在她面前沙沙作响，在地面下方缓缓地移动着。

只不过是只老鼠。

杰基静静地站着，用鼻子呼吸。她不知道如何找到出路，恐怖使她无法思考，压力太大了，无法正确地理解她所处的环境。

离她不远的地方有些东西在吱吱嘎嘎地响，听起来像是一扇沉重的门，或者是一台老旧的研磨机。她拼命想躲起来，双臂抱住头蜷缩在地上，但她强迫自己继续逃命。

她的脚踩在了石头、烧焦了的木头碎片和沙砾上。墙坍塌了，完全挡住了走道。她不得不爬上石堆，石头从她身后的斜坡滚下来，玻璃碎成了小块。杰基感到一股空气从头顶的缝隙中传来，她靠自己的手继续爬行，一块破烂的木板擦伤了她的大腿，她的脚踩过了砖块和灰泥。

她身后传来一阵沙沙声，她爬得更快，直到头撞到了顶部。她能感觉到微风拂过脸，却找不到开口。她用手拼命地在面前摸索着，试图穿过金属丝缠结的石头，把松动的灰浆扫到一边，然后她找到了狭窄的缝隙。杰基把手指放在六角形网眼的铁丝网上拉了一下。她松开了一块大石头，挖了一个更大的洞，割破了手掌。她拖着脚，试图爬过去。她呻吟着，设法把一只胳膊和头伸进去，石头从洞的另一边滚走了，她用脚踢着石头，害怕自己会被卡住。

杰基用手摸索着，试图抓住任何东西来帮助自己从洞里钻出来。她听不见身后内莉的声音，不知道她是不是已经爬了上来，现在已经举起了手中的刀。

杰基感觉用手抓到了一条带子，她用力拉着，然后用腿使劲推着自己。铁丝网和石头划伤了她的背部，但她钻了出来，身上带着一大堆沙砾。她的脚卡在了铁丝网的洞上，她把脚往后退，换了个角度，最后总算松了出来。

杰基从瓦砾堆上滑下，站起来。她完全不知道自己身在何处，只好伸出手向前走，直到找到了一堵墙，然后开始跟着墙走。这里的砖更冷，她意识到一定是离地面更近了。她转过身来，发现自己在一个更大的房间里。这里的天花板要高得多，回声像一片温和的大海一样升起，向四周蔓延。

杰基停下来休息一会儿，试图喘口气。她跪在地上，全身疲惫。必须继续逃，她心想，必须找到出路。她用流血的手摸着墙壁，然后听到一扇金属门发出吱吱声往右打开。杰基蹲下来，希望自己藏在某件东西后面。她控制自己轻轻地呼吸，但她的心在胸膛里剧烈地撞击着。

内莉一定是走了另一条路，她想。内莉知道房间的布局，知道隧道通向哪里。

刀伤现在更疼了，感觉很奇怪。她呼吸困难，忍不住发出了一声轻轻的咳嗽，感到温暖的血液从背上淌下来。

她仍然蹲伏着，慢慢地向前移动，撞到了金属的物件。她低下手，觉得这是一个铁锹。

“杰基！”内莉喊道。

她小心翼翼地站起来，沿着墙走着，咂了下舌头，意识到她的左边有一个出口。

“杰基？”

内莉的声音回响在另一面墙上。杰基停下来倾听，她突然确信内莉正朝着错误的方向喊叫。

她看不见我，杰基心想。

这里太黑了，她看不见我，内莉失明了。

慢慢地，杰基弯腰，捡起一块小石子，扔了出去。它撞到墙上，反弹到地上，撞击到了某个东西。

她静静地站着，听见内莉向声音走去。杰基回到铁锹旁，小心地捡起来，铁锹的边缘刮在地面上。

内莉停下来喘着气。“我能听见你的声音！”她笑着说。

杰基走近了，可以闻到她的香水味。她一步一步向前走，倾听着砾石发出的轻响。

内莉向后移动，踩进了一个桶里，桶哗啦一声翻倒了。

她看不见我，但我能看见她，杰基边走边思考，听着内莉紧张的呼吸和香水中的汗味。

杰基可以清楚地感觉到内莉转动的身形，听见刀子在空气中的移动，以及当她后退几步时脚的动作。

她知道我在这里，但她看不见我，杰基又想了想。她捏着铁锹的把手，小心地调整握柄，咂了一下舌头，确定墙在哪个位置，内莉在哪个位置。

内莉在向不同的方位挥着刀，并喘息着。刀除了空气以外什么也没击中，她停了下来。

她听着，可以听得见内莉焦虑的呼吸。

杰基默默地走近，感受着从内莉身上散发出来的热量。她跟着刀子的动作，然后向前迈了一步，用铁锹狠狠地打了一下。沉重的铁锹击中了内莉的脸颊，发出轻微的声音。她的头向一旁倒了过去，屁股着地瘫倒在地上。她痛苦地咆哮着。

杰基绕过她，倾听着每一个动作，每一次呼吸。

内莉发出幽咽的声音，试图站起来。杰基再次袭击，但铁锹打在了内莉的头旁，只击中了她的头发。

内莉站起来，用刀子乱戳。刀划到了杰基的下臂，她本能地往后退，踩到了内莉之前打翻的水桶，她快速地走向一侧，心脏狂跳不已。她的手臂因伤口而刺痛，鲜血滴落在手上。肾上腺素开始分泌，使手臂上的汗毛竖了起来，她抖掉手上的血，在裙子上擦了擦，然后重新握住铁锹。

她尽量安静地走近，她能听到内莉蹲下来挥舞刀的声音，可以感觉到她呼出的潮湿呼吸。杰基无声地绕着她旋转，然后用她能召集的力量改变方向打了过去。这一击来势凶猛，铁锹击中了内莉的后脑勺。杰基听到她叫了一声，跌倒在地，没有伸手支撑就摔倒在地。

她又打了内莉的头部，听到沾着液体的打击声。杰基气喘吁吁地退后，她的手在颤抖，她在听，却听不到呼吸的声音。她小心地走近，用铁锹戳着内莉，她的身体软弱无力。

杰基等待着，听到自己的脉搏在耳边响起。她用铁锹的尖端用力地戳她，依旧没有反应。

杰基急速地喘息着，痛苦折磨着她，肚子里传来绞痛。她放下铁锹，走近内莉，双腿在她身下颤抖。身体温暖的热气向她袭来，她小心地把她翻过来，手指感觉到内莉的背部。她穿着雨衣，粗糙的布料在她的手指下发出声响。

埃里克说她脖子上有钥匙。杰基紧张地用手从她的背部摸到了颈部，感觉到内莉的头发被温血沾湿了。她的手指笨拙地在内莉的衣领里沿着她黏稠的脖子摸索着，直到找到一条链子。她用力拽它，但没有松动。

她需要把内莉翻到背面。她很重，杰基必须用两只手，加上用一条腿推。

身体翻了过去，杰基坐起来跨过她。她的手指颤抖着，解开了雨衣领子上的第一个纽扣。但当她听到一个声音时停了下来，好像内莉正在舔舐她的嘴唇。

杰基解开了另一个纽扣，听到轻微的咔嗒声，好像内莉在眨眼。

恐惧在她头脑中跳动，她撕开了内莉的衣服，敞开她的脖子，抓住链子上的钥匙，把它拉到她血淋淋的头上。

136

乔纳一直跟着路标向林布的方向行驶，但是在韦斯比的出口处离开了 280 号公路，朝芬斯塔驶去。这时玛戈特打电话告诉他，杰基和她的女儿不在公寓里，所有的证据表明她们被绑架了。地板上有血迹，一直通向楼梯间，衣橱的门被砸碎了。

乔纳重复了好几次说他们必须在芬斯塔附近寻找房子，这就是内莉要绑架杰基和玛德琳去的地方。埃里克可能已经被关在笼子里了，或者很快就会落到这个下场。

“找到房子！这是现在唯一重要的事情。”乔纳在他们结束通话之前说。

一路上，他在黑暗中驶过许多农场，看到了农舍和锯木厂，还有大小不一的烟囱。

他沿着黑暗的路快速行驶，他必须把拼图拼合在一起。

总是会有新的问题，但现在需要找到答案。

内莉一直都在重复自己，他心想她会回到旧的模式。

一定有一个农场，内莉不知何故总是来这里。这个农场不属于她的家庭，但她的祖父可能曾经营这里，乔纳心想着。她的祖父也是一位牧师，瑞典教会拥有大量的土地和森林，以及大量的财产。

当他开车时，乔纳试图重新考虑这个案子，考虑他所读到的和看到的一切，觉得其实很久以前他就应该知道内莉就是洛基所说的“不洁的传教士”。

每个人都会犯错。

他需要找到一些证据可以连接一个农场与视频中的杰基。

乔纳想着黄色的雨衣，上瘾的药物，犯罪后的战利品，以及她清楚标明她把战利品从尸体上拿走的位置，然后是她完全不知情的丈夫，她昂贵的衣服、护手霜、营养品的罐子。他拿起手机，打电话给尼尔斯·阿伦。

“你要完蛋了。”阿伦说，“越狱可不是闹着玩的……”

“没办法。”乔纳打断道。

“现在你想问我什么？”阿伦清了清嗓子。

“内莉在服用含铁的药片。”乔纳说。

“也许她患有贫血。”阿伦回答。

“怎么样才会患贫血？”

“一千种不同的方式……从癌症，到肾脏疾病，到怀孕，或者月经来了。”

“但是内莉服用的是氢氧化铁。”

“你是说氢氧化铁吗？”

“她手上有斑点。”乔纳说。

“雀斑？”

“黑色的……可能是色素变化，和……”

“砷中毒。”阿伦打断道，“氢氧化铁被用作对砷的解毒剂……如果她的手上有干裂，那么……”

乔纳没再继续听，他想起了一张他留在酒店里的照片。

一张照片，里面是一个两毫米长的裂片，看上去像一只蓝色的鸟的头骨。

在桑德拉·朗格家的地板上发现了这个碎片。它看起来是陶瓷的，但实际上是由玻璃、铁、沙和黏土熟料组成的。

他开车经过一个大大的红色谷仓，想着小鸟的头骨其实是一个碎片渣，玻璃生产时的废料。

“玻璃。”他低声说。

老玻璃厂周围的地面经常被砷污染，他们使用大量有毒的砷作为精炼剂，以防止气泡并使玻璃均匀化。

137

埃里克痛得喘不过气来，他把铜管伸到笼子的顶端，用一根杆子做支撑，试图把下一根杆子撬起来。尽管他整个重量都悬在末端，但这个杠杆还是有点儿太短了。管子滑了出去掉在了地上，埃里克也摔倒在地上，他没受伤的手压在了金属网上。

他气喘吁吁地站起来，打开手电筒，发现他把金属弯曲了几厘米。

他听着隧道里的噪声，自从内莉追赶杰基之后，他没再听到别的声音。

埃里克用手电筒扫视了地窖，但是没有找到比他拖向笼子的铜管长度更好的工具。

笼子的焊接接头都是实心的，经过精心制作，但在管子的帮助下，他成功将屋顶的一根金属弯曲到了他开始相信有可能会断裂的程度。这可能需要数小时、几天，但这至少不是不可能的。

他把管子穿过屋顶的金属网，然后停了下来。

脚步声沿着通道走近。埃里克把管子拉回来，藏在床垫下面，拿起手电筒聆听。那里有人，他听到了，有脚步声走近了。

他关掉灯，认为不管发生什么事，他都得继续演戏。他别无选择，内莉想要杀掉笼子里的他太容易了。

他静静地等待着，听着笼子外面的房间传来的脚步声和呼吸声。

“埃里克？”杰基低声说。

“你必须离开这里。”埃里克快速地低声说。

他打开手电筒，看到杰基正站在离他一米远的地方。她的脸脏兮兮的，满是血污，她似乎喘不过气来，状态很不好。

“内莉死了。”杰基说，“我杀了她。”

“你受伤了吗？”

她没有回答，朝他走了几步，把手放在金属网上伸了进去。他抚摸她的手指，把灯光照在她身上，看着她的伤。

“你能出去寻求帮忙吗？”他问道，抚摸着她满是血迹的脸和头发。

“我有钥匙。”她咳得很虚弱。

她靠在笼子上，把链子拉过头顶，把钥匙递给他。

“我杀了她。”她喘息着，整个人坐在了地上，“我杀了一个人……”

“这是自卫。”埃里克说。

“我不知道。”她低声说，脸上流下了泪水，“不可能知道……”

埃里克把手伸到舱口旁边，把钥匙放进锁中，转动钥匙，当锁芯滑出时听到了咔嗒一声。

他拿着手电筒爬出来，抱着躺在地上的杰基。她的呼吸很浅，很不稳定。

“让我看看你背上的伤口。”他低声说。

“别担心。”她说，“我得回家找玛德琳，只要让我休息一下……”

埃里克摇着手电筒看着壁炉、桌子和架子。

“我觉得厨房的门是锁着的，但我还是去检查一下。”他说。

“好的。”杰基点点头，又试着站起来。

“待在原地。”埃里克说道，然后向陡峭的台阶走去。

在棕色的防滑油毡上有着沾血的靴印。他走到那扇沉重的金属门前，猛地拉下把手，想要推开门，但门被锁上了。

他拽了拽把手，拿着手电筒四处张望，看钥匙是否在钩子上，但什么也找不到。他回到杰基身边，她仍然站着，一只手靠在笼子的金属网上。

“门是锁着的。”埃里克证实，“我们得从隧道里出去。”

“好吧。”她平静地回答。

“我认为她杀死了警察。”他说道，“他们会来找我们，但是不知道要花多长时间，你需要马上去医院。”

“我们走出去。”她喘息着说道。

“你能行的。”埃里克说着把手举在肩膀上，“我有手电筒，能看到路。”

他把她领进走廊。一些旧窗框靠在墙上，满是灰尘的灯泡插在发黄的插座上。

他们穿过另一条通道，沿着陡峭的台阶往下走，经过一个倒塌的橱柜，小心翼翼地跨过碎玻璃。在手电筒的光照和埃里克的帮助下，一路都没遇到什么困难。他们走进了一个大房间，里面有长长的洗盆，一排水龙头以及破碎的石膏。

天花板上有空的灯座，没有覆盖物，电线垂了下来。地上中央有一个满是土的大槽，铁锈侵蚀了槽里的绿色金属，杰基之前用来探路的棍子就躺在它旁边的地上。

他们穿过房间，走进一个有凹坑和衣柜的走廊。天花板上有一根水管，一端松了，像长矛一样垂下来，被自己的重量压得向下弯曲。

埃里克将手电筒沿着狭窄的通道照去。墙壁坍塌，部分天花板塌陷，通道里满是砖、沙砾和木头。

埃里克打开一扇门，他们沿着另一条隧道继续前进，向右拐，穿过一个圆形的拱门，然后突然来到外面的新鲜空气中。他们站在一个大房间里，感受到了一阵刺骨的寒风。

天花板已经消失，高大的烟囱在黑暗的天空下可以看见。手电筒的光芒照在一个巨大的金属提取器的罩子上，地砖脏兮兮的。

高大的杂草从一个巨大的炉子前面的铝梯上生长出来。埃里克受伤的手臂几乎没有任何力气，但他还是设法把梯子从杂草中拿了过来。他用脚把一些倒下的砖头和碎石推到一边，把梯子靠在墙上。

他帮助杰基爬上去，然后紧跟在她后面。她滑了一下，当他接住她时，手电筒掉了下来，落在了梯子下面，撞在地上，突然熄灭了。

当他们来到废墟周围的高草中时，埃里克受伤的手臂传来搏动的疼痛，犹如被夹在了一个巨大的机器之中。杰基靠着埃里克，两人艰难地迈过蓟和低矮的灌木丛。一辆空警车停在远处，头灯直射着黄色的房子。他们走了过去，穿过院子，离开房子，走到了道路上。

138

乔纳在道路上尽可能快地开着车。玛戈特已经组织了警察行动，但他不敢冒太晚去那里的危险。北泰利耶的警察至今还没有得到他们的巡逻车在该地区的反馈。

当他穿过森林的狭窄砾石道路时，前灯扫过了田野。轮胎滑过光滑的路面，无法得到任何抓地力，他立即刹车，设法稳住车身，然后又加速，汽车在不平的道路上发出了雷鸣之声。

两只鹿在他前面跑了过去，他刹车，看见它们从光中跳出来，消失在树林中。

当车驶过一个深水坑时，向两侧溅出两股水花，车身剧烈地颤抖，几乎停了下来。

乔纳驶了出来，再次加速。白光沿着田野的直线延伸出来，在黑暗中形成一个发光的隧道。现在他可以看到树林间有玻璃厂高高的烟囱，像一个黑色的方尖碑顶在铅灰色的天空之中。前光灯的远处，他看到两个人影。他们站在路上，一动不动地拥抱着。

是埃里克和杰基，他几乎可以肯定这一点。

车越过一块石头，一阵颠簸，光线从路上消失了几秒钟。

树枝挡住了挡风玻璃，在摇晃的灯光下很难看到他们的脸。

在被毁坏的建筑物前面，他能看到空的水箱和成堆的碎玻璃。

路上的深坑迫使乔纳减速并转弯，发出了“砰”的一声，前光灯的光在两个人影的上方晃动着。

这时他看到光从路边反射出了一个黄色的东西。

是内莉!

她站在离埃里克和杰基不远的地方。雨衣挡住了前灯的光线。她正往前走，脸低了下来，正在穿过一堆绿色的玻璃碎片。

乔纳按响了喇叭，换了挡，猛踩油门。沙砾在汽车下边飞起来。汽车摇晃着，车内的杂物箱震开了，把里面的东西撒在了座位上。他从跑道边转向，高高的杂草挡住了挡风玻璃。

当内莉从后面靠近埃里克和杰基时，他按响了喇叭。

她穿过荨麻和灌木丛。埃里克眯着眼睛向汽车看去。

乔纳一遍又一遍地按喇叭，一时看不见他们，转过一个小弯，看见内莉手里拿着一把刀。

她跨过沟，现在就在他们后面，蹲伏下来，缩在他们的影子里。

乔纳继续按喇叭，沿着车道加速，发动机发出轰鸣声。在摇摇欲坠的大灯下，他看见内莉径直走到杰基身边，把刀插到了她身上。

一根沉重的树枝砸在了一个前灯上，汽车右边的废墟从黑暗中消失了。在减弱的光线下，乔纳看到杰基躺在了车道上。

埃里克仍然握着她的手。

一些树枝在路边摇曳，但内莉已经消失了。

乔纳使劲刹车，轮胎在松动的沙砾上滑行时冒着烟，他突然转向，挡风玻璃碎了，玻璃盘旋着甩入了车内，打在他的脸上。树枝和高草也插入了汽车之中，车停了下来，两个轮子滑进了沟里。

乔纳爬上倾斜的车盖，跳到车道上，跑到埃里克身边，他正跪在杰基身旁。

"我什么也没看见。"他说着扯起杰基的衬衫，看刀插得有多深，"它可能扎中了她的肾脏，我们得叫救护车，要尽快。"

"玛德琳在哪儿？"乔纳打断了他的话。

"在公寓里的家里，我们得打电话……"

"她不在公寓里。"乔纳说，"内莉把她和杰基一起绑架了。"

“我的天哪！”埃里克低声说，抬头看着他。

“她会在屋里吗？”

“地窖里有个笼子，还有很多隧道……”

杰基喘不过气来，埃里克能感觉到她的脉搏变弱了。他快速地朝房子瞥了一眼，擦了擦脸上的血污，看到上层窗户里闪烁着黄色的东西。

“窗子里有盏灯。”他指着说，“那一定是……”

杰基的脉搏完全消失，他把耳朵贴到杰基的胸前，她的心跳停止了，他能听到的只剩下她内心深处的沉默。

“去叫救护车！”他喊道，“她的心脏停止了，救命！现在要救命！”

不能把刀拔出来，埃里克开始进行心脏胸外按压，当他数第三十次快速按压时，他不再意识到手臂上的疼痛。在再次恢复按压之前他两次击打了她的肺部，听到乔纳正向紧急服务的操作员给出地址。

“一定要让杰基活下来，我会找到她的女儿。”乔纳说完朝房子跑去。

139

乔纳跑过院子，掏出手枪。警车的前灯仍然照着黄色的房子，后备厢开着。寂静的夜空中突然弥漫出了一股火的味道。他穿过高高的荨麻，看到白色的烟雾像蒸汽一样从建筑物地基周围的杂草中滚滚而起。

他跳上走廊，举起枪，打开前门，看见地板上死去的警官。他的躯干上满是黑暗的血液，脸转向了一边。

乔纳用手枪瞄准隔壁，跨过尸体，俯下身子，从地上拿起摔坏的手电筒，用它照向厨房。在逐渐减弱的光线下，他可以看到一片可怕的野蛮景象。地板上满是血，另一个警察的头离他身体一米远，他甚至没能把手枪拔出来。血溅到了一盏放在椅子上的未点燃的石蜡灯上。地窖深处传来一阵咆哮，一层薄薄的灰色烟幕从天花板上飘过，笼罩着一个旧的烟雾报警器。

乔纳匆匆穿过混乱的厨房，穿过另一扇门。他经过一个起居室，走进一条狭窄的通道，有一个通向下一层的楼梯。乌黑的烟在天花板下滚动，就像一条昏暗的河流。

一个石蜡灯从隔壁房间里因热而爆炸，淡蓝色的火焰盖住了墙壁和天花板，部分燃烧的地板坍塌到了地窖中，火花和烟雾随着旋涡上升。

当他上楼时，能感觉到脸上越来越热，壁纸被点燃后在地板上卷曲着燃烧。

乔纳意识到内莉点燃了屋子，为了暗示埃里克是凶手。如果杰基没能活下来，房子被烧没了，那么所有的证据将指向埃里克。

手电筒的光线越变越弱，成了黄色。

他到了楼上，把手枪放在胸前，走进了一个女生的房间。粉红玫瑰图案的壁纸上覆盖着埃里克的照片，很多照片都是跟踪照，但有些是肖像，有些则来自专业期刊和摄影集。

黑暗中的架子上摆着她从埃里克那里偷来的东西。酒杯、书、除臭剂和来自马来西亚的木象。一件棕色灯芯绒夹克披在一件蓝色衣衫外面，挂在木衣架上。

他脚下的地板发出着嗞嗞声，火燃烧了空气中的氧气，可以感觉到空气变得越来越稀薄。

手电筒熄灭了，他摇了一下，又发出了一束微弱而不稳定的光束。乔纳继续前行，看到内莉在化妆台的镜子前摆着从受害者身上拿来的纪念品。东西不多，一瓶指甲油、一个唇膏和一个红色胸罩。在粉色的盘子上放着土星形状的金属舌钉、发夹和苏珊娜·科恩的耳环、一些假指甲和一条血迹斑斑的珍珠项链。

手电筒又灭了，乔纳小心地把它放在地上。他走进一间有斜屋顶的卧室，微微向一边移动，突然在昏暗的光线下看见了玛德琳。她躺在一张床旁的地板上，在房间的中央。她的嘴上满是胶带，头底下有一摊血。

乔纳认为这个小女孩是内莉从杰基那里夺得的纪念品。她还在呼吸，但似乎没有意识。

他看不到任何内莉的迹象，但是床旁边的门上很黏，把手周围都是血。

房间里弥漫着淡淡的烟雾，乔纳意识到时间不多了。他迅速瞥了一眼那个小女孩，然后把枪瞄准了右边，向前冲去。

一把沉重的斧头从左边向他袭来。乔纳看错了房间，现在移动已经太晚了。他勉强把头往后一扬，刀刃从他脸上荡过，深深地插在了墙上。

空气中充满了灰尘和石膏粉。

内莉试图把斧头拔下来，但乔纳用手枪的枪柄打在了她的脸上。她的头向后倒去，唾液从嘴里喷出来。她歪着背，地板似乎塌陷了下去，黑色的烟从地板之间的缝隙中涌出。乔纳从自己的打击状态中向后退了几步，弄翻了一把椅子和几个塑料晾衣架。

内莉坐起来，突然来到玛德琳旁边。乔纳不明白这一切怎么会在不到一秒钟的时间里发生。

床移动了位置。然后他意识到自己一直看着的是一面大镜子，光线的反射使他认为玛德琳在房间的中间，在一个安全的距离。

火焰因氧气而发出噼啪声。

乔纳握住手枪，试图再次主导房间内的状况。大块的镜面玻璃靠着墙壁和家具，使房间看起来非常诡异。

内莉的鼻子在流血，她把女孩拉到身边，紧紧地抓着她。烟在他们周围旋转，乔纳看不见她是否有武器。

“放女孩走！”乔纳叫道，小心地走近了些。

在关闭的门上方，他左边有黑色的烟雾渗了进来，摆在地上的埃里克的照片因热度而卷曲了起来。

“你能让那个女孩走吗？”乔纳重复说。

“可以。”她温柔地回答，但却把她搂进了怀里。玛德琳睁开疲惫的眼睛，内莉吻了她的头。

“内莉，我们得走了……我们所有人，你明白吗？”

她微弱地点头，看着他的眼睛。

乔纳面前的门发出了明亮的蓝色火光，然后又突然有滚滚的火焰冲向天花板，留下黑色的痕迹。他们下面的房间也在怒吼着，整个房子都在吱吱作响，好像巨大的岩石互相摩擦着。

“你能帮我吗？”她问道，没有把眼睛从他身上移开。

“是的，我能。”他回答。

她奇怪地、几乎是专心致志地对他微笑，仿佛她突然充满了确定性。

火花和烟尘随着热气向上飘，和冷空气相遇后又被吸向地面。窗前脏兮兮的窗帘随着火苗盘绕在布料上而发出耀眼的光芒。

“火说了什么？”她喃喃自语，站了起来。

她毫不留情地抓着女孩的头发把她拽了起来。女孩吓了一跳，眼泪顺着脸颊流下来。

“内莉。”乔纳又说，“我们必须离开，我会帮助你的，但是我……”

随着一声巨响，连接着隔壁屋的墙面坍塌了下来，撕裂了墙纸和木制板条。一切都笼罩在黑烟中，微微发光的火花在他们头顶上的灰雾中闪烁。

“但我不会让你伤害那个女孩。”他说完了自己的话。

在镜子中，乔纳看到内莉拔出了一把刀。她用另一只手抓住玛德琳的头发，使劲拽着她，让女孩踮起脚尖。

地板在他们脚下振动。热浪从侧面溢出，坍塌的门框着火了。房间里冒着黑烟，火焰贪婪地向天花板爬去。

“放下刀！你不必这么做。”乔纳的声音里带着哭声，把手枪对准火焰后面的人影。

他试着侧身移动，但只能透过烟看见黄色的雨衣。

“这永远不够。”一个音调非常高的孩子声音说道。

乔纳的思绪出现了一瞬间犹疑。起初，他认为这是玛德琳说的，但是她的嘴被胶带封着，这让他终于扣动了扳机。

他开了三枪。

子弹打在内莉胸口，在镜像中，乔纳看到血液从她的肩胛骨之间喷出，随后镜子在她身后坍塌，摔碎在了地上。

玛德琳一动不动地站着，手放在脖子的伤口上。血在她的手指间流动，但她还活着。

内莉高亢的嗓音是死亡的预兆。

乔纳冲到女孩身边，踢开了内莉手中的刀，尽管他知道她已经死了。他把玛德琳抱起来，在烟雾中后退。

内莉背躺在一堆碎镜子中，张着嘴。她丢了一只靴子，她的脚在肮脏的尼龙长袜里抽搐着。

一个塑料瓶倒在地上，石蜡溅了出来，发出咝咝声，然后火就跳到了地板上。他们被一股热浪击中，乔纳跟女孩一起蹒跚着，从卧室走到了门口。

内莉被火焰卷了进去，消失在了烈焰中。

乔纳的裤腿着火了，他把女孩抱在怀里。

火焰从地窖一路呼啸而来，蹿到了卧室的天花板。燃烧着的灯跌落在一片盘旋的火花中。窗台发着光，玻璃“砰”的一声碎了。

乔纳把玛德琳拉进了女生的卧室。

墙上挂满了埃里克的照片。

“我来把这个拿下来。”乔纳说着把胶带从她嘴上撕开，“疼吗？”

“不疼。”她低声说。

一个高高的橱柜从卧室的地板上塌下来，消失在尖叫的地狱里。

“我们试着出去。”他说着把皮夹克裹在她身边，“烟很危险，所以你需要隔着衣服呼吸，你能做到吗？”

她点点头，他把她抱起来，开始带她下楼。火光在墙上游走，在台阶之间漂流，地窖深处有金属发出扭曲的尖叫声。

火苗爬到墙上，然后向后烧去，在墙纸上留下乌黑的痕迹。

乔纳把热气吸入他的肺部，开始咳嗽。

在他们下面的房间里发生了一场爆炸，所有的窗户都被热浪吹爆。玻璃震到了地上，外面的空气流了进来，火焰熊熊地向天花板飞舞而去。

燃烧着的灯罩在电线上旋转。

女孩咳嗽了一声，乔纳叫喊着让她通过夹克衬里保持呼吸。

卧室下面的起居室里，墙壁地板和天花板都在燃烧，高温迫使他朝客厅走去。天花板部分坍塌了，小女孩尖叫着，燃烧着的烟尘落在了他们身上。

乔纳又咳嗽了一声，把手放在炎热的地板上，使自己镇定下来。他的肺在燃烧，烟雾中毒使他头昏眼花，疲倦不堪。他知道没有多少时间了，所以屏住呼吸，重新站起来。把女孩抱在怀里，向前迈了几步，穿过了隔壁房间里的浓烟。

他的眼睛里全是蒸汽，什么也看不见。沙发燃烧的热风迎面扑来，火花在他脸上回旋。

背后有雷鸣般的咆哮声，像一张吃紧了风的帆，带着火扑向他们。

他跨过了冒着烟的地毯，把门推开。

厨房也着火了，天花板上燃烧着的部分正在倒塌。爆炸使玻璃碎片和火焰散落在房间各地。

乔纳的肺开始紧缩，感到了灼烧，他必须再次呼吸，心脏在绝望般地狂跳。

其中一根屋顶横梁的末端松动了，像一个沉重的钟摆一样倒下，砸碎了厨房的桌子，深深埋进了地板里。

油毡地板在冒泡，墙壁在火中荡漾，一桶水在沸腾。

乔纳踩过警察的尸体。大厅里充满了火焰，热气和火的嚎叫声包围着他和孩子。他知道自己迫切需要氧气，但强迫自己去抗拒呼吸的冲动。

他被火包围，奋力向前，踢开燃烧着的前门。前门从铰链上松开，从台阶上摔了下去。

乔纳出现在走廊上，怀里抱着女孩。他的脸因烟灰而变得一片漆黑，衣服也在燃烧。警察和护理人员带着灭火器和毯子向他们冲过来。

玛戈特·西尔弗曼被迫从高温中退后一步，当强力的宫缩又开始时，她喘了一口气，然后感到她的羊水破裂了，流到了大腿之间。

直升机旋翼发出的咔嗒声使垃圾和灰尘在一个大圆圈中飞行。

直升机起飞时，埃里克握住玛德琳的手。她躺在紧挨着杰基的担架上，闭上眼睛向他微笑。

他们颠簸着向空中飞去，埃里克看见乔纳趴在地上咳嗽，他被警察和医护人员包围着。当玛戈特被带到一辆等候的救护车上时，她试图抵抗。

燃烧着的房子的黄色辉光和应急车辆发出的闪烁蓝光充满了院子。

乔纳慢慢地站起来，从枪套里拿出手枪，扔到地上，然后伸出双手，这样他就可以被戴上手铐。

直升机转向，向前倾斜，加快了速度。

埃里克看着整个房子在火焰中倒塌，烟雾像黑色的脐带一样卷曲到天空中，高大烟囱的影子穿过了废墟和田野。

尾声

埃里克·玛利亚·巴克坐在他的羊皮扶手椅上，透过高高的窗户望着白色的十月天空。警长玛戈特·西尔弗曼在擦亮的橡木地板上走来走去，抱着她的小女儿。

埃里克和洛基·吉尔伦德都被排除了涉嫌参与谋杀案的罪名。玛戈特没有为任何事道歉，而是概述了她自九月以来长期致力于重建事件的要点。

内莉可能是在洛基·吉尔伦德的审判时开始跟踪埃里克的，她把自己的执念转移到他身上，就像她在父亲的葬礼上把执念转移到洛基身上一样。

原来内莉曾经在美国注册过医学学位，但是没有任何学历、工作经历和专业培训。她可能自学了一切，她的房子里包含了数百本有关神经病学、心理创伤和灾难精神病学的书籍。

没有什么证据可以显示她丈夫知晓她的双重生活。她秘密地监视着埃里克，慢慢地靠近他，在烧毁的玻璃厂的房子里收集了他的照片。埃里克离婚后，她开始想象自己和埃里克实际上已经结婚了。

当埃里克听着玛戈特的声音时，闭上了眼睛，听着柔和的钢琴音乐穿过墙壁。

内莉这个案件是强迫性固执综合征与一种自恋型人格障碍的结合，这种人格障碍导致她试图重构埃里克，成为他的一切。她越觉得自己拥有他，她就越需要监视和控制他。

她要他去见她，去爱她，去追求她。她的需求永不满足，直到最后她像一团火，一切都被消耗殆尽才停止。

内莉深深地被宗教教养和她父亲的布道所吸引。她仔细研究了《旧约》，上帝使她相信她所感觉到的每一件事都是对的。

她窥视了那些她认为吸引了埃里克的女人，并开始关注她们的个性。在病态嫉妒的驱使下，她拍摄了她们在剥去美貌和吸引力之后的模样，揭穿她们卖弄风情的行为。

很难看出她是如何引起嫉妒，或者她是如何选择受害者。证据表明，每一次谋杀都只是为了加速这一过程。到了无路可回的时候，她就转向攻击埃里克，像患了狂犬病的动物一样预备攻击一切。

压力的累积使她认为警方的调查进展太慢，所以她开始留下更多的线索。由于嫉妒的折磨，她谋杀了她的对手，同时为埃里克设下了一个个陷阱，最终导致他找到了她。

内莉在她父亲面前杀了她母亲，她在洛基声称他爱的女人面前杀了她，她计划在埃里克面前杀了杰基。

她会把玛德琳当作战利品，剥夺杰基尸体的面容，再用手捂着子宫说明她的罪行。

玛戈特一声不响，小心地把她的孩子移到她的肩膀上，抚摸她的后背，直到她打嗝为止。

当玛戈特离开房子时，埃里克走向轻轻荡漾的钢琴音乐，打开客厅的双门。大钢琴立在地板中央，仿佛钢琴自己在弹奏。他绕过特大号的钢琴才能看到玛德琳的手指飞快地穿过琴键，脸上是专注的表情。

埃里克静静地坐在杰基身旁的沙发上，过了一会儿，她把头靠在他的肩膀上。

医护人员在把杰基运进直升机前，用除颤仪稳定了她的心脏。她接受了紧急镇静，在乌普萨拉大学医院接受了七个小时的手术。

对于埃里克来说，一切感觉就像是从一场漫长的噩梦中醒来，当杰基用手握住他时，他感到了深深的感激。他们活着，丘比特在他的箭袋里还剩了一支箭。

玛德琳让最后的音符在琴弦停止之前消失，寂静在房间里蔓延，然后抬头看着他们微笑。

埃里克站起来鼓掌，直到玛德琳开始调整凳子才停下来。他走过来坐下，换了乐谱，闭上了眼睛几秒，然后开始演奏他的音乐。

十月二十四日星期五，斯德哥尔摩地区法院的主要听证会宣告结束。主审法官和三位社会裁判认为，毫无疑问，乔纳·林纳犯了与哈丁奇监狱越狱有关的若干严重罪行。

尽管情有可原，但裁决还是不能免。宣判时，埃里克站了起来，杰基和玛德琳站在他旁边，紧随其后的是尼尔斯·阿伦、玛戈特·西尔弗曼和萨迦·鲍尔。

当法官宣读一致判决时，乔纳仍然坐在他的辩护律师旁边，低着头。

“法院裁定乔纳·林纳犯有针对公职人员的暴力行为，协助重犯逃脱羁押，盗窃罪……被告被判处有期徒刑四年。”